BASTEI
LÜBBE
STARS

Von Sandy Curtis ist außerdem bei Bastei Lübbe Taschenbücher lieferbar:

15093 Der Fluss des Vergessens

Über die Autorin:

Die Australierin **Sandy Curtis** lebt in Bundaberg, Queensland. Sie ist verheiratet, hat drei erwachsene Kinder und ist nicht nur eine begeisterte Leserin, sondern entwickelte schon in Teenagerzeiten eine Leidenschaft für das Schreiben. Sie ist Mitglied der Schriftstellervereinigung *Romance Writers of Australia* und hat neben einigen erfolgreichen Romanen auch Kurzgeschichten veröffentlicht. Wenn Sie mehr über Sandy Curtis erfahren möchten, können Sie einen Blick auf ihre Homepage werfen: www.sandycurtis.com

Sandy Curtis

Das Tal der Angst

Australien-Roman

Ins Deutsche übertragen von
Cécile G. Lecaux

BASTEI LÜBBE STARS

BASTEI LÜBBE STARS
Band 77023

Vollständige Taschenbuchausgabe

Bastei Lübbe Stars ist ein Imprint
der Verlagsgruppe Lübbe

Deutsche Erstveröffentlichung
Titel der englischen Originalausgabe:
DANCE WITH THE DEVIL

Einbandgestaltung: Bianca Sebastian
Titelbild: getty-images / Ted Mead
Satz: hanseatenSatz-bremen, Bremen
Druck und Verarbeitung: Nørhaven Paperback A/S, Viborg
Printed in Denmark, April 2005
ISBN 3-404-77023-4

Kapitel 1

Stille senkte sich auf das Land herab.

Bleierne, dicke Wolken beherrschten den Himmel, nur wenige schwefelgelbe Sonnenstrahlen fanden ihren Weg zur Erde.

Die Stille war unnatürlich, beklemmend. Das Tal schien unter ihrer Last zu schrumpfen, die Berge wirkten noch mächtiger, als wollten sie das Tal erdrücken. Ein Fluss, der oben in den Bergen der Great Dividing Range entsprang, schlängelte sich in großen Windungen durch das Tal und trennte Nachbar von Nachbar, hier und da überspannt von alten Holzbrücken entlang der einzigen Zufahrtstraße.

An einer Flussbiegung stand eine kleine Ranch inmitten üppiger grüner Weiden und vereinzelter Felsen. Das Haus war im typischen Queensland-Stil erbaut, gedrungen, alt und ein wenig heruntergekommen. Die Stallungen waren früher einmal modern gewesen, wiesen jedoch inzwischen ebenfalls Spuren der Vernachlässigung auf.

Es war totenstill.

Langsam nahm Emma Randall das Plätschern von Wasser wahr. Es tropfte von den Bäumen, lief in kleinen

Bächen an ihren Stämmen hinab und sammelte sich in Pfützen. Sie registrierte den durchdringenden Eukalyptusgeruch, den Myriaden zerfetzter Blätter verströmten, und den Schweiß, der zwischen ihren Schulterblättern hinabrann.

Emma wurde bewusst, dass der Körper in ihren Armen schwer geworden war. Nicht nur rein physisch. Die Last in ihren Armen war nichts verglichen mit jener in ihrem Herzen.

Seine Stirn fühlte sich rau an unter ihren Fingerspitzen, als sie ihm Haarsträhnen aus dem wettergegerbten Gesicht strich. Seine Wimpern waren hell, von der Sonne gebleicht. Sie berührte sie sanft. Weich wie Federn. Komisch, sie hatte erwartet, sie seien hart. Hart und spröde wie er selbst es gewesen war.

Noch nie hatte er so friedlich ausgesehen. Sogar im Schlaf war der grimmige, dickköpfige Ausdruck nur selten von seinen Zügen gewichen. Aber jetzt, im Tod, war der immerwährende Zorn von ihm abgefallen.

Sie wünschte, sie könnte weinen. Hatte sie so viele Tote gesehen, dass sie das Weinen verlernt hatte? Alles was sie spürte war ein erdrückendes Gefühl des Versagens. Ansonsten nur Taubheit.

Eine Bewegung weit draußen auf einer der Weiden erregte ihre Aufmerksamkeit. Eine humpelnde Gestalt, die mehrmals stürzte, sich jedoch immer wieder aufrappelte und langsam auf den Stall zuwankte, neben dem sie selbst kniete. Sie ließ den Leichnam zu Boden gleiten; der Instinkt, die Toten sich selbst zu überlassen, um den Lebenden zu helfen, gewann sofort überhand.

Schlamm spritzte auf, und sie glitt mehrmals beim Laufen auf dem nassen Gras aus. Sie machte einen Bogen um einen umgestürzten Eukalyptusbaum, dessen skelettartige Wurzeln wie Klauen nach den tiefhängenden Wolken zu greifen schienen. Der Sturm hatte ein Stück Wellblech vom Dach geweht, das sich tief in die weiche Erde gebohrt hatte. Wie ein abstraktes Kunstwerk ragte es aus dem Gras. Einige Sekunden lang verdeckte es ihr die Sicht, dann lief sie noch schneller.

Die Gestalt war erneut gestürzt, und diesmal stand sie nicht wieder auf. Sie kniete sich neben den schlanken, nur mit Shorts bekleideten Körper und streckte die Hände aus, um ihn auf Verletzungen hin zu untersuchen, hielt jedoch abrupt inne.

Ein Geflecht blutiger Striemen bedeckte seinen Rücken. Es war kein vom Zufall bestimmtes Muster, wie es durch die Naturgewalten entstanden wäre, sondern stammte eindeutig von Menschenhand.

»Man hat Sie ausgepeitscht«, flüsterte sie verblüfft.

Der Mann stöhnte und versuchte aufzustehen, fluchte jedoch gleich darauf vor Schmerzen und ließ sich ins Gras zurückfallen. Emma wischte ihm den Schmutz von den Händen. Nur ein scharfes Einatmen verriet ihre Reaktion auf das, was sie unter der Erdkruste sah. Hastig inspizierte sie den Rest seines Körpers und erstarrte, als sie zu den Füßen kam.

Sie hatte eigentlich geglaubt, dass sie nichts mehr erschüttern könnte. Das war ein Irrtum gewesen.

Der Fremde hatte in der Mitte beider Handflächen und beider Fußrücken blutende kreisrunde Wunden. Emma hatte solche Verletzungen schon einmal gesehen, in einem Land, in dem religiöse Kriege das Volk terrorisiert und vernichtet hatten.

Der Mann drehte sich um, und seine Züge verzerrten sich vor Schmerz, als sein Rücken das Gras berührte. Durchdringende blaue Augen richteten sich auf ihr Gesicht. Dann wurden sie glasig, und seine mit dunklen Stoppeln bedeckten Wangen fielen ein.

»Ich bin Ärztin«, sagte Emma beruhigend.

Überraschung spiegelte sich auf seinen Zügen. Er rollte sich auf die Seite und versuchte erneut, auf die Beine zu kommen. Emma stützte ihn, so gut es ging. Sein Kopf baumelte kraftlos herab und fiel gegen sie, als sie losging. Sie sah seinen Augen an, dass er am Ende seiner Kräfte war, und rechnete damit, dass er wieder hinfallen würde, aber stattdessen schüttelte er entschieden den Kopf und richtete sich auf. Er biss die Zähne zusammen und humpelte weiter. Sie konnte sich vorstellen, wie schmerzhaft das Gehen für ihn sein musste. Die Nägel, die durch seine Füße geschlagen worden waren, hatten vermutlich mindestens je einen der 26 Knochen gebrochen.

Emma schaute in Richtung Stall und verspürte einen Stich im Herzen, als ihr Blick auf die leblose Gestalt fiel, die dort im Schlamm lag. Sie zögerte kurz, dann konzentrierte sie sich wieder auf den Verletzten an ihrer Seite. Er war sehr schlank, aber drahtig, mit kräftigem Knochenbau und einen Kopf größer als sie.

Zweimal verließen ihn die Kräfte, die Beine knickten unter ihm weg, und er hätte sie beinahe mit zu Boden gerissen. Aber sie packte seine Handgelenke, zog seine Arme fester um ihre Schultern und half ihm wieder hoch. Er knirschte mit den Zähnen vor Schmerzen, aber in seinen Augen flackerte fieberhafte Entschlossenheit. Er keuchte, seine Atemzüge klangen in der Stille nach dem Sturm unnatürlich laut.

Emma beschleunigte den Schritt und schleifte ihn fast die zwei Verandastufen hinauf.

Mit dem Fuß trat sie die Tür zum vorderen Zimmer auf, in dem sie sich ein kleines Behandlungszimmer eingerichtet hatte, und half dem Fremden, sich bäuchlings auf den Operationstisch zu legen. In der Sekunde, als sein Kopf das Kissen berührte, versank er in tiefer Bewusstlosigkeit.

Emma wusch ihren Patienten zügig, zog ihm die durchnässten Shorts aus und untersuchte ihn dann gründlicher. Die Striemen an seinem Rücken waren zwar stellenweise recht tief, mussten aber nicht genäht werden. Sie desinfizierte die Wunden und klebte einen großen Verband über den ganzen Rücken. Ihn umzudrehen erwies sich als schwierig, aber sie hatte schon Schlimmeres erlebt, und das vergangene Jahr auf der Ranch hatte ihre Muskeln gestählt.

Seine Haut war erstaunlich warm. Ihre Hände bewegten sich geschickt über Brust, Bauch und Unterleib.

Er schien keine inneren Verletzungen zu haben. Sein Blutdruck war ebenfalls in Ordnung, der Puls kräftig. An Handgelenken und Knöcheln stellte sie massive Hautabschürfungen fest. Emma hatte solche Verletzungen schon früher gesehen und schauderte.

Sie nutzte seine Bewusstlosigkeit, um die Wunden an seinen Händen und Füßen zu säubern und zu versorgen. Er stöhnte mehrmals, jedoch ohne das Bewusstsein wiederzuerlangen. Dann gab sie ihm eine Pethidin- und eine Tetanus-Spritze.

Der Wind frischte wieder auf und unterbrach die unheimliche Stille. Regen trommelte gegen die Fenster und auf das Dach, und die Wände erzitterten unter dem Ansturm heftiger Sturmböen.

Die Fliegengittertür schlug immer wieder krachend zu. Emma blickte aus dem Fenster auf den Leichnam neben der Stalltür. Eine kalte Hand schloss sich um ihr Herz. Sie konnte ihn dort nicht liegen lassen.

Sie sah noch einmal nach ihrem Patienten, und nachdem sie sich davon überzeugt hatte, dass es ihm den Umständen entsprechend gut ging, lief sie hinaus in das Unwetter. Der Wind zerrte an ihr, und sie musste darauf achten, nicht von abgerissenen Brettern oder Wellblechen getroffen zu werden, die der Sturm aus ihrer Verankerung gerissen hatte. Die dicken Regentropfen klatschten mit solcher Wucht auf ihr Gesicht und ihre nackten Arme, dass es wehtat. Sie kniff die Augen zusammen und versuchte, gegen die Kraft des Windes anzulaufen, doch er war zu stark.

Endlich war sie bei dem Leichnam. Der Wind kreischte und heulte. Sie packte seine Handgelenke und zog mit aller Kraft, aber er bewegte sich kaum.

Sie versuchte es noch einmal. Wieder nur Zentimeter.

»Verdammt!«, schrie sie, so ungehalten wie der Wind. »Hilf mit! Wenn du mir schon im Leben keine Hilfe warst, dann versuch es wenigstens jetzt!«

Im dunklen Stall bellte ein Hund, und sie rief ihm hastig ein paar beruhigende Worte zu. Plötzlich ließ sich der Leichnam leicht über den glitschigen Boden ziehen. Mit letzter Kraft schleifte sie ihn ins Trockene. Emma wollte ihn zudecken, wollte ihn nicht schlammbedeckt und leblos liegen lassen, begnügte sich jedoch damit, die Tür zu schließen und zu verriegeln, ehe sie sich in den fast horizontalen Regen zurückwagte.

Das schrille Kreischen hatte zugenommen. Ein Eimer wurde gegen ihre Knie geschleudert und riss sie fast von den Beinen. Dann wirbelte er weiter quer über den Hof. Emma wankte vom Wind förmlich angeschoben zum Haus und prallte schließlich gegen einen der Verandapfosten. Sie klammerte sich an das Geländer und hangelte sich in Richtung Treppe. Als sie der Kraft des Sturmes nicht länger im Stehen trotzen konnte, kroch sie auf allen vieren weiter, die Stufen hinauf und zur Tür.

Die Fliegengittertür schlug unkontrolliert auf und zu, nur noch von einem Scharnier gehalten. Emma packte sie, bekam den Griff der Haustür zu fassen und stolperte hinein. Drinnen stemmte sie sich mit dem Rücken gegen die Tür, bis das Schloss einrastete.

Als es geschafft war, ließ sie sich mit dem Rücken an der Tür entlang zu Boden gleiten und atmete erleichtert aus. Ihre durchweichten Kleider tropften, und es bildete sich bereits eine Pfütze auf dem polierten Holzboden. Sie warf einen Blick ins Behandlungszimmer. Ihr Patient lag reglos da und atmete tief und gleichmäßig.

Sie knöpfte ihre Bluse auf und ließ sie zu Boden fallen. Stiefel und Jeans folgten. Dann wrang sie ihre Haare aus und lief barfuß ins Schlafzimmer, wo sie auch die Unterwäsche wechselte und in Shorts und T-Shirt schlüpfte.

Danach eilte Emma zurück in den Behandlungsraum. Der Fremde schlief noch, sein Körper ganz erschlafft vor Erschöpfung. Etwa eine Woche alte Stoppeln bedeckten ein maskulines, ebenmäßiges Gesicht mit einer langen geraden Nase und vollen Lippen. Dunkle Brauen wölbten sich über weit auseinander stehenden Augen.

Ein unheimliches Ächzen ließ sie zum Fenster stürzen. Der gewaltige Mangobaum neben dem Stall neigte sich gefährlich im Wind. Äste brachen ab und krachten gegen Stallwände und Verandabrüstung. Emma fuhr mit den Fingern über die Klebestreifen auf der Fensterscheibe, wohl wissend, dass sie dem Ansturm wahrscheinlich nicht standhalten würden. Wenn das Fenster zersprang oder das Dach weggeweht wurde, gab es nur noch einen sicheren Ort im ganzen Haus. Sie warf einen Blick auf den Mann auf ihrem Operationstisch.

»Ich kann Sie hier nicht liegen lassen. Dieses alte Haus ist zwar solide gebaut, aber Wirbelsturm Bertha könnte noch ein klein wenig stärker sein.«

Emma schüttelte ihn an der Schulter, um ihn zu wecken. Er bewegte sich kurz und schlief dann gleich wieder ein. Seufzend holte sie ein Fläschchen Ammoniak, entfernte den Stöpsel und hielt es ihm unter die Nase. Er wachte schnaubend auf und fluchte.

»Wir müssen ins Bad.« Obwohl sie schrie, wurde ihre Stimme fast vom Sturm übertönt. Sie half ihm, die Beine über die Tischkante zu schieben und sich aufzusetzen. »Das ist der sicherste Raum im ganzen Haus.«

Der verständnislose Ausdruck auf seinem Gesicht wich Zustimmung, als die Erinnerung zurückkehrte. Dann senkte er den Blick, und Emma musste fast lächeln, als sie die Verlegenheit in seinen Augen sah.

»Ich bin wirklich Ärztin. Und ich habe schon andere nackte Männer gesehen«, versicherte sie ihm.

»Ich hoffe, ich halte dem Vergleich stand.« Sein verlegenes Lächeln erlosch, als er versuchte aufzustehen. Seine bandagierten Hände zuckten zurück, und er unterdrückte einen Schmerzensschrei.

Emma legte seinen Arm über ihre Schultern und stützte ihn, als er sich langsam vom Tisch gleiten ließ. »Versuchen Sie, den Großteil Ihres Gewichts auf den rechten Fuß zu stützen. Rechts ist der Nagel nicht sehr tief eingedrungen.« Flüchtig fragte sie sich, wie er es geschafft hatte zu fliehen, bevor die Kreuzigung vollendet worden war.

Langsam schlurften sie den Flur entlang zum Bad. Emmas Herz zog sich zusammen beim Anblick der Decken und der Matratze in der alten frei stehenden Badewanne. *Wenn er doch nur dort geblieben wäre! Ich habe ihm gesagt, er soll da drinbleiben! Ich hätte wissen müssen, dass er nicht auf mich hören würde.*

Sie verdrängte die Gewissensbisse.

In dem kleinen Raum war das Toben des Windes ohrenbetäubend.

»Legen Sie sich in die Wanne«, schrie sie ihrem Patienten ins Ohr. »Oben auf die Decken. Ich ziehe die Matratze über Sie.«

»Und was ist mit Ihnen?«

»Ich setze mich auf den Boden.«

»Kommt nicht in Frage. Ich werde nicht zulassen, dass Sie meine Sicherheit über Ihre eigene stellen. Ich werde mich auf den Boden setzen.« Der sture Zug unter den dunklen Stoppeln verriet ihr, dass es ihr schwer fallen würde, sich gegen ihn durchzusetzen.

Etwas Schweres krachte gegen die Außenwand. Eine Dose Rasierschaum fiel aus dem Regal und landete klappernd im Waschbecken.

»Also gut«, seufzte sie, »wir legen uns beide in die Wanne.« Sie sandte ein Dankesgebet gen Himmel, dass es ihrer Mutter nie gelungen war, ihren Vater dazu zu bewegen, das Bad zu renovieren. Die altmodische Badewanne war so groß, als hätten damals alle Familienmitglieder gleichzeitig gebadet.

Sie zog an seinem Arm. »Kommen Sie.«

»Reichen Sie mir erst ein Handtuch.«

»Wie?« Sie konnte ihn über das Heulen des Windes hinweg kaum verstehen.

Er beugte sich so weit herab, dass sein Mund ganz dicht an ihrem Ohr lag. »Hören Sie, Lady, wenn ich schon die nächsten Stunden mit Ihnen in einer Badewanne verbringen soll, sollte etwas zwischen uns sein. Ich meine, gewisse Körperteile von mir sind unversehrt geblieben.«

Emma nahm ein Handtuch von der Stange und wollte es ihm gerade reichen, als ihr aufging, dass er es sich nicht selbst um die Hüften schlingen konnte. Sie bückte sich und übernahm das für ihn. Als ihre Wange dabei seine Brust streifte, war sie sich der kurzen krausen Härchen auf der sonnengebräunten Haut plötzlich sehr bewusst.

»Beeilen Sie sich und klettern Sie rein«, rief sie. »Und passen Sie auf den Verband an Ihrem Rücken auf.«

Sie half ihm hinein, zog die Matratze über die Wanne und stieg dann ebenfalls hinein, wobei sie sich mit dem Rücken zu ihm legte. Wieder dankte sie Gott für die Größe der Wanne.

Ein Knall wie von einer Explosion ließ Emma vor Schreck zusammenfahren. Wahrscheinlich war ein Fenster zu Bruch gegangen. Sie ließ sich wieder auf die Decken zurücksinken.

Eine kräftige Hand legte sich auf ihre Schulter. Ansonsten regte er sich nicht, und sie wusste nicht, ob er sie oder sich selbst beruhigen wollte. Überraschenderweise hatte sie keine Furcht, weder vor dem Sturm noch vor dem Fremden an ihrer Seite. Allerdings war sie in der vergangenen Stunde auch viel zu beschäftigt gewesen, um Angst zu verspüren.

Minuten verstrichen, und seine Hand wurde schwer. Er atmete tiefer, und sie merkte, dass er eingeschlafen war. In Gedanken ging sie immer wieder die Ereignisse der vergangenen Stunde durch und quälte sich sinnlos mit einer Reihe von Was-wäre-Wenns.

Ihre geistige Selbstkasteiung bewirkte, dass sie die Bewegung in ihrem Rücken nicht gleich bemerkte, aber als sie sie dann wahrnahm, erstarrte sie.

Sie spürte seine harte Erektion an ihrem Po. Instinktiv griff sie nach dem Badewannenrand, um sich aus der Wanne zu hieven, aber dann registrierte sie, dass seine Hand auf ihrer Schulter noch völlig entspannt war und dass er leise schnarchte.

»Gott sei gedankt für das Handtuch«, murmelte sie.

In einem anderen Zimmer splitterte Glas. Das alte Haus erzitterte, und allerlei Schutt hagelte wie Schrapnelle gegen die Wände. Emma zuckte zusammen, und Erinnerungen an ein anderes Versteck gingen ihr durch den Kopf. Sie und Hanna hatten drei Stunden zusammengekauert in der halb verfallenen Hütte ausgeharrt, während um sie herum die Granaten eingeschlagen waren. Und Hanna hatte von Philippe erzählt, wie sie es immer getan hatte, wenn sie die Anspannung nicht mehr aushielt.

»Je ernster die Situation«, hatte Hanna erzählt, »desto größer sein Verlangen nach Sex. Ich weiß nicht, ob es der Urinstinkt war sich fortzupflanzen, für den Fall, dass er selbst nicht überlebte, oder ob er sich einfach von der Gefahr ablenken wollte. Vielleicht war es ihm ja ein Trost.« In ihre Augen war ein wehmütiger Blick getreten, und Emma wusste, dass Hanna daran dachte, dass keine Zeit mehr für die Liebe geblieben war, als die Landmine Philippe zerfetzt hatte. Emma hatte Hanna in den Arm genommen und ihren Worten gelauscht, die vom Staccato des Maschinengewehrfeuers übertönt wurden.

Nun fühlte Emma die Wärme des kräftigen Körpers hinter ihr. Sie lauschte seinem schweren Atem, während der Sturm um sie herum heulte, und überall im Haus vom Wind umhergewirbelte Projektile einschlugen. Sie legte eine Hand auf die Finger an ihrer Schulter und spendete so wenigstens ein bisschen Mut.

In einer düsteren Hütte hob ein kräftiger großer Mann ein Jagdmesser auf und fuhr mit dem Finger an der scharfen Klinge entlang.

Die schwieligen Hände zitterten, und die Frau, die ihm zusah, bebte vor Furcht. Sie wusste, was das Zittern zu bedeuten hatte, wusste um den Zorn und den Frust, die sich dahinter verbargen. Sie lebte seit vielen Jahren damit und hatte doch erst so viele Male, wie sie Finger an beiden Händen hatte, erlebt, wie die grenzenlose Wut sich entlud. Sie hatte all die Jahre mit der Angst vor dem Tag gelebt, an dem der Zorn sich gegen sie richten würde. Und dieser Tag war nun gekommen.

»Er war tot.« Ihre Stimme zitterte, so wie ihr ganzer Körper. »Der Blitz hatte ihn getroffen und dich bewusstlos gemacht. Ich wusste, dass wir die Leiche loswerden mussten und habe sie in den Fluss geworfen. Wenn man ihn findet, wird man glauben, er sei im Sturm umgekommen.« Die Lügen sprudelten nur so aus ihr hervor, klangen jetzt jedoch lange nicht mehr so überzeugend wie auf der Rückfahrt von der Ranch der Ärztin.

Sie hob den Kopf und schaute in die schwarzen Augen ihres Mannes, in denen sich die nackte Glühbirne spiegelte, die einzige Lichtquelle im Schuppen. Sie war ein großes Risiko eingegangen, als sie ihn niedergeschlagen und den Verteidiger befreit hatte, aber sie hatte einfach nicht zulassen können, dass er die Kreuzigung vollzog. Sie konnte seine Beweggründe verstehen – blutete nicht ihr eigenes Herz von dem unerträglichen Verlust? Aber Töten verstieß nun einmal gegen die Gebote Gottes, und sie hatte nicht zusehen können, wie er die Unsterblichkeit seiner Seele aufs Spiel setzte.

Ihr ganzes Leben hatten sie getreu den Worten der Heiligen Bibel gelebt, und ihre Furcht vor dem Zorn Gottes war größer als die Angst vor ihrem eigenen Mann.

Er blickte auf seine Frau, die an der Schuppenwand kauerte. Das Blut pochte in seinen Adern, pulsierte hinter seinen Augen, und er knirschte mit den Zähnen in seinem Bemühen, sich zu beherrschen. Er zwang sich, tief ein- und langsam auszuatmen.

Das Rauschen in seinen Ohren ließ nach, und erst jetzt wurde ihm bewusst, dass er die rechte Hand erhoben hatte und dass aus seiner Faust eine schimmernde Klinge ragte. Abrupt wandte er sich ab und fuhr sich mit der linken Hand über das Gesicht.

Er hätte den Verteidiger nicht hierher bringen dürfen, aber er war nicht sicher gewesen, was Gott von ihm erwartete. Beim Täter war es leicht gewesen, da hatte die Bibel zu ihm gesprochen: *Wenn dein Auge Gott beleidigt, dann reiß es heraus. Wenn deine Hand dich zur Sünde verleitet, dann hacke sie ab.* Er hatte das weiche Fleisch des Täters in der Hand gehalten, hatte gefühlt, wie es sich zusammenzog, während sich die Augen vor Entsetzen weiteten. Dann hatte der Körper sich vor Schmerzen aufgebäumt, als die Klinge durch das Fleisch schnitt ...

Seine Frau legte ihm eine Hand auf den Arm.

»Bitte, Hadley. Lass uns ins Haus gehen, bevor der Sturm noch schlimmer wird.«

Hadley blickte auf seine Frau herab, auf das von silbernen Strähnen durchzogene blonde Haar, in die freundlichen flehenden Augen in ihrem faltigen Gesicht. Sie war außer sich gewesen, als er den Verteidiger hergebracht hatte. Sie verstand nicht, dass er Gottes Willen befolgen und das Unrecht sühnen musste. Aber er liebte sie. Sie war eine gute Frau, und sie hatte genug gelitten.

Er würde die anderen nicht herbringen.

Das würde nicht nötig sein.

Er wusste jetzt, auf welche Art sie sterben mussten.

Kapitel 2

Schwärze. So undurchdringlich, dass sie beklemmend wirkte.

Drew bemühte sich, die aufsteigende Panik zu unterdrücken, und wartete auf die Schritte, die ein weiteres Duell mit dem Teufel ankündigten. Ein verbales und sehr einseitiges Duell, weil er zwar die Fragen stellte, der Teufel sich jedoch weigerte, klar zu antworten. Stattdessen gab er ihm Rätsel auf oder erging sich in Parabeln.

Aber irgendetwas war anders. Er fühlte etwas Weiches unter den Fingern. Wärme und Weichheit, die in ihm die Sehnsucht nach mehr weckten. Und dieser Duft. Der Duft einer Frau. Kein Parfum, sondern der frische Geruch sauberer Frauenhaut, weicher Haut, die ihn mit der Verheißung fleischlicher Freuden verlockte. Er spürte die Reaktion seines Körpers, das Ziehen in den Lenden, die Sehnsucht danach, dass ein liebes, gutherziges Wesen ihn aus diesem Höllenloch befreite.

Die Schwärze verdichtete sich, wurde massiver. Der Teufel war zurück, quälte ihn, verfluchte ihn. Der Teufel schwang den Hammer, und ein heftiger Schmerz durchzuckte seinen Fuß. Er hörte sich selbst in der Finsternis stöhnen.

»Es ist alles gut. Sie sind in Sicherheit. Niemand wird Ihnen etwas tun. Ich bin gegen Ihren Fuß gestoßen. Es tut mir Leid.«

Die Stimme war weich und warm wie geschmolzene Butter. Die Frau – ihre Stimme. Ihre Hand fuhr über seine Brust, und sein Herz raste unter der kühlen Handfläche. Die Erinnerung kehrte schlagartig zurück.

»Schon gut.« Er zögerte, als er seinen glitschigen Schweiß unter ihren Fingern fühlte. Er holte tief Luft. »Ich habe nur ... geträumt.«

Sie musste die Matratze fortgeschoben haben, denn plötzlich strich kühlere Luft über ihn hinweg. Die Intensität des Sturmes hatte nachgelassen, dafür hatte sintflutartiger Regen eingesetzt. Er versuchte, Einzelheiten ihrer Silhouette wahrzunehmen, aber nachdem sie die Matratze von der Wanne entfernt hatte, war es nicht viel weniger dunkel als zuvor.

»Ich hole nur Kerzen und Streichhölzer, die ich hier deponiert habe.« Sie nahm die Hand von seiner Brust, und ihre Stimme klang irgendwie körperlos. »Rühren Sie sich nicht, bis ich Licht gemacht habe.«

Drew hörte, wie sie aus der Wanne stieg und umhertastete. Kurz darauf fiel flackernder gelber Kerzenschein auf die Wände. Die Flamme spiegelte sich in bernsteinfarbenen Augen, die ihn abschätzig musterten. Augen, die viel zu groß wirkten in einem blassen fein geschnittenen Gesicht mit hohen Wangenknochen, das eingerahmt war von Haaren, die von ihrem Kopf abstanden wie erstarrte Karamellfäden eines abstrakten Zuckerbäcker-Kunstwerks.

»Bleiben Sie, wo Sie sind.«

Es war ein Befehl, und der Ton erregte sofort seinen Widerwillen.

»Warum?«

»Ich gehe in die Küche, um Tee zu kochen. Ich denke, wir können beide einen brauchen.«

Ehe er hierauf etwas erwidern konnte, war sie durch die Tür, und ihr zuckender Schatten verschwand von der Wand. Erst jetzt wurde ihm bewusst, dass sie eine zweite Kerze auf dem Waschbeckenrand aufgestellt hatte.

Wer zum Teufel war sie? Sie hatte gesagt, sie wäre Ärztin, und seine Verbände sahen professionell aus. Hatte man ihn deshalb hergebracht? Damit sie ihn versorgte? Oder gehörte auch das zu der psychologischen Marter, die er in der vergangenen Woche durchlebt hatte? Vielleicht hatte der Sturm ja die Mordpläne des Teufels durchkreuzt. Vielleicht rief die Frau, die sich als Ärztin bezeichnete, in eben diesem Augenblick den Teufel an und verriet ihm, wo er ihn finden konnte. Die Zweifel stürmten auf ihn ein und verursachten ihm Kopfschmerzen.

Wie auch immer, er konnte nicht einfach daliegen und abwarten, was passierte. Vorsichtig stand er auf und stieg aus der Wanne. Von den Schmerzen in den Füßen wurde ihm ganz flau, aber er biss die Zähne zusammen und wartete, bis der Schwindel nachließ.

Verflucht! Wenn der Teufel jetzt eintraf, waren seine Chancen, ihm zu entkommen, gleich null. Er konnte nur beten, dass diese Frau tatsächlich die war, die sie zu sein vorgab.

Er nahm die Kerze und ging langsam den Flur hinunter auf das Licht am anderen Ende zu. Mit der freien Hand stützte er sich an der Wand ab. Die Holzverkleidung fühlte sich kühl und glatt an unter seinen Fingern.

Der Flur endete in einer großen altmodischen Wohnküche, die an einem Ende von einem massiven Tisch mit sechs Stühlen beherrscht wurde und am anderen von einem alten Holzofen mit einem Lachenden Hans auf der grünen Ofentür. Eine Öllampe auf der Anrichte tauchte den Raum in warmes Licht.

Die Frau war nicht hier. Einen Moment fühlte er Panik in sich aufsteigen. Wo zum Teufel steckte sie? Holte sie den Mann, den er für sich nur den »Leibhaftigen Teufel« nannte? Er nahm eine Bewegung hinter einer Türöffnung auf der gegenüberliegenden Seite der Küche wahr. Er schaute sich suchend nach etwas um, das er als Waffe benutzen konnte, aber noch bevor er etwas Geeignetes entdeckt hatte, kehrte die Frau zurück in den Raum.

»Ich sagte doch, Sie sollen im Bad bleiben!«, sagte sie kopfschüttelnd. »Sie sollten sich nicht zu viel bewegen, sonst brechen die Wunden an Ihren Füßen wieder auf.«

Sie ging um den Tisch herum und zog einen Stuhl für ihn zurück. »Setzen Sie sich.«

Ihr Ton verriet, dass sie es gewohnt war, dass man ihre Anweisungen befolgte. Gehorsam war nicht seine Stärke, und er hätte sich gerne widersetzt, aber die Schmerzen in seinen Füßen ließen ihm gar keine Wahl. Er schlurfte zu dem Stuhl und setzte sich.

»Wo waren Sie?« Er hatte nicht so schroff klingen wollen, aber nach allem, was er durchgemacht hatte, fiel es ihm schwer, sich zu beherrschen.

Die Frau bückte sich, öffnete einen Schrank und nahm einen Campingkocher heraus, den sie auf die Arbeitsfläche stellte. Sie warf ihm einen flüchtigen Blick zu.

»Der Strom ist schon zu Beginn des Sturmes ausgefallen, aber wir haben das hier und den Holzofen, Kochen ist also kein Problem. Ich musste nur den alten, kerosinbetriebenen Kühlschrank in der Waschküche anwerfen. Sobald er kalt ist, räume ich den Inhalt aus dem Kühlschrank in der Küche um.«

Sie schloss den Kocher an eine Gasflache an, die unten im Schrank stand, zündete ihn an, füllte einen Kupferkessel mit Wasser und stellte diesen auf die Flamme. Sekunden später standen Tassen und Teekanne mit Tee bereit, und sie setzte sich ihm gegenüber an den Tisch.

»Wie heißen Sie?«

Er musterte sie forschend. Er hatte geglaubt, ihre Augen wären bernsteinfarben, aber jetzt sah er, dass ihre Farbe mehr an dunklen Sherry erinnerte und sie von solcher Tiefe waren, dass ein Mann in ihnen ertrinken konnte. Warme, aufrichtige Augen, mit Wimpern, die so lang und gebogen waren, dass sie ihn an jene einer Porzellanpuppe erinnerten.

»Drew. Drew Jarret. Und wer sind Sie?«

Emma holte tief Luft. Sie spürte die Frustration ihres Gegenübers, die mühsam unterdrückte Erregung.

»Emma Randall.« Sie wählte die folgenden Worte mit Bedacht. »Wer hat Ihnen ... das angetan ... Drew?«

»Ich weiß es nicht.«

»Sie wissen es nicht!«, entfuhr es Emma in ungläubigem Tonfall. »Hat man Ihnen die Augen verbunden?«

»Man hat mir eine Kapuze übergezogen. Sie war am

Hals festgeklebt und hatte nur einen Schlitz in Mundhöhe zum Essen und Trinken. Ich war angekettet, sodass ich sie mir nicht ausziehen – oder fliehen – konnte. Und ich wurde mit Drogen ruhig gestellt.«

Drews ruhige, ausdruckslose Stimme und die Bilder, die seine Worte vor ihrem geistigen Auge aufsteigen ließen, jagten Emma einen kalten Schauer über den Rücken.

»Wie hat man Ihnen die Drogen verabreicht?«

»Sie waren dem Essen beigemischt.«

»Und warum haben Sie es dann gegessen?«

»Es ist schwer, zu widersprechen, wenn jemand einem eine Gewehrmündung an die Stirn hält.«

Emma schauderte. Sie hatte im Rahmen ihrer Arbeit oft erlebt, wie grausam Menschen zueinander sein konnten, hatte die physischen und psychologischen Folgen dieser Grausamkeit gesehen, aber kaltblütige Unmenschlichkeit erschütterte sie immer wieder. Sie versuchte sich auszumalen, welche Angst sie selbst in einer solchen Situation empfunden hätte. Inmitten militärischer Auseinandersetzungen festzusitzen war eine Sache und schon schlimm genug, aber angekettet zu sein wie ein Tier ...

»Und wie lange waren Sie angekettet?«

»Eine Woche. Zumindest glaube ich, dass es eine Woche war. Ich habe versucht, die Tage festzuhalten, aber aufgrund der Drogen fiel es mir schwer, mich zu konzentrieren. Ich bin immer wieder eingeschlafen.«

»Was hatten die Drogen noch für eine Wirkung?«

»Wo sind wir hier?«

Emma blinzelte angesichts dieses abrupten Schwenks.

Er hatte ihre Fragen bis dahin recht offen beantwortet, aber nun lag Misstrauen in seinen Augen. Er traute ihr nicht, das konnte sie an seinem Gesicht ablesen, aber das beruhte auf Gegenseitigkeit. Er sah aus, als könnte er einer dieser Aussteiger sein, die völlig verwildert draußen im Busch lebten. Zwar sprach er nicht wie einer dieser Wilden, aber diese stammten ja auch nicht alle aus den unteren Gesellschaftsschichten. Es gab sogar den einen oder anderen Akademiker, dem das moderne Leben zu stressig geworden war und der es vorgezogen hatte auszusteigen. Sie erinnerte sich, dass ihr Vater ihr in einem seiner lichten Momente erzählt hatte, dass vor einigen Jahren eine Bande solcher Wilder oben in den Bergen ihre Zelte aufgeschlagen hatten und um das Lagerfeuer herumgetanzt wären wie Indianer.

Das Pfeifen des Wasserkessels riss sie aus ihren Gedanken. Als sie zwei dampfende Tassen Tee auf den Tisch stellte, hätte sie Drew fast angeboten, seine für ihn zu halten, aber das dickköpfige Leuchten und der Argwohn in seinen Augen hielten sie davon ab.

»In O'Connor Valley. Das Tal reicht bis zu den Bergen südsüdwestlich von Cairns. Wo wohnen Sie?«

Er runzelte die Stirn. »Cairns.«

Emma seufzte in die hierauf folgende Stille hinein. Er war ganz offensichtlich nicht erpicht darauf, mehr zu verraten als unbedingt nötig, aber wenn er längere Zeit bei ihr blieb – und in Anbetracht des sturzbachartigen Regens sah es ganz danach aus – wollte sie doch wissen, mit wem sie es zu tun hatte.

»Wie sind Sie hergekommen?«

Der leicht verkniffene Zug um seinen Mund verriet,

dass es ihm widerstrebte, darauf zu antworten. Emma zwang sich, ihre Ungeduld zu zügeln. Ihre Nerven waren zum Zerreißen gespannt. Die Ereignisse des heutigen Tages drohten, den Panzer eiserner Selbstdisziplin zu durchbrechen, den sie sich in den Jahren der Arbeit in Kriegs- und Krisengebieten zugelegt hatte.

»Drew, Sie können mir vertrauen, ich will Ihnen nichts Böses. Habe ich das nicht bereits bewiesen?«

Verdammt, sie hat Recht, dachte Drew. Aber in der vergangenen Woche hatte er mehr als einmal seinen Geisteszustand angezweifelt. Das Gefühl der Isolation unter dieser Kapuze, die Desorientierung aufgrund der Drogen und die allgegenwärtige Frucht vor dem Tod hatten ihre Spuren hinterlassen.

»Jedes Jahr um diese Zeit mache ich drei Wochen Angel-Urlaub in einer kleinen Hütte bei der Quelle des Archer River nördlich von Cairns«, begann er. »Vor etwa einer Woche ging ich zum Angeln, kehrte zurück in die Hütte, trank ein paar Bier und schlief ein. Als ich später aufwachte und an den Kühlschrank ging, fand ich es seltsam, dass nur noch eine Flasche Bier da war. Ich war sicher, dass noch zwei übrig gewesen waren. Das Bier schmeckte etwas schal, aber mir war warm, und das Bier war kalt.« Er zuckte die Achseln und verzog prompt das Gesicht. Offenbar waren die Striemen auf seinem Rücken noch sehr schmerzhaft.

»Als ich wieder zu mir kam, war ich in einem Schuppen angekettet. Ich hatte zwar eine Kapuze über dem Kopf und konnte nichts sehen, aber ich roch Holzspäne, Öl, Schmiere und rostiges Metall.«

»Haben Sie eine Ahnung, wer Ihnen das angetan haben könnte?«

»Nein.« Er schüttelte den Kopf und schauderte bei der Erinnerung. »Auch wenn er mir das Essen brachte und ... den Eimer, in den ich mich erleichtern konnte ... löste er nur eine Fessel. Er hat ständig die Bibel zitiert und von Opfern, Buße und dergleichen gefaselt. Ich hatte den Eindruck, dass er mich für irgendjemandes Tod verantwortlich machte, habe aber keinen Schimmer, wer das gewesen sein sollte.«

Er trank noch einen Schluck Tee und genoss das Gefühl, als die heiße Flüssigkeit seine Kehle hinunterrann. Alles, was er in der vergangenen Woche zu essen und zu trinken bekommen hatte, war lauwarm gewesen, und obgleich das seine geringste Sorge hätte sein sollen, hatte auch das ihm immer wieder sein Ausgeliefertsein vor Augen geführt, die Macht, die sein Peiniger über ihn hatte. Sein einziger Fluchtversuch hatte ein abruptes Ende gefunden, als der Mann ihm mit dem Gewehrkolben fast den Schädel eingeschlagen hatte. Hiernach hatte der Teufel die Drogenmenge erhöht und die Kette nicht mehr abgenommen, sondern lediglich so weit gelöst, dass er ein wenig mehr Bewegungsfreiheit hatte.

»Darf ich Ihr Telefon benutzen?«

»Tut mir Leid.« Das Bedauern in ihrer Stimme klang echt. »Die Leitung ist tot. Ich habe es vorhin versucht.«

Sofort regte sich sein Misstrauen wieder. »Wen wollten Sie denn anrufen?«

Ein Hauch von Resignation trat in ihre Augen. »Meine Mutter. Sie lebt in einem Vorort von Cairns – in der Nähe von The Cascades. Der Sturm sollte zuerst Cairns erreichen, und ich mache mir Sorgen um sie.« Sie runzelte die Stirn. »Was ist mit Ihnen? Gibt es jemanden, der sich Sorgen um Sie macht? Wenn Sie eine ganze Woche nichts von sich haben hören lassen, wird doch sicher jemand ...«

»Nein. Während meines Angel-Urlaubs melde ich mich für gewöhnlich nicht. Mein Büro weiß, dass es mich nur in einem absoluten Notfall anrufen darf. Diese drei Wochen im Jahr sind ausschließlich dem Fischen, Tauchen und Lesen all der Romane vorbehalten, die sich in den vergangenen elfeinhalb Monaten angesammelt haben.«

Ehe sie etwas darauf erwidern konnte, knurrte sein Magen laut, und er merkte verblüfft auf, als sie leise lachte, ein tiefer, kehliger Laut, bei dem ihm ein wohlig-prickelnder Schauer den Rücken hinunterjagte. »Was bin ich nur für eine Ärztin, dass ich die elementarsten Bedürfnisse meines Patienten vergesse.«

Sie stand auf und holte eine große Schüssel aus dem Kühlschrank. Drew beobachtete sie und registrierte die Sparsamkeit ihrer Bewegungen und die anmutigen Konturen ihrer schlanken Gestalt. Als sie ihm ins Bad geholfen und dabei den Arm um seine Taille gelegt hatte, hatte er gespürt, dass sie keinen BH trug. Jetzt zeichneten sich ihre festen Brüste unter dem dünnen Stoff ihres T-Shirts ab, als sie Suppe in einen Topf gab und diesen auf den Herd stellte. Unwillkürlich breitete sich angenehme Wärme in seinen Lenden aus, als er sich vorstellte, wie diese Brüste über ihm wippten, während sie ein anderes seiner elementaren Bedürfnisse befriedigte, noch elementarer als Essen.

»Ich hoffe, Sie mögen Gemüsesuppe mit Rindfleischeinlage.« Als sie sich ihm wieder zuwandte, hoffte er, dass sie seinen lüsternen Blick nicht bemerkte. »Ich mache Feuer im Ofen und röste Toast.«

Er versuchte, seine Gedanken in konstruktivere Bahnen zu lenken. »Haben Sie kein Handy?«

»Bedaure.« Sie schüttelte den Kopf und hielt ein brennendes Streichholz an das Papier unter den Holzstücken im Ofen. Dann schloss sie die Klappe wieder. »Hier unten im Tal funktioniert kein Mobilfunknetz.«

»Wäre es Ihnen dann vielleicht möglich, mich morgen nach Cairns zurückzufahren?«

Sie legte den Kopf schräg und lauschte dem Rauschen des Regens. Es goss immer noch in Strömen. »Inzwischen dürfte es unmöglich sein, mehrere der Bäche hier im Tal zu durchqueren. Sie werden aus Quellen in den Bergen gespeist, und es regnet nun schon seit ...« Sie warf einen Blick auf ihre Armbanduhr. »... fast fünf Stunden unablässig. Sie haben geschlafen wie ein Stein.«

»Wie halten Sie in der Regenzeit Kontakt zur Außenwelt?« Seine Stimme klang unbeabsichtigt schroff vor Frustration, und er hatte schreckliche Kopfschmerzen – wohl Nachwirkungen der Droge, die man ihm über Tage verabreicht hatte.

»Gar nicht. Das gehört zum Leben hier draußen dazu, und man stellt sich entsprechend darauf ein. Wir decken uns mit einer ausreichenden Menge an Vorräten ein, die Wassertanks sind voll, geheizt wird mit dem Holzofen, und Licht liefern Öllampen und Kerzen. Das mag Ihnen ein wenig primitiv erscheinen, aber ich bin schon an Orten gewesen, wo man das als puren Luxus angesehen hätte.«

Obgleich ihr Tonfall unverändert freundlich blieb, fühlte Drew sich – zu Recht – in die Schranken verwiesen. »Tut mir Leid, wenn ich gereizt geklungen habe«, sagte er, »aber ...«

»Sie brauchen sich nicht zu entschuldigen. Ich an Ihrer Stelle wäre so verdammt wütend und frustriert, dass ich vermutlich versuchen würde, nach Cairns zu laufen.« Sie blickte auf seine Füße. Die weißen Verbände hoben sich deutlich von den dunklen Holzdielen ab. »Allerdings dürfte Laufen bei Ihnen in nächster Zeit ausfallen.«

Emma kümmerte sich wieder um das Essen, wobei sich sich die ganze Zeit bewusst war, dass er sie sehr genau beobachtete. Und noch bewusster war ihr ihre eigene Reaktion darauf. Sie sagte sich immer wieder, dass sie nur deshalb so empfand, weil sie selbst unter großem seelischen Druck stand – es war in zu kurzer Zeit zu viel passiert, um das alles zu verkraften, geschweige denn zu verarbeiten.

»Glauben Sie, Sie können den Löffel halten?«, fragte sie, als sie einen Teller heiße Suppe vor ihn hinstellte.

»Es wird schon gehen.«

Emma schaute ihm beim Essen zu. Anfangs hatte er noch einige Schwierigkeiten, aber nach und nach entwickelte er eine geeignete Technik, indem er sich den Löffelstiel zwischen die Finger klemmte. Lange starke Finger. Fähige Hände. Seine Brust schimmerte im Licht der Öllampe wie Bronze. Dunkle Haare bedeckten den muskulösen Brustkorb und verschwanden unter dem Handtuch, das einen Teil seiner Anatomie verbarg, der, wie sie wusste, großzügig ausgefallen war.

Hitze durchzuckte sie, und sie verspürte eine Sehnsucht, die sie sehr, sehr lange nicht mehr empfunden hatte. Sie rief sich zur Ordnung und richtete ihre Gedanken auf praktische Dinge. Kleidung – sie würde etwas zum Anziehen für ihn heraussuchen müssen; er konnte ja schlecht die nächsten Tage nur mit einem Lendenschurz bekleidet herumlaufen. Nicht, wenn sie selbst ihre Instinkte unter Kontrolle halten wollte.

»Wir sollten etwas zum Anziehen für Sie heraussuchen«, sagte sie, als sie den leeren Teller in die Spüle stellte. »Und ein Bett für Sie herrichten. Sie sehen todmüde aus.« Sie lächelte schwach. »Und mir geht es auch nicht viel besser.«

Sie nahm die Lampe und hoffte, dass er sie nicht bat, ihm beim Aufstehen zu helfen. Ihre Nerven lagen blank, und ihre gewohnte eiserne Selbstdisziplin war stark angeschlagen. Aber er nickte nur, stand auf und zog dabei das Handtuch um seine Hüften enger.

Gedämpftes Lampenlicht warf ihre Schatten an die Flurwand. Emma machte kurz in der Tür zu ihrem Schlafzimmer Halt und atmete erleichtert auf, als sie sah, dass es noch intakt war. Als sie jedoch die Tür zum Gästezimmer öffnete, sank ihr das Herz. Ein großer Ast war ins Fenster geweht worden und hatte Glassplitter im ganzen Zimmer verteilt. Die Vorhänge waren zerfetzt und klatschnass, ein Regal war quer über das Bett gefallen, und überall lagen Bücher herum wie tote Vögel.

Sie fühlte Drews Körperwärme, als er an ihre Seite humpelte, und sein warmer Atem strich über ihr Haar, als er das Chaos betrachtete. Ihre Haut prickelte, als hätte er sie berührt.

Seufzend schloss sie die Tür wieder. Es war nur noch

ein Zimmer übrig. Sie straffte die Schultern und atmete tief ein und aus, unbewusst eine Technik anwendend, die ihr schon in manch schwieriger Situation geholfen hatte.

Widerstrebend ging sie ans Ende des Flurs und betrat das letzte der drei Schlafzimmer. Irgendwie hatte sie erwartet, dass es anders aussehen würde, so verändert und gezeichnet wie sie sich fühlte. Aber der alte seidig-schimmernde Eichenschrank, die passende Kommode und das Bett sahen so solide und beständig aus wie eh und je. Die Tagesdecke war braun-golden gemustert und entsprechend unempfindlich, und auf der Kommode lag eine Männer-Haarbürste neben einem altmodischen Wecker. Die cremefarbenen Spitzengardinen waren der einzige feminine Touch in diesem ansonsten sehr maskulinen Zimmer.

Emma hatte plötzlich einen Kloß im Hals, schluckte diesen jedoch tapfer hinunter. Sie stellte die Lampe auf die Kommode und öffnete eine Schublade. Ihre Hand zitterte leicht, als sie die Shorts herausnahm. Dann holte sie ein Hemd aus dem Schrank und legte beides auf das Bett. Sie wandte sich wieder Drew zu und hoffte, dass er nicht fragen würde, wessen Zimmer das war, aber sein Gesicht war völlig ausdruckslos. Was er wohl dachte?

»Ich lasse Ihnen die Lampe. Ich nehme die Kerze aus dem Bad.« Er sagte immer noch nichts. »Brauchen Sie sonst noch etwas?«

»Eine Zahnbürste wäre toll, falls Sie eine übrig haben. Ich habe gelernt, dass die Antworten auf die Frage ›Was würden Sie auf eine einsame Insel mitnehmen?‹ sich mehr auf Hygieneartikel beziehen als auf gute Bücher und edlen Scotch. Obwohl ...« Er lächelte schief. »... ich denke, der Teil mit der schönen Frau ist ganz okay.«

Der bewundernde Ausdruck in seinen Augen verschlug Emma den Atem. Einen Moment stand sie sprachlos da, dann ging sie an ihm vorbei zur Tür. »Ich lege eine Zahnbürste und Zahnpasta für Sie ins Bad. Gute Nacht.«

»Emma.« Er legte ihr die Hand auf den Arm und hielt sie zurück. Er schien zu zögern, dann ließ er die Hand sinken. »Danke.«

Sie nickte und ging zurück zum Bad. Als sie sich das Gesicht wusch und die Zähne putzte, sah sie im Spiegel eine Frau mit hoffnungslos zerzaustem Haar und einem vor Erschöpfung eingefallenen Gesicht. Eine schöne Frau, ja?, dachte sie spöttisch.

Sie fand in einer Schublade noch eine neue Zahnbürste, die sie neben die Zahnpastatube legte.

In ihrem Schlafzimmer zog sie sich zügig aus und schlüpfte dann in ein Baumwollnachthemd. Sie öffnete das Fenster und lauschte dem gleichmäßigen Trommeln des Regens auf dem Verandadach. Die feuchte Luft duftete leicht nach Eukalyptus. Es war nicht mehr so drückend wie vor dem Wirbelsturm, aber immer noch sehr warm. Sie nahm ihre Haarbürste von der Kommode und begann, ihr Haar zu entwirren, bis es ihr in hellbraunen weichen Strähnen über die Schultern fiel. Sie cremte sich das Gesicht ein, legte sich auf das Bett und blies die Kerze aus.

Hätte sie Drew mehr Fragen stellen und versuchen sollen, mehr über ihn zu erfahren? War er vielleicht ein Krimineller, der seine Komplizen gelinkt hatte? Aber wie klang ein Krimineller und wie sah er aus? Emma lebte schon zu lange fern der polierten Zivilisation, um sich auch nur Spekulationen diesbezüglich zu gestatten.

Warum sollte jemand einen anderen Menschen auf so bizarre Art und Weise töten wollen? War Drew in irgendeinen abstrusen religiösen Kult verstrickt? Oder war er vielleicht geistesgestört? Emma dachte eine Weile über letztere Möglichkeit nach, kam aber zu dem Schluss, dass er sich, auch wenn er derzeit sehr angespannt war, besser unter Kontrolle hatte, als es bei den meisten anderen Menschen in seiner Situation der Fall wäre.

Trotzdem konnte sie ihre Ängste und ihr Misstrauen nicht ganz überwinden. Sie stand auf und schob ihren Schaukelstuhl unter die Türklinke. Anschließend ließ sie sich auf das Bett zurücksinken, in dem sie schon als kleines Mädchen geschlafen hatte, und kuschelte sich auf der vertrauten Matratze zurecht.

Müdigkeit rollte in Wellen über sie hinweg. Sie zwang sich, sich auf die Aufgabe zu konzentrieren, die sie am Morgen erwartete, und überlegte, wo sie die Leiche für die nächsten Tage sicher unterbringen konnte. Schuldgefühle plagten sie, aber sie kämpfte sie nieder und bemühte sich, die Kraft zu mobilisieren für das, was getan werden musste.

Und über all diesen Empfindungen lag die erschreckende Gewissheit, dass da draußen in der Dunkelheit ein Mörder herumlief.

Kapitel 3

Drew setzte sich kerzengerade im Bett auf. Das Herz schlug ihm bis zum Hals, und jeder Nerv in seinem Körper war zum Zerreißen gespannt.

Angespannt lauschte er auf das Geräusch, das ihn so abrupt geweckt hatte, hörte jedoch nur das Rauschen des Regens. Wenigstens fühlte sein Kopf sich an diesem Morgen schon viel klarer an. Trotzdem fragte er sich, wie lange es dauern würde, bis sein Körper die Drogen vollständig abgebaut hatte.

Als er sich streckte, spürte er den Schmerz in jedem Knochen und Muskel. Nur eine Woche erzwungener Bewegungslosigkeit – er hatte sich nicht einmal umdrehen können – hatte genügt, um ihn zu schwächen. In den wenigen Augenblicken, da die Wirkung der Droge nachgelassen hatte, hatte er sich gezwungen, ein paar gymnastische Übungen zu machen, so gut es ging, aber das hatte nicht viel gebracht.

Er ließ die Schultern kreisen und fühlte ein Brennen, als sich die verkrusteten Wunden vom Verband lösten. Es war ihm schwer gefallen, auf dem Bauch zu schlafen, und als er schließlich zu müde gewesen war, um noch Schmerz zu fühlen, hatte er sich auf den Rücken gerollt.

Da war es wieder.

Ein Heulen. Das Heulen eines Hundes, gespenstisch und klagend durchdrang es das Plätschern des Regens. Tageslicht schimmerte durch die Spitzenvorhänge, wenn auch gedämpft und grau. Ein Blick auf den Wecker verriet ihm, dass es kurz nach neun war.

Er schlug das Laken zurück und stieg in die Shorts, die Emma ihm herausgelegt hatte. Sie waren alt und ein bisschen zu klein für einen Mann seiner Statur, sodass sich seine Männlichkeit in allen Einzelheiten darunter abzeichnete. Seine Lippen verzogen sich zu einem schiefen Lächeln. Da war das Handtuch dezenter gewesen.

Er hatte Emma am gestrigen Abend fragen wollen, wessen Zimmer das war, aber ihre Anspannung war fast greifbar gewesen, weshalb er darauf verzichtet hatte. Sie hatten beide Schlaf dringender nötig gehabt als ein Kreuzverhör.

Das Heulen hielt an.

Drew verzichtete darauf, das T-Shirt anzuziehen – es sah nicht groß genug aus, und die Verrenkungen, die notwendig gewesen wären, um es überzuziehen, hätten ihm nur Schmerzen verursacht. Langsam ging er den Flur hinunter, wobei er weitestgehend auf den seitlichen Fußkanten lief, um die Wunden möglichst zu entlasten.

An der Badezimmertür zögerte er und trat dann ein. Nachdem er sich das Gesicht gewaschen und die Zähne geputzt hatte, fühlte er sich fast wie ein neuer Mensch. Die Versuchung, Rasiercreme und Rasierer, die auf der Ablage über dem Waschbecken lagen, zu benutzen und sich zumindest eines Zeichens seiner Gefangenschaft zu entledigen, war fast unwiderstehlich, aber er verschob dies auf später und ging stattdessen weiter.

Emmas Schlafzimmertür stand offen. Anders als in seinem Zimmer mit den cremefarbenen Wänden war dieses weiß gestrichen mit freundlichen blau-grünen Vorhängen und einer Tagesdecke aus dem gleichen Stoff. Ein Schaukelstuhl mit Patchwork-Kissen stand neben einem Schrank und einer Kommode aus hellem Kiefernholz. Auf der Kommode lagen einige persönliche Gegenstände, und sein Blick fiel auf einen gerahmten Schnappschuss. Er trat näher, um das Foto genauer zu betrachten.

Emma als Teenager stand zwischen einem großen ernsten Mann und einer lachenden dunkelhaarigen Frau. Emma hielt die Zügel eines zierlichen Pferdes, offensichtlich ein Vollblüter. Ein zweites Foto zeigte dieselbe Frau; sie war älter, aber in ihren strahlenden Augen stand immer noch dieselbe Lebensfreude. Drew sagte sich, dass Emma in diesem Alter genauso aussehen würde. Die feinen Züge und die makellose Haut würden sie immer viel jünger erscheinen lassen, als sie tatsächlich war.

Er ging weiter in die Küche. Auch dort war niemand. Dann das Wohnzimmer. Es war gemütlich eingerichtet, mit einer Polstergarnitur mit verblasstem grünen Bezug und Regalen, die förmlich überquollen von Büchern und Zeitschriften.

Der Behandlungsraum war ebenfalls verlassen.

Wo zum Teufel steckte Emma?

Irgendwann im Laufe der Nacht war aus »der Frau« Emma geworden, und ihr Name ging ihm mit überraschender Vertrautheit durch den Kopf.

Die Haustür stand offen. Das Heulen schien aus dem Stall auf der gegenüberliegenden Hofseite zu kommen. Der Klagelaut, der durch den dichten Regenvorhang drang, verursachte ihm Gänsehaut. Drew runzelte die Stirn. Irgendetwas stimmte da nicht. So heulte kein Hund ohne Grund. Ob Emma etwas passiert war? Oder verbarg sich etwas Bedrohliches dahinter?

Er hatte genug davon, im Dunkeln zu tappen. Die Ironie dieser Analogie entging ihm nicht, und er lächelte humorlos. Er nahm einen Regenmantel von einem Garderobenständer in der Diele und zog ihn vorsichtig über. Dann setzte er einen verknitterten Wachshut auf. Gleich neben der Tür stand ein altes Paar Gummistiefel, in dem dicke Socken steckten. Zwar widerstrebte es ihm, in Anbetracht des Zustands seiner Füße irgendwelches Schuhwerk anzuziehen, aber das war immer noch besser, als wenn Schmutz in die Wunden drang.

Er brauchte eine Ewigkeit, um den Hof zu überqueren, wobei er immer wieder Trümmern ausweichen musste, die der Wirbelsturm dort zurückgelassen hatte. Das Heulen setzte sich fort. Als er sich der Stalltür näherte, vernahm er rhythmische dumpfe Schläge. Die Tür stand einen Spaltbreit offen, und er zog sie vorsichtig weiter auf.

Zwei Hütehunde stürzten knurrend und mit gebleckten Zähnen auf ihn zu. Ihre Augen leuchteten im schwachen Licht gelb. Er versteifte sich Er blieb steif stehen, und als seine Augen sich an die Dunkelheit gewöhnt hatten, sah er Emma mit erhobener Spitzhacke vor sich. Sie wich einige Schritte vor ihm zurück und wurde kreidebleich.

Sein Blick fiel auf die Form hinter ihr, über die eine Decke gebreitet war.

Zweifellos die Umrisse eines menschlichen Körpers.

Emma schnappte schockiert nach Luft.

Die Spitzhacke fiel ihr aus der Hand, und sie warf einen gehetzten Blick über die Schulter.

Er lag noch da, in die Decke gewickelt. Erst dann erkannte sie, dass es sich bei der Gestalt in Mantel und Hut ihres Vaters um den Fremden handelte, der am Vorabend auf der Ranch aufgetaucht war. Sie war so vertieft gewesen in ihre Arbeit und so beschäftigt mit ihrer Wut, ihren Schuldgefühlen und ihrer Trauer, dass sie Drew fast vergessen hatte. Sie rief die Hunde zurück. Widerwillig gehorchten sie und machten Platz.

Misstrauen, Zorn und flüchtig auch Schmerz flammten in Drews Augen auf. Er kam auf sie zu, ein großer Mann, dessen Statur von dem weiten Regemantel noch betont wurde.

Emma wich ängstlich zurück. Drew war zweifellos trotz seiner Wunden ein ernst zu nehmender Gegner, dem sie kräftemäßig kaum gewachsen sein dürfte. Und er war fähig, Schmerzen zu ertragen, das hatte er bewiesen, indem er vom Haus bis zum Stall gelaufen war.

»Schlagen Sie die Decke zurück.« Seine Stimme klang so kalt und hart, dass Emma ein kalter Schauer über den Rücken jagte. Ihr Blick fiel auf die Spitzhacke, aber Drew bückte sich und hob sie auf, ohne das Gesicht zu verziehen, obgleich die Bewegung ihm höllisch Schmerzen bereiten musste. Er warf das Werkzeug außer Reichweite.

»Ich kann nicht«, entgegnete Emma gepresst. Sie

wurde von Trauer überwältigt. Sie konnte den Toten nicht noch einmal ansehen. Sie konnte es einfach nicht. Es war schwer genug gewesen, ihn in die Decke zu wickeln in dem Bewusstsein, ihn nicht in einem anständigen Sarg bestatten zu können. Das Ausheben des schlichten Grabes war ihr nur dadurch erleichtert worden, dass er es genauso gewollt haben würde: begraben bei seinen geliebten Pferden – den wenigen, die ihm geblieben waren. Der Geruch nach Stroh, Pferden und Staub erschien ihr plötzlich erstickend.

Sie hatte ihre Trauer lange genug unterdrücken können, um sein kaltes, steifes Gesicht zu küssen und seinen Körper in dieses improvisierte Leichentuch zu hüllen, aber nun verließen sie die Kräfte. Sie schlang die Arme um den Oberkörper und versuchte, gegen den Schmerz anzukämpfen, der ihr schier das Herz zerriss. Tränen liefen ihr über die Wangen.

Drew musterte sie forschend. Dann bückte er sich und entfernte die Decke von dem Toten. Das Gesicht kam ihm bekannt vor; er hatte es eben erst auf dem Foto in Emmas Zimmer gesehen.

Er blickte zu ihr auf. Ihr Gesicht war tränennass, und ihr Körper wurde von lautlosem Schluchzen geschüttelt.

»Mein Vater«, brachte sie mühsam hervor, und ihr Gesicht verzog sich vor Schmerz.

Drew fühlte sich, als hätte man ihm einen Schlag in die Magengrube versetzt. Er war stolz darauf, stets möglichst fair zu handeln, aber diesmal hatte er vorschnell geurteilt, ohne der Frau, die ihm vielleicht das Leben gerettet hatte, auch nur die Gelegenheit einer Erklärung einzuräumen. Obwohl er wusste, dass die

Ereignisse der vergangenen Woche sein Verhalten rechtfertigten, schämte er sich.

Er richtete sich auf und zog sie in seine Arme. Der Mantel klaffte vorne auf, und ihre Tränen tropften auf seine nackte Brust. Er schauderte von dem intensiven Bedürfnis, sie zu trösten, zu beschützen, sie ganz festzuhalten und nie wieder loszulassen. Ihr schlanker Körper zuckte von lautlosen Schluchzern. Ihre Wange fühlte sich weich an auf seiner Brust und entfachte ein Feuer tief in seinem Innersten, eine Sehnsucht, wie er sie noch nie empfunden hatte.

Dieses Gefühl war so intensiv, dass es ihm sogar noch größere Angst einjagte als jene, die er empfunden hatte, als man ihm die Nägel durch die Handflächen getrieben hatte. Als der Teufel versucht hatte, von seinem Geist Besitz zu ergreifen, hatte er ihn ohne allzu große Mühe abwehren können, aber bei dieser Frau ahnte er, dass sie ihn, sofern er es zuließ, mit Leib und Seele besitzen würde.

Sanft schob er Emma von sich und registrierte bedauernd, dass er ihren verführerischen Duft nicht mehr riechen konnte. Als er schließlich sprach, klang seine Stimme unnatürlich rau. »Wie ist er gestorben?«

Er sah, wie Emma sich sammelte wie Meerwasser, das sich bei Ebbe vom Strand zurückzog, als sie versuchte, Schmerz und Trauer zu verdrängen. Sie zog einen der Arbeitshandschuhe aus und wischte sich mit einer entschiedenen Geste die Tränen vom Gesicht.

»Als der Sturm schlimmer wurde, habe ich ihm gesagt, er solle in der Badewanne bleiben. Als das Auge des Sturms auf uns zukam, öffnete ich die Fenster auf der abgewandten Hausseite. Als ich zurückkam, war er fort. Ich fand ihn draußen. Ich band die Hunde im Stall an, damit sie nicht im Freien verletzt wurden. Was die Pferde betrifft, muss Dad sie rausgelassen haben.« Emmas Stimme versagte, und sie schüttelte sich. Drew sah, wie sie erneut um Fassung rang. Bei dem Anblick wurde ihm ganz komisch, und beinahe hätte er sie wieder in die Arme genommen. Aber nur beinahe.

»Offenbar wurde er von einem Zaunpfosten getroffen, den der Sturm auf das Dach geweht hatte und der herunterfiel, als er den Stall verließ. Er hat ihm das Genick gebrochen.«

»Und jetzt wollten Sie ihn begraben. Warum?«

Der verletzte, verblüffte Ausdruck in ihren Augen überraschte ihn.

»Was sollte ich denn sonst tun? Es gibt hier keinen Kühlraum, und auch wenn, würde er mir ohne Strom doch nichts nützen. In dieser Hitze verwest ein Körper sehr schnell. Ich konnte ihn nicht einfach hier liegen lassen.«

»Warum bringen Sie die Leiche nicht nach Cairns, sobald der Wasserpegel der Bäche gefallen ist? Ein, zwei Tage dürften doch keinen so großen Unterschied machen, oder?«

Emma lehnte sich gegen eine der Pferdeboxen. Sie sah erschöpft aus, und die dunklen Ringe unter ihren Augen verrieten, dass sie in der vergangenen Nacht nicht viel geschlafen hatte. »Wenn es weiterregnet, kann es Wochen dauern, bis die Straße wieder passierbar ist.« Sogar ihre Stimme klang müde. »Außerdem habe ich heute Morgen im Radio gehört, dass der Wirbelsturm die Gegend südlich von Cairns verwüstet hat. Es sind gewaltige Schäden entstanden, und die Strom- und Wasserversorgung ist unterbrochen. Die haben da drüben ganz andere Sorgen.«

Emma wandte sich müde ab, streifte den Handschuh wieder über und hob die Spitzhacke auf. Sie schwang sie rhythmisch und riss mit jedem Schlag große Brocken der gestampften Erde heraus, aus der der Stallboden bestand. Drew zog den schweren Regenmantel aus und legte ihn zusammen mit dem Akubra neben Emmas Mantel. Er wickelte die Decke wieder um den Kopf des Toten und setzte sich auf eine Futterkiste. Mit jedem Schlag der Spitzhacke wuchs seine Frustration. Er sollte dieses Grab ausheben und nicht diese Frau mit den schmalen Hüften und den sanften Arzthänden. Er blickte auf die Verbände an seinen eigenen Händen.

Abrupt schwang er sich von der Kiste. Es musste eine Sattelkammer geben. Im Stall war es bei diesem Wetter ohne elektrisches Licht düster, und sogar die Luft fühlte sich klebrig-feucht an. Er kam an sauberen, geräumigen Pferdeboxen vorbei, aber nur in zweien deuteten Heu und Wasser darauf hin, dass sie kürzlich noch benutzt worden waren.

Kurz darauf hatte er die Sattelkammer gefunden. Er roch Leder, Sattelseife, Fett und noch etwas anderes, einen Geruch, den er nicht zuordnen konnte. Er schaute sich um. Sättel, Trensen, Lederpflegemittel. Nichts Ungewöhnliches. Der Geruch ließ ihn nicht mehr los. Dann entdeckte er die Quelle: ein Fass voller Holzspäne. Der durchdringende Holzgeruch versetzte ihn zurück in den Schuppen, blind, angekettet und seinem Peiniger hilflos ausgeliefert.

Eine Welle der Panik stieg in ihm auf. Er schwankte, und der Geruch seiner Angst erfüllte den stickigen kleinen Raum. Ein paar Sekunden lang beherrschte die Furcht seinen ganzen Körper und seinen Verstand, aber er kämpfte mit wilder Entschlossenheit dagegen an.

Er kramte in dem Durcheinander auf der schmalen Bank an einer Wand und fand schließlich, was er gesucht hatte: Arbeitshandschuhe.

Als er zurückkam, hatte sich Emmas Rhythmus verlangsamt. Als er sie leicht an der Schulter berührte, wandte sie sich ihm zu. Sie blickte auf seine Hände, als er nach der Spitzhacke griff.

»Nein. Das geht nicht. Ihre Wunden werden wieder aufbrechen.«

Eine lange braune Strähne hatte sich seitlich aus dem Pferdeschwanz gelöst, und er strich sie ihr sanft aus der schweißnassen Stirn. Einen Moment trafen sich ihre Blicke, und er verspürte eine ihm völlig fremde Zärtlichkeit angesichts der Qual in ihren Augen. Ehe er seinen Emotionen gemäß handeln konnte, ehe er der Versuchung nachgeben konnte, sie in seine Arme zu ziehen und ihre weichen Lippen zu küssen, nahm er ihr die Spitzhacke ab und stieg in die Grube.

»Ich übernehme das Schaufeln.« Emma sprach wie schon am Vorabend in einem Tonfall, der keinen Widerspruch duldete. Er verkniff sich ein Lächeln. Er konnte ihr Bedürfnis verstehen, an der Beerdigung ihres Vaters Anteil zu haben.

»Okay«, nickte er. »Wir wechseln uns ab.«

Es war seltsam, Drew bei der Arbeit zuzusehen, zu beobachten, wie seine Muskeln sich unter der gebräunten Haut spannten. Jedes Mal, wenn er mit der Spitzhacke ausholte, verfolgte sie, wie der Schweiß in Rinnsalen durch seine dunklen Brusthaare lief. Mit dem zerwühlten Haar und den Bartstoppeln im Gesicht sah er richtig gefährlich aus, und Emma war sich sehr bewusst, welcher Art diese Gefahr war.

Mit jeder Minute, die verstrich, fiel es ihr schwerer, sich selbst davon zu überzeugen, dass die Anziehung nur auf ihren emotionalen Ausnahmezustand aufgrund der Ereignisse der vergangenen 24 Stunden zurückzuführen war. Dass sie nur Dankbarkeit empfunden hatte für den Trost seiner Arme, als sie die Trauer nicht länger hatte unterdrücken können. Aber ihr Herz schlug immer noch schneller, und das, was ihr Blut derart in Wallung brachte, war ganz eindeutig Verlangen.

Und so war sie nicht unglücklich, als er eine Pause einlegte und sie die Erde aus der Grube schaufeln konnte. Als das Loch schließlich so tief war, dass es ihr bis zur Hüfte reichte, nickte sie ihm zu. »Das reicht. Sobald als möglich werde ich für ein ordentliches Begräbnis sorgen. Ich weiß, dass Mum das so würde haben wollen.«

»Waren Ihre Eltern ...«

»Geschieden, ja. Meine Mutter hat wieder geheiratet.«

Drew nickte nur, als hätte er die feine Nuance in ihrem Tonfall nicht wahrgenommen. Sie hatte sich schon vor Jahren mit der Trennung ihrer Eltern abgefunden, aber die alte Wunde schmerzte immer noch.

Sie stieß das Schaufelblatt kräftig in die kühle Erde. Jetzt würde es keine Versöhnung mehr geben, und somit würde auch die Wunde nie mehr heilen. Ihr Vater hatte sie über den Tod hinaus darum betrogen.

Kurze Zeit später klopften sie die Erde auf dem provisorischen Grab fest. Drew zog die Handschuhe aus, und Emma betrachtete stirnrunzelnd den blutgetränkten Verband. Wortlos hob sie seinen Regenmantel auf und half ihm hinein, ehe sie ihren eigenen überzog.

»Kommen Sie ins Behandlungszimmer.«

Emma hängte ihre Mäntel an Haken draußen auf der Veranda. Drew zog Stiefel und Socken aus und folgte ihr ins Haus. Er hinkte vor Schmerzen und atmete auf, als er sich auf den Behandlungstisch setzen konnte. Er sah zu, wie Emma hochkonzentriert die Verbände an Händen und Füßen durchtrennte.

Er wollte ihre Spange lösen und sehen, wie das honigbraune Haar ihr Gesicht einrahmte. Er fragte sich, ob sie, wenn er der Versuchung, sie zu küssen und ihre Zunge an seiner zu fühlen, tatsächlich so verführerisch schmecken würde, wie er es vermutete.

Er versuchte, nicht daran zu denken, wie es sich anfühlen würde, wenn sie ihre langen schlanken Beine um seine Taille schlang, ihn an sich zog und ihn drängte, ihren Körper und ihre Seele in Besitz zu nehmen. Aber noch viel stärker als das brennende Verlangen war das Bedürfnis, diese gleichzeitig starke und verwundbare Frau zu trösten und zu beschützen.

Der Schmerz an seinen Händen und Füßen war

nichts verglichen mit jenem in seiner Brust. Das Gefühl war neu für ihn, diese Lust vermischt mit Zärtlichkeit, und er wusste nicht recht, wie er damit umgehen sollte.

»Sie können von Glück sagen, dass derjenige, der Ihnen das angetan hat, sich an jener Art der Kreuzigung orientiert hat, wie sie künstlerisch gerne dargestellt wird, und nicht an der tatsächlichen Methode der alten Römer.« Ihre Bemerkung riss ihn aus seinen Gedanken. Sie hatte die Füße bereits neu verbunden und untersuchte gerade seine Handflächen.

»Wie meinen Sie das?«

»Die Römer haben durch das Handgelenk genagelt. Die Hand könnte das Gewicht des Körpers niemals halten – sie würde zwischen Fingern und Daumen reißen. Außerdem waren die Nägel zu kurz – völlig ungeeignet für den beabsichtigten Zweck.« Sie legte neue Verbände an. »Der Nagel hat Ihren rechten Fuß nicht vollständig durchbohrt, und das Gewebe an Ihren Händen ist nicht eingerissen. Offenbar wurde er gestört. Jemand muss ihn davon abgehalten haben, sein Werk zu vollenden. Können Sie sich noch an irgendetwas erinnern, Drew?«

Erinnern? Er hatte sich fast die ganze Nacht den Kopf darüber zerbrochen und war schweißgebadet gewesen bei der Erinnerung an die Schmerzen und das grausame Gefühl von Hilflosigkeit, als sein mit Drogen vollgepumpter Körper einfach nicht in der Lage gewesen war, dem Flehen seines Verstandes, doch endlich zu kämpfen, nachzukommen. Das alles machte keinen Sinn. Vielleicht würde Emma etwas auffallen, wenn er ihr das Geschehen schilderte.

Und so begann er zu erzählen. Von seiner vagen Erinnerung daran, wie Donner die Wände seines Gefängnisses hatte erzittern lassen, als er wieder einmal aus dem Drogenschlaf erwacht war. Dann das Geschrei, Worte, die auf ihn niederprasselten wie Schläge. Dass Gott ein Zeichen gesandt habe und der Augenblick gekommen sei, das Opfer darzubringen.

»Und dieses Opfer waren Sie«, sagte Emma leise.

Er schauderte, als er daran zurückdachte, wie die Peitschenschnur tief in sein Fleisch geschnitten und ihn ins Bewusstsein zurückgeholt hatte. Normalerweise konnte er Schmerzen gut aushalten, aber über diesen Schmerz hatte er keine Kontrolle, und das war etwas völlig anderes.

»Ja«, zischte er, Zorn und Frustration vermischt mit der Furcht vor dem Unbekannten.

Emmas weiche Hand an seiner stoppeligen Wange holte ihn in die Gegenwart zurück. In ihren Augen lag ein mitfühlender Ausdruck, aber er sah in ihnen noch etwas anderes. Wärme ließ den Eisklumpen in seinem Bauch schmelzen, als er erkannte, was es war. Sie hatte Angst um ihn, und die Sorge überschattete seine Augen und legte ihre Stirn in Falten.

»Jetzt bist du in Sicherheit«, sagte sie beschwichtigend, und das Du war wie Balsam für seine gepeinigte Seele. »Aber wer hat ihn aufgehalten? Wer hat die Nägel herausgezogen? Wie bist du hergekommen?«

»Als er mich ausgepeitscht hat, habe ich jemanden weinen hören.« Drew lachte bitter. »Zuerst habe ich mich gefragt, ob ich das vielleicht selber wäre, aber dann ging mir auf, dass es eine Frau war. Sie hat den Teufel angefleht aufzuhören, hat versucht, ihn davon zu überzeugen, dass das nicht Gottes Wille wäre. Aber er entgegnete nur, Gott habe ihm ein Zeichen gesandt – er faselte etwas von einem roten Blitz –, und dann kettete er mich an und fing an, mir die Nägel in Hände und Füße zu schlagen.«

Er holte tief Luft. Nicht die Furcht vor dem Tod hatte ihn fast wahnsinnig gemacht, sondern die furchtbare Erkenntnis, dass der Todeskampf Tage dauern konnte. Bei der Erinnerung verkrampfte sich sein Magen erneut, sodass er beinahe nicht gehört hätte, was Emma sagte.

»Ich habe den roten Blitz auch gesehen. Vor dem Wirbelsturm gab es ein Gewitter. Ein solches Naturschauspiel habe ich noch nie zuvor gesehen. Die Luft knisterte förmlich vor elektrischer Spannung. Hunde und Pferde spielten verrückt. Dann hat die Frau dich befreit?«

»Ich denke schon. Ich muss bewusstlos geworden sein – er hatte mir ein starkes Beruhigungsmittel verabreicht –, und das Nächste, woran ich mich erinnere, ist, dass mich jemand ohrfeigte und dabei weinend anflehte aufzustehen. Sie hat mir in einen Van geholfen. Dann gingen bei mir wieder die Lichter aus. Als ich wieder zu mir kam, wurde ich aus dem Van gestoßen. Als es mir endlich gelungen war, die Kapuze vom Kopf zu ziehen, sah ich gerade noch einen weißen Van mit einem blauen Streifen auf der Seite wegfahren. Er war aber schon zu weit weg, um das Kennzeichen zu erkennen. Der Wirbelsturm wütete bereits, und ich suchte Schutz in einer Felsnische. Ich wartete, bis der Sturm sich ein wenig beruhigt hatte, dann ging ich los und bin hier gelandet.«

»Woher wusstest du, in welche Richtung du laufen musstest?«

»Von der Felsnische aus konnte ich die Ranch sehen.«

»Dann muss man dich ganz in der Nähe des Tores abgesetzt haben.« Ihre Augen blitzten vor Aufregung, und Drew musste erneut gegen den Impuls ankämpfen, sie in die Arme zu schließen und zu fühlen, wie ihr weicher schlanker Körper sich an ihn schmiegte.

»Das könnte bedeuten, dass die Person, die mich hergebracht hat, wusste, dass du Ärztin bist. Und das wiederum heißt, dass es sich um jemanden handeln könnte, der ganz in der Nähe wohnt. Kennst du alle, die hier im Tal leben, Emma?«

Es war ein gutes Gefühl, wieder zu sich zu finden, wieder klar denken zu können. Offenbar hatte sein Organismus die Drogen inzwischen weitgehend abgebaut, sodass er sich wieder konzentrieren konnte. Sein Körper ließ sich allerdings nicht so leicht ablenken. Sämtliche Nervenenden waren auf Emma ausgerichtet, registrierten jede noch so leise Bewegung, und als sie mit den Schultern zuckte und das T-Shirt sich über den festen Brüsten spannte, durchzuckte brennende Hitze seine Lenden. Im Stillen verfluchte er die zu engen Shorts.

»Ich fürchte nein. Ich bin erst vor einem Jahr hierher zurückgekommen, und nicht alle kommen zu mir. Aber für meine Patienten lege ich die Hand ins Feuer, von denen wäre keiner zu so etwas fähig.«

Sie hob eine Hand, wie um seine Brust zu berühren, ließ sie jedoch dann wieder sinken. Ein kaum merklicher Schauer durchfuhr sie, so flüchtig, dass er beinahe glaubte, er hätte ihn sich nur eingebildet, aber als sie weitersprach, klang ihre Stimme eindeutig heiser.

»Leg dich bitte auf den Bauch. Ich möchte mir die Striemen auf deinem Rücken ansehen. Die Arbeit mit der Spitzhacke hat ihnen bestimmt nicht gut getan.«

Drew widerstand der Versuchung, die Beine um ihre Schenkel zu schlingen und sie zu küssen. Sein Körper schrie förmlich danach, sie zu fühlen, aber dies war nicht der richtige Augenblick. Immerhin lauerte dort draußen immer noch jemand, der ihn tot sehen wollte. Jemand, der sich auch an Emma vergreifen könnte, wenn sie ihm im Wege war. Also gehorchte er und drehte sich auf den Bauch. Gleich darauf fühlte er, wie sie vorsichtig den Verband entfernte, die Wunden versorgte und einen neuen Verband anlegte.

»Wahrscheinlich werden Narben zurückbleiben. Zwar werden sie mit der Zeit verblassen, aber ich fürchte, sie werden immer zu sehen sein.«

»Besser ein vernarbter Rücken, als tot und nicht mehr in der Lage, den Schuldigen zur Verantwortung zu ziehen«, entgegnete er philosophisch.

Als er ihr unterdrücktes Schluchzen hörte, realisierte er, wie unsensibel das geklungen haben musste, nachdem sie eben erst ihren Vater begraben hatte. Er setzte sich auf.

Tränen glitzerten in Emmas Augen, und Drew verfluchte seine Taktlosigkeit. Teufel, er mochte ja physische Wunden davongetragen haben, aber sie litt auf emotionaler Ebene nicht weniger. Sie hatte ihn aufgenommen, ihn gepflegt und seine Wunden versorgt, während ihr Vater tot im Stall lag, nur von den Hunden bewacht.

Drew fühlte, wie das Gefühl der Enge in seiner Brust sich langsam auflöste. Wortlos zog er sie an sich, hielt sie ganz fest und drückte ihre Wange an seine muskulöse Schulter. Dann murmelte er beruhigende, tröstende Worte, an die er sich noch aus seiner Kindheit erinnern konnte und strich ihr zärtlich das seidige Haar aus dem Gesicht. Ihr ganzer Körper zuckte vom Weinen, was um so herzzerreißender war, als dabei kein Laut über ihre Lippen kam. Es war, als hätte sie schon vor langer Zeit gelernt, lautlos zu weinen, damit sie niemand hörte.

Nach und nach beruhigte sie sich wieder, aber Drew hielt sie weiter fest und fuhr fort, tröstliche Worte zu flüstern, ihren Rücken zu streicheln und den salzigen Geruch ihrer Tränen und ihren ganz eigenen weiblichen Duft einzuatmen.

Anfangs war die Veränderung in ihren Körpern noch kaum spürbar, wie die ersten wärmeren Tage nach einem langen kalten Winter. Aber aus der angenehmen Wärme wurde rasch sengende Hitze, als Drew bewusst wurde, dass Emma die verräterische Härte seiner Erektion durch den Stoff ihrer Jeans hindurch fühlen musste.

Er schob sie ein klein wenig von sich und hob ihren Kopf leicht an, sodass er ihr Gesicht sehen konnte. Plötzlich spielte es keine Rolle mehr, dass draußen im Regen jemand herumschleichen konnte, der ihn umbringen wollte. Das Einzige, was jetzt zählte, war diese Frau mit den wunderschönen großen Augen im blassen Gesicht und den schmalen Händen, die zitternd auf seiner Brust lagen.

Eigentlich hatte der Kuss ganz sanft und zärtlich

sein sollen, aber in der Sekunde, da seine Lippen die ihren berührten und er sie schmeckte, verlor er die Beherrschung. Seine Zunge forderte Einlass, und sein Hunger war so groß, dass er glaubte, ihn niemals stillen zu können. Emma.

Etwas Vergleichbares hatte er noch nie erlebt. Das Verlangen schoss durch seine Adern wie flüssiges Feuer, verzehrend und doch auch unvergleichlich wohltuend. Emma lag glühend in seinen Armen, erwiderte seinen Kuss nicht minder leidenschaftlich, und ihre Hände fuhren Besitz ergreifend über seine Brust.

Er wollte sie besitzen, gleich hier im Behandlungszimmer, wollte eintauchen in ihre feuchte Wärme, bis er sich in ihr verlor. Er wollte sehen und hören, wie sie in Ekstase aufschrie.

Sein Verlangen war geprägt von einer Dringlichkeit, wie er sie noch nie empfunden hatte, als müsste er seinen Anspruch auf sie besiegeln, damit sie ganz und gar und für immer sein war.

Und eben diese Dringlichkeit war es, die ihn veranlasste, den Kuss abzubrechen. Wie konnte er nur derart die Kontrolle verlieren? Er hatte seine normalen männlichen Bedürfnisse nie unterdrückt, hatte sich aber bisher immer beherrschen können. Und so war dieses ... beinahe *animalische* ... Verlangen ein Schock. Er war erfüllt von dem Drang, Emma zu erobern, zu besitzen und als die Seine zu brandmarken. Und doch ging dieses allumfassende Verlangen mit der Gewissheit einher, dass das leiseste Zögern ihrerseits genügen würde, und er würde lieber sterben, als sich ihr aufzudrängen.

Und eben diese alles überlagernde Zärtlichkeit erschütterte ihn am tiefsten. Zum ersten Mal in seinem Leben war Drew Jarrett, ein Mann, der von seinem Verstand und seiner Rhetorik lebte, sprachlos.

Emma kam es vor, als wäre ihre Welt in tausend Scherben zersprungen. Ihr ganzer Körper bebte vor Verlangen. Ihre Hände konnten gar nicht genug davon bekommen, ihn zu berühren, die glatte Haut, das dunkle Haar, das seine breite muskulöse Brust bedeckte. Sie fuhr sich mit der Zunge über die Lippen und schmeckte Hitze und Drew. Die zarte Haut um ihren Mund war leicht geschwollen von seinen stacheligen Bartstoppeln.

Sie sah das flackernde Verlangen in seinen Augen und fühlte die unterdrückte Lust in den Händen, die sie festhielten.

»Ich kenne dich kaum ...«, brach es aus ihr hervor. Den Rest des Gedanken behielt sie für sich ... *aber ich begehre dich, wie ich noch nie zuvor einen Mann begehrt habe.*

»Ich könnte jetzt sagen, dass es mir Leid tut, aber das wäre gelogen«, sagte Drew eindringlich. »Ich weiß auch nicht, was das ist zwischen uns, Emma, aber ich begehre dich, wie ich in meinem ganzen Leben noch keine Frau begehrt habe.«

Emma zuckte zurück, als er exakt ihre Gedanken wiedergab. Ihr war bewusst, dass ihre Augen sich weiteten, als er mit tiefer, volltönender Stimme fortfuhr. »Du willst es vielleicht nicht hören, aber auch du kannst die Chemie zwischen uns nicht abstreiten.«

»Ich bin kein schüchterner Teenager, Drew«, entgegnete sie und trat einen Schritt zurück. »Ich will gar nicht leugnen, dass ich mich zu dir hingezogen fühle. Aber ich bin nicht an einer Beziehung interessiert. Ich werde so bald als möglich an meine Arbeit zurückkehren. Außerdem weiß ich nichts über dich. Ich meine, du könntest ebenso wahnsinnig sein wie dieser Psychopath, der versucht hat, dich zu töten.«

Zu ihrer Überraschung lächelte er. »Man hat mir zwar schon manches an den Kopf geworfen, Emma, aber ›Psychopath‹ war bisher nicht darunter.«

»Dann erklär mir doch mal, warum dir jemand etwas so Abscheuliches antun wollte? Warum will dich jemand töten?«

Ein Stirnrunzeln löste das Lächeln auf seinem Gesicht ab. Er setzte eben zu einer Erwiderung an, als die Haustür unter hämmernden Faustschlägen erzitterte. Seine Hände schlossen sich mit stählernem Griff um ihre Oberarme, und sie war richtig erschrocken von der Wut, die urplötzlich in seinen Augen stand. »Hast du ein Gewehr?«

Kapitel 4

»Antworte mir, Emma! Wenn das dein wahnsinniger Psychopath ist, haben wir beide ein Problem!«

Emma sah ein, dass Drew Recht hatte. Sie hatte geglaubt, er wäre bei ihr sicher, nicht zuletzt geschützt durch den heftigen Regen, aber vielleicht hatte der Killer ja herausgefunden, wo Drew hingebracht worden war und wollte nun vollenden, was er begonnen hatte.

»Ja, schon, aber ich habe das Schloss entfernt. Ich hatte Angst, Dad würde sich verletzen, er ...«

»Emma! Karl! Seid ihr da?«, rief eine dunkle Stimme auf der vorderen Veranda.

Emma seufzte erleichtert auf. »Es ist okay«, versicherte sie Drew. »Das ist J. D., ein Nachbar.«

»Kannst du ihm vertrauen?«

»Blind.« Emma sah, wie Drews Stirn sich in noch tiefere Falten legte, und fragte sich, was er denken mochte. Sie wandte sich ab und ging zur Tür. Sie verspürte eine Welle der Zuneigung zu dem kräftigen Mann auf der Veranda, der das Regenwasser aus seinem Mantel schüttelte und diesen neben ihren hängte. Ohne seine Hilfe wäre die Ranch im vergangenen Jahr noch mehr verfallen.

»Ich habe eure Pferde auf meinem Land gefunden

und sie zurückgebracht, Emma. Sie stehen schon im Stall.« Er lächelte nicht. Der brütende Ausdruck in seinen Augen verriet Emma, dass er das frische Grab gesehen haben musste.

»Du kommst besser rein, J. D. Da ist jemand, den du ...« Sie brach ab, als sie sah, wie seine Schultern sich unter dem Jeanshemd spannten und seine Augen sich verengten. Sie wusste, dass Drew hinter ihr stehen musste. »Darf ich vorstellen ... Drew Jarrett, John Devlin O'Connor.«

Zehn Minuten später saßen die Männer am Küchentisch, während Emma Kaffee kochte und Toast röstete und J. D. vom Tod ihres Vaters und Drews Auftauchen berichtete.

J. D. fuhr sich mit einer Hand durch das dicke braune Haar. »Das mit deinem Vater tut mir Leid, Em, aber vielleicht war es besser so.«

Emma sah, wie Drew fragend eine Braue wölbte. »Mein Vater hatte Alzheimer«, erklärte sie. »Es war nicht einfach, sich um ihn zu kümmern – er war nur noch selten bei klarem Verstand.«

»Und die übrige Zeit war er ein cholerischer, undankbarer Mistkerl«, warf J. D. ein. Er hob beschwichtigend eine Hand, als Emma zum Protest ansetzte. »Ich weiß, dass du ihn geliebt hast, und er mag früher ein guter Mann gewesen sein, auch wenn er dir und deiner Mutter das Leben schwer gemacht hat, aber im vergangenen Jahr war das Leben mit ihm doch für dich die reinste Hölle.«

Er wandte sich wieder Drew zu. »Sie kommen mir irgendwie bekannt vor, Drew. Darf ich fragen, was Sie beruflich machen?«

»Ich bin Rechtsanwalt.«

J. D. zog eine Braue hoch. »Das mag den Wunsch des einen oder anderen, Sie zu kreuzigen, erklären, aber ich kenne sie aus einem anderen Zusammenhang.« Plötzlich lächelte er, und ebenmäßige strahlend weiße Zähne hoben sich von seinem tief gebräunten Gesicht ab. »Der State Triathlon im vergangenen Monat. Sie waren Dritter. Sie haben Mumm bewiesen, als sie nach dem Fahrradsturz weitergefahren sind.«

»Triathlon?«, fragte Emma.

»Du weißt schon, äh ... zwanzig Kilometer laufen, zwei Kilometer Freistilschwimmen und dreißig Kilometer Radfahren, um zu ermitteln, wer der Fitteste unter den Fitten ist.«

»Ich weiß, J. D. Ich hätte nur nicht gedacht ...«

»Würde es euch etwas ausmachen, wenn wir uns jetzt darauf konzentrieren, herauszufinden, wer hier im Tal einen Grund haben könnte, mich töten zu wollen?«

Emma sah die Verlegenheit auf Drews Gesicht. »Der, der als Vierter ins Ziel gekommen ist?«, scherzte sie und versuchte, sich das Lächeln zu verkneifen, als er ihr einen bösen Blick zuwarf.

Sie war froh, dass J. D. gekommen war. Froh, nach diesem Kuss, der ihr durch und durch gegangen war, nicht mit Drew allein zu sein. Der Kuss hatte sie aufgewühlt ... sie erschüttert bis ins Mark. Aber vor allem Drews Zärtlichkeit vermittelte ihr ein Gefühl von Verwundbarkeit, und das war ein Gefühl, das ihr ganz und gar nicht behagte.

»Wissen Sie denn, wie dieser Kerl ausgesehen hat, den Sie als den Teufel bezeichnet haben, Drew?«

Drew berichtete von seinem missglückten Fluchtversuch. Bei dem kurzen Gerangel hatte er einen sehr großen Mann gefühlt, sehr muskulös und mit längeren Haaren.

»Da war etwas an der Textur seiner Hautbeschaffenheit ...« Drew schloss die Augen und ließ Körper und Geist sich erinnern.

»Sein Hals ... die Halshaut war schlaff und nicht straff wie bei einem jungen Mann. Er könnte Ende vierzig sein, vielleicht auch älter.«

»Also, ich kenne jeden im Tal, Drew«, sagte J. D. bestimmt, »und diese Beschreibung passt auf niemanden hier.«

»Allzu weit weg kann er nicht wohnen«, wandte Emma ein. »Drew war noch angekettet, als das Gewitter mit dem roten Blitz anfing. Wenn man fünfzehn Minuten hinzurechnet, die der Mann gebraucht hat, um Drew auszupeitschen und ans Kreuz zu nageln ...« Sie brach ab. Das Mitgefühl, das erst eine gute Ärztin aus ihr machte, war noch um ein Vielfaches stärker, wenn es um Drew ging. Ihr drehte sich der Magen um, wenn sie nur an die Schmerzen dachte, die er ausgestanden haben musste.

»Hier hat das Gewitter etwa zwanzig Minuten gedauert. Es ist von Nordost aufgezogen. Hiernach hat es etwa zwei Stunden gedauert, bis der Wind Sturmstärke erreicht hat.« J. D. rieb sich das Kinn. »Dann könnten sie in dem Tal nördlich von unserem leben oder auch weiter im Osten. Andererseits ... wenn die Sturmfront sehr ausgedehnt war, könnte man Sie auch aus dem Südosten hergebracht haben.«

»Und dass die Frau, die mich gerettet hat, wusste,

dass Emma Ärztin ist, ist ja bislang auch nur eine Vermutung. Es könnte auch reiner Zufall sein, dass sie mich gerade hier abgeladen hat. Und vielleicht ... vielleicht wollte er mich gar nicht töten. Möglicherweise wollte er mich nur psychisch und körperlich quälen, um sich an mir zu rächen – wofür auch immer.« Frust nagte an ihm. Es musste doch einen Weg geben, dahinter zu kommen, wo man ihn gefangen gehalten hatte. Wenn er doch nur im Van nicht bewusstlos geworden wäre. Zehn Minuten oder zwei Stunden – er hatte keinen Schimmer, wie lange sie gefahren waren.

»Ich könnte per Funk die Polizei in Cairns verständigen«, erbot sich J. D. »Die einzige Straße aus dem Tal ist überflutet und unpassierbar, Sie werden also frühestens in ein paar Tagen heimfahren können. Und der Rettungshubschrauber wird zu beschäftigt sein mit der Bergung der Sturmopfer, um Sie rauszufliegen.«

Er stand auf. »Em, ich werde die Polizei bitten, deine Mutter vom Tod deines Vaters zu unterrichten und ihr mitzuteilen, dass es dir gut geht. Außerdem wäre ich beruhigter, wenn ihr beide bis auf Weiteres bei mir drüben wohnen würdet.« J. D. seufzte frustriert, als Emma vehement protestierte. »Soll ich auch für Sie jemanden benachrichtigen lassen, Drew?«

»Die Polizei soll nur mein Büro anrufen und meine Kollegen informieren. Vielleicht können sie jemanden schicken, der mein Auto und meine anderen Sachen aus der Hütte holt.«

J. D. nickte. Dann wandte er sich wieder an Emma. »Du holst besser das Gewehr deines Vaters aus seinem

Versteck, Emma. Du solltest es laden und bereithalten. Nur für alle Fälle.«

Als Emma die Küche verließ, wandte J. D. sich wieder Drew zu. »Ich wünschte, Emma wäre nicht so stur, was das Hierbleiben betrifft. Es gefällt mir nicht, dass offenbar ein Verrückter hinter Ihnen her ist und Emma zwischen die Fronten geraten könnte.« Seine Züge verdüsterten sich. »Und ich will auch nicht, dass Sie Emma wehtun. Haben Sie mich verstanden?«

»Niemand wird Emma wehtun, solange ich lebe.« Drew legte die bandagierten Hände auf den Tisch. »Und ich würde mich lieber freiwillig an diesen Tisch nageln lassen, als ihr selbst wehzutun.«

J. D. nickte, offenbar zufrieden. Dann zwinkerte er verschwörerisch. »Ich komme später noch mal wieder und bringe etwas zum Anziehen für Sie vorbei. Karls Shorts scheinen mir etwas knapp zu sein.«

Emma sicherte das Gewehr. Und strich dann fast zärtlich mit der Hand über den hölzernen Kolben. Es kam ihr vor, als wäre es schon eine Ewigkeit her, dass sie auf eine Papp-Zielscheibe an einem Baum geschossen hatte, angeleitet und kritisiert von der schroffen Stimme ihres Vaters.

Sie war nie gut genug gewesen, ganz egal, wie sehr sie sich auch bemüht hatte, hatte nie den Sohn ersetzen können, den er sich immer gewünscht hatte. Nicht einmal, als sie nach monatelanger Übung bei neun von zehn Schüssen ins Schwarze getroffen hatte. Verbittert fragte sie sich, ob zehn Treffer genug gewesen wären.

»Bist du zurückgekommen, um dich um deinen Vater zu kümmern? Du sagtest, du wärst erst seit einem Jahr wieder hier.« Drews Stimme holte sie zurück in die Gegenwart.

Sie nickte. Ein Jahr. Das längste Jahr ihres Lebens. Der Druck, unter dem sie permanent gestanden hatte, die Kräfte zehrende Pflege eines Erwachsenen, der sich in der einen Minute aufführte wie ein trotziges Kind und in der nächsten wie ein ausgewachsener Tyrann.

»Und wo hast du vorher gelebt?«

»In Afrika. Und davor war ich in Europa. Ich habe für *Médecins sans Frontières* gearbeitet – Ärzte ohne Grenzen, bis ich davon erfuhr, wie schnell der Zustand meines Vaters sich verschlechterte.«

»Warst du wütend, deinen Job aufgeben zu müssen, um dich um ihn zu kümmern?«

»Wütend?« Sie überlegte einen Moment. »Nein, nicht wirklich. In gewisser Weise war ich sogar froh, nach Hause zu kommen. Ich dachte, zum ersten Mal in meinem Leben würde Dad mich wirklich brauchen.« Sie lachte bitter. »Ich dachte, er würde mir sogar dankbar sein. Und mir nur dieses eine Mal vielleicht sogar sagen, dass er mich liebt und stolz auf mich ist, weil ich etwas getan hätte ...«

Verlegen brach sie ab. Die Unfähigkeit ihres Vaters, ihr seine Liebe zu zeigen, hatte ihr sehr wehgetan, und bisher war ihre Mutter der einzige Mensch auf der Welt, dem sie anvertraut hatte, wie sehr diese Zurückweisung sie verletzt hatte.

»Väter sind nicht sehr gut in diesen Dingen, nicht wahr? Mein Vater hatte nie ein Wort des Lobes für mich, und erst recht hat er nie ausgesprochen, dass er mich liebt. Meine Mutter hat immer gesagt, ich müsse ihn so nehmen, wie er sei, weil er nicht anders könne, aber ich bin zu dem Schluss gekommen, dass er einfach zu stur war, um sich zu ändern.«

Emma nickte zustimmend. Als Drew fortfuhr, blinzelte sie überrascht. »Nach dem Tod meiner Mutter veränderte sich mein Vater. Es war fast so, als bräuchte er jetzt nicht mehr ständig den Macho rauszukehren. Erst Jahre später erzählte er mir, dass Mum ihm auf dem Sterbebett das Versprechen abgenommen hatte, das Verhaltensmuster zu durchbrechen, das er von seinem Vater angenommen hatte.«

»Hast du inzwischen eine gute Beziehung zu ihm?«

»Er ist vor einigen Jahren bei einem Arbeitsunfall ums Leben gekommen.« Tiefe Trauer lag in Drews Augen. »Es hätte mir viel bedeutet zu wissen, dass er mich liebte, aber ich dachte immer, wir hätten noch viel Zeit. Aber da kann man sich nie sicher sein, stimmt's?«

Emma verkniff sich eine Erwiderung. In ihr loderte tief empfundener Zorn. Wut und Groll, die sie längst überwunden geglaubt hatte. Vielleicht war es die Trauer, vielleicht die Erkenntnis, wie sinnlos es war, sich etwas zu wünschen und herbeizusehnen, das nicht sein konnte, jedenfalls fühlte sie sich plötzlich emotional so überwältigt, dass sie aufsprang.

Ihre Wut war wie ein wildes Tier, das in ihr tobte. Eine Bestie, die mit aller Macht versuchte, aus ihrem Gefängnis auszubrechen. Sie nahm einen Teller aus dem Spülbecken und schleuderte ihn quer durch den

Raum. Er zersprang mit einem befreienden lauten Klirren.

»Ich hatte einen Bruder ...« Himmel, warum erzählte sie ihm das alles? Hatte er nicht genug eigene Probleme? Aber der Ausdruck in seinen blauen Augen sagte ihr ganz deutlich, dass er sich wünschte, dass sie ihm erklärte, was in ihr vorging. Sie seufzte. »Er war älter als ich. Als ich sechs war, erkrankten wir beide an Hirnhautentzündung. Ein Virus, der damals in der Gegend grassierte. Bei Matthew traten Komplikationen auf. Er starb. Ich glaube, Dad hat mir nie verziehen, dass ich überlebt habe und nicht er.«

Drew sagte nichts, sondern nickte nur mitfühlend. Tiefe Melancholie stieg in Emma auf. Sie versuchte, das Gefühl zu verdrängen. Sie hatte Trauer zu oft bei anderen gesehen und auch selbst empfunden und wusste, dass sie sich hüten musste vor den Ketten, die sie einem anlegen konnte.

»Ich muss das Gästezimmer in Ordnung bringen.« Sie stand auf. »Und du möchtest dich sicher auch frisch machen.«

Drew strich mit einer Hand über seine stoppelige Wange. »Rasieren und wenn möglich eine Dusche – das wäre toll.«

»Rasieren dürfte kein Problem sein, aber auf das Duschen musst du verzichten, fürchte ich. Dein Rücken darf nicht nass werden, und wenn du dich wäschst, musst du außerdem zum Schutz Plastikbeutel über die Hände ziehen.«

»Was?« Drew zog eine Braue hoch. »Ich werde nicht von meiner Leibärztin eingeseift?«

Der Gedanke war Emma auch schon gekommen. Sie

wusste, dass es für Drew viel einfacher wäre, wenn sie ihn badete. Aber sie erinnerte sich noch zu gut an ihre Reaktion auf seinen Kuss und ahnte, dass es für *sie* dadurch nicht leichter würde. Sie bückte sich, sammelte die Scherben des zerschlagenen Tellers ein und warf sie in den Abfalleimer. Im Hinausgehen warf sie noch einen Blick zurück.

»Ich lege dir im Bad alles bereit, was du brauchst.« Ihre Stimme klang nüchtern und professionell, aber sie konnte sich ein Lächeln nicht verkneifen. Sie argwöhnte, dass er noch ganz andere Bedürfnisse hatte als eine Dusche und eine Rasur.

Sie eilte davon, ehe er etwas erwidern konnte.

Die Plastikbeutel, die er sich über die Hände gezogen hatte, waren störend, aber Drew war dennoch einigermaßen zufrieden mit dem Resultat. Schon das Kämmen seines wirren Haars empfand er als überraschend wohltuend. In der Hitze seines Gefängnisses hatte seine Kopfhaut gejuckt von Schweiß, aber die Ketten waren zu kurz gewesen, als dass er sich hätte kratzen können. Das war zwar eine vergleichsweise unbedeutende Unannehmlichkeit gewesen, aber sie hatte das Gefühl der Hilflosigkeit noch verstärkt.

Auch jetzt verspürte er wieder dieses Prickeln auf der Kopfhaut, und er begann, sich genüsslich mit allen zehn Fingern den Kopf zu massieren. Entschlossen kämpfte er die Erinnerung an die Dunkelheit und die Platzangst nieder. Erst als er stoßweise ausatmete, wurde ihm bewusst, dass er die Luft angehalten hatte, als rechne er damit, dass jeden Moment sein Peiniger auftauchte.

Beinahe erlag er der Versuchung, sich unter die heiße Dusche zu stellen, um den Schmutz der vergangenen Woche fortzuwaschen, aber dann ließ er doch nur etwas warmes Wasser in die Wanne laufen. Die Füße trocken zu halten erwies sich als unerwartet schwierig, aber das Wohlgefühl, als er dann endlich wieder sauber war, war die Mühe wert. Die Bemerkung mit dem Einseifen, die er Emma gegenüber gemacht hatte, war nur scherzhaft gemeint gewesen, aber als er sich nun ihre geschickten Hände an den intimeren Stellen seines Körpers vorstellte, war er froh und gleichzeitig auch enttäuscht, dass sie sich nicht darauf eingelassen hatte. Er wusste, dass er sich nicht hätte beherrschen können, wenn sie ihn berührt hätte.

Emma rief nach ihm, als er eben aus der Wanne stieg. Er schlang sich das Handtuch um die Hüften, wobei er die Plastikbeutel verfluchte, die ihn bei allem behinderten, und öffnete.

Wäre er nicht so aufmerksam gewesen, wäre ihm das Verlangen, das einen Moment in ihren Augen aufflackerte, entgangen, als sie in sein frisch rasiertes Gesicht schaute. Sein Puls beschleunigte sich. Jedes Mal, wenn er sie ansah, begehrte er sie mit einer Intensität, die ihn immer wieder von neuem verblüffte. Umso frustrierender war ihre Entschlossenheit, ihn sich vom Leib zu halten.

Sie hielt ihm ein Bündel Kleider hin. »Von J. D. Er meinte, die wären bequemer.«

Der unschuldige Ausdruck auf ihrem Gesicht vermochte ihn nicht zu überzeugen – ganz sicher wusste sie sehr gut, worauf J. D. sich damit bezogen hatte.

In der anderen Hand hielt sie einen Plastikkrug.

»Soll ich dir die Haare waschen? Ich weiß, dass man sich erst richtig sauber fühlt, wenn man sich den Kopf gewaschen hat.«

Dass er sofort einverstanden war, entsprach jedoch nicht nur dem Wunsch nach Sauberkeit. Obwohl er sich eigentlich ganz darauf konzentrieren sollte, den Mann zu finden, der ihn hatte töten wollen, war er machtlos gegen das Ziehen in seiner Brust, das sich einstellte, sobald er an Emma dachte.

Kurz darauf massierten ihre Finger seinen Kopf, und er fühlte die weichen Konturen ihres Körpers an seinem. Es kostete ihn große Willenskraft, die Reaktionen seines Körpers zu ignorieren und sich stattdessen auf ihre Worte zu konzentrieren.

»Ich habe an vielen Orten gearbeitet, wo es kein fließendes Wasser gab oder das Wasser knapp war wegen einer Dürre oder des Krieges. Ich habe mein Haar hochgesteckt und einen Hut getragen, um es möglichst sauber zu halten. Haarewaschen war ein undenkbarer Luxus in einem Umfeld, in dem Menschen verdurstet sind.«

Drew stellte sich Emma in einer Grashütte auf einer staubigen Lichtung mitten im Urwald vor, wie sie Kranke und Verwundete versorgte. Soweit er sie bisher kennen gelernt hatte, würden die primitiven Zustände sie nur insoweit frustriert haben, als sie sie in der Behandlung ihrer Patienten behinderten. Wenn er die Art, wie sie ihn verarztet hatte, als Maßstab anlegen konnte, war sie eine mitfühlende Ärztin.

Emma spülte Drew das Shampoo aus dem Haar und rubbelte dieses anschließend mit einem Handtuch trocken. Sie hatte sich eingeredet, dass sie jedem anderen auch eine Haarwäsche angeboten hätte, aber das entsprach nicht ganz der Wahrheit. Sie sehnte sich danach, ihn zu berühren – und zwar nicht als Ärztin, sondern als Frau.

Ihn zu berühren, wie sie schon sehr lange keinen Mann mehr berührt hatte.

Du warst zu lange enthaltsam, schalt sie sich. *So ausgehungert wie du bist, würde dir jedes männliche Wesen verlockend erscheinen.*

»Hast du Papier und einen Kugelschreiber für mich?«, fragte Drew.

Emma, die gerade auf dem Boden kniete und Holz in den Ofen schob, blickte zu ihm auf.

»In der Schreibtischschublade im Wohnzimmer, warum?«

Drew zuckte die Achseln und registrierte, dass J. D.s kurzärmeliges Baumwollhemd ihm tatsächlich so viel Bewegungsfreiheit bot, dass es nicht über dem Verband an seinem Rücken spannte. Emma fand, dass das Blau des Hemdes verblasste neben der leuchtenden Farbe seiner Augen. Sie waren tiefblau und von solcher Intensität, dass sie sich jedes Mal, wenn er sie ansah, förmlich aufgespießt fühlte.

»Ich habe darüber nachgedacht, wo ich dem Kerl früher schon begegnet sein könnte, aber ich kann mich an niemanden seines Alters mit dieser Statur und dem längeren Haar erinnern. Ich möchte eine Liste all jener Personen aufstellen, die mich je bedroht haben, dann hätte die Polizei zumindest einen Ansatzpunkt für ihre Ermittlungen.«

»Eine Liste *aller* Personen, die dich je bedroht haben? Das klingt, als wären das einige.«

Drew lachte leise. »Hoffentlich wird die Liste nicht allzu lang. Aber in meinem Beruf macht man sich oft Feinde, ohne es zu wollen.«

»Was, wenn er hierher kommt, Drew? Was willst du dann tun?«

Zwischen seinen Brauen bildeten sich zwei senkrechte Falten. »Ich habe auch darüber nachgedacht, Emma. Und um ehrlich zu sein, ich habe Angst.«

»Angst davor, was er dir antun könnte?«

»Nein.« Sein Körper spannte sich, und seine Augen blitzten gefährlich. »Davor, was ich *ihm* antun könnte.«

Zwei Stunden später legte Drew den Kugelschreiber ärgerlich aus der Hand. Ganz egal, wie viele Namen er aufschrieb und wie viele verhängte Haftstrafen er nachrechnete, es war einfach niemand darunter, der auch nur ansatzweise infrage kam. Keiner seiner Mandanten, egal ob sie verurteilt oder freigesprochen worden waren, hatte annähernd die Statur seines Peinigers gehabt.

Es musste einen Grund geben, weshalb der Teufel ihn töten wollte, aber er war dem Rätsel seiner Identität nicht näher als noch vor Tagen, als er sich in seinem stinkenden Gefängnis ebenso sinnlos den Kopf zermartert hatte.

Emma schlug den letzten Nagel in die Bretter vor dem zerbrochenen Fenster des Gästezimmers. Drew hatte ihr angeboten, ihr bei der Beseitigung der Sturmschäden zu helfen, aber das hatte sie dankend abgelehnt. Sie brauchte Zeit zum Nachdenken, um sich zu überlegen, was sie mit der Ranch machen sollte.

Vor zwei Monaten hatte ihr Vater sein Testament auf den Tisch geknallt, an dem sie gerade die Post durchging und die Rechnungen nach Dringlichkeit sortierte – auf die eine Seite jene, die sie bezahlen konnte, auf einen zweiten Haufen die, bei denen sie telefonisch um Aufschub bitten musste.

»Das solltest du gut wegtun, Emma«, hatte er gebrummt. »Sonst verlege ich es noch, so wie ich alles andere verlegt habe.«

In diesem Moment hatte sie Mitleid für ihn empfunden, Bedauern für den Mann, der nie mehr ihr Vater sein würde. Sie war aufgestanden und hatte ihn umarmen wollen, aber der Ausdruck auf seinem Gesicht hatte sie davon abgehalten.

»Ich will heute Abend ein Steak, Patricia«, hatte er sie angeschnauzt. »Warum bist du nicht in der Küche und kochst? Ständig verplemperst du deine Zeit mit dieser verfluchten Kleckserei.« Kopfschüttelnd war er weggegangen. »Bilder kann man nicht essen. *Bilder kann man nicht essen.*«

Das war das letzte Mal gewesen, dass ihr Vater etwas Rationales zu ihr gesagt hatte, auch wenn er sie mit ihrer Mutter verwechselt hatte.

Sie hatte sich gefühlt, als würde sich eine Schlinge um ihren Hals zuziehen.

Emma machte zum Mittagessen Brote. Drew kochte den Kaffee. Sie wollte ihm sagen, er solle das ihr überlassen, aber dann erkannte sie, dass er irgendetwas tun musste.

Sie hatte ein schlechtes Gewissen, weil sie ihm bislang nicht angeboten hatte, über sein Martyrium zu sprechen. Immerhin hatte sie das schon oft mit traumatisierten Patienten getan, während sie ihre körperlichen Wunden versorgte. Aber irgendetwas hielt sie davon ab, sich zu sehr auf Drew einzulassen. Ein Instinkt warnte sie, dass sich bei ihm Mitgefühl leicht in etwas anderes, Tiefergehendes verwandeln konnte.

Drew legte beide Hände um seine Kaffeetasse. »Wie lange hatte dein Vater Alzheimer?«

»Lange, glaube ich. Es kam so schleichend, dass es anfangs niemand gemerkt hat. Er war immer ein schwieriger Mensch und wurde eben noch streitsüchtiger. Ich hatte ihn etwa anderthalb Jahre nicht mehr gesehen, als ich einen Brief von J. D. erhielt, der schrieb, er wäre mit Dad beim Arzt gewesen. Offenbar hatte sein Zustand sich nach einer Grippeerkrankung rapide verschlechtert.«

»Du und J. D. ... ihr scheint gute Freunde zu sein.«

Es war eine Frage, Emma blickte auf und war überrascht von der Intensität seines Gesichtsausdrucks.

»J. D. und mein Bruder waren Freunde. Nach Matthews Tod hat J. D. gewissermaßen die Rolle des großen Bruders übernommen. Meine Eltern haben sich scheiden lassen, als ich 17 war – ich war damals schon auf der Universität. J. D. blieb in Kontakt, schrieb mir, rief an. Ich habe mich immer darauf verlassen, dass er mich auf dem Laufenden hält wegen Dad.« Trauer überschattete ihr Gesicht. »Dad war ein lausiger Briefeschreiber.«

»Hat er ein Testament hinterlassen?« Als sie auf seine Frage sichtlich verblüfft die Brauen wölbte, entschuldigte er sich hastig. »Entschuldige, rein professionelle Neugier.«

»Er hat mir alles hinterlassen. Das Haus, das Land, die Tiere ... Und die Schulden«, schloss sie bitter. »Ich werde alles verkaufen müssen, um sie zu begleichen. Aber ich wollte sowieso nie etwas von ihm haben. Das Geld ist mir egal. Aber ich bin hier aufgewachsen. Das hier ist mein Zuhause.« Sie stand auf und bedeutete Drew, ihr zu folgen. »Komm mit, ich möchte dir etwas zeigen.«

Im Wohnzimmer deutete Emma mit einer ausholenden Bewegung auf die Fotos an den Wänden. Drew hatte sie schon am Morgen bemerkt, ihnen aber keine größere Aufmerksamkeit geschenkt. Es handelte sich ausschließlich um Aufnahmen von Pferden – wunderschönen, eleganten Pferden. Er verstand immerhin so viel von Pferden, dass er erkannte, dass diese Tiere weder als Arbeitstiere dienten noch dem Vergnügen.

»Wir waren einmal einer der erfolgreichsten Vollblut-Zuchtbetriebe des Landes. Wir waren zwar nicht groß, aber Dad genoss aufgrund seiner Sachkunde großes Ansehen. Er wusste alles, was man über Pferde nur wissen kann. Unglücklicherweise verstand er von Menschen umso weniger.«

»Deine Mutter eingeschlossen?«

»Gut beobachtet, Anwalt.«

Drew zuckte die Achseln. »Es ist leicht, bei anderen

alles Mögliche wahrzunehmen. Bei einem selbst fällt das schon schwerer.«

Dieser Feststellung konnte Emma nur zustimmen. Es war ihr schon immer schwer gefallen, ihre Gefühle zu ihrem Vater zu analysieren und zu verarbeiten. Sie ahnte, dass es ihr bei Drew ähnlich ergehen könnte.

Die Hunde, Jess und Ned, hatten die Wache am Grab von Emmas Vater aufgegeben und lagen jetzt auf der Veranda, wie Drew feststellte, als er am Nachmittag die Haustür öffnete und von drohendem Knurren und einem warnenden Bellen empfangen wurde. Es dauerte nicht lange, bis Jess ihn akzeptierte, aber Ned blieb auf Distanz.

Der Regen trommelte immer noch unablässig auf das Blechdach. Drew blickte auf Spuren der Verwüstung, die der Sturm auf dem schlammigen Hof hinterlassen hatte. *Er war da draußen! Irgendwo im Tal, vielleicht auch weiter weg. Jemand, der entschieden hatte, dass er sterben musste.*

Die Tür schlug hinter ihm zu. Emma lehnte das Gewehr ihres Vaters an die Wand, nahm ihren Regenmantel vom Haken und zog ihn über. »Ich muss nach den Pferden sehen«, erklärte sie.

Drew nahm sich den zweiten Mantel. »Ich komme mit.« Er sah ihr an, dass sie widersprechen wollte. »Ich denke, du solltest lieber nicht alleine gehen.«

Er brauchte ihr nicht erst zu erklären, was er damit meinte.

Nach kurzem Zögern nickte sie.

Emma blinzelte, als sie den dunklen Stall betraten. Der Geruch frischer Erde vermischte sich mit jenem nach Heu und Feuchtigkeit.

Sie warf einen Blick auf das Grab ihres Vaters. Tränen brannten in ihren Augen, aber sie schluckte sie tapfer herunter. Ein freundliches Wiehern empfing sie, als sie bei den zwei Pferden anlangte, die J. D. zurückgebracht hatte. Sie stellte das Gewehr ab und hängte ihren Hut an einen Haken.

»Hallo, Quest.« Sie rieb der fuchsfarbenen Stute die Stirn. Das Pferd schnaubte und untersuchte mit weichen Lippen Emmas andere Hand auf das Leckerli, das diese ihr jedes Mal mitbrachte.

Der Rappe in der letzten Box reckte den Hals, einen hoffnungsvollen Blick in den großen braunen Augen. Emma ging weiter, murmelte Begrüßungsworte und verabreichte auch dem zweiten Pferd das obligatorische Leckerli. Sie lächelte, als das Tier ihren Mantel auf weitere Leckereien hin untersuchte. »Sei nicht so gierig, Solomon«, schimpfte sie gutmütig.

Sie drehte sich um.

Ihr gefror das Blut in den Adern, als sie sah, wie Drew das Gewehr hob und auf ihren Kopf zielte.

Kapitel 5

Der Knall war ohrenbetäubend.

Etwas Nasses spritzte auf ihre Haare und ihre Wange.

Die Pferde scheuten und wieherten verängstigt.

Emma taumelte gegen die Stalltür, noch ganz taub von der Detonation. Drew schob sich an ihr vorbei und bückte sich, um etwas aus dem Stroh aufzuheben.

Als der Schock langsam nachließ, sah Emma den grimmigen Zug um seinen Mund. Trotz der Dunkelheit konnte sie erkennen, dass er unter der Sonnenbräune blass geworden war. Ihr Blick wanderte zu dem langen schlanken Körper, der von seiner Hand baumelte. Der Schwanz reichte bis auf den Boden.

Der keilförmige Kopf war halb vom glänzenden braunen Leib abgetrennt, und Blut tropfte auf den blasseren Bauch.

»Eine Taipan«, hauchte sie.

Drew nickte. »Sie muss auf der Suche nach einem trockenen Plätzchen und Nahrung durch das Dach hereingekommen sein. Ich habe gesehen, wie sie sich an der Wand herabgelassen hat. Wahrscheinlich hast du sie erschreckt. Sie hatte sich aufgerichtet, um anzugreifen, als ich geschossen habe.«

Emma schauderte. Jetzt, da sie von der Außenwelt abgeschnitten waren, wären ihre Überlebenschancen gleich null gewesen, wenn die Schlange sie gebissen hätte. Es wäre ein furchtbarer Todeskampf gewesen.

»Danke.«

Er lächelte jungenhaft. »Gern geschehen.« Aber sie sah die Angst in seinen Augen, das Wissen um die Gefahr, der sie ausgesetzt gewesen war. Ihr wurde ganz flau im Magen. Aber sie verdrängte die Angst und riss sich zusammen. Sie ignorierte die helfende Hand, die er ihr reichte.

»Lass uns die Pferde füttern. Morgen möchte ich nach Mary Johnson sehen, einer Nachbarin. Sie ist schwanger, und wir erwarten das Kind für nächste Woche. J. D. ist heute Vormittag bei ihr gewesen, bevor er bei mir vorbeigeschaut hat. Er sagte, es ginge ihr soweit gut, sie hätte aber Angst, dass das Baby kommen könnte, bevor das Wetter sich beruhigt hat.« Sie runzelte besorgt die Stirn. »Es ist ihr erstes Kind.«

Emma spülte gerade das Geschirr vom Abendessen, als Drew mit einer Kerze in der einen und einem Schulheft in der anderen Hand die Küche betrat.

»Emma, ich denke, das solltest du dir ansehen. Ich glaube, dein Vater hat versucht, ein Tagebuch zu führen.«

Emma trocknete sich die Hände ab. »Wo hast du das gefunden?«

»In der Kommode im Zimmer deines Vaters. Es war von der Lade ganz nach hinten geschoben worden.« Er blickte auf seine Füße. »Ich habe saubere Socken gesucht.«

Sie betrachtete das Heft in Drews Hand, machte jedoch keine Anstalten, danach zu greifen. Ein Tagebuch. Die Gedanken ihres Vaters. Ein Einblick in sein Denken, in seine Gefühle.

Dann lächelte sie grimmig. Wahrscheinlich hatte er nur seine Gedanken zur Pferdezucht aufgeschrieben.

Schließlich griff sie doch nach dem Heft, setzte sich an den Tisch und schlug es auf. Das gelbe Licht der Öllampe fiel auf die ungelenke Schrift. Sie bemerkte gar nicht, dass Drew den Raum verließ.

Der erste Eintrag war zwei Jahre alt.

Ich glaube, ich verliere den Verstand. Kunden beschimpfen mich, weil ich Anweisungen nicht befolgt habe, die sie mir angeblich erteilt haben – aber ich kann mich an diese Anweisungen einfach nicht erinnern. Arbeiten sind erledigt, ohne dass ich mich daran erinnern kann, sie selbst ausgeführt zu haben. Und als ich heute durch das Tor gefahren bin, wusste ich plötzlich nicht mehr, wohin ich überhaupt wollte.

Ob es an der Einsamkeit liegt? Patricia und Emma sind jetzt schon so viele Jahre fort. So viele leere Tage und Nächte. Ich kann die Leere nur dann vorübergehend vergessen, wenn Emma mich besuchen kommt. Aber sie bleibt nie lange. Ich kann es ihr nicht verdenken. Ich würde ihr so gerne sagen, wie stolz ich auf sie bin und wie sehr ich sie liebe, aber ich bringe es einfach nicht über die Lippen. Zu viele Jahre sind verstrichen, in denen ich meine Gedanken und Gefühle für mich behalten habe. Gott, wie sehr ich das be-

daure. Wenn ich ein besserer Mensch gewesen wäre, hätte ich möglicherweise meine geliebte Patricia nicht verloren. Wenn ...

Der erste Eintrag endete abrupt. Emma blätterte mit zitternder Hand um. Ihr Vater war stolz auf sie gewesen! Er hatte sie geliebt! Wenn er es ihr doch nur gesagt hätte. Wenn ...

Der zweite Eintrag war acht Monate später erfolgt! Die Schrift war deutlich krakeliger.

Ich hasse das, was aus mir wird! Ich bin weiß Gott nie ein geduldiger Mensch gewesen, aber heute habe ich J. D. beschimpft, als er mit mir zum Doktor fahren wollte. Er ist ein guter Nachbar und versucht nur zu helfen. Und ich fühle mich tatsächlich nicht wohl. Vielleicht gehe ich doch hin. In ein paar Wochen.

Zwei Monate später ein weiterer Eintrag.

J. D. hat Recht – ich muss zu einem Arzt. Aber ich habe Angst davor. Die Einsamkeit ist unerträglich. Vielleicht kommt Emma ja nach Hause. Ich habe sie so lange nicht mehr gesehen. Ihre Briefe sind wundervoll, aber manchmal verstehe ich nicht, was sie schreibt. Liegt es an ihrem Schreibstil? Oder an mir? Ich habe Angst davor, es herauszufinden, aber inzwischen fürchte ich mich noch mehr davor, nicht zu wissen, was mit mir los ist.

Der letzte Eintrag stammte vom darauf folgenden Tag:

Alzheimer! Warum muss mir das passieren? Jetzt werde ich zu einem senilen Greis mit dem Verstand eines Kindes – wenn überhaupt. Morgen werde ich meine Angelegenheiten regeln, mein Testament aktualisieren und ein Ende machen. Ich muss ...

Auch dieser Eintrag war nicht beendet worden.

Ein Ende machen. Ich muss ...

Was hatte ihr Vater damit gemeint? Hatte er der Einsamkeit ein Ende machen wollen? Wollte er sie verständigen ... oder ihre Mutter ... oder sich umbringen?

Hatte die Krankheit seinen Suizid verhindert? Welche Ironie, wenn er sich nicht mehr an sein Vorhaben hatte erinnern können.

All die Jahre hatte sie geglaubt, sie wäre auf der Ranch nicht willkommen, er wäre lieber allein mit sich und den Pferden. Und dabei hatte er die ganze Zeit unter der Einsamkeit gelitten. Ein trauriger, einsamer, alter Mann. Gefangen in seiner Unfähigkeit, seine Liebe und seine Sehnsucht mitzuteilen.

Wenn sie das doch nur geahnt hätte.

Sie erinnerte sich noch daran, wie J. D. sie in Cairns vom Flughafen abgeholt und nach Hause gefahren hatte. Ihr Vater hatte auf der Koppel die Stute longiert. Sie hatte ihm zugerufen, und als er sich umgewandt hatte, hatte sie einen flüchtigen Moment lang geglaubt, Tränen in seinen Augen zu sehen. Er war auf sie zugekommen, die Arme ausgebreitet, als wollte er sie umarmen, aber dann hatte er nur ein paar Begrüßungsworte gemurmelt und war zu Quest zurückgekehrt.

Jetzt verspürte sie noch einmal den schmerzhaften

Stich der Enttäuschung, diesmal jedoch vermischt mit Bedauern. Bedauern wegen dem, was hätte sein können. Was hätte sein *müssen*.

Eine Woge der Trauer stieg in ihr auf.

»Alles in Ordnung?«

Erschrocken blickte sie auf und sah Drew in der Tür stehen. Im flackernden Schein der Kerze sah sie die Sorge in seinen Augen. Sie klappte das Heft zu. »Klar.«

»Ich habe gelesen, was dein Vater geschrieben hat, Emma. Er hat dich geliebt. Und er war stolz auf dich.«

»Scheint so.« Sie stand auf. »Ich spüle jetzt erst einmal zu Ende.«

Drew trat ein. »Nehmen fällt dir schwer, habe ich Recht?«

»Was meinst du damit?«

»Geben ist für dich kein Problem. Du bist mitfühlend und selbstlos. Aber du selbst kannst keinen Trost annehmen.«

»Ich brauche keinen Trost. Ich komme schon zurecht. Ich bin immer zurechtgekommen.« Noch während sie sprach fühlte sie, wie ihre Trauer die Schutzmauer unterhöhlte, die sie schon als Teenager um ihr Herz herum errichtet hatte. Die Pflege ihres Vaters war ein emotionales Minenfeld gewesen. Ihre Nerven waren zum Zerreißen gespannt. Aber sie hatte solche Momente schon früher durchgestanden.

Sie würde auch das durchstehen.

Hadley schlug das Buch zu, das die Ergebnisse von mehr als zwölf Monaten sorgfältigen Planens enthielt, und legte es zurück in die Schreibtischschublade.

Für einen Mann, der so lange in der Abgeschiedenheit der Wildnis gelebt hatte, war es überraschend leicht gewesen, die notwendigen Informationen zu ermitteln. Obgleich Cairns nicht gerade klein war, waren die Menschen dort freundlich und bestrebt, einem Mann zu helfen, der einen *alten Freund* suchte, den er vor langer Zeit aus den Augen verloren hatte. Vielleicht hatte sein Zugezogenen-Status dazu beigetragen, dass die Einheimischen so bereitwillig über ihn gesprochen hatten.

Er seufzte frustriert. Nur die Flut hielt ihn davon ab, die Aufgaben auszuführen, die ihm aufgetragen worden waren. Sobald das Unwetter nachließ ...

Durch den dicken Baumwollstoff seiner Arbeitshose ertastete er das Messer, das an seine Wade geschnallt war. Die lange, schmale Scheide fühlte sich gut an.

Seine Frau kam herein, und er erhob sich, um mit ihr gemeinsam zu beten.

Am nächsten Morgen schien die Sonne. Die Hitze brannte von einem wolkenlosen Himmel herab und ließ die durchweichte Erde dampfen.

Drew wurde langsam ungeduldig. Seine Wunden schmerzten kaum noch, und Emma war zufrieden mit dem Heilungsverlauf, aber er konnte es kaum erwarten, nach Cairns zurückzukehren, um die Suche nach dem Mann in die Wege zu leiten, der ihn beinahe getötet hatte. Es musste jemand sein, der ihn gut genug kannte, um zu wissen, wo er seinen Urlaub verbrachte und wann. Jemand, der dreist genug war, sich in die Angelhütte zu schleichen, sein Bier mit Drogen zu versetzen und mit einem Bewusstlosen im Kofferraum hunderte von Kilometern weit zu fahren.

Andererseits wollte er Emma auch nicht alleine hier zurücklassen. Wer immer ihn hergebracht hatte, konnte den Killer herführen, damit er seine Tat vollendete. Er war fest entschlossen, Emma mitzunehmen, wenn er die Ranch verließ. Ob es ihr gefiel oder nicht ...

Sie hatten eben zu Ende gefrühstückt, als sie Motorengeräusche hörten und Emma das Gewehr holte.

Sie ging zur Vordertür und blickte hinaus. Dann lief sie dem alten Geländewagen entgegen, der auf das Haus zuraste.

Der Wagen kam schlitternd vor dem Haus zum Stehen und ein Mann sprang heraus, kaum dass er die Handbremse angezogen hatte. Er war groß und schlank, etwa Mitte zwanzig und hatte strohblondes Haar und hellgrüne Augen.

»Es geht um Mary!«, rief er in panischem Tonfall. »Das Baby kommt!«

»Ich hole nur meine Tasche«, rief Emma. »Fahr du zurück. Ich komme gleich nach.«

Der Jeep kämpfte sich wieder durch den Schlamm, während Emma ins Behandlungszimmer stürzte. Sie riss eine Schublade auf und nahm einen Schlüsselbund heraus. Sie warf ihn Drew zu. »Für das Vorhängeschloss am Schuppen. Der längere Schlüssel gehört zum Land Cruiser. Fahr ihn bitte vor das Haus.«

Sie fing an, Instrumente und was sie sonst noch brauchen konnte in eine bereits gut gefüllte Arzttasche zu packen, die unter anderem auch ein umfassendes Notfallequipment enthielt – eine Gewohnheit aus ihren Zeiten bei Ärzte ohne Grenzen. Drew stieg in die Stiefel ihres Vaters, schnappte sich das Gewehr und lief so schnell er konnte zum Schuppen.

Als sie sich dem Fluss näherten, nahm Emma den Fuß vom Gas. Schlammiges Wasser umspülte die Bäume am Ufer und warf schäumend allerlei Trümmer gegen die Planken einer alten Brücke, die gerade noch aus dem Fluss ragte.

Sie warf einen Blick auf Drew. Er hatte darauf bestanden, sie zu begleiten, und für lange Diskussionen war keine Zeit gewesen.

»Diese Brücke hier ist höher als die anderen stromabwärts, die aus dem Tal herausführen«, erklärte sie. »Normalerweise wird sie bei Hochwasser als letzte überspült. Tom und Mary leben auf der anderen Seite.«

»Ganz allein?«

Emma nickte. »Seine Eltern haben eine neue Ranch näher bei Cairns gekauft und die Verwaltung dieses Hofes Tom überlassen.«

Vorsichtig fuhr sie auf die Brücke. Die Kraft des Wassers vibrierte durch das Fahrzeug und ließ das Lenkrad erzittern. Zentimeter für Zentimeter arbeitete sich der Land Cruiser vor.

Plötzlich erbebte die Brücke. Emma schaute stromaufwärts, konnte jedoch nichts entdecken, was den Stoß erklärt hätte.

Die Brücke erzitterte erneut. »Könnte ein Baumstamm oder ein Balken unter der Wasseroberfläche sein«, meinte Drew. »Vermutlich drückt er gegen den mittleren Brückenpfeiler.«

Emma beschleunigte. »Wir sollten uns beeilen, bevor die ganze Brücke weggeschwemmt wird.«

Sie atmeten beide erleichtert auf, als der Land Cruiser das andere Ufer erreichte. Kurz darauf fuhren sie an riesigen Weiden vorbei, auf denen wohl genährtes Vieh das üppige nasse Grün abgraste. Sie mussten mehrmals umgestürzten Bäumen und Trümmern ausweichen, die der Sturm auf die Straße geweht hatte, und die Verzögerungen stellten Emmas Geduld auf eine harte Probe.

Schließlich bog sie in eine unbefestigte Nebenstraße ab und fuhr durch ein offenes Tor. Tom würde nur im äußersten Notfall ein Tor offen stehen lassen. Offenbar war er ganz kopflos vor Panik. Emma gab Gas, getrieben von Sorge und doch auch gebremst von der erforderlichen Umsicht.

Der Land Cruiser schlitterte im Schlamm, rutschte in eine vom Regen ausgewaschene Furche, und das Heck brach aus. Emma bremste und schaltete einen Gang herunter, das Gesicht ganz angespannt vor Konzentration.

In den nächsten zehn Minuten kämpfte sie sich durch Schlamm und Trümmer, bis sie endlich ein gedrungenes Haus sahen, umgeben von großen Koppeln und Nebengebäuden.

Der Geländewagen kam vor dem Haus schlitternd zum Stehen, Emma schnappte sich ihre Arzttasche, sprang aus dem Wagen und hetzte die Treppe hinauf.

Drew folgte ihr in ein altmodisches Wohnzimmer mit strengen Familienporträts, dunklen, schweren Polstermöbeln und dunkelgrünen Vorhängen. Er sah gerade noch, wie Emma am Ende des Flurs in einem Zimmer verschwand. Er hörte eine Frau weinen und einen Mann beruhigend auf sie einreden. Zögernd folgte er den Stimmen.

Die Frau auf dem Bett zuckte zurück, als sie Drew in

der Tür stehen sah. Furcht trat in ihre großen braunen Augen. Sie hob einen dünnen Arm und ergriff Toms Hand.

»Ich bin ein Freund von Emma«, sagte Drew beschwichtigend und trat ein. »Mein Name ist Drew«, sagte er lächelnd, und die Frau entspannte sich. Ihr praller Bauch spannte sich unter dem geblümten Morgenrock, und sie stöhnte vor Schmerzen.

»Ganz ruhig, Mary.« Emma legte eine Hand auf den Bauch und schaute auf die Uhr. »Es wird noch ein paar Stunden dauern. Ich würde vorschlagen, dass du zwischen den Wehen auf und ab gehst. Das würde die Rückenschmerzen erträglicher machen.«

Mary blickte skeptisch drein, aber Emma lächelte beruhigend. »In einigen der Länder, in denen ich gearbeitet habe, arbeiten die Frauen bis zuletzt. Manchmal bekommen sie ihre Babys sogar auf dem Feld, weil sie zu lange ausharren.« Marys Züge entspannten sich, und Emma warf einen Blick auf Drew. »Wenn es dir nichts ausmacht, wird Drew einen Moment bei dir bleiben. Tom und ich müssen einiges vorbereiten.«

Drew verstand die stumme Nachricht in Emmas Blick. Sie wollte unter vier Augen mit Tom sprechen. Drew trat vor und nahm Toms Platz ein. Er sah die Sorge in Marys Augen, als diese Tom und Emma nachblickte. Marys Angst durchdrang ihr ganzes Wesen, von den glatten braunen Haaren über die hageren Gliedmaßen und den dürren Körper bis zu ihrem Bauch, der aussah, als hätte sie einen Fußball verschluckt. Drew hatte Mitleid mit ihr. Er blickte auf sie hinab, runzelte die Stirn und fragte dann mit einem beruhigenden Lächeln: »Wünschen Sie sich einen Jungen oder ein Mädchen?«

Das Ablenkungsmanöver funktionierte. Ein mütterliches warmes Lächeln breitete sich auf ihren Zügen aus und verlieh ihr eine ganz eigene Art von Schönheit. »Tom wünscht sich ein Mädchen. Wir werden sie Bethany Lee nennen. Aber mir wäre es auch egal, wenn es ein Junge würde.«

Was immer es wird, dachte Drew, *ich hoffe, es bleibt von den Problemen seiner Mutter verschont.*

Emma und Tom kehrten mit einer Plastikschüssel, sauberen Laken und Handtüchern zurück. Tom stützte Mary und führte sie im Zimmer herum, während Emma das Bett zurechtmachte. Sie sagte nichts, als Drew ihr half. Er registrierte, wie geschickt ihre Hände arbeiteten, die Laken glatt strichen und hinterher die Instrumente auf dem Nachttisch bereitlegten.

Als Tom Mary wieder ins Bett half, griff Emma nach einer Flasche Desinfektionsmittel und einem Päckchen Latexhandschuhe. »Mary, ich muss dich untersuchen, um festzustellen, wie weit sich der Muttermund schon geöffnet hat. Ich gehe jetzt ins Bad und wasche mir die Hände.« Sie reichte Drew ein Päckchen Handschuhe. »Würdest du mir assistieren?«

»Wie lange ist Mary schon süchtig?«, fragte Drew, als er Emma beim Überstreifen der Handschuhe behilflich war. »Es war nicht schwer, das zu erkennen«, erklärte er auf Emmas Stirnrunzeln hin. »Ich habe die Einstichstellen an ihren Armen gesehen. Ich sehe so etwas nicht zum ersten Mal.«

»Und einige von den Süchtigen hast du sicher auch ins Gefängnis gebracht«, murmelte sie und bedeutete ihm ungeduldig, ihr in den zweiten Handschuh zu helfen.

»Ich bin Strafverteidiger, Emma, nicht Staatsanwalt.« Er hielt ihr den zweiten Handschuh am Bund geweitet hin. »Ich versuche, Kinder wie Mary vor dem Gefängnis zu bewahren. Obwohl eine Gefängnisstrafe in manchen Fällen auch lebensrettend sein kann. Für manche ist das ein Schock, der ihnen die Realität ihrer Situation bewusst macht, und einigen hilft das, die Sucht zu überwinden.«

Emma musterte ihn einen Moment nachdenklich. »Mary nimmt seit über einem Jahr kein Heroin mehr. Sie hat am Methadon-Programm teilgenommen, aber in den vergangenen Monaten gar nichts mehr genommen.«

»Glaubst du, sie wird zurechtkommen?«

»Sie war fest entschlossen, dem Baby die Chance zu geben, clean auf die Welt zu kommen. Aber sie ist schwach, körperlich wie psychisch. Ich weiß nicht, wie sie diese Geburt durchstehen wird. Normalerweise würde ich einer Ex-Süchtigen kein Pethidin oder sonstiges Schmerzmittel verabreichen, aber wenn es nicht anders geht, werde ich es tun.«

Ihre Augen glühten vor Entschlossenheit. Drew nickte. »Mit deiner Hilfe wird sie es schaffen.«

Er sah ihr an, dass sie dankbar war für seine ermutigenden Worte, aber dann flackerten Zweifel in ihren Augen auf. »Du setzt großes Vertrauen in mich«, sagte sie trocken.

»Ja«, sagte er voller Überzeugung. »Das tue ich. Du

bist eine sehr mitfühlende und kompetente Ärztin. Außerdem vertraut auch Mary dir.«

»Ihr bleibt ja auch nichts anderes übrig«, entgegnete Emma seufzend.

Drew trug ein Tablett mit Broten und zwei Tassen Kaffee hinaus auf die Veranda. Er stellte das Tablett auf einen niedrigen Tisch und setzte sich auf einen der weißen Rohrstühle.

Sturmwolken warfen stumpfes graues Licht auf die Berge, dabei war es drückend heiß und schwül ohne den leisesten Hauch einer kühlenden Brise. Drews leichtes Baumwollhemd war feucht von Schweiß, der in den Wunden auf seinem Rücken brannte.

Emma kam heraus und nahm auf einem zweiten Stuhl Platz.

Drew betrachtete ihr angespanntes Gesicht. Um ihre Augen herum hatten sich Sorgenfalten gebildet, und die dunklen Ringe verrieten, unter welchem Druck sie seit zwei Tagen stand. »Wie sieht es aus?«

Emma griff nach ihrer Kaffeetasse, trank dankbar einen Schluck und seufzte. »Mary ist ein einziges Nervenbündel. Sie ist so darauf erpicht, bei der Geburt alles richtig zu machen, dass sie vermutlich von Glück sagen kann, wenn sie sie durchsteht, ohne einen Nervenzusammenbruch zu erleiden.«

»Weshalb hat sie denn solche Angst?«

»Weil sie das Gefühl hat, dass sie alles, was sie hat, Tom verdankt. Er hat sie von ihren Junkie-Freunden weggeholt, hat sie ins Methadon-Programm gebracht, sie geheiratet und sie hergebracht, damit sie keinem weiteren Druck ausgesetzt ist. Seine Eltern waren nicht begeistert, aber bereit, ihnen eine Chance zu geben, ihr Leben in den Griff zu kriegen.«

Drew nahm zwei Brote von dem Tablett und bot Emma eins davon an. »Das war sehr tolerant von ihnen.«

»Mmmmm. Lecker, das Brot. Mir war gar nicht bewusst, dass ich solchen Hunger habe. Es muss schon nach Mittag sein.« Emma ließ sich in ihren Stuhl zurücksinken und schlug die jeansgekleideten Beine übereinander. »Tom war immer sehr zuverlässig. Ein sehr bodenständiger Typ. Er war schon auf der Highschool in Mary verliebt, aber dann ist sie nach Cairns gezogen und in schlechte Gesellschaft geraten. Aber Tom hat sie nicht aufgegeben.«

»Das klingt, als würdest du ihn sehr gut kennen.«

Sie zuckte die Achseln. »Tom war erst 13, als Mum und ich aus dem Tal weggezogen sind. Aber ich habe ihn jedes Mal wiedergesehen, wenn ich Dad besucht habe, und J. D. hat mich über alles hier auf dem Laufenden gehalten. Die Menschen hier im Tal bilden eine sehr enge Gemeinschaft.«

Sie stand auf, ließ die Schultern kreisen und massierte sich den Nacken. »Ich gehe besser wieder zu ihr.« Sie blickte auf Drew hinab. »Danke für das Mittagessen.« Sie schaute ihm einen Moment in die Augen, und er hätte schwören können, einen sehnsüchtigen Blick in ihnen wahrzunehmen, aber dann wandte sie sich auch schon wieder ab und ging zurück ins Haus.

Drew blieb lange auf der Veranda sitzen. Seine wild durcheinander wirbelnden Gedanken spiegelten den Aufruhr seines Körpers wieder. Noch nie hatte eine Frau ihn so berührt wie Emma. Keine Frau hatte je so tiefe Gefühle in ihm geweckt, eine so spontane heftige körperliche Reaktion oder gar den Wunsch, sie zu beschützen und zu umsorgen.

Und auch das Gefühl der Hilflosigkeit war neu, wusste er doch, dass nichts, was er sagte oder tat, sie daran hindern konnte, aus seinem Leben zu verschwinden, sobald sich die Gelegenheit hierzu ergab.

Die alte Standuhr im Wohnzimmer schlug drei. Drew legte die Zeitschrift, in der er las, beiseite. Wie standen angehende Väter nur den quälend langwierigen Prozess einer Geburt durch! Er selbst wünschte sich von ganzem Herzen, dass Marys Schmerzen und Ängste endlich ein Ende hatten, und dabei ging es weder um seine Frau noch um sein Kind.

Mary hatte sie alle mit ihrer Angst angesteckt. Trotz Emmas Versicherungen, dass alles gut gehen würde, hinterfragte Mary jede Veränderung der Wehen, weil sie fürchtete, dass ihre Drogenkarriere ihrem Ungeborenen geschadet haben könnte.

Drew hatte vor einer halben Stunden bei den dreien vorbeigeschaut. Tom stand die Sorge ins Gesicht geschrieben, und Mary war sichtlich erschöpft, wenn auch bisher nicht gewillt, sich etwas gegen die Schmerzen verabreichen zu lassen.

Sein Herz hatte sich zusammengezogen beim Anblick Emmas, die Mary den Rücken massierte, um ihre Schmerzen zu lindern. Drew hatte noch nie belagerte Soldaten gesehen, aber er nahm an, dass sie dieselbe stille Entschlossenheit verströmen würden wie Emma. Die Akzeptanz der Tatsache, dass eine lange

Schlacht vor ihnen lag und nur die Standhaftesten sie durchstehen würden. Panik kam gar nicht erst in Betracht.

Plötzlich hörte er ein leises, gedämpftes Wimmern aus dem Schlafzimmer. Er ging zur Tür, lauschte und zögerte einzutreten, weil er fürchtete, unerwünscht zu sein.

Schließlich öffnete er die Tür doch und sah, wie Emma gerade Blut von einem winzigen Neugeborenen wusch, während Tom Mary den Schweiß von der Stirn wischte. Emma blickte lächelnd auf die frischgebackenen Eltern.

»Alle Finger und Zehen sind dran«, eröffnete sie ihnen. »Sie ist ein bildhübsches kleines Mädchen – etwas klein, aber damit haben wir ja gerechnet.«

Sie wickelte das Baby in eine dünne Baumwolldecke und übergab es den Eltern. Dem jungen Paar war die Erleichterung anzusehen. Strahlend vor Glück und Liebe betrachteten sie das winzige Wesen mit dem noch feuchten dunklen Flaum auf dem geröteten Kopf. Eine kleine Faust stieß in die Luft, dann öffneten sich die Finger langsam.

Drew stand reglos in der Tür und verfolgte das Schauspiel fasziniert. Die Fingernägel waren unglaublich klein und doch bereits perfekt. Die kleine Hand griff nach den Augen, strich über die kurzen seidigen Wimpern und rieb dann die Wange.

Das Wunder des Lebens erfüllte Drew mit Staunen. Und ganz plötzlich und unerwartet verspürte er die Sehnsucht nach einem eigenen Kind. Ohne dass er sich dessen bewusst war, stahl sich ein staunendes und hoffnungsvolles Lächeln auf sein Gesicht. Mehrere Sekunden lang betrachtete er das Baby, dann blickte er auf Emma.

Sie musterte ihn mit unergründlichem Ausdruck. Er hielt ihrem Blick stand. Er sah, wie ihre Augen sich weiteten, als sie das gleiche Verlangen durchströmte wie ihn, ein übermächtiges, primitives, beinahe animalisches Begehren. Brennende Hitze durchzuckte seine Lenden, aber gleichzeitig fühlte er sich, als würde sein Herz sich zusammenziehen. Ihm stockte der Atem.

Das Baby schrie. Emma versteifte sich und wandte sich wieder Mary und dem Neugeborenen zu.

Drew kehrte zurück ins Wohnzimmer, zurück in eine Wirklichkeit, die ihm nicht mehr wirklich vorkam. Nur Emma und die tiefe Sehnsucht zwischen ihnen waren real.

Emma blieb noch bis sechs Uhr, um ganz sicher zu gehen, dass es Mary und dem Baby gut gehen würde. Trotz ihrer Erschöpfung erholte Mary sich erstaunlich schnell von den Strapazen der Geburt. Emma bat Tom, darauf zu achten, ob das Baby gereizt oder unruhig war, da dies auf Entzugssymptome hindeuten konnte, versicherte ihm jedoch, dass dies sehr unwahrscheinlich wäre und der Säugling auf sie einen gesunden Eindruck mache.

Tom bat Emma, noch zu bleiben, aber sie entgegnete, sie müsse dringend Pferde und Hunde füttern. Vor allem aber war Emma am Ende ihrer Kräfte. Physisch wie psychisch. Obgleich sie Mary und Tom gegenüber Zuversicht an den Tag gelegt hatte, hatte sie sich insgeheim große Sorgen gemacht, ob Mary eine strapaziöse

Geburt durchstehen würde. Sie versprach Tom, am nächsten Morgen wieder vorbeizuschauen.

Die Sonnenstrahlen fielen golden durch die Eukalyptusbäume und warfen lange Schatten auf die Straße. Zikaden zirpten in der flirrenden Hitze. Emma fuhr sehr langsam. Jeder Muskel in ihrem Körper schmerzte, und bleierne Müdigkeit kroch in ihre Knochen.

Sie fühlte Drews Blick auf sich ruhen. »Empfindest du immer so?«, fragte er. »Bei einer Geburt, meine ich.«

Sie verstand, was er meinte. Sie hatte seine Reaktion beim Anblick des Babys gesehen. Und sie war dahingeschmolzen angesichts dieses Ausdrucks in seinen Augen. In diesem Moment hatte sie eine Verbundenheit zwischen ihnen gefühlt, wie sie sie noch zu keinem Mann verspürt hatte. Das hatte sie tief erschüttert. Sie wollte nicht so fühlen; sie wollte nicht verwundbar sein.

Sie überlegte sorgfältig, ehe sie antwortete. »Ja. Es erfüllt mich immer noch mit Staunen. Auch wenn ein Kind während einer Dürre oder in einen Krieg hineingeboren wird, bin ich immer wieder überwältigt von diesem Wunder. Allerdings bricht es einem das Herz, wenn man eine Frau entbindet, deren andere Kinder bereits am Verhungern sind. Ihre Augen sind glanzlos und ohne Freude. Sie weiß, dass ihre Kinder bis zum Ende der Hungersnot oder des Krieges alle tot sein könnten.«

»Es geht dir sehr nahe, nicht wahr? Ich meine, dass du nicht alle Kinder retten kannst.« Drews Stimme klang sehr sanft und zärtlich, und sie empfand sie wie eine Streicheleinheit ihrer Seele.

»Man versucht, es nicht zu nah an sich heranzulassen. Man versucht, eine gewisse Objektivität zu entwickeln. Aber manchmal könnte man heulen angesichts dieser Verschwendung von Menschenleben. In einem Flüchtlingslager in Afrika brachte ein Lageraufseher uns einen weiblichen Säugling, der in die Latrine geworfen worden war. Das Neugeborene war noch keine Stunde alt. Und man hatte es weggeworfen wie ein Stück Scheiße ...«

Die Straße verschwamm vor ihren Augen, und sie kämpfte gegen die aufsteigenden Tränen an.

Eine Minute verstrich. Sie zwang sich, sich auf das Fahren zu konzentrieren und die Tausenden flehender Augenpaare auszublenden, die traurige Resignation, die Hoffnungslosigkeit.

»Was ist mit dem Baby geschehen?«

»Man hat die Mutter gesucht – konnte sie aber nicht finden. Vielleicht befand sie sich in einer verzweifelten Lage; vielleicht war das Baby aus einer Vergewaltigung hervorgegangen. Wer weiß, was sie zu dieser Tat verleitet hat. Letztendlich hat einer der Ärzte das Mädchen adoptiert.«

»War das klug?«

Emma warf ihm einen Blick zu. Sein Tonfall war nicht zynisch gewesen, und auch in seinen Augen las sie nur Neugier.

»Dasselbe habe ich mich damals auch gefragt. Man kann sie nicht alle retten. Aber wenn man nur einem Kind eine Chance gibt, hat man zumindest das Gefühl, dass nicht alles vergeblich war.«

Sie gelangten auf eine Anhöhe; von hier aus ging es bergab in Richtung Fluss. Sie brauchten einen Moment, ehe sie registrierten, was in der Zwischenzeit passiert war.

Die Brücke war nicht mehr zu sehen, der Wasserpegel des Flusses war weiter gestiegen, sodass die Brücke jetzt von einer schäumenden braunen Brühe überspült wurde.

»Verdammt!« Emma schlug mit der Faust auf das Lenkrad. Sie brachte den Land Cruiser am Ufer zum Stehen und öffnete die Wagentür.

»Ich gehe zu Fuß rüber, um zu sehen, ob die Brücke überhaupt noch vorhanden ist. Wenn ja, folgst du mir mit dem Wagen.«

»Wie bitte!?«

Emma brauchte Drew nicht erst anzusehen, um zu wissen, was er von ihrem Vorhaben hielt.

»Wir wissen nicht, ob die Flut die Brücke weggeschwemmt hat«, erklärte sie geduldig. »Ich muss erst sehen, ob sie noch da ist. Ich werde nicht riskieren, den Land Cruiser zu verlieren.«

»Ich habe schon verstanden, was du *gemeint* hast, Emma.«

Sie konnte fast hören, wie er mit den Zähnen knirschte.

»*Ich* werde hinübergehen! *Du* fährst.«

»Mach dich nicht lächerlich. Es darf kein Schmutzwasser an deine Wunden kommen. Ich verfüge nicht über einen unerschöpflichen Vorrat an Antibiotika, für den Fall, dass sie sich entzünden.« Sie funkelte ihn entschlossen an. »Ich gehe.«

Er funkelte zurück. Einen Moment war Emma sicher, dass er widersprechen würde, aber er überraschte sie. »Hast du ein Seil? Wenn du schon so leichtsinnig sein willst, binde dir wenigstens ein Seil um, damit du nicht weggespült werden kannst.«

Sie bedachte ihn mit einem Blick, der in etwa besagte »Welcher Pferdezüchter, der etwas auf sich hält, würde ohne Seil aus dem Haus gehen«, ging zum Heck des Geländewagens und holte eines aus dem Kofferraum. Sie war gerade dabei, es sich umzubinden, als Drew an ihrer Seite auftauchte.

»Keine Schlinge«, seufzte er kopfschüttelnd. »Wenn das Seil sich zusammenzieht, schnürt es dir die Luft ab oder sägt dich entzwei. Du brauchst einen Knoten, den du notfalls schnell lösen kannst.«

Emmas Magen verkrampfte sich, als sie langsam ins Wasser watete. Die Strömung zerrte an ihr. Gegenstände, die der Fluss unter der Oberfläche mit sich trug, stießen gegen ihre Beine. Sie dankte Gott, dass sie Jeans trug, und gleich darauf erneut, als sie die massiven Holzbohlen der Brücke unter den Stiefeln fühlte. Das Wasser reichte ihr bis zu den Knien.

»So weit, so gut«, rief sie Drew zu. »Die Brücke scheint noch da zu sein. Ich gehe den ganzen Weg voraus, nur für alle Fälle.«

Drew ließ ihr so viel Seil, dass sie etwa zwei Meter vor dem Fahrzeug hergehen konnte und band dann das Seil am »Kuhfänger« fest. Dann setzte er sich auf den Fahrersitz, wobei er das Seilende festhielt. Falls die Brücke unter dem Geländewagen einstürzte, wollte er Emma sofort befreien können. Ein Ruck an seinem Ende, und der Knoten würde sich lösen.

Er griff nach Emmas Arzttasche und schaute hinein. Er nahm ein Skalpell heraus und legte es vorn auf das Armaturenbrett. Falls es trotz allem nötig sein sollte, das Seil zu durchschneiden, war er wenigstens gewappnet.

Drew löste die Handbremse, und das Fahrzeug rollte langsam vorwärts.

Die Überquerung erwies sich als nervenaufreibende Angelegenheit. Er beobachtete Emma sehr genau, zufrieden, dass sie den Fluss stromaufwärts im Auge behielt, da von dort die meiste Gefahr drohte. Er behielt einen Abstand bei, der gerade groß genug war, dass das Seil über der Wasseroberfläche blieb. Zweimal stolperte sie und wäre fast gestürzt, aber es gelang ihr, sich am Seil abzufangen und so wieder festen Stand zu bekommen.

Dadurch dass der Wasserpegel gestiegen war, war das Wasser inzwischen über die Ufer getreten, sodass die Kraft der Strömung sich über eine größere Fläche verteilte und entsprechend geringer war.

Wasser schlug seitlich gegen den Wagen. Drew war derart auf Emma konzentriert, dass er die Bewegung weiter flussabwärts nicht bemerkte. Ein Wasserwirbel, der nichts mit der Strömung zu tun hatte.

Das schäumende Wasser verbarg den gepanzerten Rücken und den gezackten Schwanz. Nur das Maul und die Augen waren über der Wasseroberfläche zu sehen.

Als er das Krokodil schließlich entdeckte, war es zu spät, um Emma noch eine Warnung zuzurufen.

Die Panzerechse tauchte unter.

Kapitel 6

Drew legte den Rückwärtsgang ein und trat das Gaspedal durch.

Das Seil spannte sich abrupt und riss Emma zurück.

Eine Wasserfontäne spritzte auf. Das Krokodil schoss aus dem Wasser, und die kraftvollen Kiefer schnappten zu.

Emma schlug auf das Wasser auf. Sie schnappte nach Luft, als ihr linkes Bein fast ausgekugelt wurde. Das Seil rutschte hoch bis unter ihre Brüste.

Nachdem sie sich von der ersten Überraschung erholt hatte, realisierte sie, dass sie rückwärts durch das Wasser gezogen wurde. Sie ruderte mit den Armen und reckte den Hals, um den Kopf über Wasser zu halten – und blickte geradewegs in die gelben Augen eines Krokodils.

Einem Krokodil mit einem Stiefel zwischen den Zähnen.

Das blanke Entsetzen schnürte ihr die Kehle zu.

Das Krokodil versuchte unterzutauchen.

Es fühlte sich an, als würde ihr Körper entzweigerissen, als das Krokodil begann, sich um die eigene Achse zu drehen. Ihr Kopf wurde unter Wasser gezogen.

Plötzlich ließ die Spannung des Seils nach. Das Krokodil hörte auf, sich zu drehen, und Emma konnte sich aufrichten und Luft holen. Ihr linker Schenkel streifte einen Brückenpfeiler.

Das Krokodil versuchte, sie in tieferes Wasser zu ziehen!

Starke Hände packten sie unter den Achseln und zogen ihre Schultern aus dem Wasser. Sie blinzelte das Wasser aus ihren Augen. Sie sah Drews Gesicht über sich. In seinen Augen lag ein wild entschlossener Ausdruck, und er hatte sich ein Skalpell zwischen die Zähne geklemmt.

In eben diesem Moment tauchte das Krokodil wieder auf. Drew packte das Skalpell.

Das Krokodil öffnete das Maul, um fester zupacken zu können, und Drew nutzte diesen Moment, um dem Tier die Klinge ins Auge zu stoßen.

Das Reptil bäumte sich auf. Dabei geriet sein Schwanzende zwischen Drews Knie und dieser verlor das Gleichgewicht und stürzte auf Emma. Die Strömung spülte ihn von der Brücke.

Emma reagierte blitzschnell und packte seine Hand. Ihre Finger schlossen sich um seine. Sie stemmte sich mit den Füßen gegen das Geländer, packte mit der anderen Hand das Seil und lehnte sich zurück.

Jeder Muskel ihres Körpers protestierte schmerzhaft, als sie versuchte, Drew gegen die Strömung zu ziehen, derweil Drew versuchte, die Beine wieder über die Brüstung auf die Brücke zu schwingen. Emma blickte sich ängstlich um, aber das Krokodil war fort.

Drews rechtes Bein war vom Knie abwärts gefühllos. Er versuchte, sich mit dem linken Fuß an der Brücke festzuhaken, aber der Versuch scheiterte. Er packte Emmas Hand fester und zog sich daran näher an die

Brüstung. Diesmal schaffte er es. Er zog sich hoch und konnte den Zug auf Emmas Hand vermindern.

Sie schleppten sich zum Land Cruiser und krallten sich an den Kuhfänger.

»Das Kroko?« Drew blickte sich nach allen Seiten um.

Emma schüttelte den Kopf. »Ich weiß nicht. Kannst du stehen?«

Drew nickte und richtete sich auf. Langsam kehrte das Gefühl in sein Bein zurück. Und mit dem Gefühl kamen die Schmerzen.

»Wir sollten machen, dass wir hier rauskommen«, sagte er und fluchte gleich darauf, als er das Krokodil entdeckte. Es befand sich weiter flussabwärts, machte jedoch eben in einer fließenden Bewegung kehrt.

»Steig auf die Motorhaube!«, rief er Emma zu und schob sie über den Kuhfänger. Als sie oben war, zog er sich ebenfalls hoch und schwang eben die Beine oben auf die Motorhaube, als das rasende Reptil den Wagen rammte.

Der Land Cruiser erzitterte unter der Wucht des Aufpralls. Der Motor lief gleichmäßig weiter. Drew fluchte. Das verdammt Krokodil war gerade mal drei Meter lang, besaß aber unglaubliche Kräfte.

Die Echse tauchte unter.

»Steig auf das Dach und von dort durch das Fenster ins Wageninnere.« Drew lockerte das Seil, zog es Emma über Schultern und Kopf und schob sie auf die Windschutzscheibe zu. »Ich halte Ausschau nach unserem Freund.«

Emma packte die Dachreling und zog sich auf das Dach. Sie rutschte bis an den Rand des Daches und wollte eben ein Bein durch die Fensteröffnung schieben, als Drew aufschrie. »Nicht!«

Blitzschnell zog sie das Bein zurück. Das Krokodil stürzte sich mit aufgerissenem Maul auf die Tür. Seine langen Zahnreihen blitzten weiß im schwindenden Tageslicht.

Mit einem hässlichen Knirschen prallte das Krokodil gegen die Tür. Ehe es erneut angreifen konnte, schwang sie beide Beine durch das Fenster und ließ sich auf den Sitz gleiten.

»Halt dich fest!« Sie legte den ersten Gang ein und gab Gas, betend, dass die Brücke noch intakt war. Das Krokodil gab sich geschlagen und sah von weiteren Attacken ab.

Emma hielt erst an, um Drew von der Motorhaube steigen zu lassen, als sie ein ganzes Stück weit auf dem Trockenen waren. Das Herz schlug ihr bis zum Hals, und als sie ausstieg, zitterte sie am ganzen Körper. Sie schlang die Arme um den Oberkörper und schloss die Augen, konnte aber weiterhin die kalten gelben Augen sehen und das aufgerissene Maul.

Drew legte die Arme um sie und zog sie an sich. Durch sein nasses Hemd hindurch konnte sie seine Körperwärme fühlen, die nach und nach tatsächlich die eisige Kälte aus ihren Gliedern vertrieb. Am liebsten wäre sie ewig so verharrt, so geborgen fühlte sie sich in seiner Umarmung, aber stattdessen straffte sie die Schultern und trat einen Schritt zurück.

»Wir fahren besser weiter. Ich muss deine Verbände wechseln.« *Arbeit. Konzentriere dich auf die Arbeit. Du hast schon andere Gefahren überstanden. Du packst das schon.*

Drew fluchte verhalten. »Was ist mit deinem Fuß?«

Sie zuckte die Achseln. »Es tut nicht weh. Vielleicht weil der Stiefel gleichmäßigen Druck ausübt.« Sie ging zur Fahrerseite des Wagens.

»Kannst du fahren?«

»Natürlich!« Ihre Stimme klang unnatürlich schrill. Sorge flammte in Drews Augen auf. Emma zwang sich zur Ruhe. »Steig ein«, sagte sie mit tieferer Stimme.

Das linke Bein schonend, humpelte Drew auf die Beifahrerseite. *Dem muss ich nachgehen, sobald wir da sind,* sagte sie sich.

»Tut mir Leid wegen deines Skalpells!«

»Was?« Seine Stimme holte sie zurück in die Gegenwart, fort von den Bildern und Gefühlen des Grauens und der Trauer, von dem Gefühl des unwiederbringlichen Verlustes.

Die Nacht war hereingebrochen, so abrupt wie überall in den Tropen. Es gab keine Dämmerung, vielmehr legte sich innerhalb weniger Minuten eine undurchdringliche Finsternis über das Land wie eine schwarze Decke. Das Licht der Scheinwerfer glitt über die Straße und die Eukalyptusbäume. Ein Känguru erstarrte geblendet im grellen Licht. Emma bremste und hupte, und das Tier hüpfte davon.

»Ich muss dir das Skalpell ersetzen.«

»Sei nicht albern! Du hast mir das Leben gerettet! Wenn du ihm nicht das Skalpell ins Auge gestochen hättest ...« Sie schüttelte sich.

»Wusstest du, dass es hier Krokodile gibt?«

»Nein. Eigentlich gibt es so weit flussaufwärts keine.«

»Vielleicht hat es durch den Wirbelsturm und die Flut die Orientierung verloren. Vor ein paar Jahren hat man sogar eins in einem Bewässerungsgraben in Babinda gefunden.«

Emma bog von der Straße ab und fuhr durch das Tor ihrer Ranch. Zu Hause. Plötzlich konnte sie es nicht mehr erwarten, dort zu sein, sich der nassen Kleider zu entledigen und heiß zu duschen, um Schlamm und Furcht fortzuwaschen.

Die Hunde kamen ihnen entgegengelaufen, schnupperten neugierig an ihrer nassen Kleidung und winselten vor Hunger. Emma ging mit der Taschenlampe durch das Haus und zündete Öllampen und Kerzen an.

»Du duschst zuerst«, teilte sie Drew mit und ging voraus zum Bad. Sie schälte die Verbände von seinen Händen, knöpfte sein Hemd auf und zog es ihm aus. Dann zog sie das Pflaster von dem Verband auf seinem Rücken ab.

Seine Haut war warm, und ihre Hände prickelten von dem Bedürfnis, die harten Muskeln zu fühlen und ihn auf intimere Art zu berühren. Es war für sie ein Schock zu erkennen, wie sehr ihr Körper sich nach seinem sehnte. Er hatte sie einmal geküsst, und ihre eigene Reaktion darauf hatte sie erschüttert. Aber seine Freundlichkeit, seine Zuverlässigkeit, untergruben ihre Abwehr, und sie wusste nicht, wie sie sich noch länger gegen ihre Gefühle wehren sollte. Sie verspürte ein Verlangen, das sehr, sehr lange geschlafen hatte. Eine Sehnsucht, die sie einmal erfüllt geglaubt hatte, um dann bitter enttäuscht zu werden.

»Zieh die Hose aus«, sagte sie schroff. Sie sah, dass er die Stirn runzelte und die Brauen wölbte, und zeigte auf sein linkes Bein. »Ich will mir dein Bein ansehen, da, wo das Kroko dich erwischt hat.«

»Erst sollten wir uns deinen Fuß ansehen!«

»Vergiss meinen Fuß. Dem geht es gut.«

»Nein, es geht ihm nicht gut. Zieh den Stiefel aus.« Er verschränkte die Arme über der Brust, und beim Anblick der geschmeidigen Muskeln unter der gebräunten Haut stockte ihr der Atem.

»Also gut.« Sie setzte sich auf den Badewannenrand und zog Stiefel und Socke aus. Knapp oberhalb der Ferse klaffte ein Loch im Leder, und ein zweites ein Stück höher. Und im Absatz steckte noch ein Krokodilszahn.

Sie starrte auf den Zahn. Fast hätte das Biest mich erwischt. Wäre Drew nicht gewesen ...

»Du hast Glück gehabt.« Drew untersuchte ihren Fuß. »Abgesehen von dem nicht allzu tiefen Kratzer, der auch schon aufgehört hat zu bluten, scheint dein Fuß in Ordnung zu sein.«

Emma zog Socke und Stiefel wieder an. »Und jetzt du.«

Drew ließ die Jeans herunter. Emma trat hinter ihn und pfiff leise, als sie die Wunde sah. »Eine ordentliche Prellung. Du kannst von Glück sagen, dass du dir nicht das Bein gebrochen hast.« Sie ging zur Tür. »Komm ins Behandlungszimmer, wenn du fertig bist, dann lege ich dir frische Verbände an. Ich füttere jetzt erst einmal die Tiere.«

Drew wartete, dass Emma mit der Versorgung seiner Wunden fertig wurde. Ihm war nicht entgangen, dass ihre Hände leicht zitterten, aber er hatte kein Wort darüber verloren. Sie war eine starke Frau, hatte jedoch in den vergangenen Tagen viel durchgemacht, und er fürchtete, dass ihre immer wieder von ihr selbst propagierte Fähigkeit, mit allem fertig zu werden, an ihre Grenzen gestoßen war.

»Emma, geh jetzt bitte duschen. Ich mache uns inzwischen etwas zu essen.«

Sie zögerte, aber er sah ihr an, dass sie todmüde war, und schließlich nickte sie.

Drew stocherte in der Glut im Ofen und legte Holz nach. Dadurch wurde es zwar in der Küche noch heißer, aber er wollte nicht auf den Luxus eines heißen Getränks verzichten. Hinterher öffnete er eine Büchse Würstchen mit Gemüse und gab den Inhalt zum Aufwärmen in einen Kochtopf.

In Gedanken ließ er noch einmal den Angriff des Krokodils Revue passieren. Die Angst, die er empfunden hatte, als die Nägel durch seine Hände getrieben wurden, war harmlos gewesen verglichen mit dem panischen Entsetzen, als das Ungeheuer Emma angegriffen hatte. Er war ebenso erschüttert von der Gefahr, der sie nur so knapp entgangen waren, wie von der Tiefe seiner Gefühle für sie.

Das Essen war fertig, aber Emma war immer noch im Badezimmer. Drew nahm den Topf vom Herd und ging den Flur hinunter. Die Dusche lief noch. Er lauschte an der Tür, konnte aber nichts anderes hören als das Rauschen des Wassers. Sorge nagte an ihm.

»Alles in Ordnung da drin?«, rief er. Keine Antwort.

Er rief noch einmal, dann klopfte er an die Tür. Als sich nichts rührte, öffnete er die Tür.

Die Öllampe tauchte den Raum in gedämpftes gelbes Licht. Dampf stieg über dem Duschvorhang auf. Er konnte keinen Schatten hinter dem Vorhang sehen. Drews Magen verkrampfte sich. Er zog den Vorhang beiseite.

Emma saß unten in der Wanne unter dem warmen Wasserstrahl. Sie blinzelte desorientiert zu ihm auf, als hätte er sie geweckt.

»Was machst du hier?«, herrschte sie ihn an.

»Ich habe gerufen und geklopft, aber du hast nicht geantwortet. Ich habe mir Sorgen gemacht. Du bist schon eine Ewigkeit hier drin, Emma.«

Emma schüttelte den Kopf, stand auf und drehte das Wasser ab. Drew versuchte, sich wie ein Gentleman zu verhalten und den Blick von ihrem nackten Körper mit der schmalen Taille, den vollen Brüsten und dem dunklen Flaum unter ihrer vorgehaltenen Hand abzuwenden, aber sein eigener Körper reagierte ganz instinktiv. Verlangen durchzuckte ihn glühend heiß. Er nahm das Handtuch vom Haken und reichte es ihr.

Sie nahm es wortlos entgegen. Sie fühlte sich, als würde sie jeden Moment in tausend Teile zerbrechen. Die Erschöpfung hatte sie unter der Dusche überwältigt, und die Wärme hatte sie eingeschläfert.

Aber ihre Gedanken rasten und kreisten immer wieder um dieselben Szenen. Der leblose Körper ihres Vaters; seine Worte der Einsamkeit und der Furcht in dem

Schulheft; die Geborgenheit in Drews Armen; sein Kuss. Der Adrenalinschub, als Marys Baby in ihre wartenden Hände geglitten war, und der eiskalte mörderische Blick des Krokodils, das ihr nach dem Leben getrachtet hatte.

Erst als Drew den Duschvorhang beiseite gezogen hatte, war Emma bewusst geworden, dass sie sich hingesetzt hatte. Und sie war zu benommen gewesen, um sich zu bedecken. Nun wickelte sie hastig das Handtuch um ihre Brüste und wrang ihre Haare aus. Sie hob ihrer beider durchnässten Kleider vom Boden auf und warf sie in die Badewanne. »Die können über Nacht trocknen.« Dann nahm sie Lampe und Stiefel und trug beides in ihr Schlafzimmer.

Sie wollte eben die Stiefel hinstellen, als ihr Blick auf die Löcher im Leder fiel. Wie im Traum sah sie, wie sie einen Finger durch das größere der beiden Löcher steckte, und stellte sich vor, wie der Zahn sich durch das Leder und ihr Fleisch gebohrt hatte. Sie blickte an sich herab. Die Wunde blutete wieder.

Etwas in ihr zerbrach.

Sie schleuderte den Stiefel an die Wand. Tränen liefen ihr über das Gesicht. Sie hörte sich selbst weinen – ungewohnte Geräusche. Ein Teil von ihr registrierte, dass sie sich nicht erinnern konnte, je laut geschluchzt zu haben.

»Emma! Emma!«

Drew schüttelte sie, schrie sie an und zwang sie, ihn anzusehen.

»Sie sind ruiniert!«, schluchzte sie. »Meine Stiefel.«

Er nickte, aber sie wusste, dass er nicht verstand. Nicht verstehen konnte.

»Mein Vater ... er hat sie mir geschenkt. Das war das Letzte, was er ...« Sie musste so heftig schluchzen, dass sie nicht weiterreden konnte. Sie konnte nicht mehr denken, nur noch fühlen. In ihrem Inneren herrschte ein unbeschreibliches emotionelles Chaos.

Als der Weinkrampf nachließ, wurde ihr bewusst, dass Drew sie in den Armen hielt. Seine Hände lagen warm auf ihren Schultern, und seine Brust war nass von ihren Tränen. Sie hob den Kopf und schaute in sein Gesicht. Sie sah Sorge und Mitgefühl. Eisblaue Augen, die bis in ihr Innerstes zu blicken schienen.

Er küsste ihr Gesicht. Sanfte, leichte Küsse, die trösten und heilen sollten. Sie drehte den Kopf, und ihre Lippen trafen sich. Sie schmeckte ihre eigenen Tränen ... und Drew. Ein Feuer loderte in ihr auf.

Sie gab ihrem Verlangen nach. Öffnete die Lippen, öffnete ihm ihre Seele.

Er zögerte, und sie fürchtete schon, dass er sie loslassen könnte. Sie streichelte seine Zunge mit der ihren, löste das Handtuch und schmiegte den nackten Körper an ihn.

Er stöhnte und sagte mit erstickter, belegter Stimme ihren Namen. Sie biss ihn sanft in die Lippen und vergrub die Finger in seinem Haar. Sie zog ihn zu ihrem Bett und zog ihn mit sich auf die Matratze. Sie fühlte seine Erektion durch den dünnen Stoff seiner Shorts und lächelte in seinen Mund.

Emma begehrte ihn.

Nein, sie brauchte ihn.

Jetzt.

Sie brauchte seine Wärme, seine Zärtlichkeit, um die Einsamkeit aus ihrem Leben, aus ihrer Seele, zu vertreiben. Und dieses Bedürfnis war stärker als die emotionalen Barrieren, die sie sich über Jahre selbst auferlegt hatte.

Sie nahm seine Hand und führte sie zu ihrer Brust. Er wollte einen Protest murmeln, aber sie presste die Hüften an seine und rieb den Unterleib an seiner Erektion. Seine Hand schloss sich um ihre Brust und streichelte und liebkoste die Brustwarze, bis sie stöhnte vor Lust.

Drew versuchte verzweifelt, an der Selbstbeherrschung festzuhalten, die sein Leben bestimmt hatte, seit er neunzehn geworden war, aber vergeblich. Emma wütete wie ein hochaggressiver Virus in seinem Organismus, das Blut strömte wie flüssiges Feuer durch seine Adern, und er zitterte am ganzen Leib vor Verlangen. Er begehrte sie, wie er noch nie zuvor eine Frau begehrt hatte.

Er küsste sie leidenschaftlicher, inzwischen ebenso ausgehungert und gierig wie sie. Und als eine ihrer Hände über seinen Bauch strich, sich unter den Bund seiner Short schob und sein pulsierendes Glied streichelte, entfesselte sie vollends die angestaute Lust und Frustration, die in ihnen beiden wütete.

Nun gab es kein Halten mehr. Hastig entledigte er sich seiner Shorts. Emma biss ihn in die Schulter und fuhr dann mit der Zunge über seine Haut, die salzig nach Schweiß schmeckte und nach Seife roch. Sie wollte ihn verschlingen, ihn in sich fühlen, mit ihm verschmelzen. Er beugte sich über sie, abwartend, und in seinen Augen, die leuchteten wie eine blaue Flamme, lag eine unausgesprochene Frage.

Ihre Antwort bestand darin, mit einer Hand nach

ihm zu greifen, ihn in sich einzuführen und gleichzeitig das Becken anzuheben, sodass er tief in sie hineinglitt.

Das Gefühl der Befreiung war unbeschreiblich.

Drews kraftvolle Stöße füllten sie aus und linderten den bittersüßen Schmerz ihrer verzehrenden Begierde.

Für einen Moment. Aber sie brauchte mehr.

Emmas Hände fuhren über seinen Körper, fühlend, genießend, dann schlang sie Besitz ergreifend die Beine um seine Hüften.

Sie lag eingebettet zwischen seinen Armen, und er rieb den Oberkörper an ihren Brüsten, erspürte ihre Rundungen, ihre steinharten Brustwarzen, die samtige Haut ihres flachen Bauches und das seidige Schamhaar, das die Wucht seiner Stöße dämpfte.

Hitze durchströmte Emmas Körper; ein lustvolles Stöhnen entfuhr ihrer Kehle.

Schatten flackerten über Drews Gesicht, ließen sein Gesicht hagerer erscheinen, und das zerzauste Haar verlieh seinen von der Lust gezeichneten Zügen etwas Zügelloses, unbeschreiblich Männliches. Emma zog seinen Kopf zu sich herab und küsste ihn fordernd.

Sie war ganz verrückt nach seinem Geschmack, konnte gar nicht genug von ihm bekommen. Sie wollte ihn noch tiefer, noch fester in sich spüren. Ein Prickeln entstand zwischen ihren Schenkeln, steigerte sich, mehr, immer mehr, bis es sich in einem wahren Feuerwerk entlud und sie einen stummen Schrei ausstieß.

Der Orgasmus jagte immer neue Schauer durch Emmas Körper. Als er das Zucken tief in ihr spürte, stöhnte Drew auf und folgte ihr nach auf ihrem Höhenflug.

Anschließend sackte er auf ihr zusammen. Emma

versuchte, die Hände zu heben, um ihn festzuhalten, aber sie waren bleischwer und gehorchten ihr nicht. Sie fühlte sich schwach wie ein Neugeborenes, und auch ihre Gedanken waren völlig benebelt.

Erschöpft lag sie da, und ein wohliges Prickeln durchfuhr sie, als Drew sich leicht bewegte. Der Schlaf griff nach ihr. Sie versuchte, dagegen anzukämpfen, stand jedoch auf verlorenem Posten.

Emma schreckte aus tiefem Schlaf hoch. Drews Gewicht lastete schwer auf ihr. Er schlief, streichelte aber im Schlaf unbewusst ihr Gesicht.

Sie bewegte sich leicht. Er war noch in ihr. Schlaff, aber doch deutlich spürbar. Instinktiv spannte sie die Muskeln an und fühlte, wie er reagierte. Sie wollte ihn so lange reizen, bis er aufwachte, wollte ihn dazu verleiten, sie auf eine Art und Weise zu lieben, die alles bisher Dagewesene auf körperlicher wie auch auf emotionaler Ebene übertraf. Aber sie ignorierte das Sehnen ihres Körpers, ignorierte das Sehnen in ihrem Herzen, ignorierte ihren Hunger nach Liebe.

Ganz vorsichtig rollte sie Drew auf die Seite und glitt aus dem Bett. Der Verlust seiner Wärme war wie eine kalte Dusche. Sie schlüpfte in ihren Morgenmantel und zog den Gürtel fest zu.

»Emma?« Die Verwirrung in Drews Stimme spiegelte sich in seinen Augen. Er schwang die Beine über die Bettkante und schaute zu ihr auf.

Ihr Herz tat einen Sprung. So verschlafen und desorientiert wirkte er anrührend verwundbar. Vielleicht sogar ebenso verwundbar wie sie sich fühlte.

Sie zog den Gürtel noch fester zu. »Tut mir Leid. Was ich getan habe, war unverzeihlich.«

Ein schockierter Ausdruck trat in seine Augen.

»Wie bitte?«

Sie hatte ihn benutzt. Sie hatte ihr Wissen um seine Gefühle zu ihr ausgenutzt. Sie hatte seinen Trost und seine Wärme genommen, obwohl sie wusste, dass sie selbst ihm nichts zu geben hatte.

»Ich bin Ärztin! Was ich getan habe, war unglaublich dumm und unprofessionell.«

»Ich fand das, was *wir* getan haben, unglaublich *schön.*«

Sie durfte ihn nicht in dem Glauben lassen, dass das, was geschehen war, mehr war als eine Kurzschlussreaktion entstanden aus einer Ausnahmesituation, aus einem Übermaß an Stress. Sie wusste nicht das Geringste über ihn und seine Krankengeschichte. Sie konnte nur hoffen, dass er normalerweise *safer sex* praktizierte.

»Aber Drew ... wir sind wie ... wie zwei Menschen in einem Kriegsgebiet.«

Drew schwieg. Ungeduld und Zorn standen in seinen Augen.

»Menschen, deren Leben in Gefahr ist. Menschen, die Tage, ja Monate, in dem Bewusstsein leben, dass jede Minute ihre letzte sein könnte. Das schafft Spannungen. Einen unerträglichen Druck. Und es macht einsam.«

Sie ging zur Lampe und drehte den Docht höher, in der Hoffnung, dass Drews nackter Körper im helleren Licht weniger verführerisch wirkte. Sie sehnte sich mit jeder Faser ihres Seins nach ihm, aber sie hielt an den letzten Resten ihrer Willenskraft fest und verdrängte die Sehnsucht entschieden.

»Manchmal wird der Druck so groß, dass er sich unbedingt entladen muss.« Sie zuckte die Achseln. »Du hast ja selbst erlebt, auf welche Art das zwischen uns geschehen ist. Nach allem, was du durchgemacht hast – und auch ich habe eine harte Zeit hinter mir ... na ja, es ist einfach passiert.«

Drew stand auf. »So ist es nicht gewesen, Emma, und das weißt du auch.« Seinen Augen war immer noch sein Ärger abzulesen, wenn auch vermischt mit Unglauben und Verletztheit. Vor allem Letzteres traf Emma bis ins Mark. »Es tut mir Leid, dass ich kein Kondom benutzt habe. Ich bin zwar gesund, aber was, wenn du schwanger wirst?«

Schwanger! Daran hatte sie keinen Gedanken verschwendet. Sie war viel zu sehr damit beschäftigt gewesen, das Geschehene zu rationalisieren und zu versuchen, die Gefühle zu verleugnen, die Drew in ihr geweckt hatte. Plötzlich kam sie sich furchtbar dumm vor.

Was, wenn sie tatsächlich schwanger wurde? Bis der Wasserpegel des Flusses so weit gesunken war, dass sie das Tal verlassen konnte, würde es zu spät sein für die »Pille danach«. Sie wandte sich von ihm ab und griff mit zitternden Fingern nach einem Reise-Bilderrahmen auf ihrer Kommode.

»Würdest du wollen, dass ich abtreibe?«

»Nein!« Es klang heftig und heiser, als wäre der Laut seiner Kehle entrissen worden.

Emma atmete aus – ihr war gar nicht bewusst gewesen, dass sie den Atem angehalten hatte.

»Würdest du ... würdest du denn abtreiben wollen?« Das Zögern in seiner Stimme veranlasste sie, sich zu ihm umzudrehen. Er stand nur einen Meter von ihr entfernt, Sehnen und Muskeln angespannt und deutlich umrissen.

Sie schüttelte den Kopf. »Nein. Leben ist zu kostbar.«

Sein erleichterter Seufzer berührte etwas in ihr, das sie sofort zu unterdrücken versuchte, aber es war schon zu spät. Er hatte die Freude in ihren Augen gesehen. Er trat vor und wollte sie in die Arme nehmen, aber sie hielt ihn auf Armeslänge von sich. Wie wunderbar sich seine harten Muskeln unter der samtigen Haut anfühlten ... Hastig verdrängte sie diesen Gedanken wieder.

»Es ging von mir aus, es war meine Schuld. Du brauchst dich in keiner Weise für irgendetwas verantwortlich zu fühlen.«

Wenn Emma geglaubt hatte, Drew schon wütend gesehen zu haben, musste sie diese Einschätzung nun revidieren. Sie hätte nie geglaubt, dass Augen gleichzeitig eiskalte Wut und brennenden Zorn ausdrücken könnten, und das Ausmaß von Drews Gefühlen verschlug ihr die Sprache.

Er packte sie bei den Schultern und beugte den Kopf so weit herab, dass ihre Nasen sich beinahe berührten.

»Jetzt hör mir mal gut zu. Zur Liebe gehören immer noch zwei. Und was mich betrifft, war ich mit derselben Begeisterung bei der Sache wie du.« Sein Tonfall wurde weicher, aber der stahlharte Kern verblüffte sie ebenso sehr wie sein Zorn. »Und ich spreche bewusst von Liebe und nicht von Sex. Ich habe keineswegs nur meine Anspannung an deinem Körper ausgelassen und dich gewissermaßen als Blitzableiter benutzt.«

Seine Hände wanderten aufwärts zu ihrem Hals und umfassten ihr Gesicht. »Zufällig bedeutest du mir sehr viel, Emma Randall. Und falls du tatsächlich schwanger sein solltest, werde ich wenn nötig gerichtlich mein Anrecht erstreiten, am Leben unseres Kindes teilzuhaben.«

Dann küsste er sie mit mühsam beherrschter Leidenschaft. Das Blut rauschte in ihren Ohren, und das Herz schlug ihr bis zum Hals. Ihr Verstand setzte einfach aus.

Aber als sie eben die Arme um ihn legen wollte, brach er den Kuss ab und ging, so schnell es seine schmerzenden Füße erlaubten.

Drew konnte einfach nicht glauben, was Emma gesagt hatte. Was für ihn einer der denkwürdigsten Augenblicke seines Lebens gewesen war, war für sie offenbar nur ein rein körperlicher Akt. Teufel, es war nicht nur Sex gewesen – und wenn doch, dann war es verdammt noch mal der beste Sex gewesen, den er je gehabt hatte.

Sicher, die Anziehung war da, das konnte sie nicht verhehlen. Aber er hatte geglaubt – und gehofft –, dass noch viel mehr dahinter steckte als Chemie. Er wusste, dass er sich nicht getäuscht hatte bezüglich dessen, was er nach der Geburt der kleinen Bethany in ihren Augen gelesen hatte.

Was war nur in sie gefahren, dass sie ihre Gefühle verleugnete?

Seine emotionale Frustration war beinahe so

schmerzhaft wie es die körperliche gewesen war. Er hatte sie vom ersten Augenblick an begehrt. Sogar im Schlaf, als er sie noch kaum gekannt hatte, hatte sein Körper auf einer primitiven, instinktiven Ebene auf sie reagiert. Sein Körper hatte die Anziehung, ja das Bedürfnis, ihr nahe zu sein, erkannt, noch bevor seine Gefühle und sein Intellekt sie bestätigt hatten. Und die Liebesnacht mit ihr hatte ihn tiefer berührt als alles, was er bisher erlebt hatte.

Er wärmte das Essen noch einmal auf, gab es auf einen Teller, legte Messer und Gabel dazu und kehrte zurück in Emmas Schlafzimmer. Sie saß auf dem Bett, die Arme um die angezogenen Knie geschlungen. Als er eintrat, blickte sie zwar auf, sagte jedoch nichts.

Drew stellte den Teller auf die Kommode und hob dann seine Shorts vom Boden auf. Seine Nacktheit störte ihn nicht – es wäre verlogen gewesen, Scham vorzutäuschen nach allem, was zwischen ihnen vorgefallen war. Er wollte etwas sagen, versuchen zu ergründen, warum sie so reagierte, schwieg jedoch, als er die Erschöpfung und die Verwirrung in ihren Augen sah.

Wortlos verließ er das Zimmer.

Eine Stunde später gab Drew den Versuch auf, wieder einschlafen zu wollen. Er hatte gegessen, sich davon überzeugt, dass alle Türen verschlossen waren und das Gewehr schussbereit war, und hatte sich dann in sein Zimmer zurückgezogen. Er hatte gehört, wie Emma den Teller in die Küche gebracht hatte, und danach nichts mehr.

Er stieg aus dem Bett und ging in den Flur, ohne die Schmerzen in seinem Bein zu beachten. Das Licht einer Öllampe erhellte das Wohnzimmer. Als er näher kam, sah er Emmas Beine über den Rand eines Sessels baumeln. Eine medizinische Fachzeitschrift lag auf dem Boden neben ihrer schlaff herabhängenden Hand. Ihre Lippen waren leicht geöffnet, und sie schlief tief und fest.

Als er dastand und auf sie hinabblickte, regte sich Drews Beschützerinstinkt. Er hatte einmal geglaubt zu wissen, was Liebe war, aber jetzt erkannte er, dass das, was er für diese Frau empfand, alles übertraf, was er je gefühlt hatte.

Er löschte das Licht und wartete, bis seine Augen sich an die Dunkelheit gewöhnt hatten. Dann beugte er sich hinab und hob Emma auf die Arme. Sie murmelte etwas Unverständliches und schmiegte sich im Schlaf an seine Brust. An ihrer Zimmertür zögerte er. Richtig wäre, sie in ihr Bett zu legen und dann in sein Zimmer zurückzugehen.

Verdammt! Das mochte ja richtig sein, aber es fühlte sich nicht richtig an. Sie lief vor ihm davon, errichtete emotionale Barrieren, die er einreißen musste. Egal wie.

Er musste an einen Spruch denken, den seine Mutter des Öfteren lachend benutzt hatte: »Im Krieg, in der Liebe und bei Erdbeertörtchen ist alles erlaubt.« Nun, dies war kein Krieg, zumindest keiner von der Art, die Emma gemeint hatte, und es ging auch nicht um Erdbeertörtchen, fühlte sich aber verdächtig nach Liebe an.

Er betete, dass seine Mutter Recht gehabt hatte, und

wandte sich seinem Zimmer zu, Emmas warmer Atem an seinem Hals und ihr regloser Körper weich an seiner Brust ruhend.

Kapitel 7

Drew wurde vom Motorengeräusch des davonfahrenden Land Cruiser geweckt. Er streckte die Hand aus – Emma war fort.

Es war so wunderbar gewesen, gestern Abend mit ihr in den Armen einzuschlafen. Aber jetzt fragte er sich, ob sein Versuch, ihr ein Gefühl der Nähe einzugeben und ihr zu zeigen, dass es ihm um mehr ging als um Sex, nicht vielleicht den gegenteiligen Effekt haben würde. Er hatte heute Morgen mit ihr sprechen wollen, aber nun war es zu spät.

Eine kühle Brise wehte durch die Vorhänge herein. Drew hoffte, dass dies ein erster Hinweis darauf war, dass der Herbst nahte und die Hitzewelle bald ein Ende haben würde.

Ihm fiel wieder ein, dass Emma Tom versprochen hatte, heute vorbeizukommen, um nach Mary und dem Baby zu sehen. Er dachte an den Fluss und das Krokodil und fluchte laut. Er hoffte, dass Emma wenigstens so vernünftig war, die Brücke nicht zu überqueren, falls sie noch überspült war.

Drew war von Natur aus kein geduldiger Mensch, aber das Leben hatte ihn diese Tugend gelehrt, und sein Beruf hatte sie weiter gefestigt. Warten auf Beweise, darauf, dass Zeugen einen winzigen Fehler machten.

Aber zu warten, bis Emma zurückkam, war einfach zu viel. Es wurde ein Uhr.

Er zog Stiefel an, setzte den Akubra auf, schnappte sich das Gewehr und ging zum Stall. Emma hatte die Pferde auf das angrenzende Paddock gebracht. Drew pfiff leise, und die Stute kam an den Zaun getrottet. Er erinnerte sich, dass Emma sie Quest genannt hatte, rieb ihr die Stirn und sagte leise ihren Namen.

Kurz darauf hatte er sie in den Stall gebracht und gesattelt. Es war Jahre her, seit er das letzte Mal geritten war, aber die Bewegung der geschmeidigen Muskeln unter seinen Schenkeln fühlte sich gut an. Als er angaloppierte, genoss er das vertraute Gefühl, eins zu sein mit einem so kraftvollen, edlen Tier.

Tom stellte ein Tablett auf den Veranda-Tisch und setzte sich Emma gegenüber. Sie sah zu, wie er sich ein Brot nahm und entschlossen aß. Er war ein bodenständiger Mensch, der methodisch handelte. Er war 27, vier Jahre jünger als sie selbst. Manchmal beneidete sie ihn um seine Zuversicht, seine Entschlossenheit und Zielstrebigkeit. Und manchmal beneidete sie Mary um die Gewissheit, dass ihr Mann sie lieben würde bis ins Grab.

Tom war Marys Anker, ihr Fels in der Brandung. Emma musste an Drew denken. Er war ebenfalls solide und zuverlässig, aber für sie war er der Sturm – wild und turbulent, aufpeitschend. Und er zwang sie, vor Bedürfnissen davonzulaufen, die sie vor langer Zeit begraben hatte.

War es wirklich erst 24 Stunden her, dass sie in eben diesem Stuhl gesessen und mit ihm Kaffee getrunken und Brote gegessen hatte? In dieser kurzen Zeit war so viel passiert.

Ihre Welt war aus den Fugen geraten durch die Ereignisse des vergangenen Tages. Der Angriff des Krokodils hatte den Ausschlag gegeben. Die Erkenntnis, wie knapp sie dem Tod entronnen war, hatte nach einem langen Jahr der emotionalen Anspannung das Fass zum Überlaufen gebracht.

Emma versuchte, sich selbst davon zu überzeugen, dass der emotionale Aufruhr Schuld war an der überwältigenden Intensität ihrer Reaktion auf Drews Leidenschaft. Aber sie wusste, dass das nicht stimmte.

Am Morgen in seinen Armen aufzuwachen war himmlisch gewesen. So wunderbar, dass sie das Zimmer fluchtartig verlassen hatte, um nicht der Versuchung nachzugeben, ihn zu wecken und erneut mit ihm zu schlafen. Zum Teufel mit ihm! Es wurde immer schwerer, ihm zu widerstehen. Je eher er aus ihrem Leben verschwand, desto besser.

Drew erreichte den Fluss in eben dem Moment, da der Land Cruiser auf der Rückfahrt zur Brückenüberquerung ansetzte. Der Wasserpegel war deutlich gefallen, und die Brücke war nicht mehr überflutet.

Er parierte die Stute durch und beobachtete den Geländewagen angespannt. Jetzt da er wusste, dass Emma in Sicherheit war, fürchtete er sich davor, wie sie auf ihn reagieren würde. Er hatte das ungute Gefühl, dass seine Eigenmächtigkeit in der vergangenen Nacht jede Hoffnung zunichte gemacht hatte, sie dazu zu bringen, ihm zuzuhören oder ihm ihre Haltung zu erklären.

Der Geländewagen kam zum Stehen. Emma sprang aus dem Wagen und stürmte auf ihn zu. »Kannst du mir mal erklären, was das soll?«

»Ich habe mir Sorgen um dich gemacht. Ich dachte, du würdest bis zum Mittagessen zurück sein, wenn die Brücke nicht mehr überspült wäre«, entgegnete er betont gelassen.

»Ich spreche von Quest! Sie ist ein Vollblut. Eine Zuchtstute. Sie ist zu wertvoll, um von irgendeinem Amateur geritten zu werden.«

»Ich mag ja kein Jockey sein, Emma, aber ich bin so verantwortungsbewusst, dass ich ein solches Pferd nicht reiten würde, wenn ich mir nicht zutrauen würde, es beherrschen zu können. Und nachdem feststeht, dass es dir gut geht und auch dein aufbrausendes Temperament die Nacht unbeschadet überstanden hat, werde ich Quest nach Hause zurückbringen.«

Drew wendete das Pferd auf der Stelle und stieß ihm die Fersen in die Seiten. Die Stute reagierte sofort, die Hufe gruben sich tief in die weiche Erde, und ihr Körper streckte sich.

Drew genoss den Galopp bergauf und hiernach die gewundene Straße entlang. Als er die Ranch erreichte, fühlte er sich beinahe euphorisch. Es war lange her, dass er so geritten war, und der Ritt hatte Erinnerungen geweckt. Erinnerungen, die inzwischen gute waren.

Emma fachte ihren Zorn weiter an, indem sie sich ausmalte, was alles auf Drews wildem Ritt passieren konnte. Mit Wut konnte sie leichter umgehen als mit dem quälenden Verlangen, das in ihr wütete, seit sie ihn auf dem stolzen Vollblüter gesehen hatte.

Sie hatte versucht, ihn als engstirnigen Stadtmenschen zu sehen, geldgierig und eigennützig. Es war leichter, in diesen Bahnen von ihm zu denken, als den Mann, der ihr Leben auf den Kopf gestellt hatte, so zu sehen, wie er wirklich war. Aber nun gab es kein Entrinnen mehr. Er war ebenso hart und unerbittlich wie das Land, durch das er ritt, aber diese Härte ging mit einer Zärtlichkeit einher, die sie mitten ins Herz traf.

Sie fuhr in den Schuppen, steckte die Schlüssel ein und ließ das Vorhängeschloss einrasten. Da erst ging ihr auf, dass das gar nicht mehr nötig war. Es bestand nicht mehr die Gefahr, dass ihr Vater davonfuhr und sich selbst und andere in Gefahr brachte. Trauer stieg in ihr auf und verdrängte den künstlich aufrechterhaltenen Zorn. Dann fiel ihr wieder ein, dass irgendwo in der Gegend ein potenzieller Killer frei herumlief. Sie überzeugte sich davon, dass das Schloss wirklich zu war.

Drew war noch dabei, Quest mit Stroh trocken zu reiben, als sie den Stall betrat. Er sprach dabei leise mit dem Pferd, und Emma registrierte das Lächeln, das seine Züge erhellte und ihn jünger erscheinen ließ. Sie lehnte sich an die Wand und vergrub die Hände in den Taschen ihrer Jeans.

»Wo hast du reiten gelernt?«

»Das ist eine lange Geschichte.«

»Ich bin ein guter Zuhörer.«

Drew zuckte die Achseln. Sie sollte es ruhig wissen. Je eher, desto besser.

»Als ich ein Teenager war, geriet ich in schlechte Gesellschaft. Ich hatte Minderwertigkeitskomplexe und wollte von meinen neuen Freunden akzeptiert werden. Ich wollte beeindrucken und schloss mich ihnen bei ihren alles andere als legalen Aktivitäten an.«

Emma wölbte die Brauen.

»Ich lief von zu Hause weg, lebte auf der Straße. Mein Glück war, dass ich nicht wirklich mit dem Herzen dabei war, und ich tat auch nie etwas, das mir eine Haftstrafe eingebracht hätte, aber nach einiger Zeit war meine Selbstachtung auf dem Nullpunkt, und ich schämte mich zu sehr, um nach Hause zurückzugehen. Ich hörte von einem Aborigine-Halbblut, einem Mann, der eine Ranch westlich der Great Dividing Range hatte. Er hatte es in seiner Jugend selbst nicht leicht gehabt und versuchte, jungen Leuten zu helfen, die in Schwierigkeiten geraten waren, indem er ihnen alles über die Arbeit mit Pferden und Rindern beibrachte und ihnen so neue Selbstachtung gab.«

Er führte Quest in ihre Box und überzeugte sich davon, dass sie Wasser und Futter hatte. Sie schnupperte an seiner Brust, und er streichelte ihren langen kräftigen Hals.

»Du bist eine wahre Schönheit, Mädchen«, murmelte er. »Es hätte meine Sohlen geschont, wenn ich auf dir über die Berge hätte reiten können.«

»Du bist gelaufen? Von Cairns aus?«

»Das wenige Geld, das ich hatte, brauchte ich für Essen. Man kann mit wunden Füßen laufen, aber nicht mit leerem Bauch.«

Emma schüttelte den Kopf. Kein Wunder, dass er gelernt hatte, Schmerzen zu ertragen.

»Und dieser Mann hat dich aufgenommen?«

Drew nickte. »In dem Jahr, das ich dort verbracht habe, haben er und seine Frau sich erst um sechs und schließlich um zehn Teenager gekümmert. Schwarze, Weiße, Jugendliche vom Land und Straßenkinder aus der Stadt. Es war sogar ein junges Mädchen aus Sydney dabei ...«

Der wehmütige Klang seiner Stimme ließ Emma aufhorchen. »Du ... du hattest sie gern.«

Drew ging zum Fenster und schaute hinaus.

»Ja. Sie war erst 17, war aber etwa ein Jahr lang Prostituierte gewesen, um ihre Drogensucht zu finanzieren. Als sie es nicht länger ausgehalten hatte, war sie aus Sydney abgehauen, war auf die Ranch gefahren und hatte dort einen trockenen Entzug durchgezogen.«

Er verstummte. Sein Blick war leer und nach innen gekehrt.

Einen flüchtigen Moment fragte er sich, warum er Emma etwas so Intimes erzählte. Aber das Bedürfnis, Nähe zwischen ihnen herzustellen, einen Teil von sich mit ihr zu teilen, ihre Seele zu berühren, war übermächtig.

»Sie war sehr schlank mit kurzem blonden Haar und sehr heller Haut, durch die ihre blauen Adern schimmerten.«

Emma war bewusst, dass diese Details seiner Beschreibung von der Intimität zeugten, die zwischen ihnen bestanden hatte. Er blickte zu ihr herüber, das Blau seiner Augen so intensiv wie seine Gefühle.

Hatte er nach blauen Adern unter ihrer Haut Ausschau gehalten, als sie sich in der vergangenen Nacht geliebt hatten? Bei diesem Gedanken zog sich ihr Herz unwillkürlich zusammen.

»Sie hat mich in die Kunst der körperlichen Liebe eingeführt. Bei allem, was ich schon erlebt hatte, standen Erfahrungen auf diesem Gebiet nämlich noch aus.« Ihm entging nicht, dass Emma schluckte, und er sah die Sorge in ihren Augen. »Keine Angst, ich habe längst einen Aids-Test machen lassen. Negativ.« Ein wehmütiges Lächeln trat auf seine Lippen. »Und dann hat sie mich gelehrt, wie man eine Frau liebt. Sie hat mich die verschiedenen Arten gelehrt, wie ein Mann einer Frau seine Liebe zeigen kann. Zärtlichkeiten, Rücksicht, sanfte Berührungen. All das, wonach sie sich immer gesehnt hatte und das ihr immer versagt geblieben war.«

»Hast du ... sie geliebt?«

»Nein. Ich hatte sie sehr gern. Sie hat mir viel bedeutet. Ich wollte sie lieben, aber Gefühle lassen sich nicht erzwingen. Wir haben einander noch eine Weile geschrieben. Ein Jahr später bekam ich einen Brief von ihrer Schwester. Sie schrieb, sie sei an einer Überdosis gestorben.«

Kleine Fältchen erschienen um seine Augen und verrieten, wie sehr ihn der Tod des Mädchens immer noch berührte. Emma verspürte das beinahe übermächtige Bedürfnis, ihn zu umarmen. Ihre Hände zitterten, als sie sie tiefer in den Hosentaschen vergrub. »Und du?«, fragte sie.

Er schüttelte den Kopf. »Ich kehrte heim«, sagte er schroff. Er wandte sich ab. »Ich hole Solomon vom Paddock.«

Emma blickte ihm nach, ein wenig verletzt von seiner plötzlichen Schroffheit. Obwohl sie ihn einerseits aus ihrem Leben weghaben wollte, wollte sie mehr über ihn wissen. War der Tod seiner Freundin der Grund gewesen für seine Heimkehr?

Sie wollte es wissen.

Drew stand in der Küchentür. Seit ihrer Rückkehr vor ein paar Stunden kam es Emma vor, als würde sie sich auf dünnem Eis bewegen. Sie wurde das Gefühl nicht los, dass er etwas von ihr erwartete. Er hatte mit keinem Wort erwähnt, warum er sie am vergangenen Abend nicht in ihr eigenes Bett gebracht hatte, und sie war dankbar für sein Schweigen. Sie wollte nicht wieder mit ihm über das sprechen, was zwischen ihnen vorgefallen war. Sie wollte nicht, dass er noch tiefer in ihre Gefühle eindrang, in ihrer Psyche bohrte.

Der Gedanke an die Möglichkeit, ein Kind von ihm zu bekommen, hatte sie den ganzen Vormittag abwechselnd entsetzt und mit Freude erfüllt. Es bestand eine wenn auch geringe Chance, dass sie tatsächlich schwanger wurde, aber letztlich verfuhr sie mit diesem Problem wie mit allen anderen persönlichen Problemen, die sich nicht ändern ließen: Sie verdrängte den Gedanken daran.

»Wie geht es Mary? Und dem Baby?«, fragte er.

Sie schob das Blech mit den Scones in den Ofen. »Beide sind wohlauf«, entgegnete sie lächelnd. »Es geht ihnen sogar erstaunlich gut, wenn man bedenkt, wie anstrengend die Geburt war.«

Drew nickte, immer noch angespannt. Emma hatte

das Gefühl, dass er zerspringen würde wie eine zu stark aufgezogene Uhr, wenn sie nicht ganz vorsichtig war.

»Warum schließt du mich aus, Emma?«

Emma verschlug es die Sprache. Sie war verblüfft davon, wie leicht er sie durchschaut hatte. Er kam herüber und packte sie bei den Armen. Sie fühlte die Verbände auf ihrer Haut, und ihr Körper reagierte prompt auf seine Nähe: Ihre Brustwarzen verhärteten sich, ihre Schenkel spannten sich, und ihr Unterleib prickelte.

»Nur weil ... weil wir uns geliebt haben, heißt das noch lange nicht, dass etwas zwischen uns ist. Ich habe dir doch bereits erklärt, dass das gestern aus reiner emotionaler Anspannung heraus passiert ist. Übermäßigem emotionalen Stress.«

»Du lügst, Emma.« Seine Worte durchbohrten sie, und seine Augen hielten sie gefangen. »Du weißt, dass da etwas ist zwischen uns. Etwas Gutes. Und du hast Angst davor.«

Emma schüttelte seine Hände ab und rieb sich die Arme, dort wo sie von seiner Berührung brannten.

Sie war eine Frau, die keine Spielchen spielte. In einem Leben, in dem sie tagtäglich mit dem Tod konfrontiert wurde, war kein Platz für emotionale Intrigen, wie sie manche Menschen so liebten.

»Ich war schon einmal verheiratet, und ich habe nicht die Absicht, noch einmal denselben Fehler zu machen.«

Drew runzelte die Stirn.

»Was hat er dir angetan, Emma?«

Sie wischte die Arbeitsfläche sauber und spülte anschließend den Lappen in der Spüle aus. »Er war Arzt

– wir lernten uns in meinem letzten Studienjahr kennen. Bevor wir heirateten, dachte ich, er würde meinen Traum teilen, mich Ärzte ohne Grenzen anzuschließen. Als wir dann zwei Jahre verheiratet waren, eröffnete er mir, dass er in der Stadt bleiben und Facharzt werden wolle. Er sagte, er hätte geglaubt, ich würde erwachsen werden, meine verrückten Ideen aufgeben und mein unreifes Bedürfnis ablegen, die Welt retten zu wollen.«

»Aber für dich war es mehr als eine verrückte Idee, nicht wahr?«

»Ja. Es war schon immer mein Traum gewesen, Ärztin zu werden – seit dem Tod meines Bruders, um genau zu sein. Ich wollte denjenigen helfen, die mich am dringendsten brauchen. Mir ging es nie darum, Karriere zu machen.«

»Aber ihr hättet doch sicher einen Kompromiss finden können. Wenn ihr euch wirklich geliebt habt ...«

»Ich glaube, das haben wir nicht ... Ich denke, ich wollte meinen Eltern beweisen, dass ich eine glückliche Ehe führen konnte, etwas, worin sie ja gescheitert waren. Und dann stellte sich heraus, dass ich denselben Fehler gemacht hatte wie sie – mangelnde Kommunikation.«

»Miteinander kommunizieren ist schwer zu lernen, wenn es einem in der Kindheit nicht vorgelebt wird.«

»Meine Mutter hat es versucht, aber vergeblich. Mein Vater ist einsam und unglücklich gestorben, weil er seine Gefühle für sie ... und für mich nicht in Worte fassen konnte.« Ein entschlossener Ausdruck trat in ihre Augen. »Ich habe einen Traum, Drew. Bis zur Erkrankung meines Vaters habe ich diesen Traum gelebt.

Nichts und niemand wird mich davon abhalten, meine Arbeit wiederaufzunehmen.«

Drew hatte plötzlich das Gefühl, als schließe sich eine eiskalte Hand um seine Eingeweide. Er wollte diese Frau an seiner Seite, hatte sich in seinem ganzen Leben noch nie etwas so sehr gewünscht. Außer vielleicht ...

»Was, wenn du schwanger bist?«

Emma hob das Kinn. »Damit werde ich mich auseinander setzen, falls es dazu kommt.« Sie griff nach dem Topflappen und warf ihn ihm zu. »Ich gehe duschen. Lass die Scones nicht anbrennen.«

Die Atmosphäre zwischen Emma und Drew knisterte förmlich vor Spannung. Obwohl sie in verschiedenen Zimmern lagen, konnte Emma Drews Gegenwart spüren, als sie am Abend im Bett lag und den erlösenden Schlaf herbeisehnte.

Am nächsten Morgen fuhr sie erneut zu den Nachbarn, um nach Mary zu sehen, und war hocherfreut davon, wie prächtig sich Mutter und Kind entwickelten. Mary war seit der Geburt ihrer kleinen Tochter richtig aufgeblüht, als hätte die Freude über dieses unschuldige Leben, das völlig auf sie angewiesen war, ihre Zweifel und Ängste verjagt.

Als Emma den Säugling auf den Arm nahm, regte sich erneut Sehnsucht in ihrem Herzen. Der Gedanke, möglicherweise von Drew schwanger zu sein, weckte eine leise Hoffnung, die sie sich weigerte, sich einzugestehen.

Als ihr Mann sie vor die Wahl gestellt hatte, bei ihm

zu bleiben oder sich scheiden zu lassen und ihrem Traum nachzujagen, war ihr die Entscheidung nicht schwer gefallen. Geschmerzt hatte lediglich die Erkenntnis, dass der Mann, von dem sie geglaubt hatte, dass er sie liebte, ihren Traum nie ernst genommen hatte. Den Traum, der ein untrennbarer Teil von ihr war.

Niemand würde ihr das je nehmen können.

Das Telefon läutete.

Das Geräusch kam so unerwartet, dass Emma heftig zusammenzuckte und die Fachzeitschrift ihr aus der Hand fiel.

Drew spielte die letzte Karte seiner Patience aus. Er beobachtete Emma bei ihrem Telefonat, registrierte ihre Mimik und wie sie das Telefonkabel um den Finger wickelte.

Seit ihrer Liebesnacht vor zwei Tagen benahm sie sich ihm gegenüber sehr distanziert, und daran hatte nichts, was er sagte oder tat, etwas ändern können.

Wenn er nicht so genau hingesehen hätte, wäre ihm das verräterische Zittern ihrer Hände entgangen, wenn sie seine Verbände wechselte. Er hatte versucht, diese Schwäche auszunutzen und sie gebeten, die böse Prellung an der Rückseite seiner Wade mit Salbe einzuschmieren. Er wusste, dass ihre Fürsorge stärker sein würde als ihr Bestreben, möglichst jede Berührung zu vermeiden. Und so hatte er innerlich triumphiert, als ihre Finger die Stelle massiert hatten, nachdem die Salbe längst eingezogen war. Inzwischen war der Triumph Verzweiflung gewichen.

Gestern hatten sie die Grenzen der Ranch abgefahren, und obgleich sie nirgends einen Fremden gesichtet hatten, war Drew nach wie vor überzeugt davon, dass derjenige, der versucht hatte, ihn zu töten, sein Vorhaben nicht aufgegeben hatte. Wenn er nach Cairns zurückkehrte, war es für Emma sicherer, wenn er keinen Kontakt zu ihr hielt, bis der Mann gefasst war. Falls man seiner überhaupt habhaft wurde. Aber bis dahin wollte Drew alle Hebel in Bewegung setzen, um zu versuchen, eine Beziehung zwischen ihm und Emma aufzubauen.

»Das war J. D.«, sagte Emma, als sie den Hörer auf die Gabel zurücklegte. »Die Telefonleitungen sind repariert, und im Laufe einer Stunde müsste auch wieder Strom da sein. Die Straße nach Cairns ist ebenfalls wieder passierbar.«

Eine seltsame Mischung aus Erleichterung und Bedauern stieg in ihm auf. Jetzt würde er endlich mit der Suche nach seinem Peiniger beginnen können, aber das bedeutete auch die Trennung von Emma.

»J. D. hat der Polizei erklärt, dass ich Dad wegen der Flut provisorisch begraben musste. Sie haben die besonderen Umstände anerkannt, und dass ich Ärztin bin, hat ein Übriges getan.«

»Hat er erwähnt, wann sie mit mir sprechen wollen?«

Sie nickte. »Sobald du in der Stadt bist. Sie schicken die Spurensuche zu deiner Angelhütte und Beamte, die sich in der Gegend erkundigen, ob jemand einen weißen Van gesehen hat.«

Drew machte sich diesbezüglich keine großen Hoffnungen. Die Hütte war sehr abgelegen, und die Straße führte auch nicht an anderen Häusern vorbei.

»Ich habe J. D. gebeten, die Hunde und Pferde zu versorgen, bis ich aus Cairns zurück bin«, fuhr Emma fort. »Ich rufe jetzt meine Mutter an und kündige ihr an, dass ich heute Abend bei ihr sein werde.«

Das Wasser hatte sich von der Straße zurückgezogen, aber die Weiden waren immer noch überschwemmt, und auch Bäche und Fluss waren noch angeschwollen. Die rosa Streifen am Himmel verliehen den entwurzelten Bäumen und abgebrochenen Ästen sowie den beschädigten Gebäuden überall eine abstrakte Schönheit.

Die Straße war verlassen, abgesehen von einem einzelnen Fahrzeug, das ihnen entgegenkam. Emma versteifte sich, sich ihrer Verwundbarkeit hier draußen im Freien nur zu bewusst. Auch das griffbereite Gewehr auf dem Rücksitz war keine große Beruhigung.

Sie entspannte sich erst wieder, als der Wagen, dessen Fahrer ihnen freundlich zugewunken hatte, ein Stück entfernt war.

Sie fuhren auf den Highway nach Norden und fuhren viele Kilometer weit durch Zuckerrohrfelder, die der Sturm völlig verwüstet hatte. Nur hier und da hatten sich einzelne Pflänzchen in der Sonne wieder aufgerichtet.

Als sie den kleinen Ort Gordonvale durchquerten, war Emma ganz beklommen zu Mute angesichts der verheerenden Verwüstung, die der Wirbelsturm angerichtet hatte. Bulldozer rissen Häuser ein, die nicht mehr zu retten waren, und Trucks fuhren die Trümmer davon. Der Gemischtwarenladen, in dem ihre Eltern schon vor ihrer Geburt eingekauft hatten, war nur noch eine Ruine ohne Dach, Regale und Waren ein heilloses Durcheinander.

Es wurde bereits dunkel, als sie schließlich Cairns erreichten. Hier schien der Sturm weniger schlimm gewütet zu haben, obwohl die Schlaglöcher auf dem Highway und die überlaufenden Gullys noch von Hochwasser kündeten, das auch hier alles überflutet hatte.

»Wo soll ich dich hinfahren?«

Das waren Emmas erste Worte, seit sie von der Ranch weggefahren waren, und sie klangen heiser und gepresst. Drew fragte sich, ob sie sich so elend fühlte wie er selbst.

»Zu Dario Frenetti – das ist ein Freund von mir. Er hat einen Ersatzschlüssel zu meinem Haus. Er hält ein Auge auf alles, während ich im Urlaub bin.«

»Und wo wohnt er?«

»Bayview Heights, auf der Südseite.«

Straßenlaternen flackerten und erstrahlten dann hell. Emma schaltete die Scheinwerfer ein.

Irgendwie kam ihr alles unwirklich vor, der Verkehr, die Passanten auf den Bürgersteigen, Menschen, die Geschäfte betraten oder verließen, junge Leute, die lachten und herumalberten. Sie war in den vergangenen Jahren durch so viele Städte gefahren, so viele Orte, die nicht mehr waren als Namen. Sie hatte zu diesen unzähligen Orten keinerlei Bezug verspürt – eine isolierte Person in einem isolierten Truck, die an abgelegene Orte fuhr, um verzweifelten Menschen zu helfen.

Aber diese Stadt war ihr so vertraut wie die Straße zur Ranch ihres Vaters. Sie hatte die meisten Semesterferien bei ihrer Mutter und ihrem zweiten Mann verbracht, und sie hatte Jahre im Wohnheim des Cairns Base Hospital gewohnt. Aber an diesem Abend kam sie sich vor wie ein Fremder auf ihm unbekanntem Gebiet. Es war, als hätten die Ereignisse der vergangenen Tage die Verbindung zu ihrem bisherigen Leben gekappt.

Der Verkehr war fließend, und schon bald folgte der Land Cruiser der gewundenen Straße hinauf in die Berge, die die Stadt umgaben wie eine Befestigungsanlage.

Drew zeigte auf ein Backsteinhaus inmitten eines üppigen tropischen Gartens mit hoch aufragenden Palmen. Licht fiel durch das Wohnzimmerfenster auf die Veranda, die die ganze Breite der Hausfront einnahm.

»Schöne Aussicht«, sagte Emma und nickte in Richtung der Lichter, die sich den Berghang hinunter bis zum Hafen erstreckten.

Drew nickte. Er öffnete die Wagentür, als Emma den Wagen parkte. »Komm mit rein. Ich möchte dich mit Dario bekannt machen.«

Aber Emma wollte Drews Freund nicht kennen lernen. Das würde ihm nur eine weitere Dimension verleihen, und sie war bestrebt, nicht mehr für ihn zu empfinden als ohnehin schon der Fall war. Trotzdem war sie an seiner Seite, als sie den von Sträuchern gesäumten Weg zur Haustür ging. Er drückte einen Knopf an der Wand, und ein Klingelzeichen hallte durch das Haus.

Durch die gesicherte Fliegengittertür konnte sie ein Treppenhaus sehen und eine Tür, die in einen unordentlichen Raum führte. Heavy-Metal-Musik drang aus einem Haus auf der gegenüberliegenden Straßenseite herüber. Es öffnete niemand.

Drew klingelte erneut. Er legte die Hand auf den Griff der Sicherheitstür, und Furcht durchzuckte ihn wie eine scharfe Messerklinge, als die Tür sofort nachgab und nach innen schwang.

Er warf einen Blick auf Emma. »Da stimmt etwas nicht.«

»Warum? Nur weil die Tür nicht abgeschlossen ist? Wahrscheinlich hat er es nur vergessen ...«

»Dario ist der vorsichtigste Mensch, den ich kenne. Fast schon ein wenig paranoid.« Drew trat ein. »Warte hier.«

Emma ignorierte seine Anweisung und folgte ihm. Sie hörte ihn seufzen, schenkte dem jedoch ebenfalls keine Beachtung.

Leise stieg Drew die Treppe hinauf. Das Wohnzimmer war verlassen. Die Küche ebenso. Auf dem Herd köchelte etwas, und ein würziger Duft stieg vom Ofen auf. Auf dem Tisch im Esszimmer lagen aufgeschlagene Schulbücher, und daneben stand ein halb volles Glas Milch.

Mit jedem Schritt, mit jedem zögernden Blick in Schlafzimmer und Bad, zog sich der Knoten in Drews Bauch enger zusammen.

Leer.

Leer.

Leer.

»Unten.«

Seine Stimme musste seine Gefühle verraten haben. Emma legte ihm eine Hand auf den Arm. »Was glaubst du, was passiert ist?«

Er schüttelte den Kopf und hastete den Flur entlang und die Treppe hinunter.

Ein zweites Wohnzimmer, eingerichtet mit weißen Rattanmöbeln mit bunten Polstern, Bücherregalen, einem Fernseher und einer Stereoanlage. Spielsachen und Bücher lagen herum.

Drew durchquerte den Raum und zögerte in der Tür zum Gästebad. Emma beobachtete ihn stirnrunzelnd.

Das Bad war leer.

Drew atmete erleichtert auf. Vielleicht hatte Emma ja Recht. Vielleicht hatte Dario überstürzt weggemusst und einfach vergessen, die Haustür abzuschließen. Unwahrscheinlich, aber nicht unmöglich.

Er drehte sich um und erstarrte.

Blut war unter der Tür zur Waschküche hergelaufen und hob sich leuchtend rot von den weißen Fliesen ab.

Drew schob Emma zurück in den Salon und legte einen Finger auf die Lippen. Sie nickte. Drew sah sich suchend nach einer Waffe um und griff schließlich nach einem Besen, der an der Wand lehnte.

Dann öffnete er ganz langsam die Tür.

Kapitel 8

Hadley fluchte und benutzte dabei Worte, die er über zwanzig Jahre nicht mehr ausgesprochen hatte.

Der Verteidiger lebte!

Aber Ivy hatte doch gesagt, er wäre tot!

Wie hatte er überleben können? Hatte diese Frau ihn gerettet? Die Frau, die ihn heute Abend hergefahren hatte? Die Frau, die, wie er wusste, in eben diesem Moment sein Werk betrachten musste?

Er hatte gerade durch die Hintertür die Waschküche verlassen, als er die Stimme des Verteidigers vorne vor dem Haus gehört hatte. Er war so schockiert gewesen, dass er beinahe ins Haus zurückgekehrt wäre, um sich mit eigenen Augen davon zu überzeugen, dass er es auch wirklich war.

Das Blut des Anklägers klebte noch an seinen Händen, und er wollte es abwaschen. Es war wichtig, dass seine Missionen ihm keine Freude bereiteten. Es ging allein um Sühne. Nur dadurch, dass er für Vergeltung sorgte, konnte er Simons Seele vor der ewigen Verdammnis bewahren.

Von seinem Versteck zwischen den Sträuchern im Garten schaute er durch die Fenster des Hobbyraums.

Seine Ohren hatten ihn nicht getrogen.

Der Verteidiger war nicht von den Toten auferstanden, weil er gar nicht erst gestorben war.

Aber er würde sterben. Noch heute Nacht.

Emma fühlte den Puls des Mannes.

Nichts.

Sie blickte zu Drew auf. Er war kreidebleich, und die Anspannung seiner Kiefer verriet, wie schwer es ihm fiel, seine Gefühle unter Kontrolle zu halten. Seine Jeans war blutverschmiert, nachdem er sich neben seinem Freund auf die Knie hatte fallen lassen.

»Er muss getötet worden sein, unmittelbar bevor wir eingetroffen sind. Das Blut ist noch frisch.« Sein Mund zuckte. »Warum habe ich nicht zuerst hier nachgesehen!«

Emma stand auf. »Ich rufe die Polizei.«

»Nein. Das übernehme ich. Ich kenne die Beamten.« Mit gequältem Blick schaute er auf Dario herab, der mit einem schmutzigen Lappen geknebelt worden war. Blut aus der Platzwunde an seiner Unterlippe war ihm auf die nackte behaarte Brust getropft und auf seine beigefarbene Cargo-Hose. Seine Hände waren auf dem Rücken gefesselt und mit den Fesseln um seine Fußknöchel gebunden. Seine nackten, blassen und sauberen Füße wirkten seltsam verwundbar.

Der Griff eines Dolches ragte links aus seinem Rücken. Es war eine ungewöhnliche Waffe, die aussah, als hätte der Täter sie selbst angefertigt. Aus dieser Einstichwunde war nur wenig Blut geflossen, aber eine zweite Schnittwunde verlief unregelmäßig von der Schulter bis zum Rückgrat. Emma vermutete, dass Dario auf die Knie gezwungen worden war und versucht hatte zu fliehen, als der Killer das erste Mal zugestochen hatte. Dieser tiefe Schnitt hatte stark geblutet, während der zweite Dolchstoß direkt ins Herz getroffen und den sofortigen Tod herbeigeführt hatte.

»Er war ein sehr guter Freund«, sagte Drew gepresst und stolperte aus dem Raum. Sein Schmerz traf Emma mitten ins Herz.

Eine Minute später kam er zurück.

»Heute ist doch Dienstag, oder?«

»Ja.«

Drew nickte in Richtung Tür. »Komm, setz dich ins Wohnzimmer. Du siehst etwas mitgenommen aus.«

Er ließ sich auf das Sofa fallen. Emma setzte sich zu ihm und legte zögernd eine Hand auf seine. Er drehte die Hand herum und verflocht die Finger mit ihren. Trost suchend klammerten sie sich aneinander.

»Dario und Angie haben eine Abmachung. Dienstags geht sie mit ihrem gemeinsamen Sohn zum Musikunterricht, und Dario kocht. Dario hat gesagt, lieber kocht er ein Fünf-Gänge-Menü als sich eine halbe Stunde anzuhören, wie Steven die Posaune malträtiert ...«

Drews Finger schlossen sich noch fester um ihre, so fest, dass Emmas Knöchel schmerzen. In der Ferne war eine Sirene zu hören.

Kurz darauf hielt ein Streifenwagen draußen vor dem Haus.

Detective Mick Landers war sehr groß, hatte schütteres Haar, einen imposanten Bierbauch und einen leicht schwankenden Gang, der auf schmerzende Fußballen zurückzuführen war. Er war vor zwei Jahren zur Kriminalpolizei von Cairns versetzt worden und hatte geduldige Toleranz entwickelt gegenüber der für die Stadt im tropischen Norden von Queensland typischen gemächlichen Gangart.

Wenn es um Verbrechen ging, hörte der Spaß für ihn jedoch auf, und die Art, wie er Drew und Emma befragte, zeugte von großer Genauigkeit und Kompetenz. Er hatte den Bericht gelesen, den J. D. bezüglich des Anschlages auf Drews Leben per Funk durchgegeben hatte, und veranlasst, dass Drews Angelhütte von der Spurensicherung untersucht wurde. Jetzt zog er sofort einen Zusammenhang zwischen beiden Verbrechen in Betracht.

Zwanzig Minuten später wurden Angie und Steven in einem Streifenwagen heimgebracht. Emma sah Darios Frau an, dass sie bereits mit dem Schlimmsten rechnete. Mit brüchiger Stimme berichtete ihr Drew, was sich ereignet hatte.

Angie saß stocksteif vor Schock und Trauer da und beantwortete wie in Trance die Fragen der Polizei. Steven, eine jüngere Ausgabe von Dario, flüchtete sich in ihre Arme.

Als er sah, dass Angie an die Grenzen ihrer Belastbarkeit gelangte, schritt Drew ein und sprach mit Mick. Dann rief er Angies Eltern an, damit sie sie abholten.

Wie Drew gesagt hatte, kannte er die meisten der Beamten, und Emma registrierte den Respekt, den beide Seiten einander zollten. Die Befragung zog sich über mehrere Stunden hin. Die Beamten der Spurensuche wollten von Emma wissen, wie genau sie die Leiche vorgefunden und was sie alles angefasst hatte. Anschließend mussten sie mit auf die Wache, damit ihre Aussage zu dem Mord an Dario und dem Mordversuch an Drew zu Protokoll genommen werden konnte. Die Hundestaffel der Polizei hatte einen Block von Darios Haus entfernt die Spur verloren, und auch eine Befragung der Nachbarn hatte keinerlei Hinweise auf die Identität des Killers ergeben. Offensichtlich erhoffte sich die Polizei von Drew Informationen, die sie bei ihren Ermittlungen weiterbrachte.

Es war fast Mitternacht, als Emma und Drew das Polizeirevier verließen. Mick hatte Drew nach einigem Hin und Her erlaubt, seinen Hausschlüssel vom Schlüsselbrett in Darios Küche zu nehmen – wenn auch nur, weil ein Schildchen mit Drews Namen daran befestigt war und Angie bestätigte, dass der Schlüssel tatsächlich zu Drews Haus gehörte.

Emma setzte sich ans Steuer und legte den Sicherheitsgurt an. Ihr war fast schlecht vor Erschöpfung. Je eher sie Drew absetzen und zu ihrer Mutter weiterfahren konnte, desto besser.

Sie war überrascht, als Drew sie zu einem der älteren Vororte von Cairns dirigierte und sie schließlich aufforderte, in die Zufahrt eines alten Hauses mit verwitterter Holzverkleidung abzubiegen. Entweder war er ein sehr schlechter Anwalt und verdiente entsprechend mies, oder die Lage war ihm wichtiger als das Haus an sich, da dieses nur eine Straße entfernt war von der Strandpromenade entlang der Trinity Bay.

Das Haus befand sich etwa auf halber Höhe der Straße, so weit entfernt von den Lichtern der Promenade, dass Emma Drews Züge nur undeutlich ausmachen konnte. Er saß reglos da, bis Emma den Motor abstellte. Es dauerte eine Weile, ehe er sich rührte.

»Das mag vielleicht seltsam klingen«, sagte er, »aber ich habe Hunger. Würdest du einen Mitternachts-Imbiss mit mir teilen?«

Etwas in seiner Stimme – die Anspannung, der Schmerz – bewog Emma, die eigentlich hatte ablehnen wollen, doch zuzustimmen. Sie schloss den Land Cruiser ab und folgte ihm zur Tür.

»Entschuldige diesen Urwald«, sagte Drew und schob einen Palmwedel beiseite, der im Weg hing. »Ich wollte den Garten nach meinem Urlaub in Ordnung bringen.«

Im Wohnzimmer waren die Möbel mit Planen bedeckt, und es roch nach frischer Farbe. Drew öffnete die Fenster und entfernte die Plane von einem Sofa.

»Die frische Luft müsste gegen den Geruch helfen. Ich habe gestrichen, bevor ich zum Angeln gefahren bin. Ich mache uns etwas aus dem Tiefkühlfach. Tee oder Kaffee?«

»Kaffee bitte. Mit Milch und ...«

»Ich weiß.«

Sein Blick verriet, dass er noch viel mehr über sie wusste als das. Sie sah die Erschöpfung auf seinen Zügen und die tiefe Trauer in seinem Blick und fühlte mit ihm. Impulsiv, ohne nachzudenken oder sich von rationalen Überlegungen abhalten zu lassen, stand sie auf und ging zu ihm hin.

Drew streckte die Hände nach ihr aus, und sie ließ

sich willig umarmen. Ihre Lippen trafen sich in einem langen, zärtlichen Kuss. Durch das weiche Hemdmaterial konnte Emma die Anspannung seiner Muskeln fühlen. Sanft strich sie mit einer Hand über seine Schläfe und spürte, wie er sich nach und nach entspannte.

Sein Körper fühlte sich warm und stark an, und Emma gab sich ganz dem Vergnügen hin, Trost zu empfangen, aber auch zu spenden.

Schließlich rückten sie voneinander ab. Emma sah das Verlangen in Drews Augen und versuchte gar nicht, ihre eigenen Gefühle zu leugnen. Trotzdem ließen Jahre der Abstinenz sie standhaft bleiben.

»Was ist jetzt mit dem Kaffee?« Sie lächelte, um ihre Worte zu mildern. Er nickte und ging voran in die Küche.

Gemeinsam toasteten sie in entspannter Atmosphäre Brot und kochten Kaffee. Für Emma war es ein Schock, als ihr bewusst wurde, wie sehr sie sich schon an das Zusammensein mit Drew gewöhnt hatte. In nur sechs Tagen hatte sie mit ihm bereits mehr Emotionen geteilt als in den zwei Ehejahren mit ihrem Mann. Der Gedanke war ernüchternd.

»Glaubst du, der Detective, dieser Mick Landers, hat Recht damit, dass Darios Killer gewartet hat, bis Angie das Haus verließ?«

Drew trug ihre Teller rüber ins Wohnzimmer, ehe er antwortete. »Ja, das glaube ich. Angie ist jeden Dienstagabend weggefahren, und ich halte es für sehr unwahrscheinlich, dass er sich rein zufällig ausgerechnet diesen Abend ausgesucht hat. Ebenso unwahrscheinlich ist, dass derjenige, der versucht hat, mich zu töten, zufällig auf meine Angelhütte gestoßen und mir ein Schlafmittel ins Bier gemischt hat.«

Die Bedeutung seiner Worte traf Emma wie ein Schlag in die Magengrube. Ein Angstschauer jagte ihr den Rücken hinunter. »Glaubst du, es war derselbe Mann?«

»Die Fakten sprechen doch für sich. Jemand hat versucht, mich auf sehr bizarre Art zu töten – auf biblische, rituelle Weise oder wie auch immer man es nennen will. Dann wird Dario verschnürt wie ein Opferlamm und erstochen.« Die Qual in seinen Augen war ihr unerträglich. »Was, wenn der Wahnsinnige, der mich töten wollte, sich jetzt an meine Freunde hält?«

»Du kannst dir aber doch nicht die Schuld daran geben.«

»Ach nein? Ich hoffe, dass ich mich irre, Emma. Ich möchte Angie nicht sagen müssen, dass sie meinetwegen ihren Mann und den Vater ihres Kindes verloren hat.«

»Vielleicht ist es ja genau umgekehrt, Drew. Mick hat gesagt, Dario wäre Anwalt gewesen und hätte manchmal auch als Ankläger fungiert. Wäre es da nicht viel wahrscheinlicher, dass jemand sich an ihm rächen wollte?«

»Möglich. Aber egal ob Staatsanwalt oder Verteidiger, man kommt mit den seltsamsten Gestalten in Berührung. Seltsamen Gestalten mit seltsamen Ideen.«

Sie aßen schweigend. Emma hatte gehofft, der Kaffee würde sie wach halten, aber die weichen braunen Polster des Sofas waren so bequem, dass ihr immer wieder die Augen zufielen.

Ihr wurde erst bewusst, dass sie eingenickt war, als Drew sie sanft bei der Schulter schüttelte.

»Ich habe deine Tasche hereingeholt. Du kannst in meinem Zimmer schlafen.«

Sie wollte widersprechen, aber er legte ihr kopfschüttelnd einen Finger auf die Lippen. »Du bist zu müde, um noch zu fahren, Emma.«

»Aber nach The Cascades sind es nur zwanzig Minuten«, beharrte sie.

»Das sind zwanzig Minuten zu viel. Ich schlafe im Gästezimmer. Und jetzt ruf deine Mutter an, damit sie sich keine Sorgen macht.«

Im Urwald hatte er Geduld gelernt.

Er hatte gelernt, Stunden reglos zu verharren und zu warten, ohne dass die leiseste Bewegung dem Feind seine Anwesenheit verriet. Es verlieh ihm ein Gefühl der Macht, zu wissen, dass er jeden Moment zupacken und einem Mann das Genick brechen konnte, noch bevor seine Kameraden überhaupt realisierten, was los war.

Eine Mission erforderte jeweils mehrere Wochen der Vorbereitung. Wochen, in denen er lebte wie ein Tier, sich nicht wusch, nicht rauchte, nicht trank und sogar aß wie ein Tier – Gemüse, Obst, sogar Gras –, damit ihm ja keine verräterischen Gerüche anhafteten. In dieser Hinsicht waren die Noggies unschlagbar: Wenn man nur furzte, rochen sie einen aus hundert Metern Entfernung. Also musste man riechen wie der Urwald ... denken wie der Urwald.

Er hatte es geliebt.

Hatte die Herausforderung geliebt. Die Macht. Seine Fähigkeiten unter Beweis zu stellen. Den Feind in seinem eigenen Revier zu überlisten – eine lautlose und tödliche Gefahr.

Aber nun wurde Hadley langsam müde. Er war immer noch sehr stark, unglaublich stark für einen Mann über fünfzig. Aber als er nun das Licht in der Küche des Hauses sah, das dem Verteidiger gehörte, sehnte er sich plötzlich nach den Annehmlichkeiten seines eigenen Zuhauses und nach der Frau, die er mehr liebte als das Leben selbst.

Ein Geräusch an der Haustür ließ ihn sich in die Dunkelheit zurückziehen. Von seinem Versteck zwischen den Palmen konnte er die Hausfront nicht sehen, aber er hörte, wie eine Autotür geöffnet und wieder geschlossen wurde. Die Haustür fiel zu, und in der nächtlichen Stille klickte ein Türschloss.

Er wartete nun schon seit Stunden hier. Und er konnte noch länger warten, wenn es nötig war. Er lehnte sich mit dem Rücken an einen Baum und vertrieb sich die Zeit mit Erinnerungen.

Er war auf einer Ranch aufgewachsen, die dem Regenwald abgetrotzt worden war. Seine Mutter war gestorben, als er acht war, und sein Vater, ein Rinderzüchter, hatte sich in seine Trauer zurückgezogen und kaum registriert, dass sein Sohn immer wieder allein in den finsteren Tiefen des Regenwaldes verschwand. Er registrierte es kaum, und es interessierte ihn auch nicht.

Er hatte sich geborgen gefühlt im dunklen, dampfenden Unterholz. Der Urwald wimmelte von Leben, von winzigen Insekten über Schlangen bis hin zu Baumkängurus und Kolibris.

Das erste Mal hatte er in Notwehr getötet. Er war zwölf, als ihn unerwartet ein Wildschwein angegriffen hatte. Sein Instinkt, der nackte Überlebenswille, hatte ihn nach dem Messer greifen und zustechen lassen, während er zur Seite sprang.

Das warme, klebrige Blut an seinen Fingern war eine Überraschung gewesen. Weich wie die Berührung einer Frau, und er dachte an die Berührung seiner Mutter und die Leere, die auf ihren Tod gefolgt war.

In den Urwäldern Vietnams war ein anderes Blut geflossen. Er *brauchte* es nicht zu fühlen, dazu ging er zu geschickt mit dem Messer um, aber dieses Gefühl war so unbeschreiblich ...

Manchmal kehrte das Gefühl zurück, wenn er eins der Kälber schlachtete und das Blut über seine Hände strömte, aber er kämpfte gegen das Wohlgefühl an, das es ihm bereitete.

Als er aus Vietnam zurückgekehrt war und die Menschen ihn mit Blut bespritzt und einen Kindermörder geschimpft hatten, war alles anders gewesen. Seine Welt war aus dem Lot geraten. Er hatte sich aus der Army zurückgezogen und sich in den Busch zurückgezogen, wo er von der Natur gelebt und versucht hatte, sich einen kleinen Rest von Zivilisiertheit zu erhalten.

Im Schlafzimmer flammte Licht auf. Hadley rührte sich nicht, aber jeder Muskel in seinem Körper spannte sich. Die Vorhänge waren zugezogen, aber sie waren nicht dick genug, um die Silhouette zu verbergen, die am Fenster vorbeiging.

Die Silhouette einer Frau.

Sie zog sich aus.

Offenbar schlief die Frau beim Verteidiger. Er hatte eigentlich nicht vorgehabt, sie auch zu töten, aber jetzt sah es aus, als würde ihm gar nichts anderes übrig bleiben. Vielleicht war es ja Bestimmung.

Er wartete, bis das Licht in der Küche ausging und der Verteidiger zu der Frau ins Schlafzimmer ging. Er schüttelte den Kopf und dachte an seine eigene geliebte Frau. In letzter Zeit hatte er oft Erinnerungen nachgehangen, als versuche er, eine verlorene Zeit zurückzuholen ...

Seine Hütte war vierzig Kilometer von einem jener kleinen Orte mit weniger als zweitausend Einwohnern entfernt gewesen, die sich kaum voneinander unterschieden.

Einmal monatlich besorgte er sich dort Vorräte.

Als er wieder einmal in den Ort unterwegs gewesen war, war er an einem Zelt vorbeigekommen, in dem ein Wanderprediger die Menschen aufforderte, vorzutreten und ihre Sünden zu beichten, um erlöst zu werden. Er war nicht sicher, was ihn bewog, hineinzugehen. Vielleicht hatte er so lange in der Einsamkeit des Busches gelebt, dass seine Seele sich nach menschlicher Gesellschaft sehnte. Vielleicht wollte er auch denen eins auswischen, die die wahre Bedeutung von Sünde nicht kannten – nicht so wie er.

Als er eintrat, schlug ihm der Geruch von Segeltuch und schwitzenden Leibern entgegen. Schwärme von Fliegen umkreisten den Erfrischungsstand. Der Prediger war alt und hager, aber seine Stimme war kräftig und volltönend.

Einen Moment schaute der Mann aus der Einsamkeit dem Mann des Wortes in die Augen. Einen Augenblick schien die Zeit stillzustehen, dann breitete der Prediger in einer Geste des Willkommens die Arme aus.

»Trete ein, mein Sohn«, sagte er freundlich. Und plötzlich war Hadley seine eigene Einsamkeit unerträglich. Tiefe Sehnsucht erfüllte ihn, und er bewegte sich langsam auf das Kopfende des Zeltes zu.

Als er vorn beim Prediger anlangte, sah er eine schlanke blonde Frau, deren lange feingliedrige Finger mühelos über die Tasten der Orgel glitten. Er sah sie lächeln, und die Stimme in seinem Kopf sagte ihm, dass er endlich heimgekehrt war ...

Heim!

Er sehnte sich dorthin zurück.

Bald. Sehr bald.

Es würde nicht lange dauern, den Verteidiger und seine Frau dem Höllenfeuer zu überantworten.

Der penetrante Farbgeruch störte Emma beim Einschlafen. Drew hatte die Plane vom Bett entfernt, aber die noch abgedeckten Schränke wirkten im Dunkeln irgendwie bedrohlich.

Sie lag da und lauschte dem Rauschen der Dusche. Sie stellte sich vor, wie er das Blut aus seinen Jeans wusch. Plötzlich tauchten vor ihrem geistigen Auge Bilder ihrer Liebesnacht auf, und sofort flammte ihr Verlangen auf.

Das Rauschen verstummte, aber Emmas Fantasie ließ sich nicht so leicht abstellen. Die Erinnerung an jene Nacht ließ sie nicht mehr los, und die Sehnsucht nach Drew wurde immer quälender. Sie wollte seine Hände auf ihrer nackten Haut fühlen, ihn tief in sich spüren.

Kurz darauf hörte sie Schritte auf dem Flur.

Eine kühle Brise strich über ihr Baumwollnachthemd. Irgendwo bellte ein Hund, und ein LKW-Motor grummelte in der Ferne. Der Schlaf, der sie vorhin übermannt hatte, wollte sich nun nicht mehr einstellen.

Sie versuchte, sich zu entspannen, was ihr jedoch in diesem fremden harten Bett schwer fiel. Tiefe Rastlosigkeit befiel sie, ein so übermächtiges Bedürfnis, dass sie am ganzen Leib zitterte. Fast war es, als führe ihr Körper ein Eigenleben. Sekunden später war sie an der Tür. Ohne die Stimme der Vernunft zu beachten, die ihr eindringlich von impulsiven Handlungen abriet, ging sie den dunklen Flur hinunter, wobei sie sich mit einer Hand an der Wand entlangtastete. Als sie zur nächsten Tür gelangte, zögerte sie kurz und trat dann ein.

Sie brauchte einen Moment, um zu erkennen, dass sie sich in einem Arbeitszimmer befand. Sie ertastete einen Schreibtisch, einen Rechner.

Das Zimmer, in dem Drew schlief, musste weiter unten auf dem Flur liegen. Plötzlich verließ Emma der Mut. Ihre Ängste und Zweifel kehrten zurück. Sie kam sich ein wenig albern vor, wie sie hier in der Dunkelheit umherschlich, und beschloss ernüchtert, in ihr Bett zurückzukehren.

Das Geräusch splitternden Glases und von Benzin, das Feuer fing, ließ Drew aus dem Bett schießen. Sekunden später stürzte er bereits zu dem Zimmer, in dem Emma schlief.

Flammen leckten an den Planen, die Schrank und Kommode bedeckten. Das Bett brannte lichterloh.

Hitze versengte seine Haut.

Panik schnürte ihm die Kehle zu.

Er rief Emmas Namen.

Ihre Hand berührte seinen Arm, als sie antwortete. Er zog sie an sich, und einen Moment wurde ihm ganz schwindlig vor Erleichterung. Dann zog er sie hinter sich her ins Wohnzimmer. Rauch brannte in seinen Augen, und er musste mehrmals husten, während er telefonierte.

Dann holte er einen Feuerlöscher aus der Küche.

»Geh raus«, befahl er Emma. »Bleib beim Wagen.«

»Und wenn er draußen auf uns wartet?«

Drew fluchte. Sie hatte Recht. Wer immer diesen Brandanschlag verübt hatte, würde nicht so leicht aufgeben. Er rannte zurück ins Bad, ließ Wasser ins Waschbecken laufen und tauchte Handtücher hinein, die er erst Emma um den Kopf wickelte und dann sich selbst. Anschließend durchnässte er seine Schlafanzughose.

»Warte an der Tür. Die Feuerwehr müsste gleich da sein.«

Der Feuerlöscher vermochte nicht viel gegen das Inferno auszurichten, aber Drew kämpfte darum, dass das Feuer sich nicht weiter ausbreitete.

Funken stoben auf und verbrannten seine Arme und seine nackte Brust. Seine Augen tränten vom beißenden Rauch, und nur das nasse Handtuch bewahrte seine Lungen davor, Schaden zu nehmen. Das Tosen und Knistern der Flammen, die Bett und Schränke verschlangen, war ohrenbetäubend.

Drew kochte vor Wut. Er empfand rasenden Zorn auf den Mann, der Dario auf dem Gewissen hatte und beinahe auch Emma getötet hätte, ganz zu schweigen von dem, was er ihm selbst angetan hatte. Für ihn bestand längst kein Zweifel mehr daran, dass ein und dieselbe Person hinter allen drei Anschlägen steckte.

Sirenengeheul ertönte und wurde rasch lauter.

Kurz darauf brach ein Wasserstrahl mit hohem Druck durch das Fenster und zwang ihn zurückzuweichen. Feuerwehrleute zerrten ihn aus dem brennenden Haus.

Er warf das Handtuch zu Boden und atmete gierig die frische Nachtluft ein. Eine Taschenlampe blendete ihn, und er hielt sich schützend einen Arm vor das Gesicht.

»Nehmen Sie das verdammte Ding runter«, knurrte er.

Die massige Gestalt eines Feuerwehrmannes hob sich als dunkle Silhouette vom Feuerschein im Hintergrund ab. »Tut mir Leid, Kumpel. Die junge Dame meinte, es wäre sonst niemand im Haus. Ist das richtig?«

»Ja.«

»Drew! Alles in Ordnung mit dir?« Emma kam die Zufahrt heraufgelaufen.

Er nickte müde und lehnte sich dann erschöpft gegen den Land Cruiser. Er fühlte sich völlig zerschlagen, als hätte er von der Anspannung der vergangenen

Stunden Muskelkater in sämtlichen Muskeln und Sehnen.

Drew blickte auf sein Haus, auf den dunklen Rauch, der in die Nacht aufstieg, die funkelnde Glut, die verkohlten Wände und Balken. Furcht legte sich wie ein eiserner Ring um seine Brust.

»Ich frage mich, was der Irre sich als Nächstes einfallen lässt.«

»Sie können nicht nach Hause, und Sie können auch bei keinem Ihrer Freunde wohnen. Wer immer es auf Sie abgesehen hat, weiß vermutlich über jeden Bescheid, bei dem Sie unterkommen könnten.« Mick kippte den letzten Schluck seines Kaffees hinunter und verzog angewidert das Gesicht. Kalt.

Mitfühlend blickte er auf Drew, der sich seufzend auf seinem Stuhl zurücklehnte. Drews Nachbarn hatten ihn und Emma mit T-Shirts und Shorts versorgt, aber auch die sauberen Kleider konnten nicht über die Erschöpfung auf seinen notdürftig vom Ruß befreiten Zügen hinwegtäuschen.

»Ich werde mir ein Motelzimmer nehmen.«

»Nein!«

Beide Männer blickten auf Emma. Sie saß auf Micks Stuhl, die Ellbogen auf seinen Schreibtisch gestützt, eine Tasse Tee in den Händen. Ihre Augen wirkten in ihrem blassen Gesicht unnatürlich groß, und sie schien überrascht, als könnte sie nicht glauben, dass sie etwas gesagt hatte.

Mit einer ruckartigen Kopfbewegung schüttelte sie eine störende Haarsträhne aus dem Gesicht. Einige kleine Ascheflocken schwebten auf die Papiere hinab, die auf dem Schreibtisch verstreut lagen. »Drew kann bei meiner Mutter wohnen. Mit mir.«

Mick registrierte den Blick, den die beiden tauschten. So ist das also, sagte er sich. Aber bevor Mick den Gedanken weiterverfolgen konnte, lehnte Drew ab.

»Das ist zu riskant, Emma. Er hat schon einmal versucht, dich zu töten.«

»Wir wissen gar nicht, ob er mich gemeint hat. Immerhin war es dein Schlafzimmer. Kann gut sein, dass er dachte, du würdest dort schlafen.«

Drew war anderer Meinung, aber bevor er widersprechen konnte, mischte sich Mick ein.

»Noch gibt es keine Beweise dafür, dass derjenige, der Ihr Haus angezündet hat, derselbe Mann ist, der Sie entführt und Dario getötet hat. Die Vorgehensweise ist jedes Mal eine andere. Es könnte alles Zufall sein.«

»Sie müssen doch zugeben, dass es äußerst unwahrscheinlich ist, dass zwei verschiedene Killer völlig unabhängig voneinander in derselben Nacht Dario umbringen und versuchen, mich zu töten – zumal ich nach zweiwöchiger Abwesenheit gerade erst wieder in die Stadt zurückgekehrt bin.«

Mick zuckte die Achseln. »Das stimmt. Aber es gibt keinerlei Hinweise darauf, wer Sie entführt hat. In der Hütte wurden keine brauchbaren Fingerabdrücke gefunden. Und die manipulierte Bierbüchse war auch verschwunden.« Er schwieg eine Weile, ehe er fortfuhr. »Könnte es vielleicht sein, dass Ihnen jemand auf der Fahrt hierher gefolgt ist?«

Drew schüttelte den Kopf. »Das glaube ich nicht.

Um diese Zeit ist nicht viel Verkehr, das wäre mir sicher aufgefallen.«

»Wo steht Ihr Wagen?«

»Auf dem Parkplatz hinter der Wache.«

»Gut. Fahren Sie hinten raus. Ich werde Ihnen ein Stück in diskretem Abstand folgen, um sicher zu gehen, dass sich niemand an Sie ranhängt.«

»Können wir dann jetzt gehen?« Emmas Stimme verriet, wie müde sie war.

»Mike wird dafür sorgen, dass du unbeschadet zu deiner Mutter kommst, Emma. Ich werde nicht dein Leben aufs Spiel setzen, indem ich mitkomme.«

»Unsinn. Bis vor einer Woche haben wir uns gar nicht gekannt. Wenn der Killer gewusst hätte, wo du bist, hätte er längst versucht, dich auf der Ranch zu töten. Offensichtlich weiß er also gar nichts von mir. Und wie sollte er da wissen, wo meine Mutter wohnt? Sie hat nicht einmal denselben Nachnamen wie ich. Und du musst deine Wunden weiter ärztlich versorgen lassen.« Sie lächelte schief. »So leicht lassen sie sich einem gewöhnlichen Hausarzt nicht erklären.«

Drew zögerte. Sein Instinkt sagte ihm, dass es für Emma sicherer wäre, wenn er sich von ihr fern hielt, aber ihre Argumentation war stichhaltig. Obgleich die Wunden an seinen Händen und Füßen bislang gut heilten, mussten sie weiter versorgt werden, und bei jedem anderen Arzt würden sie für Gerede sorgen. Außerdem rissen die Striemen an seinem Rücken immer wieder auf. Auch jetzt konnte er fühlen, wie Blut an seinem T-Shirt klebte.

Wenn der Killer nichts von Emma wusste, würde Drew bei ihr sicher sein. Falls er doch über sie informiert war und der Mörder außerdem wusste, dass sie das Feuer überlebt hatte, plante er möglicherweise bereits den nächsten Mordanschlag. Die Verantwortung lastete schwer auf Drews Schultern. Er fällte eine Entscheidung. Wenn er bei ihr blieb, konnte er sie wenigstens im Auge behalten.

Er hoffte nur, dass sein Herz nicht seinen Verstand ausschaltete und er ihr Leben in Gefahr brachte.

Mick ließ sich von der Tischkante gleiten, und Drew hätte schwören können, dass das Holz unter dem Gewicht des Kriminalisten ächzte.

»Geben Sie mir Namen und Adresse Ihrer Mutter, Dr. Randall, und ich sorge für verstärkte Polizeipräsenz in der Gegend.«

»Wenn Sie meinen, Detective, aber das wird vermutlich nicht nötig sein. Mein Stiefvater besitzt einen Rottweiler, der alles andere als ein Schoßhund ist. Der lässt niemanden auf das Grundstück.« Sie erhob sich. »Ich schreibe Ihnen trotzdem alles auf, damit Sie uns erreichen können.«

Sie ging zur Tür, und Drew folgte ihr, nachdem er leise ein paar Worte mit Mick gewechselt hatte.

»Warum, Emma?«

»Was meinst du?«

Emma fuhr vom Highway ab. Eukalyptusbäume säumten die verlassene Redlynch Road. In der Stille der Nacht klang das Dröhnen des Motors ungewöhnlich laut.

»In den vergangenen zwei Tagen hast du getan, als wäre ich ein unwillkommener Gast, dem gegenüber man sich zur Höflichkeit zwingt, bis man ihn sich endlich vom Hals schaffen kann. Und jetzt bietest du mir an, mit dir unter einem Dach zu wohnen. Ist das Teil deines Märtyrersyndroms?«

»Nein.«

»Warum dann?«

Emma seufzte. Sie wusste es selbst nicht. Sie hätte jedem Menschen in Not ihre Hilfe angeboten, aber der Gedanke an Drew ganz allein in einem Motelzimmer, während da draußen jemand herumschlich, der ihm nach dem Leben trachtete, nachdem er aller Wahrscheinlichkeit nach bereits seinen Freund getötet hatte, war ihr einfach unerträglich.

Aber noch war sie nicht bereit, sich einzugestehen, dass ihre Angst um ihn ganz anderen Gefühlen entsprang als rein professioneller Sorge.

»Das schien mir in Anbetracht der Umstände die beste Lösung zu sein. Himmel, du besitzt ja nicht einmal mehr ein Paar Schuhe!« Sie schüttelte den Kopf. »Wie willst du ein Motelzimmer finden, so wie du aussiehst? Keine Schuhe, schlecht sitzende Kleidung und mit blutendem Rücken ...« Sie presste die Lippen zusammen, aber ihr entfuhr dennoch ein leises Stöhnen.

Sie musste noch müder sein, als sie ohnehin gedacht hatte. Sich für einen Patienten so stark emotional zu engagieren war normalerweise nicht ihr Stil. Aber mit einem Patienten zu schlafen gehörte auch nicht zu ihren Gepflogenheiten, wie sie sich zynisch ins Gedächtnis rief. In den vergangenen Jahren hatte es allerdings weder mit Patienten noch mit sonstigen Männern Sex gegeben. Aber Drew war ja kein gewöhnlicher Patient, und auch ihre Arzt/Patient-Beziehung war keine gewöhnliche. Unter normalen Umständen hätte sie es niemals so weit kommen lassen. Nein, sie sah in ihm einen Freund in Not.

Drews Hand lag auf ihrer Schulter, und er drückte sie leicht. Sie hielt den Blick nach vorn auf die Straße gerichtet, aber sie wusste, dass wenn sie ihn anschaute, sie echte Fürsorge in seinen Augen sehen würde, was sie als seltsam tröstlich empfand.

Emmas Mutter erwartete sie bereits, als sie vorfuhren. Das Haus, ein geräumiges L-förmiges Blockhaus mit einer Veranda rundherum, lag inmitten von vier Hektar Buschland, das nur im direkten Umfeld des Hauses gerodet worden war, sowie um Platz zu schaffen für eine Zufahrt. Drew atmete tief die frische Nachtluft ein, um den bitteren Nachgeschmack des Rauches und von Micks abgestandenem Kaffee zu vertreiben.

Rottweiler Bruno knurrte Drew an und bleckte drohend die Zähne, bis Emma ihn vorgestellt hatte. Dann wandte er sich verächtlich ab und begrüßte Emma mit verhaltener Freude.

»Ich bin Trish Farmer.« Emmas Mutter reichte Drew die Hand, zögerte jedoch dann, als sie den Verband an seinen Händen sah. »Beachten Sie Bruno gar nicht«, fuhr sie fort. »Er wird Ihnen nichts tun, jetzt da er weiß, dass sie willkommen sind. Mein Mann David ist ein paar Tage auf einem Kongress, und Bruno ist gleich doppelt wachsam, wenn ich alleine bin.«

Trish hatte die gleichen hohen Wangenknochen wie ihre Tochter und auch deren bernsteinfarbene Augen. Ihr Haar war heller, fast karamellfarben, kurz geschnitten und sah aus, als wäre es nur flüchtig gebürstet worden. Sie trug einen weißen Frottee-Bademantel über einem mit Rosen bedruckten Satin-Pyjama.

Sie umarmte Emma, und Drew sah, wie diese sich sichtlich entspannte, als sie die Umarmung erwiderte. In Trishs Augen standen tausend Fragen, aber sie beherrschte sich und bat sie stattdessen herein.

»Ich habe für euch beide Betten frisch bezogen. Ihr seht aus, als hättet ihr vor allem Schlaf nötig.« Sie schloss die Haustür ab und führte sie durch ein geräumiges Wohnzimmer mit grauen Bodenfliesen und einen langen Flur hinunter.

Als sie vor der Tür des ersten Zimmers stehen blieben, hob Emma die Arzttasche, die sie mit hereingebracht hatte. »Ich sollte Drew erst noch die Verbände wechseln, Mum.«

Drew wollte protestieren und ihr sagen, sie solle sich schlafen legen, aber er wusste, dass sie Recht hatte.

Minuten später lag er bäuchlings auf dem Bett, und Emma entfernte den Verband. Er hörte Trish nach Luft schnappen, dann erklärte Emma ihrer Mutter, dass die Wunden gut verheilten und nur zwei der tieferen Striemen sich noch nicht vollständig geschlossen hätten. Er versuchte mit aller Macht, wach zu bleiben, aber Emmas leise Stimme und die sanfte Berührung ihrer Hände wirkten so entspannend, dass er bald tief und fest eingeschlafen war.

In der Sekunde, da er die Augen aufschlug, wusste Drew, dass er verschlafen hatte. Seine Träume waren erfüllt gewesen von Blut und Finsternis, von erstickendem Rauch und panischer Angst um Emma, die ihm von einem gesichtslosen langhaarigen Riesen entrissen wurde. Und dieser letzte Teil seines Traumes hatte ihn am meisten erschreckt.

Er stieg aus dem Bett und ließ den Blick durch den Raum schweifen. Die Wände waren hellblau gestrichen, und Vorhänge, Polsterbezüge und Tagesdecke waren blau-grün-weiß gemustert. Sein Blick fiel auf ein großes Gemälde an der Wand gegenüber dem Fenster.

Atemberaubend war das einzige Adjektiv, das ihm einfiel, um es zu beschreiben. Tropische Inseln in einem Meer, das in frühmorgendlichem Licht schimmerte. Auf dem Bild brach der Morgen nicht langsam an, sondern explodierte förmlich über dem Wasser und warf ein Licht auf die Szenerie, deren Intensität den Betrachter regelrecht ansprang.

Er betrachtete das Gemälde noch eine Weile und erfreute sich an der Schönheit des Motivs und dem Können des Künstlers. Er schaute auf die geschwungene Signatur – Charry stand in leuchtend roten Buchstaben in der unteren rechten Ecke. Drew trat hinaus auf den Flur.

»Das Bad ist da unten«, rief Trish ihm aus dem Wohnzimmer zu. Sie arrangierte gerade einen Strauß pinkfarbener und weißer Bougainvilleazweige mit Palmwedeln in einer Vase. Die pinkfarbenen Blüten bildeten einen reizvollen Kontrast zum Weiß und Grün des restlichen Straußes. An der Wand hinter ihr hing ein großes Aquarell von einem Teich voller Seerosen, deren Farben beinahe durchscheinend wirkten in gespenstischem Dunst.

»Ich habe ein Handtuch und einen Bademantel für Sie herausgelegt, und wenn Sie geduscht haben, gibt es Frühstück.«

»Sein Rücken hat wieder geblutet, Mum. Er darf nicht duschen.« Emma betrat sein Blickfeld. Ihr honigfarbenes Haar war frisch gewaschen und glänzte wie Seide, und die taillierten weißen Shorts und das eng anliegende smaragdgrüne Top betonten ihre schlanke Figur und die hohen festen Brüste.

Drew fühlte, wie sein Verlangen aufloderte. Er dankte Gott für die weiten Shorts, die er am Vorabend bekommen hatte, ging ins Bad und schloss die Tür hinter sich.

Falls er nicht bereits vorher eine kalte Dusche gebraucht hätte, brauchte er sie jetzt. Er ließ die Shorts auf den Boden fallen und drehte das Wasser in der Dusche auf. Als die Tür geöffnet wurde, fuhr er erschrocken herum.

Emma stand mit offenem Mund da und errötete bis in die Haarwurzeln. Langsam hob sie den Blick.

»Dreh dich um.« Ihre Stimme klang ruhig, aber angespannt. »Ich nehme dir den Verband ab.«

Drew drehte sich um. Ganz langsam.

Als sie näher kam, stieg ihm der Kräuterduft ihres Shampoos in die Nase, dicht gefolgt von ihrem ganz eigenen, unverwechselbaren Geruch. Seine Erregung wuchs, und er versuchte sich abzulenken, indem er sich auf die Berge in der Ferne konzentrierte. Seine Muskeln wurden hart wie Stahl, als sie das Pflaster an seiner Schulter löste.

Dann riss sie es herunter.

»Versuch, den Rücken nicht nass zu machen.« Ihre

Stimme klang heiser und zitterte leicht. Dann hörte er, wie die Tür sich leise hinter ihr schloss.

Zehn Minuten später hatte Drew den aussichtslosen Kampf, sich das Haar zu waschen, ohne den Rücken nass zu machen, aufgegeben. Er rasierte sich mit der Klinge, die Trish neben den Morgenmantel gelegt hatte, und stieg dann wieder in die geborgten Shorts.

Emma wartete in seinem Zimmer, kühl und professionell, ihre Arzttasche oben auf der Kommode.

»Entschuldige, dass ich so hereingeplatzt bin«, sagte sie. »Das nächste Mal werde ich daran denken anzuklopfen.«

Drew wollte sie berühren, sie in die Arme nehmen, ihre samtweiche Haut fühlen und die weiche Rundung ihrer Brüste. Er wollte es, durfte es aber nicht. Sie war ebenso entschlossen, sich nicht mit ihm einzulassen, wie er entschlossen war, sie zu einem bedeutenden Teil seines Lebens zu machen. Aber jetzt musste er erst einmal nach ihren Regeln spielen.

»Sobald Darios Mörder gefasst ist, werden wir beide uns ernsthaft unterhalten, Emma.«

»Es gibt nichts zu bereden, Drew.«

»O doch, allerdings!«, rief er frustriert aus. »Du kannst vielleicht so tun, als hätte es die vergangene Nacht nicht gegeben, Emma, aber ich nicht. Auch wenn du nicht schwanger bist, möchte ich dich weiter sehen, dich besser kennen lernen ...«

»Lass gut sein, Drew.«

Er sah die dunklen Ringe unter ihren Augen. Sie war offensichtlich todmüde. Er seufzte. Das war nicht der richtige Zeitpunkt, diese Angelegenheit weiterzuverfolgen. Aber insgeheim fragte er sich, ob es je einen geeigneten Zeitpunkt geben würde. Er drehte sich um, damit sie ihm den Rücken abtrocknen konnte.

»Drew, bitte versuch, mich zu verstehen.« Sie sprach zögerlich, aber ihre Hände arbeiteten zügig. »Ich bin nicht an einer Beziehung mit dir interessiert. Ich möchte dorthin zurück, wo ich gebraucht werde. Wo ich einen wirklich wichtigen Beitrag leisten kann.«

»Ärzte können überall etwas bewirken, Emma. Das ist nur eine Frage der Einstellung.«

»Ich werde mich nie wieder damit zufrieden geben können, Erkältungen, Schnupfen und andere Wehwehchen zu verarzten! Da draußen sterben Menschen, Drew. Sie sterben ...« Sie schleuderte ihm das Wort entgegen, als sie ihre Arzttasche schloss. »Weil sie nicht die Möglichkeit haben, ein Krankenhaus aufzusuchen, und wenn sie es könnten, würden sie trotzdem sterben, weil die Ärzte mehr Patienten haben, als sie versorgen können.«

Ihre Augen blitzten von einer Leidenschaft, von der Drew wünschte, sie gelte ihm und nicht einer Berufung, die zwischen ihnen stand.

»Bist du auch ganz sicher, dass du nicht davonläufst, Emma?«

»Wovor?«

»Einer gescheiterten Ehe, einer gestörten Beziehung zu deinem Vater, mit dem du dich vor seinem Tod nicht hast aussöhnen können. Vielleicht hast du ja das Gefühl, dass es leichter ist, die Probleme anderer zu lösen als die eigenen.«

»Sprechen Sie aus Erfahrung, Anwalt?«

Sie war ungehalten, aber Drew wusste nicht, ob sie einfach wütend war oder er einen wunden Punkt getroffen hatte.

»Was weißt du schon von Menschen, die sich nichts zu essen leisten können und schon gar keinen Anwalt, der ihre Interessen vertritt?« Sie hatte die Hände in die Seiten gestemmt, und die Anspannung der letzten Tage brach in weiß glühendem Zorn aus ihr hervor. Sie wusste, dass sie unfair war, aber seine Bemerkung war der Wahrheit zu nah gekommen, einer Wahrheit, der sie sich noch nicht stellen konnte.

Sie sah, wie sein Gesicht sich verdüsterte und er die Stirn runzelte. Sie war überrascht von dem Mitgefühl in seinen Augen. Sie hatte Ärger erwartet.

Er antwortete nicht, sondern trat einen Schritt vor, packte sie bei den Schultern – und küsste sie.

Kapitel 9

Wenn Emma geglaubt hatte, er wäre nicht wütend, erwies sich dies nun als großer Irrtum.

Sein Kuss verriet das ganze Ausmaß seiner mühsam beherrschten Wut. Er packte sie Besitz ergreifend und zwang sie, seinem überwältigenden Verlangen nachzugeben.

Ihr Körper erinnerte sich an ihn, begehrte ihn, drängte ihm gegen ihren Willen entgegen. Sie seufzte ergeben und schmiegte sich an ihn. Ihre guten Vorsätze, auf Distanz zu bleiben, fielen in sich zusammen. Ihr ganzer Körper glühte und pochte vor Verlangen.

Seine Hand glitt unter ihr Top und streichelte ihre linke Brust durch das hauchdünne Material ihres BHs. Sie stöhnte wohlig. Sie rieb den Unterleib an seiner Erektion und konnte es kaum erwarten, ihn in sich zu fühlen.

Widerwillig rückte Drew von ihr ab. Das Blut rauschte in seinen Ohren, und das Ziehen in seinen Lenden war fast nicht zu ertragen. Er wünschte sich nichts so sehr, wie sie auf das Bett zu werfen, ihr die weißen Shorts herunterzureißen und sie zu nehmen. Aber sie befanden sich im Haus ihrer Mutter, und die Vorstellung, im Geheimen mit Trishs Tochter zu schlafen, widerstrebte ihm. Er wäre sich vorgekommen wie ein

Schuljunge, der sich beim Blaumachen hinter dem Werkzeugschuppen versteckt.

»Deine Mutter fragt sich sicher schon, wo wir so lange stecken.« Seine Stimme klang rau, und das Blut pulsierte schmerzhaft in seinen Lenden.

Einen Moment starrte Emma nur benommen zu ihm auf, einen abwesenden, entrückten Ausdruck in den sherryfarbenen Augen, und beinahe wäre er der Versuchung erlegen. Aber dann blinzelte sie, straffte die Schultern und verließ das Zimmer.

Trish Farmer stach mit ihrer Gabel nach einem Melonenbällchen. Die Kugel rollte ans andere Ende ihres Tellers, und sie fragte sich, ob die Spannung am Tisch sich vielleicht auch auf den Obstsalat übertragen hatte, den sie zum Frühstück zubereitet hatte.

Bei ihrem Anruf nach der Flut hatte Emma ihr von den Ereignissen der letzten sechs Tage berichtet. Oder zumindest hatte Trish geglaubt, ihre Tochter hätte ihr alles Wichtige erzählt. Die gespannten Blicke, die ihre Tochter und der Mann, der auf so dramatische Weise in ihr Leben getreten war, tauschten, sprachen jedoch eine ganz andere Sprache. Trish hatte zwar jung geheiratet, aber nach ihrer Scheidung von Karl hatte sie zwei Jahre an der Kunsthochschule studiert und nicht nur ihre Maltechnik verbessert, sondern auch in Beziehungsfragen dazugelernt. Schließlich hatte sie einen Mann kennen und lieben gelernt, bei dem sie endlich sie selbst sein konnte.

Seit sie sich zum Frühstück auf der seitlichen Veranda eingefunden hatten mit ihrer atemberaubenden

Aussicht auf die grünen Berge, hatte Emma Trishs Fragen nur einsilbig beantwortet, sodass Trish sich schließlich an Drew wandte. »Haben Sie bei dem Brand viel verloren, Drew?« Die Frage schien ihr einigermaßen harmlos zu sein.

Drew nickte, und sie sah die Trauer in seinen tiefblauen Augen. »Es war mein Elternhaus. Das Feuer hat das Elternschlafzimmer völlig zerstört, sodass meine gesamte Garderobe verloren ist. Glücklicherweise habe ich viele Erinnerungsstücke im Gästezimmer untergebracht, das weitgehend verschont geblieben ist. Der Raum, den ich als Arbeitszimmer genutzt habe, wurde ebenfalls teilweise verwüstet. Außerdem hat das Feuer auf Küche und Wohnzimmer übergegriffen, bevor die Feuerwehr es unter Kontrolle bringen konnte.«

»Ich fahre gleich mit Drew rüber, um zu sehen, was noch zu retten ist, Mum. Das heißt, wenn die Spurensicherung inzwischen abgeschlossen ist.«

Trish warf Emma einen überraschten Blick zu, aber als sie das Mitgefühl in ihren Augen sah, verstand sie. Ganz egal, was zwischen ihr und Drew vorgefallen war, Emma würde niemals jemanden im Stich lassen, der ihre Hilfe brauchte. Trish hoffte nur, dass Emma irgendwann erkennen würde, dass auch sie ab und an die Hilfe anderer brauchte. Vor allem jene dieses dunkelhaarigen Mannes mit den verführerischen blauen Augen, der gelassen Würstchen, Eier und Frikadellen in sich hineinschaufelte, die Trish zum Frühstück gebraten hatte.

Mit dem Gespür der Künstlerin, die es gewohnt ist, den Kern eines Modells zu erfassen, hatte Trish sofort die brodelnde Leidenschaft unter Drews scheinbar ruhiger Fassade wahrgenommen. Er hatte ihrer Tochter das Leben gerettet, aber Trish setzte ihre ganze Hoffnung auf das Knistern zwischen ihnen.

Sie hoffte, dass Drew ihre Tochter auch vor dem einsamen, lieblosen Leben bewahren konnte, zu dem sie sich selbst verdammt hatte.

»Fahr ein paar Blocks vor meinem Haus rechts ran, Emma.«

Sie warf ihm einen verblüfften Blick zu. »Wieso?«

»Du wirst mich nicht hinfahren. Vielleicht beobachtet der Killer das Haus und wartet auf meine Rückkehr. Ich will nicht, dass er dich bei mir sieht oder sonst etwas herausfindet, das uns miteinander in Verbindung bringt.«

Der entschlossene Zug um seinen Mund sagte Emma, dass jeder Protest vergeblich wäre. Sie war in der vergangenen Nacht so müde gewesen, dass sie den Schock wegen des Brandes noch gar nicht richtig verarbeitet hatte. Erst jetzt ging ihr auf, wie knapp sie dem Tod entgangen war. In den Kriegsgebieten, in denen sie gearbeitet hatte, war die Gefahr unpersönlich gewesen – dort war sie nur ein Beobachter, der insoweit gefährdet war, als er zwischen den Fronten stand.

Aber wenn Drew Recht hatte, war das gestern Abend allerdings ein sehr persönlicher Anschlag gewesen. Falls der Mörder gewusst hatte, dass sie in dem Schlafzimmer schlief, dann hatte er auch sie töten wollen. Das musste sie erst einmal verdauen.

»Hier, das reicht.« Drew zeigte auf eine freie Parklücke. Emma fuhr rechts ran.

Drew stieg aus. »Du brauchst mich nicht abzuholen. Ich komme schon allein zurecht«, sagte er, als er die Tür hinter sich zuschlug.

Emma nickte, setzte den Blinker und fädelte sich wieder in den fließenden Verkehr ein. Im Rückspiegel sah sie, wie Drew den Bürgersteig hinaufging. Die Kleider ihres Stiefvaters waren zu klein gewesen, sodass er immer noch die weiten Shorts und das T-Shirt trug, die ein Nachbar ihm in der gestrigen Nacht geliehen hatte. Er hatte sich in ein Paar alte Turnschuhe ihres Stiefvaters gezwängt, aber sein Gang verriet, dass sie drückten.

Sie fuhr wie ein Roboter, bremste und beschleunigte ganz automatisch. *Reiß dich zusammen,* ermahnte sie sich. Wenn sie so weitermachte, würde sie noch einen Unfall bauen. Aber sie musste nachdenken, sich über einiges klar werden. Sie blinkte nach links, bog ab und fuhr in Richtung Esplanade.

Spazierengehen hatte ihr immer geholfen, ihre Gedanken zu klären, und so parkte sie den Land Cruiser, durchquerte den Park und ging bis zur Trinity Bay, deren tiefblaues Wasser in der Sonne glitzerte. Jogger, Spaziergänger und Rollerblader überholten sie, aber sie nahm ihre Umwelt nur ganz am Rande wahr. Ebenso wenig registrierte sie das Vogelgezwitscher und den süßen Duft des frisch gemähten Rasens, als sie der Uferpromenade folgte.

Sie ließ noch einmal jede Minute in Darios und später in Drews Haus Revue passieren. Sie analysierte jeden Schritt, jedes Wort auf der Suche nach irgendeinem Hinweis dafür, dass der Mörder gewusst hatte, dass sie in Drews Schlafzimmer schlief.

Immer wieder sah sie Drew vor sich, der zu Fuß zu den geschwärzten Ruinen seines Hauses ging, stoisch die Schmerzen ignorierend, die ihm die zu engen Schuhe bereiteten, Bilder, die sie von ihren Gedanken ablenkten.

Sie dachte an Darios Frau und Sohn, an ihren Schmerz und ihren herben Verlust, und rasender Zorn stieg in ihr auf. Zorn nicht nur auf den Killer, sondern auch auf sich selbst. Drew versuchte, sie zu schützen, und sie hatte es einfach zugelassen. Sie hatte ihn alleine gehen lassen, ohne auch nur zu versuchen, ihm zu helfen. Er hatte sein Leben für sie riskiert, hatte sie vor dem sicheren Tod bewahrt, als das Krokodil sie angegriffen hatte, und sie hatte ihn im Stich gelassen, als er am dringendsten einen Freund brauchte.

Sie ging zurück zum Wagen. Fünf Minuten später parkte sie am Ende von Drews Straße, nicht zu nah, um nicht aufzufallen, aber doch nah genug, um das Haus sehen zu können.

Das Gelände war mit Flatterband der Polizei abgesperrt worden, aber ein Anruf von Mick am Morgen hatte ihnen mitgeteilt, dass die Spurensicherung ihre Arbeit abgeschlossen und eindeutige Beweise für eine Brandstiftung gefunden hatte. Beklommen beobachtete sie, wie Drew die verkohlten und von Löschwasser durchweichten Trümmer seines Zuhauses durchsuchte. Asche wurde aufgewirbelt und legte sich auf sein Haar. Das weite T-Shirt konnte nicht verbergen, wie die Muskeln an seinen Schultern sich spannten, jedes Mal, wenn er Gegenstände aufhob und wegwarf, die nicht mehr zu retten waren. Emmas Herz zog sich zusammen.

Ab und an erstarrte er kurz, und sie zuckte zusammen, weil sie wusste, dass einer der Striemen an seinem Rücken wieder aufgebrochen sein musste. Sie versuchte, nicht zu ihm hinzusehen, aber vergeblich. Er zog sie an wie ein Magnet. Ihr Herz blutete für ihn, und doch weigerte sie sich stur, eine gemeinsame Zukunft auch nur in Betracht zu ziehen. An der Universität war sie dafür bekannt gewesen, dass sie niemals zweimal den gleichen Fehler machte, und sie wollte verdammt sein, wenn sie sich wieder auf den falschen Mann einließ. Oder überhaupt auf einen Mann.

Der Versicherungsvertreter kam, besprach sich mit Drew und telefonierte dann auf seinem Handy. Eine Viertelstunde später fuhr ein Truck vor, und Männer fingen an, den noch brauchbaren Hausrat einzuladen.

Emma fuhr vor und parkte vor dem Haus. Drew blickte verdutzt auf und kam dann zu ihr herüber. Seine Augen blitzten vor Zorn.

»Was zum Teufel machst du hier?«, knurrte er.

»Ich dachte, du brauchst vielleicht eine Fahrgelegenheit ins Büro.«

»Du wirst mich nicht hinfahren. Das ist zu gefährlich.«

»Wenn es so gefährlich ist, warum fährst du dann hin?«

»Wenn er mich sieht, wird er sich auf mich konzentrieren anstatt auf meine Freunde.«

»Dann brauchst du dir ja um mich keine Sorgen zu machen. Dann wird er sich ja an dich halten und mich in Ruhe lassen.« Das war zwar keine sehr überzeugende Argumentation, aber etwas Besseres fiel ihr spontan nicht ein.

»Warum, Emma?«

»Typisch Anwalt, immer alles hinterfragen«, stöhnte Emma. »Kannst du nicht einfach akzeptieren, dass ich dir helfen möchte?«

»Nein. Nicht, wenn du dich dadurch in Gefahr begibst. Ich schaffe das auch allein.«

»Okay«, sagte sie achselzuckend. »Dann schlage ich eben im Telefonbuch die Adresse deiner Kanzlei nach. Ich würde es allerdings vorziehen, wenn du bei mir wärst, wegen dieser Zielscheiben-Theorie von dir.«

Drew kochte vor Wut, aber Emma verspürte nicht die geringste Angst vor ihm, da sie tief im Innersten wusste, dass er ihr niemals etwas antun könnte. Er riss die Beifahrertür auf und stieg grummelnd ein. Emma verstand nur vereinzelte Worte wie »stur« und »Maulesel«, zog es jedoch vor, nicht weiter darauf einzugehen.

Abgesehen von knappen Anweisungen schwieg Drew auf der Fahrt zu seinem Büro.

Zwei Blocks vom Haupteinkaufszentrum entfernt parkten sie vor einem Lagerhaus. Emma schaute sich in der breiten Straße mit den Geschäfts- und Bürogebäuden um. Neben dem Lagerhauseingang befand sich ein Imbiss, den gerade eine Gruppe von fünf Teenagern verließ.

Sie wandte sich Drew zu, um zu fragen, in welchem der Gebäude seine Kanzlei untergebracht war, aber er brummte nur »Fahr nach Hause« und stieg aus. Emma tat es ihm nach und sah, wie zwei junge Aborigines sich von der Gruppe lösten und mit zornigem Gesicht auf Drew zugingen.

Ihr Beschützerinstinkt flammte auf, und sie trat an

Drews Seite, fest entschlossen, wenn nötig für ihn zu kämpfen. Drew funkelte sie wütend an, seufzte dann frustriert und legte ihr einen Arm um die Schultern. Obwohl sie sich bei dieser Besitz ergreifenden Geste versteifte, ließ er den Arm, wo er war. Ihre Anspannung wuchs, als Drews Finger fester zupackten und prompt verräterische Wärme in ihr aufstieg.

Die jungen Männer kamen näher.

Emmas Puls beschleunigte sich.

Sie blieben stehen, und strahlend weiße Zähne blitzten in ihren dunklen grimmigen Gesichtern auf.

»Hey, Mr J. Wir haben gehört, irgend so ein Irrer hat Ihr Haus angezündet.« Schwarze Augen ruhten kurz auf Emma und fielen dann auf die Wunden an Drews Händen. »War das derselbe Kerl, der versucht hat, Sie umzubringen?«

»Wer sagt denn, dass jemand versucht hat, mich umzubringen, Dale?«

Das nervöse Kichern eines der Mädchen, die Dale gefolgt waren, lenkte Emma ab. Sie schätzte sie auf etwa sechzehn Jahre. Ihre Haut war heller als Dales, mehr Milchkaffee als dunkles Schokoladenbraun, und unter ihren Radlerhosen und dem T-Shirt war deutlich zu erkennen, dass sie schwanger war.

»Sie kennen doch die Mauern im Centre, Mr J. Sie haben keine Ohren, sondern Münder.«

Darauf lachten alle, einschließlich Drew, und Emma entspannte sich ein wenig.

»Würdest du mir einen Gefallen tun, Dale?« Drews Tonfall klang ernst, und die jungen Leute sahen ihn aufmerksam an.

»Schießen Sie los, Mr J.«

»Sag allen, sie sollen die Augen offen halten und auf jeden achten, der sich merkwürdig benimmt, vor allem, wenn er einen weißen Van mit einem blauen Streifen auf der Seite fährt. Ich möchte nicht, dass jemand zu Schaden kommt, nur weil er mit mir befreundet ist.« Er sprach ruhig und beherrscht, aber Emma musste wieder an Dario denken, der in seinem eigenen Blut gelegen hatte, und sie spürte den Schmerz in seinen Worten.

»Klar, Mr J. Sie können sich drauf verlassen. Und wenn Sie Hilfe brauchen – Sie wissen ja, wo Sie mich finden.«

Die Gruppe verabschiedete sich und betrat das Lagerhaus. Die alte Holzfassade war weiß gestrichen, und über der Tür hing ein Schild mit der Aufschrift »The Centre«. Drew nahm ihre Hand.

»Komm.«

»Wohin gehen wir?«

»Du wolltest doch mein Büro sehen. Dann kannst du auch dort bleiben, wo ich ein Auge auf dich haben kann.«

»Dein Büro? Wo ...«

Er zeigte auf die Tür, durch die die jungen Leute das Lagerhaus betreten hatten. Emma runzelte die Stirn. Offenbar hatten die traumatischen Ereignisse der gestrigen Nacht ihn stärker mitgenommen, als sie geglaubt hatte. Trotzdem war es vermutlich das Beste, wenn sie erst einmal tat, was er wollte. »Geh du vor.«

Es dauerte eine Minute, bis ihre Augen sich nach dem grellen Sonnenlicht draußen an das gedämpftere Licht im Inneren des Lagerhauses gewöhnt hatten. Sie wusste selbst nicht, was sie erwartet hatte, aber ganz sicher nicht einen Basketball-Platz, Pool-Tische und eine halb offene Küche mit Tischen und Stühlen davor.

Dale und seine Freunde hatten an einem der Tische Platz genommen und gaben offenbar Drews Nachricht an andere weiter. Einige der jungen Leute unterbrachen ihre Partie Pool-Billard, um ebenfalls zuzuhören. Der Rassenmix überraschte Emma. Weiße und australische Ureinwohner, Südsee-Bewohner, Italiener, Asiaten und alles, was es sonst noch so gab. Insgesamt waren es an die zwanzig Teenager.

Erst als Drew sie nach links führte, bemerkte Emma die Büros in einer Ecke des Gebäudes. An der Wand neben dem Haupteingang waren zwei Messingschilder angebracht. Noch ehe sie dazu kam, sie zu lesen, öffnete Drew die Tür und führte sie hinein. Als sie eintraten, hörte sie einen Türsummer.

Eine Klimaanlage war der einzige erkennbare Luxus in dem spartanischen Büro. Die zwei Schreibtische waren ganz eindeutig mehr funktional als modern, und die Aktenschränke hatten auch schon bessere Tage gesehen.

Eine große blonde Frau in lässiger blauer Hose und weißer Bluse hängte gerade eine Akte in das mittlere Schubfach eines der Schränke. Als sie sich aufrichtete und Drew entdeckte, stieß sie einen Freudenschrei aus, stürzte auf ihn zu und umarmte ihn.

Emma war selbst überrascht von der brennenden Eifersucht, die sie durchströmte. Sie ließ Drews Hand los.

»Emma, das ist Diane Myers. Diane hat Psychologie studiert, während ich mich durch das Jurastudium gekämpft habe. Diane, das ist Dr. Emma Randall, die mich während des Wirbelsturms bei sich aufgenommen und gesund gepflegt hat.«

Diane lachte ein so warmes, ansteckendes Lachen, dass Emma einfach lächeln musste. »Glauben Sie ihm kein Wort, Emma. Er war an der Uni in allen Fächern unter den Besten. Joe – das ist mein Mann – hofft seitdem, dass sie nie auf juristischem Parkett die Klingen kreuzen werden.« Sie wurde wieder ernst. »Wir haben uns Sorgen um dich gemacht, Drew. Als Joe deinen Wagen und dein Gepäck aus der Hütte geholt hat, haben die Kids ihn mit Fragen bombardiert, sodass wir ihnen erzählen mussten, was passiert war. Ich glaube, wenn wir sie ausgeschlossen hätten, wäre es zur Meuterei gekommen.«

Drew nickte. »Wir haben draußen Dale getroffen. Was ist mit seiner gemeinnützigen Arbeit?«

»Er hat noch keine Stunde gefehlt. Heute hat er frei, weil sein Betreuer krank ist.« Diane bemerkte Emmas fragenden Blick. »Drew hat Dale vor ein paar Monaten vor Gericht vertreten und ihn vor dem Gefängnis bewahrt. Stattdessen hat der Richter ihm zweihundert Stunden gemeinnützige Arbeit aufgebrummt. Wir hätten nicht gedacht, dass er die Kurve kriegt, aber dann wurde seine Freundin schwanger, und er hat sich geschworen, dass sein Kind keinen Knacki zum Vater haben wird.«

Zum zweiten Mal in ebenso vielen Minuten war Emma eifersüchtig. Diane gehörte zu einem Teil von Drews Leben, von dem Emma nichts wusste, und das wurmte sie gewaltig. Sie musste an die schrecklichen Dinge denken, die sie Drew am Morgen an den Kopf geworfen hatte, und schämte sich. Das hier war ganz sicher nicht das elitäre Umfeld, das sie sich vorgestellt hatte.

»Joe hat deine Sachen in deinem Büro deponiert, Drew. Wenn du dich umziehen möchtest ...« Ihr Blick verriet unmissverständlich, dass sie das für eine sehr gute Idee hielt. »... gehen Emma und ich nebenan ein paar Hamburger holen.«

Diane schob Emma zur Tür hinaus.

Drüben im Fastfood-Restaurant bestellten sie Mittagessen und setzten sich an einen Ecktisch.

Emmas Gedanken überschlugen sich. Von dem Moment an, da er in ihr Leben getreten war, hatte Drew sie immer wieder überrascht. Und jetzt ...

»Es muss ein Schock für Sie gewesen sein, Drew in diesem Zustand aufzufinden.« Sorge überschattete ihre Züge. »Wie geht es ihm? Ich meine nicht physisch, sondern emotional.«

»In Anbetracht dessen, was er durchgemacht hat, hält er sich erstaunlich gut.« Aber Emma wusste, dass die emotionalen Wunden noch lange brauchen würden, um zu verheilen. Länger als die physischen. »Erzählen Sie mir mehr über das Centre.«

»Es war Drews Idee. Er wollte einen Ort schaffen, an dem Straßenkinder zusammenkommen können, ohne bevormundet zu werden. Wo sie etwas Dampf ablassen können beim Basketballspielen oder Pool spielen können, ohne sich in irgendwelchen Kneipen herumzutreiben. Er hat ein paar Sponsoren aufgetan, aber das meiste Geld steuert er aus eigener Tasche bei.«

»Dann meinte er, dass es vielleicht ganz sinnvoll wäre, wenn eine Psychologin für die Kids da wäre.« Sie lachte wieder, und auch diesmal war es so herzlich und ansteckend, dass Emma lächeln musste. »Er kann sehr überzeugend sein, wenn es sein muss. Sie sollten ihn einmal vor Gericht erleben. Er ist großartig.«

Das konnte Emma sich gut vorstellen. Mit seinen durchdringenden blauen Augen und der tiefen Stimme dürfte es ihm nicht schwer fallen, die weiblichen Juroren für sich zu gewinnen. Aber langsam ging ihr auf, dass Drew Jarrett eine noch komplexere Persönlichkeit war, als sie angenommen hatte. »Er ist sehr ... verschlossen. Er hat das Centre nie erwähnt. Ich ...« Sie fühlte, wie sie errötete. »Ich habe ihn mir als smarten Großstadtanwalt vorgestellt.« Sie wollte lieber nicht wiederholen, was sie zu ihm gesagt hatte.

»Drew ist ein herausragender Anwalt, aber er wird nie erfolgreich sein – nicht in finanzieller Hinsicht. Er hat ein zu weiches Herz. Wenn er sich im Gerichtssaal für eins dieser Kinder einsetzt, ist es eine Freude, ihm zuzusehen. Allerdings weigert er sich, ihre Verteidigung zu übernehmen, wenn er weiß, dass sie schuldig sind, sie aber nicht gewillt sind, dafür geradezustehen. Er versucht, ihnen zu vermitteln, dass es besser ist, ehrlich zu sein, die Strafe für ihr Fehlverhalten zu akzeptieren und hinterher einen neuen Anfang zu machen.«

»Aber wovon lebt er dann? Dale sah nicht aus, als könnte er sich neue Stiefel leisten, geschweige denn einen Strafverteidiger.«

Diane seufzte. »Nicht nur die Straßenkinder brauchen juristische Hilfe, Emma. Es kommt auch oft genug vor, dass Kinder aus guten Familien auf die schiefe Bahn geraten. Drew hat einen hervorragenden Ruf als

Jugendanwalt. Wenn er an einen jungen Menschen glaubt, kämpft er wie ein Löwe. Manche Eltern bekunden ihre Dankbarkeit durch großzügige Spenden an das Centre.«

»Klingt der Name The Centre nicht ein wenig institutionalisiert?«

Ihre Nummer wurde aufgerufen. Sie holten ihre Bestellung ab, und als sie das Restaurant verließen, fragte Diane: »Kennen Sie die Fernsehserie ›Der Pretender‹?«

Emma schüttelte den Kopf.

»Der Protagonist wird seit seiner Kindheit in einer Forschungsanstalt namens ›The Centre‹ festgehalten«, erklärte Diane. »Schließlich gelingt ihm die Flucht, und er lernt das wahre Leben kennen. Als Drew die Kids um Namensvorschläge gebeten hat, meinte jemand, das Centre würde für sie eine Zuflucht sein, ein Ort, an dem sie den Realitäten des Lebens draußen entfliehen könnten.«

Als sie ins Büro zurückkehrten, stockte Emma der Atem. Drew sah irgendwelche Papiere auf einem der Schreibtische durch. Er trug jetzt graue Hosen und ein hellblaues Hemd, und es war das erste Mal, dass sie ihn in gut sitzenden Kleidern sah, die sein gutes Aussehen betonten und ihr noch einmal bewusst machten, wie attraktiv er war.

»Und in den Sachen warst du angeln?«, fragte sie, als sie die Stimme wiedergefunden hatte.

Er grinste. »Wenn ich keinen Erfolg hatte oder ich die Büchsen leid war, bin ich zum Essen ins nächste Hotel gefahren. Ich konnte ja schlecht in knapper Badehose und Sandalen dort aufkreuzen«, entgegnete er scherzhaft, aber Emma stellte ihn sich prompt erst in knapper Badehose vor und gleich darauf ohne, woraufhin ein verräterisches Prickeln sich in ihrem Bauch ausbreitete, gefolgt von einer Hitzewelle, die bald ihren ganzen Körper erfasste.

»Komm, Kaffee ist fertig.« Er ging an zwei gleichermaßen spartanischen Büros vorbei zu einem Hinterzimmer mit Küche und Bad.

»Richtig heimelig«, bemerkte Emma ein wenig sarkastisch.

»Er lebt praktisch hier«, bemerkte Diane mit einem missbilligenden Schnauben.

Beim Essen erzählte Diane Drew alles, was sich während seiner Abwesenheit ereignet hatte. Emma fiel auf, dass sie Drew nicht zu dem befragte, was er durchgemacht hatte, sondern sich damit begnügte, seine Reaktionen sehr genau zu beobachten und jede Nuance seines Tonfalls auszuloten. Erst als sie fertig gegessen hatten, kam sie auf sein Martyrium zu sprechen.

Drew erzählte sachlich und nüchtern, was sich zugetragen hatte, aber Emma entging nicht, dass Dianes vorsichtige Fragen seine Emotionen abtasteten, als wolle sie sich ein Bild machen von seinem tatsächlichen Seelenzustand. Schon bald traten die Kratzer an seinem Panzer zu Tage, die er zu verbergen suchte, sobald sie auftraten.

Seine Stimme klang angespannt, als er Diane die Einzelheiten des Mordes an Dario berichtete und ihr von dem nächtlichen Brand erzählte. Sie war sichtlich geschockt. Umso mehr, als Drew ihr seine Theorie eröffnete, derzufolge der Killer es auch auf Drews Freunde abgesehen hatte.

»Versprich mir also, dass du nirgendwo alleine hingehst, Diane«, schloss er. »Ich will nicht noch einen Freund verlieren.«

Diane versprach, sich fortan an andere zu klammern wie eine Klette. Außerdem teilte sie ihm mit, dass ihre gemeinsame Sekretärin in Übersee Urlaub machte und der Barrister, mit dem sie schon gelegentlich zusammengearbeitet hatten, nach Melbourne umgezogen war.

Emma schenkte sich eben Kaffee nach, als Dales schwangere Freundin hereinstürzte. Ihre Augen waren vor Entsetzen weit aufgerissen, und sie schrie panisch: »Sie müssen kommen, schnell! Er ist tot! Er ist tot!«

Kapitel 10

Richter Aloysius Abercrombie suchte mit erprobtem Blick die felsigen grünen Berghänge ab, auf denen sich das Khaki der Akazien mit dem Silbergrün der Eukalyptusbäume und dem Limonengrün des Grases vermischte. Aber nicht das Farbenspiel interessierte den Richter, sondern vielmehr die Aussicht, einen wertvollen Edelstein zu finden, den die schweren Regenfälle der letzten Tage aus dem Boden gewaschen hatten.

Er war ein dynamischer Mann von 64 Jahren, hager, drahtig, mit einer nervösen Energie, die er unter der Last seiner Richterrobe manchmal nur schwer zügeln konnte. Die Würde seines Amtes erlaubte ihm nur selten, seinen etwas sonderbaren Humor anzubringen, und insgeheim amüsierte er sich über den internen Witz bei Gericht, der da lautete: »Wenn der alte AA naht, sieh bloß zu, dass du alle Flaschen verschwinden lässt.« Als beruflich gemäßigter Mann, der Job und Privatleben strikt trennte, wusste er, dass er als Moralist galt, dem Alkoholkonsum anderer ein Dorn im Auge war. Der Umstand, dass seine Initialen denen der Anonymen Alkoholiker entsprachen, belustigte den Besitzer einer der kostbarsten Weinsammlungen in ganz Queensland.

Vorsichtig durchquerte er das unebene Gelände und bückte sich hier und da, um einen viel versprechenden Brocken aufzulesen. Die Kühle so früh am Morgen und das klare Licht waren eine Freude nach der Schwüle der vergangenen Tage.

Mitte des Vormittags rastete er in einem Eukalyptuswäldchen, setzte den Rucksack ab und machte es sich auf einem Felsen gemütlich, der aus dem Boden ragte wie ein halb vergrabenes Dinosaurier-Ei. Das belegte Brot, das seine Frau ihm eingepackt hatte, wurde von einer kleinen gekühlten Flasche Wein frisch gehalten. Der Plastikbecher war ein Stilbruch, ärgerlich, aber in diesem rauen Gelände eine unverzichtbare Vorsichtsmaßnahme.

Er trank einen Schluck der goldenen Flüssigkeit, nahm die ganze Schönheit der imposanten Berge in sich auf und seufzte. Nur Vogelrufe und das Zirpen der Zikaden störten die friedliche Stille. Zufriedenheit durchströmte ihn, entspannender als der Alkohol.

»Hier oben kann man beinahe fühlen, wie Gott zu einem spricht.«

Die Stimme riss ihn aus seinen Gedanken. Er verschüttete Wein auf sein Hemd, und der Plastikbecher fiel klappernd auf den felsigen Boden. Er wirbelte so schwungvoll herum, dass er beinahe von dem Felsbrocken gefallen wäre.

Während sein Herzschlag sich langsam wieder beruhigte, musterte der Richter den Mann, der ihn angesprochen hatte. Er war sehr groß und kräftig, ganz in Oliv gekleidet und hatte einen militärischen Bürstenhaarschnitt – wenn auch erst seit kurzem, wie der hellere Hautstreifen vor den Ohren bewies.

Der Richter fragte sich, wie eine so imposante Erscheinung sich ihm so lautlos hatte anschleichen können. Sofort korrigierte er sich. Natürlich hatte er sich nicht *angeschlichen.* Wenn er ihm etwas hätte tun wollen, hätte er ihn nicht erst auf sich aufmerksam gemacht. AA kam zu dem Schluss, dass er den Fremden nur deshalb nicht hatte kommen hören, weil er so tief in Gedanken gewesen war.

»Stimmt«, pflichtete er ihm bei. »Hier oben fühlt man sich Gott nah.«

Der Mann lächelte, und seine Haltung entspannte sich ein wenig. Trotzdem ging von ihm eine Anspannung aus, eine Wachsamkeit, die AA sehr deutlich wahrnahm. AA hob den Becher auf, verstaute ihn wieder in seinem Rucksack und stand auf. Plötzlich war ihm nur zu bewusst, dass sie beide ganz allein waren auf dem Berghang. Er und der Mann, von dem man hätte meinen können, er sei aus dem Nichts aufgetaucht.

»Sie möchten Gott nah sein?«, fragte der Mann. Sein Lächeln war erloschen, und seine Worte klangen irgendwie unheilvoll. Als er näher kam, sah AA den fiebrigen Glanz in seinen Augen, eine Mischung aus Leidenschaft und Geduld.

Der Fremde kam bedächtig immer näher, bis er schließlich buchstäblich in Reichweite war. AA fielen seine Hände auf, große, schwielige Hände, die locker seitlich am Körper herabbaumelten. Er blickte dem Mann wieder in die Augen, und Panik schnürte ihm die Kehle zu.

Er fühlte, wie die Hände sich um seinen Hals legten.

Seine Finger krallten sich in von Muskeln gestählte

Unterarme, und seine Nägel zerkratzten vergeblich die dunkle Haut.

Die Hände packten noch fester zu, hoben ihn noch. Die Sohlen seiner Wanderschuhe schabten über Fels, dann verlor er den Boden unter den Füßen.

»Bitte um Vergebung.«

Aloysius Abercrombie, Bezirksrichter, Liebhaber edler Weine mit ganz eigenem Sinn für Humor, hörte die Worte wie durch Watte. Die Blutzufuhr zu seinem Gehirn war unterbrochen, und ihm wurde schwarz vor Augen.

Das Letzte, was er hörte, war das laute Knacken, als sein Genick brach.

»Wo, Carly?« Drews Stimme schnitt scharf wie eine Stahlklinge durch das hysterische Geschrei des Mädchens.

»Auf der Toilette!«

Im nächsten Moment stürzten sie alle hinter Drew her zur Tür.

Die Toiletten des Centre waren zwischen der Küche und einem kleinen Lagerraum untergebracht, und in den paar Sekunden, die Drew bis dorthin brauchte, fühlte er sich, als wäre er urplötzlich um hundert Jahre gealtert. Nicht noch einer! Er wusste nicht, ob er es ertragen könnte, Auslöser für einen weiteren Mord gewesen zu sein.

Drew bahnte sich einen Weg durch die umstehenden Teenager. Als er den ihm unbekannten Jungen auf den Fliesen liegen sah, atmete er erst einmal erleichtert auf. Er hatte rotes Haar, war sehr dürr und schätzungsweise sechzehn Jahre alt. Das Stück Schlauch um seinen Arm und die Spritze an seiner Seite sprachen Bände.

»Lass mich mal sehen.« Emma kniete sich neben ihn. Schnell überprüfte sie die Vitalfunktionen. »Er lebt«, sagte sie grimmig. »Noch.« Sie warf Drew ihre Wagenschlüssel zu. »Ruf einen Krankenwagen und hol meine Tasche.«

Der Krankenwagen schob sich mit heulender Sirene durch den Verkehr und kam dann ruckartig vor der Notaufnahme des Krankenhauses zum Stehen.

Emma erzählte der Krankenschwester, die den Jungen, von dem die anderen Kids nur den Namen kannten – Baker –, in Empfang nahm, was passiert war. Ein Arzt bellte Anweisungen, und eine junge Schwester stürmte davon.

Emma ging rüber ins Wartezimmer und ließ sich auf einen Stuhl sinken. Sie hasste es, wenn der Tod so junge Menschen bedrohte, und bekämpfte ihn dann besonders verbissen. Sie fragte sich, was geschehen sein mochte, dass Baker sich heute fast das Leben genommen hatte. Im Rahmen ihrer Arbeit hatte sie viele Kinder durch Hunger und Krieg sterben sehen, und die Verschwendung hatte sie immer tief getroffen. Mit anzusehen, wie ein junger Mensch sein Leben von eigener Hand beendete, machte sie besonders wütend.

Minuten verstrichen. Sie blätterte in einer Zeitschrift, jedoch ohne auch nur ein Wort zu registrieren.

Ein Paar mittleren Alters stürmte herein, dicht gefolgt von Drew. Der Mann sprach mit einer Krankenschwester, und er und die Frau wurden in die Notaufnahme gebracht.

Drew kam herüber und setzte sich zu ihr.

»Wie geht es ihm?«

»Sie tun, was sie können.«

»Er hatte draußen vor der Toilette seine Brieftasche verloren. Eins von den Kids hat sie mir gegeben. Ich bin zu seinen Eltern gefahren. Ich dachte mir, in einer solchen Situation wäre ein Anruf nicht angebracht.«

Emma schaute ihn an und sah ihn zum ersten Mal so, wie er wirklich war. Sah das Mitgefühl und die Sorge, die ebenso Teil seiner Persönlichkeit waren wie seine Kraft und Entschlossenheit. Sie hatte gedacht, seine Sorge um sie sei reiner Dankbarkeit entsprungen. Jetzt erkannte sie jedoch, dass Drew genau die Eigenschaften besaß, die sie vergeblich bei dem Mann gesucht hatte, dem sie ihr Jawort gegeben hatte. Das musste sie erst einmal verdauen.

»Wussten sie, dass er Drogen nimmt?«

»Sie haben geahnt, dass mit ihm etwas nicht stimmt, dachten aber, es wären nur pubertäre Stimmungsschwankungen. Allan ist ihr einziges Kind.«

»Und wenn er stirbt, bleibt ihnen nichts mehr«, seufzte sie.

Drew legte eine Hand auf ihre. Emma blickte auf seine langen kräftigen Finger und den Handrücken mit der hässlichen roten Wunde. Sie schauderte. Wenn es dem Killer gelungen wäre, das Kreuz aufzurichten, wäre das Gewebe eingerissen, und dann hätte er möglicherweise bleibende Schäden zurückbehalten.

Sie verflocht die Finger mit seinen.

Eine Stunde später kamen auch Allans Eltern ins

Wartezimmer. Ihre Züge waren angespannt, aber Emma hoffte, dass die Erleichterung in ihren Augen nicht trog.

Sie blieben vor ihr stehen. Die Frau hielt den Arm ihres Mannes umklammert, als würde sie sonst umfallen. »Danke«, sagte sie. »Der Arzt hat gesagt, wenn Sie Allan nicht bis zum Eintreffen des Krankenwagens erstversorgt hätten, hätte er es nicht mehr lebend bis hierher geschafft. Wenigstens hat er jetzt eine Chance ... eine Chance ...« Sie brach in Tränen aus.

Ihr Mann legte ihr einen Arm um die Schultern und führte sie fort.

Emma blickte ihnen traurig nach. Ihr Kampf hatte eben erst begonnen.

Drew fuhr den Land Cruiser langsam zurück zum Centre.

Emma sah, wie fest seine Finger das Lenkrad umklammert hielten, und auch die faltige Stirn verriet seine Konzentration. Ein eigenartiges Gefühl regte sich in ihrem Herzen.

»Warum hast du das Centre gegründet, Drew?«

»Weil es gebraucht wurde«, entgegnete er schlicht, und sie wusste, dass sie keine weitere Erklärung bekommen würde. Aber sie wusste noch gut, was er ihr von seiner eigenen Jugend auf der Straße erzählt hatte und von dem Mädchen, das an einer Überdosis gestorben war. Und hatte sie nicht einmal einen Artikel gelesen mit dem Titel: »Wer kümmert sich um die Kinder?«

Ein Lächeln umspielte ihre Lippen. Drew. Drew war für sie da.

»Drogen sind im Centre nicht erlaubt«, sagte Drew. »Allan muss verzweifelt gewesen sein, um sich dort einen Schuss zu setzen. Hoffentlich war es ein Hilfeschrei. Wenn er es wirklich will, kann er sich von Diane helfen lassen, sobald es ihm besser geht.«

»Und wenn er das ablehnt?«

Drew zuckte die Achseln. »Wir geben nicht so leicht auf. Trotzdem liegt es letztendlich bei ihm.«

Emma runzelte die Stirn. Drew war auf seinem Gebiet ebenso engagiert wie sie auf ihrem. Das verlieh seiner Persönlichkeit eine weitere Dimension, die zu ignorieren ihr zunehmend schwerer fiel.

Als Drew vor dem Centre hielt, ließ er den Motor laufen und wandte sich ihr zu, als er die Tür auf seiner Seite öffnete.

»Ich habe viel zu tun. Wir sehen uns bei deiner Mutter. Sei auf der Heimfahrt wachsam. Wenn dir ein weißer Van auffällt, von dem du glaubst, er würde dir folgen, fahr zum nächsten Polizeirevier.« Er lächelte, aber das Lächeln vermochte nicht über den gehetzten Blick in seinen Augen hinwegzutäuschen.

Emma ging um den Wagen herum und setzte sich ans Steuer. Enttäuschung nagte an ihr. Natürlich gab es für sie keinen Grund, noch länger zu bleiben. Drew hatte seinen eigenen Wagen zurück und war wieder dort, wo er hingehörte. Warum fühlte sie sich nur, als würde er sie ausgrenzen? Sie sollte froh sein – genau das hatte sie doch gewollt! Aber zum Teufel, was sie fühlte war keine Erleichterung.

Sie versuchte, sich abzulenken und auf Dinge zu konzentrieren, die sie noch erledigen musste. Ganz oben auf der Liste stand die Beerdigung ihres Vaters, und anschließend musste sie seinen Anwalt aufsuchen. Aus einem perversen Schuldgefühl heraus hatte sie die Hilfe ihrer Mutter ausgeschlagen. Wenn ihr Vater Emma zu Lebzeiten für unzulänglich gehalten hatte, wollte sie ihm beweisen, dass sie sehr wohl in der Lage war, nach seinem Tod alles Notwendige ganz allein zu regeln.

Drew hörte, wie der Land Cruiser davonfuhr, und blieb in der Tür zum Centre stehen. Emma hatte es offenbar eilig, wegzukommen. Er verspürte einen schmerzhaften Stich. Wenn es nach ihr ginge, würde sie lieber heute als morgen aus seinem Leben verschwinden. Zum ersten Mal dankte er Gott dafür, dass die Mühlen des Gesetzes naturgegeben sehr langsam mahlten. Emma würde längere Zeit in der Stadt zu tun haben, bis die Angelegenheiten ihres Vaters geregelt waren. Zeit genug, wie er hoffte, um sie davon zu überzeugen, dass sie zusammengehörten.

Aber jetzt brauchte er erst einmal etwas Zeit für sich alleine.

Er konnte nicht klar denken, wenn sie in seiner Nähe war. Er hatte einmal die Droge ihres Körpers gekostet. Und dieses eine Mal war nicht genug. Seitdem war sein Körper gespannt wie eine Feder und sehnte sich schmerzlich nach dem, was sie entschlossen war, ihm vorzuenthalten – sie selbst. Es ging ihm nicht nur um Sex, auch wenn er sich danach verzehrte wie ein Junkie nach dem nächsten Schuss, ihm ging es vielmehr um eine emotionale Bindung. Er wollte sich einen Platz in ihrem Herzen erobern.

In seinem Büro schaltete er den Computer ein und fragte sich, wie weit seine Sekretärin damit gekommen war, seine sämtlichen Fall-Hintergründe zu durchleuchten. Er arbeitete seit mehreren Jahren allein, und wenn er jede Akte einzeln durchsehen musste, würde das ein sehr langer Tag werden.

Frustrierend, anders konnte man es nicht beschreiben.

Drew ging als Erstes der Theorie nach, dass sein Entführer in irgendeiner Weise mit einem seiner Fälle zu tun hatte – und dass Dario ermordet worden war, weil sie beide miteinander befreundet waren. Als sich hieraus nichts ergab, änderte er die Taktik und suchte nach einer Verbindung zwischen ihm selbst, Dario und dem Killer, aber er und Dario waren im Gericht so oft Kontrahenten gewesen, dass er eine aussagekräftigere Verbindung brauchte als diese.

Um halb sieben war er noch kein bisschen weitergekommen. Aufgrund der ergebnislosen Suche, seiner sexuellen Frustration und seiner Sehnsucht nach Emma, war von seiner Konzentration nicht mehr viel übrig. Er stellte den Computer ab.

Diane hatte die meisten Lampen ausgeschaltet, als sie um fünf gegangen war, aber Drew schaute noch einmal in den Toiletten und im kleinen Lagerraum nach, bevor er das übrige Licht löschte und die Haupttür abschloss. Dianes Mann hatte Drews Rodeo am Nachmittag hergebracht und vor dem Centre geparkt. Als er sein Urlaubsgepäck hinten auf dem Rücksitz verstaute, nahm Drew eine flüchtige Bewegung hinter sich wahr und wirbelte herum.

Eine dunkle Gestalt löste sich aus dem Eingang des geschlossenen Fastfood-Restaurants.

»Wir haben die Straße für Sie im Auge behalten, Mr J.« Dales Stimme hallte leise durch die friedliche Nacht.

Drew lächelte. Als er ganz am Anfang zum Centre gekommen war, war Dale feindselig und verbittert gewesen. Als Dales Mutter Drew zwei Monate später gebeten hatte, ihrem Sohn juristischen Beistand zu leisten, war Drew eigentlich der Überzeugung gewesen, dass nichts und niemand den grimmigen jungen Mann ändern konnte. Aber als er begonnen hatte, Dale davon zu überzeugen, dass er durchaus Aussicht auf eine lohnende Zukunft hatte, wenn er nur wollte, hatte Dale neue Hoffnung geschöpft. Und mit der Hoffnung war die Bereitschaft gekommen, die Mauer einzureißen, die er um sich herum errichtet hatte, als sein Vater ihn und seine Mutter im Stich gelassen hatte.

Dann war Carly schwanger geworden. Nur Stunden später hatte Dale Drew angefleht, um jeden Preis zu verhindern, dass er ins Gefängnis kam, damit er für sein Kind da sein konnte. Als der Richter aufgrund der Umstände Milde hatte walten lassen und nur gemeinnützige Arbeit verhängt hatte, hatte Dale Drew versprochen, dass er nie wieder mit dem Gesetz in Konflikt geraten würde.

Drew reichte dem jungen Mann die Hand. »Danke, Dale. Ich weiß, dass ich mich auf dich verlassen kann.«

Er sah, wie Dale die Brust schwoll vor Stolz, als die dunkle Hand fest die seine drückte. Solange Dale und seine Freunde ein Auge auf das Centre hatten, brauchte er sich wenigstens hierum keine Sorgen zu machen.

Als Drew vor Trishs Haus hielt, sah er, dass Emmas Land Cruiser nicht im Carport stand. Sofort stieg leise Sorge in ihm auf. Emma hätte eigentlich inzwischen zu Hause sein müssen. Vielleicht war sie ja noch einmal weggefahren.

An der Tür stellte er sein Gepäck ab und klingelte. Sekunden später wurde geöffnet. Trish lächelte und schaute dann stirnrunzelnd an ihm vorbei.

»Wo ist Emma?«

Kapitel 11

Furcht schloss sich wie eine eisige Faust um seine Brust. »Ist sie denn nicht zu Hause? Sie ist schon vor Stunden weggefahren.«

»Ich war den ganzen Nachmittag da. Sie war nicht hier.« Drews Sorge spiegelte sich in Trishs Augen und ihrer Stimme.

»Verdammt!« Drew schleuderte sein Gepäck in den Flur, nahm dann sein Handy vom Gürtel und wählte Micks Nummer. Sekunden später meldete Mick sich mit einem brummigen »Hallo.«

Mühsam beherrscht erkundigte Drew sich nach Autounfällen oder sonstigen Vorkommnissen, die Emmas Verbleib erklären könnten. Aber Mick konnte ihm auch nicht weiterhelfen.

Nachdem er das Gespräch beendet hatte, fragte er Trish, ob Emma vielleicht erwähnt hatte, irgendwo hinfahren zu wollen, nachdem sie ihn abgesetzt hatte.

»Nur ins Gallery.«

»Eine Kunstgalerie?«

»Nein, nein. J. D.s Stiefschwester Kirri und ich haben einen kleinen Laden, der so heißt. Wir verkaufen dort unsere Bilder und verschiedene handwerklich hergestellte Gegenstände örtlicher Künstler. Ich habe Emma gebeten, dort ein Bild von mir abzuholen, falls sie es zeitlich einrichten könnte. Kirri rief an und meinte, es sei beschädigt.«

In eben diesem Moment hörten sie Motorengeräusche, und Trish seufzte erleichtert auf, als Emmas Land Cruiser in die Zufahrt einbog.

»Gott sei Dank«, seufzte sie und wandte sich ab. »Ich gehe dann in die Küche und kümmere mich wieder um das Abendessen.«

Als der Geländewagen im Carport hielt, riss Drew wütend die Fahrertür auf.

»Wo zum Teufel bist du gewesen?«

»Ich habe ein Bild meiner Mutter abgeholt.« Sie runzelte die Stirn, als sie sein grimmiges Gesicht sah. Warum war er denn so besorgt? Am Nachmittag hatte er sie doch nicht schnell genug loswerden können.

»Das hätte im Normalfall höchstens eine Stunde gedauert.« Drew funkelte sie böse an und blickte dann auf seine Armbanduhr. »Nicht bis nach sieben.«

Emma wurde nun auch wütend. Sie sprang aus dem Wagen und öffnete die Heckklappe. Sie hatte sich den ganzen Nachmittag unglücklich gefragt, warum er ihr gegenüber so abweisend gewesen war, und jetzt führte er sich auf, als hätte sie ein Versprechen gebrochen. »Seit wann geht es dich etwas an, was ich wann tue?«

Drew packte ihren Arm und drehte sie zu sich herum. »Seit ein Irrer mir private Nachhilfe in Religion erteilt und meinen besten Freund als Opferlamm missbraucht hat!«

Er steigerte sich in seine Wut hinein. Wie konnte sie einfach dastehen und so ungerührt aussehen, so ... so ... wunderschön, während er selbst um fünf Jahre gealtert war in den fünf Minuten, in denen er gedacht hatte, ihr wäre vielleicht etwas zugestoßen.

Er zog sie in die Arme und küsste sie, suchte hungrig nach der Wärme und Geborgenheit, nach der sein Körper und seine Seele sich so verzweifelt sehnten.

Sie versteifte sich überrascht. Er spürte ihre Anspannung und zog sie noch fester an sich.

Der Hunger seines Kusses rührte sie und weckte ihr Verlangen. Sie schmiegte sich an ihn, fühlte die heißen, harten Konturen seines Körpers und stöhnte leise.

Dieser kleine Laut brachte Drew vollends aus der Fassung. Von grenzenloser Leidenschaft gepackt, presste er den Unterleib gegen ihren, seine pochende Erektion ein untrügerisches Zeichen seiner Gefühle.

Das Feuer seiner Leidenschaft sprang auf Emma über, und jeder Gedanke daran, Abstand zu halten, war vergessen. Viel zu lange hatte sie ihre Sinnlichkeit unterdrückt, und nun forderte ihr Körper ein, was ihm zustand.

Anders als der Kuss der vergangenen Nacht, der Ausdruck ihres Bedürfnisses nach Trost gewesen war infolge der schrecklichen Ereignisse, ging es diesmal um pure Lust, einen zügellosen Drang zu besitzen, an sich zu reißen und dem quälenden Verlangen endlich nachzugeben.

Drew wäre am liebsten gleich hier auf dem Rasen über Emma hergefallen, aber er beherrschte sich mühsam. Sie standen im schwachen Licht der vorderen Veranda, und ein letzter Rest von Vernunft warnte ihn, dass Trish sie vielleicht beobachtete.

Mit einem frustrierten Stöhnen löste er sich von Emma. Sein keuchender Atem klang unnatürlich laut in der Stille des Abends, und das Blut rauschte wie Meeresbrandung in seinen Adern.

Ganz benommen taumelte Emma rückwärts gegen die offene Tür, als ihr so plötzlich die Wärme und Leidenschaft versagt blieben, die sie eben noch entflammt hatten. Sie blickte zu Drew auf, und ihr stockte der Atem angesichts des Hungers in seinen flackernden Augen. Ehe sie sich erholen konnte, griff er an ihr vorbei nach dem Bild.

Sie sah, wie er an ihrer Mutter vorbeiging, die herausgekommen war und auf der Veranda stand.

Erst auf den zweiten Blick bemerkte sie das leise Lächeln auf Trishs Zügen.

Am nächsten Morgen stand Trish früh auf und zog sich in ihr Atelier zurück, um das Bild in Ordnung zu bringen. Ihr Mann hatte das Atelier bauen lassen, als Trishs Talent unter Anleitung ihres Kunstlehrers erblüht war. Ein überdachter Hof verband es mit jenem Flügel des Hauses, in dem auch ihr Schlafzimmer untergebracht war – weit genug weg vom Gästeflügel, um Privatsphäre und Ungestörtheit zu gewährleisten.

Sie mischte ein paar Farben und machte sich daran, die Schäden zu beseitigen, froh, dass die Leinwand selbst keinen Schaden genommen hatte. Wie immer war sie bald ganz in ihre Arbeit vertieft, und erst als eine Hand sie leicht an der Schulter berührte, bemerkte sie, dass Emma eingetreten war.

»Entschuldige, dass ich dir gestern Angst gemacht habe, Mum. Kirri wollte mich als Ärztin sprechen. Es ging um ihre Tochter. Die Zeit ist vergangen wie im Flug.«

Trish zuckte die Achseln. Bei einer Tochter, die in

Kriegsgebieten weltweit arbeitete, war Sorge ihr zur zweiten Natur geworden. »Ich glaube, das solltest du besser Drew sagen.«

Die Hand auf ihrer Schulter versteifte sich und wurde zurückgezogen. Trish legte Pinsel und Palette auf den Tisch und drehte sich zu ihrer Tochter um.

»Er war ganz krank vor Sorge um dich, Emma. Du bedeutest ihm wirklich sehr viel.«

»Ich will aber nicht, dass er sich um mich sorgt. Und ich will auch nicht, dass er mir etwas bedeutet. Ich habe keine Lust, noch einmal denselben Fehler zu machen. Er hat ein Leben hier, das ihm sehr viel bedeutet – man braucht sich nur anzusehen, wie er mit den Kindern umgeht.« Emma blickte unverwandt auf die Pastelltöne der Meeresszenerie, als würde sie dort Antworten auf ihre Fragen finden. »Ich würde wahnsinnig werden, wenn ich an einem gewöhnlichen Krankenhaus praktizieren müsste, Mum. Das weißt du.«

»Hat er das denn von dir verlangt? Nach allem, was du mir gestern Abend über das Centre erzählt hast, scheint Drew mir ein doch recht unkonventioneller Mensch zu sein.«

Der Hauch eines Lächelns umspielte Emmas Lippen. Ihre Mutter hatte ganz Recht, Drew war zweifellos unkonventionell. Viele Leute unterstützten wohltätige oder gemeinnützige Zwecke, aber nur sehr wenige opferten ihnen ihr Leben. Sie konnte nichts gegen die Wärme tun, die ihr Herz erfüllte, als sie an sein Mitgefühl für die Straßenkinder dachte. Ein Mann, der zu solchem Mitgefühl fähig war ... Entschlossen schüttelte sie den Gedanken ab.

»Emma, du weißt, dass ich deinen Vater geliebt habe

und alles versucht habe, damit unsere Ehe funktioniert. Ich habe das Tagebuch gelesen, das du mir gegeben hast, und ich habe um die bitteren vergeudeten Jahre geweint. Er hätte ein so viel glücklicheres Leben haben können, wenn er es sich nur gestattet hätte.«

Trish legte Emma eine Hand an die Wange. Sie liebte ihre Tochter über alles, und es brach ihr das Herz mit anzusehen, wie sie ihre Gefühle verleugnete. »Deine Gründe, für Ärzte ohne Grenzen zu arbeiten, waren alle richtig, und du hast viele Jahre großartige Dienste an den Menschen geleistet. Aber mach nicht denselben Fehler wie dein Vater. Benutze die Arbeit nicht als Ausrede, um die Liebe nicht zuzulassen.«

»Liebe? Wie erkennt man denn die Liebe? Woher weiß man, ob jemand es wert ist, dass man sein Leben für ihn ändert?«

Trish lachte leise. Überrascht betrachtete Emma ihr liebevolles Gesicht. Trish schloss ihre Tochter in die Arme.

»O Liebes. Du wirst es wissen, wenn es soweit ist. Du wirst es wissen.«

Sie betraten die Küche, als Drew auch gerade hereinkam, und Trish fühlte sofort die Spannung zwischen ihm und Emma.

Am vergangenen Abend war der Tonfall zwischen ihnen eisig gewesen, und Trish konnte sich nicht vorstellen, dass auch nur einer von den beiden gut geschlafen hatte.

Drew, in Kurzarmhemd und Jeans, die seinen knackigen Po zur Geltung brachten, sah übernächtigt aus und hatte feine Fältchen um die Augen, die im Übrigen nicht so glänzend waren wie sonst.

Trish gab es nach einer Weile auf, die Stimmung beim Frühstück auflockern zu wollen. Stattdessen beobachtete sie die verstohlenen Blicke, die die beiden einander zuwarfen, um sofort Gleichgültigkeit vorzutäuschen, wenn man sie ertappte.

Drew dankte ihr herzlich für die Mahlzeit und teilte dann mit, dass ein Einkaufsbummel auf seinem Tagesprogramm stünde, nachdem der Großteil seiner Garderobe verbrannt war. Trish hoffte, Emma würde anbieten, ihn zu begleiten, aber stattdessen wünschte sie ihm nur viel Spaß, in einem Tonfall ausgesuchter Höflichkeit, bei dem Trish mit den Zähnen knirschte.

Als sie ihre blütenweiße Bluse in die hellblaue Jeans stopfte, war Emma dankbar, dass sie die meisten ihrer guten Sachen bei ihrer Mutter gelassen hatte. Auf der Farm hatte sie nur Arbeitskleidung gebraucht, und bei den seltenen Ausflügen in die Stadt war sie dankbar gewesen, endlich einmal etwas anderes zu tragen.

Nicht dass Mode weit oben auf ihrer Prioritätenliste gestanden hätte, aber sie hatte festgestellt, dass es ihr nach Jahren der Arbeit in Uniform und Stiefeln half, sich wieder in ein normaleres Leben einzufinden, wenn sie ab und an etwas »Ordentliches« trug.

An diesem Tag kleidete sie sich eher lässig und schlüpfte zuletzt noch in Baumwollsocken und weiße Sportschuhe.

Kirri arbeitete die erste Hälfte der Woche im Gallery

und kehrte dann zurück ins O'Connor Valley, während Trish den Laden übernahm. Und so blieb Emma allein zurück, als Trish zehn Minuten später ins Geschäft fuhr.

Allein, zum ersten Mal seit einem Jahr wirklich allein.

Bei den Einkaufsfahrten nach Cairns hatte sie sich immer beeilen müssen, da J. D. in der Zwischenzeit auf ihren Vater aufpasste und sie ihn nicht länger als unbedingt nötig von seiner Arbeit abhalten wollte. Er hatte sich nie beklagt, hatte sogar darauf bestanden, dass sie sich Zeit ließ, aber irgendwie war alles, was mit ihrem Vater zu tun hatte, mit Schuldgefühlen verbunden gewesen.

Sie war schon halb in Cairns, ehe sie entschied, was sie tun wollte. Sie brauchte nicht lange, um ihre fast erschöpften Reserven an Medikamenten und Verbandmaterial aufzufüllen, und fuhr dann weiter zur Gallery, um mit ihrer Mutter Tee zu trinken.

Als sie das Geschäft verließ, hatte sie eigentlich nicht vor, sich auch nur in die Nähe des Centre zu wagen, aber es war, als hätte der Land Cruiser ein Eigenleben entwickelt. Als sie den Wagen geparkt hatte, blieb Emma noch eine Weile am Steuer sitzen und fragte sich, was sie überhaupt hier wollte. Sie hatte immer noch keine Antwort auf diese Frage gefunden, als sie die Kanzlei betrat. Diane war nicht im vorderen Büro, und die Tür mit dem Schild »Beratungsstelle« war geschlossen.

Emma konnte Drews Stimme hören. Sie klopfte an die halb offene Tür. Er saß zurückgelehnt auf seinem Schreibtischsessel und drehte einen Kugelschreiber zwischen den Fingern, seine Aufmerksamkeit auf jemanden gerichtet, der von der Tür verdeckt wurde.

Er blickte zur Tür, und seine Augen weiteten sich vor Überraschung. Er erhob sich, als Emma eintrat und gleich darauf leicht verwundert stehen blieb.

Sein Besucher war männlich, hatte ebenso breite Schultern wie Drew und war noch ein Stück größer. Er trug verwaschene Jeans-Bermudas und ein weißes T-Shirt, das sich über eine muskulöse Brust und kräftige Arme spannte. Seine Haut hatte einen goldenen Bronzeton, von dem sie bisher immer geglaubt hatte, er wäre Filmstars und Playboys mit eigenem Solarium vorbehalten.

Welliges hellbraunes Haar fiel ihm jungenhaft auf die breite Stirn und lenkte die Aufmerksamkeit des Betrachters auf Augen von der Farbe polierten Mahagonis. Dazu kamen eine lange gerade Nase, Gesichtskonturen wie gemeißelt und ein Mund mit perfekt geformten Lippen.

Er war der bestaussehende Mann, den Emma je gesehen hatte.

Sie warf einen fragenden Blick auf Drew und war verblüfft von einem grimmigen Gesichtsausdruck, der jedoch gleich wieder verschwunden war. Lächelnd kam er um den Schreibtisch herum.

»Emma, das ist mein Bruder Chayse.«

Sie ergriff die dargebotene Hand. »Bruder? Sie sind Drews Bruder?« Seine Hand war groß und kräftig und sein Händedruck fest.

»Wie ich sehe, hat Drew mich noch nicht erwähnt«, sagte er mit blitzenden Augen. »Ältere Brüder haben meistens einen ausgeprägten Beschützerinstinkt. Aber sagen Sie, Emma, sollen wir uns nicht duzen?«

»Natürlich, gern.« Beschützerinstinkt? Wovor um alles in der Welt sollte Drew dieses Prachtexemplar von einem Mann beschützen wollen? Und warum hatte er ihn nie erwähnt – immerhin hatte Drew mehr als einmal Gelegenheit gehabt, ihr von seiner Familie zu erzählen.

Emma murmelte eine höfliche Grußfloskel. Drew kam näher und legte ihr eine Hand auf die Schulter, in derselben Besitz ergreifenden Geste wie am Vortag, als sie Dale das erste Mal vor dem Centre gesehen hatte. Wieder stieg eine Hitzewelle in ihr auf.

Ein seltsamer Ausdruck trat in Chayses Augen, aber sein Lächeln war aufrichtig. »Drew hat mir alles von dir erzählt.« Er warf seinem Bruder einen viel sagenden Blick zu. »Fast alles. Er hat vergessen zu erwähnen, wie hübsch du bist.«

Emma wusste nicht, was sie darauf erwidern sollte. Drew half ihr aus ihrer Verlegenheit, indem er ihr anbot, Platz zu nehmen und sich dann gegen seinen Schreibtisch lehnte. Emma konnte nicht umhin zu bemerken, wie verführerisch seine kraftvollen Schenkel sich unter dem Stoff seiner Jeans abzeichneten, und ein wohliges Prickeln überzog ihre Haut.

Chayse setzte sich ebenfalls.

Drew rieb sich den Nacken und runzelte die Stirn. »Ich muss zur Polizeiwache, Emma. Ein Bezirksrichter ist ermordet worden.«

Emma war schockiert, und ihr Magen verkrampfte sich. »Gibt es ... hattet ihr miteinander zu tun?«

Der Blick, den die zwei Brüder wechselten, entging

ihr nicht. Drew wirkte angespannt und erschöpft. »Er hat einige meiner Fälle verhandelt«, sagte er zögernd.

»Und sonst?«

Er blickte auf Chayse, der kaum merklich nickte.

»Richter Abercrombie war ein Edelsteinsammler. Er hat in abgelegenen Gegenden nach Edelsteinen und Halbedelsteinen gesucht. Als er gestern um drei noch nicht zurück war, hat seine Frau sich Sorgen gemacht. Sie hatten einen alten Freund im Krankenhaus besuchen wollen, und sie wusste, dass er das niemals vergessen hätte. Sie fuhr dorthin, wo er seinen Wagen geparkt hatte, aber er war nicht dort. Als sie ihn nicht finden konnte, verständigte sie die Polizei.«

Emma wurde ganz flau. Drew sprach betont langsam, als wolle er sie auf etwas hinweisen, das er eigentlich nicht preisgeben wollte.

»Nach einer Stunde hatten sie ihn gefunden. Sein Genick war gebrochen, und er war unter einem Haufen Steine begraben.«

»Und?«, fragte Emma mit vor Anspannung schriller Stimme.

»Heute Morgen ist Mrs Abercrombie eingefallen, dass ihr ein Fahrzeug entgegengekommen ist, als sie auf dem Weg zum Wagen ihres Mannes war. Ein weißer Van mit einem blauen Streifen auf der Seite.«

Der Knoten in ihrem Bauch zog sich enger zusammen.

»War der Richter ein Freund von dir?«

»Nein. Er hat mir einmal gesagt, dass er bewundere, was ich für die jungen Leute täte, er sich aber nicht persönlich für das Centre einsetzen wolle, weil man ihn sonst für befangen erklären würde, wenn einer der Jugendlichen vor seinem Gericht landete.«

»Dann wurde er nicht deinetwegen ermordet.« Erleichterung durchflutete sie. Jetzt würde er doch sicher aufhören können, sich Vorwürfe zu machen wegen Darios Tod.

Er massierte sich den Nasenrücken und schloss die Augen. »Nein.« Er seufzte müde. »Ich denke nicht.«

»Mick Landers möchte, dass Drew vorbeikommt, um zu überprüfen, ob Mrs Abercrombies Beschreibung des Vans mit jener des Fahrzeuges übereinstimmt, in dem er zu deiner Ranch gebracht wurde. Anschließend wollen wir alle Fälle durchgehen, an denen Drew, Dario und der Richter beteiligt waren. Glücklicherweise war AA – Richter Abercrombie – nur sechs Jahre in diesem Bezirk, was die Zahl der Fälle doch erheblich einschränkt.«

Drew nahm seine Wagenschlüssel aus der Schreibtischschublade und ging an Emmas Stuhl vorbei, wobei er leicht mit den Fingern über ihren Arm strich. »Chayse, ich wäre dir sehr dankbar, wenn du bei Emma bleiben könntest, bis ich zurück bin. Ich denke zwar, dass das Centre sicher ist, aber ich möchte kein Risiko eingehen.«

Die Berührung seiner Finger lenkte Emma einen Moment lang ab, sodass sie nicht gleich Einwände erhob. Als sie doch zu einer Erwiderung ansetzte, verriet ihr der Ausdruck auf den Gesichtern der Brüder, dass jeder Protest sinnlos war.

Chayse lehnte sich in seinem Stuhl zurück und blickte Drew nach, als dieser das Büro verließ. Dann wandte er sich wieder Emma zu, und einen Moment ließ sie sich von seiner lässigen, beinahe trägen Art täuschen. Dann aber warnte sie das wachsame Glitzern in seinen dunklen Augen, dass er sie abschätzig musterte.

Das kann ich auch, dachte sie. »Womit verdienst du deine Brötchen, Chayse?«

Ein leises Lächeln umspielte seine Mundwinkel, und ihr fiel erneut auf, wie attraktiv er war. Unwillkürlich verglich sie die beiden Brüder. Drews Züge waren gröber, und objektiv betrachtet sah er weniger gut aus, aber allein bei dem Gedanken an ihn raste ihr Puls, und sie sehnte sich wieder nach der Ekstase, die sie erst einmal im Leben gekostet hatte – in Drews Armen.

»Ich arbeite möglichst wenig für möglichst viel Geld.«

Das war eine bewusst nichtssagende Antwort.

»Was empfindest du für meinen Bruder, Emma?«

Emma blinzelte; mit dieser Frage hatte sie nicht gerechnet. Hatte sie ihre Gefühle für Drew irgendwie verraten? »Wie ... wie meinst du das?«

»Mein Bruder ist normalerweise ein eher zurückhaltender Mensch, aber es fällt ihm sichtlich schwer, die Finger von dir zu lassen. Ob er es sich selbst bereits eingestanden hat oder nicht, ich glaube, er hat sich in dich verliebt.«

Kapitel 12

»Neiiiin.« Emma wusste selbst nicht genau, ob sie damit nun Protest oder Unglauben ausdrücken wollte. »Wie kommst du darauf?«

»Ich möchte nicht, dass man ihm wehtut«, entgegnete Chayse. »Er ist ein anständiger Kerl und hat es nicht verdient, von jemandem benutzt zu werden, der sich einen Dreck um seine Gefühle schert.«

Emma stieg brennende Hitze in die Wangen. Drews Gefühle waren ihr keineswegs egal. Im Gegenteil. Sie lagen ihr sogar mehr am Herzen, als ihr lieb war. »Ich würde doch meinen, dass das Drews Sache ist.«

Chayse nickte. »Stimmt, aber wenn ich verhindern kann, dass man ihm wehtut, werde ich das auch tun.«

»Ich dachte, Drew wäre der große Bruder und Beschützer.«

»Was hat Drew dir von sich erzählt, Emma?«

Das muss eine familiäre Eigenart sein, Fragen mit einer Gegenfrage zu beantworten. »Nur dass seine ... eure Eltern tot sind.«

»Hat er dir auch erzählt, wie Mum gestorben ist?«

Emma hatte langsam das Gefühl, dass auch Kreuzverhöre ein beliebter Zeitvertreib der Familie waren. Sie verschränkte die Arme über der Brust und lehnte sich in ihrem Stuhl zurück.

Chayse zog eine Braue hoch angesichts ihrer Körpersprache und legte betont entspannt die Hände auf die Oberschenkel. »Ich wurde adoptiert, als Drew zwei Jahre alt war. Drew hatte immer das Gefühl, unsere Eltern würden mich bevorzugen, als wollten sie mich für den Tod meiner leiblichen Mutter entschädigen. Er war schon immer ein sehr ernster Mensch – und als Kind vermutlich schwierig –, während ich immer fröhlich war und leicht Freundschaft schloss. Alles war okay, bis Drew auf die Highschool kam, wo er an die falschen Leute geriet und von zu Hause weglief.«

»Davon hat er mir erzählt.«

Wieder wölbte Chayse eine Braue. »Er verschwand nicht völlig von der Bildfläche, so wie viele andere Kinder. Er rief hin und wieder an und teilte unseren Eltern mit, dass es ihm gut ginge, aber er konnte ihnen nichts vormachen, und es brach ihnen das Herz. Dad lief sogar nachts durch die Straßen der Stadt auf der Suche nach ihm. Dann wurde bei Mum Magenkrebs diagnostiziert.« Ein trauriger Ausdruck trat auf sein Gesicht.

Emma wartete. Ihre nach außen zur Schau getragene Ruhe täuschte über die Furcht vor Chayses Enthüllung hinweg.

»Es war nichts mehr zu machen. Einige Monate später rief Drew an und erzählte, er wäre jetzt auf einer Ranch westlich von Cairns. Als er hörte, dass Mum im Sterben lag, kam er sofort nach Hause.«

Aha. Das erklärte, warum Drew so abrupt das Thema gewechselt hatte, als sie ihn nach den Gründen gefragt hatte, weshalb er die Ranch verlassen hatte. »Und er hat sich die Schuld für die Erkrankung eurer Mutter gegeben?«

Chayse lächelte. »Du kennst ihn offenbar schon ganz gut. Mum hat ihm nie einen Vorwurf gemacht, aber ich wusste, dass er Gewissensbisse hatte wegen der Sorgen, die er unseren Eltern beschert hatte. Ich ging noch zur Schule, und Dad musste sich eine zweite Stelle suchen, um die Arztrechnungen zu bezahlen, und so kümmerte Drew sich um Mum.« Er wurde ernst. »Du bist Ärztin, du weißt, was es heißt, jemanden zu pflegen, der an Krebs im Endstadium leidet. Dad hat sie abends gefüttert und gebadet, aber tagsüber hat Drew sie ganz alleine gepflegt. Sie ist erst zwei Tage vor ihrem Tod ins Krankenhaus gekommen.«

Emma war sich der körperlichen und psychischen Kraft, die die Pflege der Mutter Drew abverlangt haben musste, durchaus bewusst. »Wie alt war Drew, als sie starb?«

»Neunzehn.«

Neunzehn. Ihre Achtung für ihn wuchs.

»Er war im letzten Jahr von der Schule abgegangen«, fuhr Chayse fort. »Aber Mum wollte, dass er den Abschluss nachholte. Er versprach, einen Fernkurs zu belegen, und bekam noch vor ihrem Tod einen Studienplatz für Jura.«

»Mums Tod hinterließ eine große Lücke in unserem Leben. Sie war eine wunderbare Frau. Ich weiß nicht, ob es nur Trauer war oder Eifersucht, weil sich im Laufe ihrer Krankheit ein so inniges Verhältnis zwischen ihnen entwickelt hatte, aber ich gab Drew die Schuld an ihrem Tod. Ich wurde ebenfalls an der Universität angenommen, und als Drew sich in eine Kommilitonin verliebte, setzte ich alles daran, sie ihm auszuspannen.«

Emma rutschte unbehaglich auf ihrem Stuhl hin und

her. Sie hatte mehr über Drew wissen wollen, aber das hier ging ihr zu weit, das war zu persönlich.

»Ich schaffte es. Drew und ich prügelten uns.« Er verzog bei der Erinnerung schmerzlich das Gesicht. »Wir prügelten uns gegenseitig windelweich.«

»Wer hat gewonnen?« Sie konnte nicht anders, sie musste es wissen, und natürlich hoffte sie, dass Drew Sieger geblieben war.

Chayse lächelte. Ebenmäßige strahlend weiße Zähne blitzten in seinem attraktiven Gesicht auf. »Dad. Er spritzte uns mit dem Gartenschlauch ab. Er befahl uns, uns die Hand zu schütteln und erwachsen zu werden. Wir standen da wie zwei begossene Pudel. Ich hatte ein schrecklich schlechtes Gewissen wegen dem, was ich getan hatte, war aber zu stur, um das zuzugeben. Schließlich zuckte Drew die Achseln und sagte: »Sie hatte sowieso X-Beine.« Darauf mussten wir beide lachen. Wir gaben uns die Hand und waren von diesem Moment an die besten Freunde.«

Er schwieg eine Weile, und Emma fragte sich wieder, warum er ihr das alles erzählen mochte.

Schließlich hielt sie es nicht länger aus. »Warum hast du mir das alles erzählt, Chayse?«

»Obwohl Drew das Ganze ins Lächerliche gezogen hatte, damit ich das Gesicht wahren konnte, wusste ich, dass ich ihn tief verletzt hatte. Er hatte das Mädchen geliebt und geglaubt, sie würde seine Liebe erwidern, er fühlte sich also gleich doppelt betrogen – von ihr und von mir.« Er beugte sich mit ernstem Gesicht vor. »Er mag mir ja verziehen haben, aber ich mir nicht. Ich möchte nicht, dass ihm noch einmal jemand so wehtut, Emma.«

»Drew hat mir das Leben gerettet, Chayse. Ich habe nicht die Absicht, ihm wehzutun.« *Nicht willentlich, aber manches lässt sich eben nicht vermeiden.* »Und ich bin ziemlich sicher, dass er auf sich selbst aufpassen kann.« Sie zeigte auf die Akten auf Drews Schreibtisch. »Können wir vielleicht anfangen, die Fälle herauszusuchen, in die alle drei involviert waren? Drew ist sicher dankbar für etwas Unterstützung auf diesem Gebiet.«

Chayse warf ihr noch einen forschenden Blick zu, als wäre er sich ihrer noch nicht ganz sicher. Er stand auf, nahm eine der Akten vom Tisch und schlug sie auf. »Wir fangen mit den aktuellsten Fällen an und arbeiten uns systematisch weiter zurück. Denk dran, nur die, bei denen Drew, Dario und der Richter alle zusammen mit einem Fall betraut waren.«

Eine Stunde später waren die Akten in zwei Stapeln aufgeschichtet – einem kleinen mit den infrage kommenden Fällen und einem größeren mit Fällen, in denen nur Drew allein oder aber nur mit einem der beiden anderen zu tun gehabt hatte.

Emma wollte gerade vorschlagen, einen Kaffee zu kochen, als Drew mit einem großen Karton hereinkam.

»Die sind aus meinem Arbeitszimmer daheim. Ich habe sie aus dem Möbellager geholt.« Er stellte die Kiste auf den Boden und holte weitere Akten heraus.

»Was hast du sonst noch retten können?«, fragte Chayse, und seine Stimme verriet, dass auch für ihn sentimentale Erinnerungen an das Haus geknüpft waren.

»Alles, was in deinem alten Zimmer war, und auch die meisten Erinnerungsstücke an Mum und Dad.«

Emma musste wieder an das bedrückte Gesicht ihres Vaters denken, als er ihr sein Testament überreicht hatte, und sie fühlte mit Drew und Chayse, die ihr Elternhaus verloren hatten. Das rief ihr den anstehenden Verkauf ihres eigenen Elternhauses ins Gedächtnis, und plötzlich hatte sie einen Kloß im Hals. Erinnerungen an ihren Vater – angenehme wie unangenehme – gingen ihr durch den Kopf. Sie schluckte und versuchte sich zu beherrschen, aber die Tränen ließen sich einfach nicht unterdrücken.

Sie murmelte eine Entschuldigung und verließ fluchtartig den Raum.

Sie lief zur Cafeteria, rieb sich dabei verzweifelt die Augen und versuchte, den Tränenstrom zu stoppen, aber vergeblich.

Starke Arme legten sich um sie und zogen sie an die Wärme und Geborgenheit einer starken männlichen Brust. Sie brauchte nicht erst hinzusehen, um zu wissen, dass es Drew war. In einem Winkel ihres Verstandes realisierte sie, dass sein unverwechselbarer männlicher Geruch sich ihr für immer eingeprägt hatte und sie seine Gegenwart immer spüren würde, sobald er einen Raum betrat. Und jedes Mal würde sie sich vor Sehnsucht nach ihm verzehren.

Ihn begehren.

Mit einer Willenskraft, die ihr mehr abverlangte, als ihr lieb war, löste sie sich aus seiner Umarmung und sah, wie seine gebräunten Hände an ihren weißen Ärmeln hinabglitten.

»Entschuldige. Ich musste nur gerade an Dad denken ...«

»Ich weiß«, sagte er mitfühlend. »Die Trauer überwältigt einen in den unmöglichsten Augenblicken. Und in der Regel dann, wenn man am wenigsten damit rechnet.«

»Es ... es ist nicht nur die Trauer. Dad hat mir immer ein schlechtes Gewissen gemacht. Weil ich nicht der Sohn war, den er sich wünschte, weil ich überlebt hatte und Matthew nicht. Ich weiß, dass das nicht rational ist, aber ...«

Drew ließ die Hände sinken, und Emma fühlte sich plötzlich schrecklich allein. Plötzlich wünschte sie, sie hätte den Mut, den Trost anzunehmen, den er ihr anbot. Und die Leidenschaft.

»Ich mache uns einen Kaffee.« Er zog einen Stuhl für sie heran. Dankbar setzte sie sich und wischte sich die Tränen aus dem Gesicht.

»Nach dem Tod meiner Mutter hatte ich schreckliche Schuldgefühle«, sagte Drew, während er die Kaffeemaschine anstellte und die Tassen bereitstellte. Er hatte noch nie jemandem davon erzählt, aber wenn er Emma helfen konnte, ihre emotionalen Probleme ihrem Vater gegenüber zu bewältigen, war er bereit, dafür seine Seele vor ihr bloßzulegen. Die Tiefe seiner Gefühle für sie war fast beängstigend. Nicht einmal die Konfrontation mit Darios Killer machte ihm so große Angst wie die Möglichkeit, vielleicht nie Emmas Liebe zu erringen.

»Ich habe mir vorgeworfen, Mum Stress verursacht zu haben, der dann den Krebs ausgelöst hat. Ich fing an, mich bei verschiedenen Kirchen umzusehen, auf der Suche nach etwas, irgendetwas, das mich trösten konnte.«

»Und? Hast du etwas gefunden?«

»Gewissermaßen. In einer Kirche wurde eine Hymne gesungen, in der die Textzeile vorkam ›Es ist schwer zu tanzen, wenn einem der Teufel im Nacken sitzt‹. Und genauso fühlte ich mich. Als säße mir der Teufel in Form von Schuldgefühlen im Genick, um mir mein restliches Leben zu vergällen.«

Und jetzt saß ihm noch ein anderer Teufel im Nacken. Ein Mörder, der offenbar fest entschlossen war, ihn physisch wie psychisch zu quälen.

Er nahm ihr gegenüber Platz, und seine kräftigen Finger schlossen sich um die Zuckerschale. Emma legte die Hand auf seine. Sein Daumen streichelte ihren Handrücken, eine intime Geste, die Erinnerungen an ihre Liebesnacht weckte. Hastig verdrängte sie die Bilder. »Was ist passiert?«

»Ich lief aus der Kirche. Es regnete in Strömen, aber das war mir egal. Es kam mir vor, als würde ich in Schuldgefühlen ertrinken. Ich stolperte über eine Baumwurzel und fiel der Länge nach in ein Matschloch. Ich blieb einfach im Dreck liegen und heulte mir die Augen aus.«

»Dann hörte es plötzlich auf zu regnen, und die Sonne kam heraus.« Er lächelte schief und schüttelte den Kopf. »Du weißt ja, wie das ist in den Tropen. Ich rappelte mich auf und ging heim. Ich fühlte mich zwar nicht gerade prächtig, hatte aber das Gefühl, dass Mum mir verziehen hatte, und von da an ging es bergauf.«

Er stand auf, um den Kaffee zu holen, und Emma

fühlte erneut eine überwältigende Sehnsucht in sich aufsteigen.

Je mehr sie über ihn erfuhr, desto größer wurde die Anziehung. Eine Anziehung, die langsam dazu führte, dass sie ihre Motivation, ihre Arbeit bei Ärzte ohne Grenzen wieder anzutreten, in Frage stellte. Eine emotionale Anziehung, die noch viel stärker war als die körperliche, und genau das machte ihr Angst.

»Warum bist du heute zum Centre gekommen, Emma?«

Sie blinzelte und brachte ihre Gedanken wieder auf Kurs. »Ich ... ich wollte hören, wie es Allan Baker geht.«

Ihr war klar, dass er wusste, dass sie log, aber er äußerte sich nicht dazu. »Er erholt sich gut. Seine Eltern möchten, dass er einen Entzug macht, aber er muss selbst von den Drogen wegkommen wollen, sonst ist das Ganze zwecklos.«

»Liebende Eltern, ein gutes Zuhause – warum hat er sich überhaupt auf Drogen eingelassen? Was verleitet Jugendliche überhaupt dazu, Drogen zu nehmen?«

»Dafür gibt es viele Gründe, Emma. Gründe, die wir versuchen, hier im Centre aufzudecken. Leider sind unsere finanziellen und personellen Mittel sehr begrenzt.«

»Geld ist immer ein Kernproblem, nicht wahr?«

»Und Personal. Nicht jeder ist bereit, für einen geringen Lohn unter solchen Bedingungen zu arbeiten. Diane ist ein Goldstück – sie hat eine eigene psychologische Praxis, betreut aber nebenbei kostenfrei die Kids aus dem Centre.«

Ehe Emma hierzu etwas sagen konnte, kam Chayse

herein und stellte vier Päckchen aus dem Fastfood-Restaurant auf den Tisch.

»Chinesisch, italienisch und fettige Fritten«, sagte er. »Der Laden nebenan bietet eine wirklich erstaunliche Vielfalt.«

Emma unterdrückte ein Grinsen, aber als sie das belustigte Blitzen in Drews Augen sah, lachte sie leise.

Chayse warf ihr in gespielter Empörung einen strengen Blick zu. »Als Fastfood-Kenner, der jeden Imbiss von hier bis Brisbane getestet hat, Emma, kann ich dir versichern, dass dir ein kulinarisches Erlebnis bevorsteht.«

Sie lächelte, nicht so sehr wegen seines Scherzes, als wegen des freundlichen Ausdrucks in seinen Augen. Offenbar hatte er sie akzeptiert.

Mitte des Nachmittages hatten sie einen Großteil der Akten durchgesehen. Drew und Emma suchten nach Fällen, mit denen Drew, Dario und der Richter betraut gewesen waren, und Chayse überprüfte derweil den Verbleib jener Mandanten, die zu einer Gefängnisstrafe verurteilt worden waren. Sein lockerer Tonfall beim Telefonat mit Mick bestärkte sie in ihrer Annahme, dass er irgendwie beruflich mit der Polizei zu tun hatte.

Im Hauptbüro ertönte der Türsummer. Drew stand auf und wollte zur Tür gehen, aber Chayse war schneller. Er schlich hinaus und drückte sich an die Flurwand. Emma beobachtete, wie er mit geübtem Blick das Hauptbüro in Augenschein nahm. Dann gab er Drew ein Zeichen, dass alles in Ordnung wäre.

Eine Minute später kehrte Drew zurück. »Carly möchte dich sprechen, Emma.«

»Mich?« Emma war überrascht, ging aber rüber.

Carly wirkte schrecklich verlegen. Sie hielt den Kopf gesenkt und blickte nur verstohlen zu Emma auf. Emma wartete geduldig. Als die Tür sich hinter Drew geschlossen hatte, entspannte Carly sich sichtlich.

»Ich ... Ich wollte mit Ihnen über das Baby sprechen«, begann sie schüchtern.

»Warum ausgerechnet mit mir? Dein Frauenarzt kann dir doch sicher alle Fragen beantworten.«

Carly legte zärtlich die Hände unter den Bauch. »Ich habe keinen eigenen Frauenarzt. Ich gehe regelmäßig zur Untersuchung ins Krankenhaus, aber da wechseln die Ärzte laufend. Meine Mum ist tot. Ich weiß zwar einiges von meiner Tante und von Freundinnen, aber ...« Sie biss sich auf die Unterlippe und runzelte die Stirn. Ihre ganze Körperhaltung drückte aus, dass sie mit sich rang, sich noch nicht schlüssig war, ob sie bleiben oder flüchten sollte.

»Und jetzt möchtest du gerne mit einem Arzt sprechen, besser noch einer Ärztin«, schloss Emma.

Carly nickte, und ihre Wangen blähten sich in einem leisen Seufzer. »Ich weiß, dass ich Ihnen vertrauen kann – weil Sie Mr J.s Freundin sind.«

Verblüfft ließ Emma sich auf einen Stuhl fallen und bedeutete Carly, sich ebenfalls zu setzen. »Wie ... wie kommst du darauf, dass ich Mr J.s Freundin bin?«

»Sie sind die einzige Frau, die er je mit hergebracht hat, und er behandelt Sie, als wären Sie's.« Sie zuckte die Achseln, als wäre das offensichtlich. »Außerdem sehen Sie ihn an, als wäre er für Sie etwas ganz Besonderes.«

»Tue ich das?« Emma war verblüfft. Der Verlauf der Unterhaltung machte sie nervös, und sie wechselte eilig das Thema und stellte Carly einige Fragen zu ihrer Schwangerschaft.

Eine halbe Stunde späte erhob sich Carly, um zu gehen. »Danke, Dr. Randall. Sie sind in Ordnung. Werden Sie jetzt öfter hier sein?«

Aus irgendeinem Grund fiel es Emma schwer zu verneinen. »Ich glaube nicht, Carly«, sagte sie schließlich und war überrascht, als das Mädchen ein enttäuschtes Gesicht machte.

»Schade. Wir könnten jemanden wie Sie hier brauchen. Manchmal wollen die Kids nicht zu einem Arzt ins Krankenhaus, weil sie Angst haben, dass man sie den Behörden meldet.«

»Weil sie sich etwas haben zuschulden kommen lassen?«

Carly zuckte die Achseln. »Aus verschiedenen Gründen. Manchmal, wenn sie noch nicht volljährig sind, haben sie Angst, dass man sie zu ihren Eltern zurückbringt.«

»Wäre das denn so schlimm?« Emma glaubte die Antwort bereits zu kennen, aber Carlys Antwort bestätigte sie noch einmal.

»Ja. Sie sind ja nicht grundlos weggelaufen. Viele wurden misshandelt.« Sie wandte sich zum Gehen. »Aber das ist ja nicht Ihr Problem, wenn Sie doch nicht bleiben.«

Emma blieb, nachdem Carly gegangen war, noch eine Weile am Schreibtisch sitzen und dachte über das nach, was das Mädchen gesagt hatte. Viele Jahre hatte sie sich auf die Not der Menschen in fremden Ländern konzentriert, und es stimmte, dass sie dort gebraucht wurde, aber die dumpfe Resignation in Carlys Augen, als sie von ihren Freunden sprach, hatte Emma vor Augen geführt, dass es auch hier vor Ort Menschen gab, die Hilfe brauchten.

Und es fiel ihr schwer, die Not dieser jungen Menschen abzutun.

Das Telefon klingelte, als Emma später am Abend vor dem Haus ihrer Mutter parkte. Es brannte nirgendwo Licht, und sie hörte auch den Hund nicht bellen. Die aufsteigende Panik unterdrückend, lief sie zur Veranda. Als sie gerade mit zitternder Hand den Schlüssel ins Türschloss steckte, glitten die Scheinwerfer von Drews Wagen über die Tür. Sie knipste das Licht an und stürzte zum Telefon.

Drews laufende Schritte auf der Veranda und dann im Flur übertönten beinahe Trishs Stimme. Emma bedeutete ihm, leise zu sein. Während sie die nächsten Minuten mit ihrer Mutter sprach, ging Drew mit gesenktem Kopf auf und ab, sein Zorn beinahe greifbar.

Die Art, wie er sich erkundigte, ob mit Trish alles in Ordnung wäre, verriet, welche Anstrengung es ihn kostete, sich zu beherrschen. Emma erklärte ihm, dass Bruno nach einem Zeckenbiss Fieber bekommen habe und Trish mit ihm zum Tierarzt gefahren wäre, der den Hund über Nacht dabehalten wollte. Trish hatte daraufhin beschlossen, bei Kirri zu übernachten und am nächsten Morgen Bruno abzuholen und vom Tierarzt aus heimzufahren.

Drew nickte sichtlich erleichtert.

Dann entlud sich sein Zorn.

»Was hast du dir nur dabei gedacht, einfach in ein Haus zu laufen, in dem alles dunkel ist! Der Killer hätte auf dich warten können! Tu ja nie wieder etwas so unglaublich Dummes.«

Emma wollte eben erwidern, dass es nicht sein Haus wäre und sie verdammt noch mal tun und lassen konnte, was ihr gefiel, als sie an Dario denken musste. War auch er mit einem Trick dazu verleitet worden, einem Fremden die Tür zu öffnen?

Drew hatte Recht. Der Killer hätte ihr auf dem Weg zum Telefon auflauern können. Er hätte sogar selbst von einem Handy aus anrufen können, um sie ins Haus zu locken!

Drews Hände zitterten, und Emma erkannte, welche Angst er um sie ausgestanden hatte. »Tut mir Leid. Ich habe nicht nachgedacht.«

Seine Schultern entspannten sich, und sein Zorn verflog. »Versprich nur, künftig vorsichtiger zu sein, ja?«

Nicht gewillt, ihm gegenüber einzugestehen, wie dumm sie sich vorkam, nickte sie nur. In seinen Augen spiegelte sich ein Kaleidoskop von Emotionen. Mit reiner Lust hätte sie umgehen können, die hätte sie als reine Chemie rationalisieren und ignorieren können, aber das, was dort stand, war eindeutig Liebe und traf sie mitten ins Herz. Widerwillig ließ sie zu, dass das wohlige Gefühl ihr bis ins Mark drang.

Sie wusste instinktiv, dass er ein Mann war, der die Frau, die er liebte, schätzte und achtete, und dies verstärkte die Sehnsucht, die sie lange Zeit verleugnet hatte.

Sie wollte ihn. Und sie brauchte ihn.

Nicht nur körperlich. Obwohl auch dieses Bedürfnis überwältigend war.

Aber noch viel wichtiger waren die Gefühle, die er in ihr weckte.

Sie musste einfach wieder mit ihm schlafen. Musste herausfinden, ob das, was sie beim ersten Mal empfunden hatten, real war oder nur künstlich aufgebauscht von ihrem emotionalen Ausnahmezustand. Und vielleicht würde das ja genügen, ihr die Kraft geben, an ihre Arbeit zurückzukehren, mit einer Erinnerung, an der sie festhalten konnte.

Er musste die Veränderung an ihr gespürt haben. Er trat mit einem fragenden Ausdruck in den Augen auf sie zu, blieb aber etwa einen Meter entfernt stehen.

Sie würde den ersten Schritt tun müssen. So leidenschaftlich und stark er auch war, wusste sie, dass er sich ihr niemals aufdrängen oder die körperliche Anziehung ausnutzen würde, um sie ins Bett zu kriegen.

Die Luft zwischen ihnen schien zu knistern vor unausgesprochenem Verlangen. Die Stille hielt an, zog sich in die Länge.

Schließlich brach Emma das Schweigen.

»Ich möchte mit dir schlafen, Drew.«

Kapitel 13

Ihre Worte klirrten wie feines Kristall.

Aber sofern sie erwartet hatte, er würde freudig reagieren, hatte sie sich getäuscht. Er zog sich in sein Schneckenhaus zurück, und seine Augen verengten sich. Sie hatte ihn verletzt.

»Warum, Emma?«

Emma wurde jetzt erst bewusst, wie ungeschickt sie es angestellt hatte. Sie zögerte. Sie hatte einmal darum gebettelt, dass er mit ihr schlief, nachdem der Tod ihres Vaters und ihre knappe Rettung vor dem Krokodil ihren schützenden Kokon zerstört hatten und sie sich einfach genommen hatte, was sie so dringend brauchte. Er hatte ihr Wärme, Leidenschaft und Mitgefühl gegeben, um ihre seelischen Wunden zu heilen.

Und sie hatte ihn hinterher zurückgestoßen.

Aber was sollte sie ihm jetzt sagen? Er hatte verdient, dass sie aufrichtig zu ihm war. Sie konnte nichts versprechen, das zu geben sie außer Stande war.

»Ich brauche dich.«

Argwohn geboren aus Selbstschutz schimmerte in den blauen Tiefen seiner Augen. Die Haut über seinen Wangenknochen spannte sich und verlieh seinen Zügen eine Kälte, die ihr im Herzen wehtat.

»Und ich habe Angst.«

»Angst wovor?«

»Dir wehzutun. Ich bewundere dich, und du bedeutest mir viel. Sehr viel sogar. Aber ich weiß nicht, ob ich dich lieben kann.« Ihre Stimme bebte. »Ich ... weiß nicht, ob ich überhaupt jemanden lieben kann. Und ich möchte nicht, dass du glaubst, zwischen uns wäre mehr als das.«

Erleichterung spiegelte sich auf seinen Zügen, die sich wieder entspannten. Er lächelte schief. »Das ist doch wenigstens ein Anfang.«

Er trat näher und umfasste ihr Gesicht mit beiden Händen. »Ich bin ein geduldiger Mensch.«

Seine Lippen legten sich weich auf ihre, und innerhalb von Sekunden rauschte das Blut glühend heiß durch ihre Adern. Ihre Körper suchten einander, drängten aneinander, ihre Kleider plötzlich nur noch störend. Emmas Kuss wurde leidenschaftlicher, sie schmeckte die Unterseite seiner Zunge mit ihrer, und ihr wurde ganz schwindlig von einer Lust, die sie beide schüttelte wie ein Fieber.

Noch nie zuvor hatte sie ein so verzweifeltes Verlangen verspürt, dass ihr ganzer Körper davon pochte und vibrierte. Das Verlangen danach, ihn zu berühren, ließ sich nicht länger unterdrücken. Sie zerrte an den Knöpfen seines Hemdes und riss sie auf, um Haut, seidige Brusthaare und harte Muskeln zu fühlen.

Umso schockierter war sie, als er sich von ihr löste, das Gesicht verzerrt vor Frustration.

»Verflucht! Ich habe keine Kondome!«

Emma kam wieder zu sich, verblüfft davon, wie leicht es ihm gelungen war, sie in einen solch sinnlichen Zustand zu versetzen. »Ich aber.«

Beinahe hätte sie laut aufgelacht, als sie sein schockiertes Gesicht sah. Dann trat ein misstrauischer Ausdruck in seine Augen.

»Sieh mich nicht so an. Kondome gehören zu meiner ärztlichen Grundausstattung.«

Er wölbte zweifelnd eine dunkle Braue.

Diesmal konnte Emma sich das Lachen nicht verkneifen. »Im Tal begegnen mir die verschiedensten Notfälle, Drew. Ich ermutige meine Patienten nicht, schon früh Sex zu haben, aber im Zweifelsfall ist es doch besser, sie mit Verhütungsmitteln zu versorgen, als zu riskieren, dass ein Mädchen mit sechzehn schwanger wird.«

»Oder eine Frau, die kein Baby haben möchte.« Der Unterton in seiner Stimme erinnerte sie an ihre eigene Situation.

»Damit setze ich mich auseinander, wenn es soweit ist«, entgegnete sie fest.

»*Wir* werden uns damit auseinander setzen.«

Emma war einen Moment wie versteinert, hin- und hergerissen zwischen ihrem Verlangen und dem Bedürfnis nach Unabhängigkeit. »Okay«, gab sie schließlich nach, verspürte jedoch keine Angst, sondern Freude bei dem Gedanken, möglicherweise von ihm schwanger zu sein.

Drew blickte Emma einen Moment nach, ehe er ihr nach draußen zum Wagen folgte. Frustration lastete schwer auf seiner Brust. Endlich war er bei ihr weitergekommen. Sie wollte ihn. Allerdings noch nicht auf die Art und Weise, wie er es sich wünschte.

Als sie sich das letzte Mal geliebt hatten, war es ein Fest der Leidenschaft gewesen, und sie hatte sich völlig frei ihrem Liebesspiel hingegeben. Sie hatte die Kontrolle verloren, und dafür hatte er sie umso mehr geliebt. Er hatte die Art geliebt, wie sie sich an ihn geklammert hatte, als wäre er alles, was sie zum Leben brauchte.

Aber jetzt hatte sie sich wieder im Griff. Sie hatte wieder alles unter Kontrolle und konnte ihn nach Belieben aus ihrem Leben fern halten, und das passte ihm wiederum nicht.

»Ich brauche keine Hilfe«, sagte sie, als er ihr folgte.

»Solange Bruno beim Tierarzt ist, möchte ich kein Risiko eingehen.« Er sah zu, wie sie eine kleine Schachtel aus einem Karton mit Medikamenten nahm. Allein der Gedanke, sich ein Kondom überzuziehen, um anschließend in sie einzudringen, erregte ihn über alle Maßen. Aber er zwang sich, tief durchzuatmen und einen klaren Kopf zu bewahren. Diesmal würde *er* alles unter Kontrolle halten.

Er schloss die Haustür ab und nahm Emma die Schachtel ab. »Gehen wir zu dir oder zu mir?«, fragte er lächelnd.

Plötzlich wünschte Emma, sie hätte die Situation nicht heraufbeschworen. Die Spannung zwischen ihnen war fast unerträglich. Aber die verzweifelte Sehnsucht danach, ihn zu spüren, war ebenso stark.

»Zu mir«, entgegnete sie heiser.

Als sie das Licht anknipsen wollte, legte sich Drews Hand auf ihre. Er führte sie zum Doppelbett und schaltete die Nachttischlampe an. Das weiche Licht erhellte den Raum und warf weiche Schatten auf ihre reglosen Körper.

Emma spürte eine subtile Veränderung in der Art,

wie Drew sie jetzt ansah. Vorhin war sie ganz sicher gewesen, dass er niemals etwas gegen ihren Willen tun würde. Jetzt wurde ihr bewusst, dass er das auch gar nicht brauchte. Seine Männlichkeit und überwältigende Sinnlichkeit genügten, dass ihre Knie weich wurden.

Die sicheren Bewegungen seiner Hände, als er ihre Bluse aufknöpfte und über ihre Schultern streifte, und die wunderbar erotischen Küsse von ihrem Hals zu der Kuhle zwischen ihren Brüsten warnten sie jedoch auch, dass die Regeln sich geändert hatten.

Sie registrierte kaum, wie ihr BH zu Boden fiel – die Ekstase, als seine Lippen sich um ihre Brustwarze schlossen, ließ sie alles andere vergessen. Lange, himmlische Minuten knabberten und saugten seine Lippen und Zähne abwechselnd an beiden Knospen. Dann zog er ihr die Jeans aus und streichelte sie durch die dünne Spitze ihres Slips.

Ehe sie sich versah, lag sie nackt auf dem Bett, und Drews Kleider lagen in einem unordentlichen Haufen neben ihren auf dem Fußboden. Sie hatte ihn schon früher nackt gesehen, aber diesmal hielt sie die Luft an. In voller Erregung und am ganzen Leib zitternd vor mühsam beherrschter Leidenschaft, bot er einen wahrhaft umwerfenden Anblick.

Sie streckte die Hand nach ihm aus, und er stöhnte auf, als ihre Finger die zarte Haut seines pochenden Gliedes berührten.

Sie war ein wehrloses Opfer des Feuers in seinen Augen, und er ließ nichts aus in seinem Bestreben, nicht nur ihren Körper, sondern auch ihre Seele zu erobern. Seine zärtlichen sinnlichen Küsse bedeckten jeden Zentimeter ihres Körpers, zischend wie Feuer auf Eis, während seine Finger in sie hineinglitten und sich sanft in ihrer weichen feuchten Wärme bewegten.

Als sie gerade dachte, es nicht länger auszuhalten, als ihr ganzer Körper förmlich danach schrie, ihn zu spüren, hörte sie, wie er eine Kondompackung aufriss. Gleich darauf schmeckte sie wieder seine Lippen, diesmal fordernd, und er drang mit einem einzigen kräftigen Stoß in sie ein.

Es fühlte sich so gut an, so unglaublich schön, dass sie die Beine um ihn schlang und ihn noch tiefer in sich hineinzog. Dann hielt sie inne und genoss die Ekstase, die ihren Körper durchströmte. Auch Drew verharrte einen Moment reglos, und sie sah, dass sich ihre Gefühle in seinen Augen spiegelten.

Nach einer Weile bewegte er sich wieder, ganz vorsichtig, während er die Lippen auf die ihren legte in einem so erotischen, sinnlichen Kuss, dass ihr Verstand und ihr Körper dahinschmolzen, bis sie nicht mehr denken konnte, sondern nur noch fühlen.

Tief in ihrem Inneren stieg ein wohliges Prickeln auf. Sie bewegte sich schneller, eilte dem Höhepunkt entgegen, aber er ließ sich nicht hetzen. Sie schrie fast auf vor Frust ob seiner betont langsamen Stöße. Das Prickeln steigerte sich immer mehr. Dann, als die Anspannung sich endlich entlud, bäumte sie sich auf, warf den Kopf von einer Seite auf die andere und grub die Fingernägel in seine Arme.

Erst jetzt gestattete Drew sich, an seine eigene Erlösung zu denken. Er beschleunigte das Tempo, seine Stöße wurden kraftvoll und kurz, genau das, genau das, was sie gewollt hatte. Und als sie schließlich seinen Namen rief und unter ihm erschauerte, als er fühlte, wie ihre Muskeln sich impulsartig immer wieder um ihn zusammenzogen, explodierte er und erlebte die gleiche Ekstase wie schon in ihrer ersten Liebesnacht.

Emma nahm Drews Gewicht auf ihr kaum wahr, aber seine zärtlichen Küsse, sein Liebesgeflüster und die zärtlichen Streicheleinheiten drangen tief in ihre Seele.

Sie knabberte an seinem Hals, genoss seinen männlichen Geruch und die Berührung seiner nackten Haut. Sie hatte sich diese eine Nacht versprochen. Sie hatte gedacht, sie würde sie entschädigen für die langen einsamen Nächte, die sie in fremden Ländern erwarteten, wo sie Menschen helfen würde, deren Leben durch Krieg und Hungersnöte bedroht war. Aber als Drews Lippen wieder die ihren fanden und die Lust erneut alles andere verdrängte, fragte sie sich, ob sie je genug von ihm bekommen würde, auch wenn sie für den Rest ihres Lebens jeden Tag miteinander schliefen.

Sie liebten sich noch einmal, bevor eine andere Art von Hunger sie bewog, das Bett zu verlassen. Drew duschte, während Emma ein simples Pfannengericht zubereitete und Reis dazu kochte. Ihre Unterhaltung kreiste ebenfalls um ganz alltägliche Dinge, als bestünde zwischen ihnen eine stumme Übereinkunft, ihre Beziehung außen vor zu lassen.

Nach dem Essen kochte Drew Kaffee, und Emma

sprang unter die Dusche. Ihre Finger glitten eilig über ihre hochsensible Haut, und sie wagte nicht, sie länger an einer Stelle verweilen zu lassen. Zu ihrer eigenen Verblüffung begehrte sie ihn schon wieder. Zweimal waren nicht genug gewesen, um ihren Hunger zu stillen. Wenn sie sich jetzt selbst erregte, würde sie sich nicht lange genug beherrschen können, um mit ihm zu reden. Und ihr brannte eine Frage auf der Seele, die sie beantwortet haben musste.

Sie wickelte einen Sarong um ihren nackten Körper und kehrte zurück zu Drew ins Wohnzimmer. Er saß auf dem Sofa und wartete offenbar, dass sie sich zu ihm setzte, aber sie wählte stattdessen einen Sessel. Sie traute ihrem Körper nicht. Wenn sie so dicht bei ihm saß, würde sie bestimmt die Hände nicht bei sich behalten können. Und wohin das führen würde, wusste sie nur zu genau.

»Drew, Chayse hat irgendwas mit der Polizei zu tun, habe ich Recht?«

Er war sichtlich überrascht, aber gleich darauf setzte er eine unergründliche Miene auf. »Wie kommst du darauf?«

»Ich bin doch nicht blöd. Er weiß viel zu gut über alles Bescheid – den Richter, polizeiliche Ermittlungen. Du hast ihn bisher mit keinem Wort erwähnt, und er hat nur sehr ausweichend auf meine Fragen hinsichtlich seines Berufes geantwortet. Auf welcher Seite des Gesetzes steht er also?«

Drew lachte, und Emma spürte, wie die Anspannung von ihr abfiel.

»Er ist ein Cop, Emma. Ich habe ihn nur deshalb nicht erwähnt, weil er viel verdeckt ermittelt. Er arbeitet in Brisbane. Wenn er nach Cairns kommt, wohnt er für gewöhnlich bei mir, aber nachdem das Haus abgebrannt ist, hat Mick ihm angeboten, bei ihm unterzukommen. In seinem Job muss er sehr vorsichtig sein. Es ist mir einfach zur Gewohnheit geworden, sein Inkognito zu schützen.«

»Er hat etwas Ähnliches gesagt.«

Drew wölbte eine Braue. »Hat er Familiengeheimnisse ausgeplaudert?«

»Nur die guten.« Sie lächelte. Dann stand sie auf. »Ich gehe ins Bett.« Es war eine Einladung, und das wusste er auch. Ohne zu zögern stand er auf und versperrte ihr den Weg. Seine Hände glitten durch den Sarong über ihre Brüste und umkreisten dann den Knoten im Stoffgürtel. Emma erschauerte, seine Berührung war erregender als alle erotischen Gedanken.

Irgendwo in einem fernen Winkel ihres Verstandes hoffte sie, dass das Ganze nicht mit gebrochenen Herzen endete, aber jetzt war nicht der richtige Zeitpunkt für tief schürfende Gedanken. Sie wollte fühlen, sich ganz dem überwältigenden Verlangen hingeben, das er in ihr entfachte.

Der Morgen warf blassgoldenes Licht auf das grüne Buschland, gefiltert durch Emmas Schlafzimmervorhänge. Drew hatte sich auf einen Ellbogen gestützt und beobachtete sie. Einzelne Strähnen sherryfarbenen Haares ruhten auf ihren hohen Wangenknochen. Ihre Lippen waren leicht geöffnet, und die Versuchung, sie zu küssen, war groß.

Aber er beherrschte sich und genoss es stattdessen,

sie im Schlaf anzuschauen, ihre Züge völlig entspannt und so verwundbar.

Er liebte sie. Mit jeder Faser seines Seins, mit jedem Atemzug, den er tat.

Und mit jedem Atemzug spürte er die Angst, sie zu verlieren – an die Arbeit, die ihr mehr bedeutete als er. Er wusste, dass es egoistisch war, aber er betete, dass sie schwanger war. In seiner Verzweiflung war er zu allem bereit war, um sie an sich zu binden. Und sie sich mit dickem Bauch vorzustellen, mit seinem Kind unter dem Herzen, war ein starkes Aphrodisiakum.

Als das Verlangen übermächtig wurde, weckte er sie, und es dauerte nicht lange, bis sie bereit für ihn war. Er hoffte, dass er nicht nur ihren Körper erreichte, sondern auch ihr Herz.

Diesmal liebten sie sich langsam und zärtlich, und obgleich er das eigentlich nicht für möglich gehalten hätte, empfand er den Akt als noch erfüllender. Mit jeder Minute hoffte er, dass das Band zwischen ihnen stärker wurde.

Schließlich schliefen sie wieder ein, in jeder Hinsicht gesättigt.

Um acht Uhr weckte Drew Emma.

»Um halb neun bin ich mit Chayse im Centre verabredet«, sagte er. Sie nickte verschlafen und rollte sich dann wieder zusammen.

»Ich möchte nicht, dass du alleine hier bleibst. Nicht, solange Bruno nicht da ist.«

Emma warf einen Blick auf den Wecker. »Mum müsste in etwa einer Viertelstunde hier sein. Mach dir keine Sorgen. Ich komme nach, sobald ich mit ihr gesprochen habe.«

Drew zögerte. Er wollte sie nicht allein lassen, andererseits dürfte ihr in dieser kurzen Zeit nichts passieren. Die Versuchung zu bleiben, war groß. Sie sah so verdammt verführerisch aus, so verschlafen – und nackt. Aber sie mussten noch einen ganzen Stapel Akten durchsehen, und er fürchtete, dass noch weitere potenzielle Opfer auf der Abschussliste des Killers standen. Sie mussten unbedingt herausfinden, was ihn, Dario und den Richter verband und wer noch in Gefahr sein könnte.

Er küsste sie zärtlich. Er hätte ihr gerne gesagt, dass er sie liebte, wusste aber, dass er sich bis auf weiteres mit dem zufrieden geben musste, was sie ihm zu geben bereit war. Vielleicht bald ...

»Zweifellos, der Kater, der den Kanarienvogel gefressen hat«, stellte Chayse fest, nachdem er seinen Bruder zehn Minuten lang verstohlen gemustert hatte.

Drew schlug die Beine übereinander und nahm sich eine andere Akte vom Schreibtisch. »Wovon sprichst du?«

»Von dir.« Chayse lachte. »Wenn ich nicht sehr irre, hast du bei deiner Lieblingsärztin einen Treffer gelandet.«

»Ich möchte sie heiraten, Chayse.«

Zu seiner Überraschung leuchteten Chayses Züge auf. »Super! Ich war schon immer der Meinung, dass der Ältere von uns beiden sich zuerst anketten lassen sollte – entschuldige, ich meine natürlich, dass der Ältere von uns als Erster in den Hafen der Ehe einlaufen sollte.«

Er zog eine Braue hoch, und Drew war wieder einmal überrascht davon, dass er so viele Eigenarten und sogar die Mimik mit diesem Menschen gemein hatte, der gar nicht sein leiblicher Bruder war. Aber das Band zwischen ihnen ging über Blutsbande hinaus. Sie waren Freunde, und ihre Freundschaft reichte weiter als Beziehungen zu irgendjemandem sonst. Plötzlich kam ihm ein schrecklicher Gedanke. Was, wenn der Killer von Chayse wusste und diesen bereits ins Visier genommen hatte?

»Hast du sie schon gefragt?«

Chayses Frage riss ihn aus seinen Gedanken. Er schüttelte den Kopf. »Nein. Ich habe ihr bisher noch nicht einmal gesagt, dass ich sie liebe. Sie ...«

Chayses Handy gab einen zwitschernden Laut von sich. Er ging ran, schnappte sich einen Kugelschreiber vom Schreibtisch und notierte etwas auf einem Stück Papier, das Drew ihm hinlegte.

Auf seinem Gesicht lag ein frustrierter Ausdruck, als er das Gespräch beendete. »Wieder drei Spuren im Sande verlaufen.« Er kramte im Stapel der infrage kommenden Akten und nahm drei heraus.

»Jason Kominsky – lebt glücklich und zufrieden in Sydney. Paul Smith – hat seit einem Autounfall vor zwei Monaten beide Beine in Gips. Simon Hall, vor über einem Jahr im Gefängnis gestorben.«

Drew runzelte bei der Erwähnung des Namens die Stirn. »Das war ein trauriger Fall. Simon wurde von einem Mithäftling vergewaltigt und hat sich später das Leben genommen.«

»Weswegen wurde er verurteilt?«

»Drogenhandel. Besitz von Diebesgut. Ich hatte ihn schon ein paar Jahre zuvor wegen geringfügiger Vergehen verteidigt, und die Strafe wurde auf Bewährung ausgesetzt. Beim zweiten Mal blieb der Richter hart, und er musste in den Bau.«

»Was ist mit dem Kerl, der ihn vergewaltigt hat? Das ist zwar weit hergeholt, aber könnte der vielleicht sauer auf dich sein?«

»Wohl kaum. Er wurde selbst kurz nach seiner Entlassung ermordet.« In dem Augenblick, da er es ausgesprochen hatte, veränderte sich Drews Gesichtsausdruck, und er griff nach der Akte. Hastig überflog er sie.

»Ich habe es nicht vermerkt, aber Mick hat mir damals erzählt, dass der Kerl auf sehr merkwürdige Art umgebracht wurde. Man hat ihn gefesselt und geknebelt in eine Tonne gesteckt und diese bis zum Rand mit Salz gefüllt. Er ist elend erstickt.« Er blickte auf. »Aber das eigentlich Bemerkenswerte war, dass man ihm vorher den Penis abgeschnitten hatte.«

Chayse zuckte zusammen. »Wurde er bei der Leiche gefunden?«

»Ja.« Drew verzog angewidert das Gesicht. »Man hatte ihn ihm in den Mund gestopft, bevor er geknebelt wurde – oder erneut geknebelt wurde. Die Nachbarn haben keine Schreie gehört, es ist also anzunehmen, dass er zum Zeitpunkt der Tat bereits geknebelt war. Die Polizei hat einen Ritualmord ausgeschlossen. Es wurden keinerlei Hinweise auf den Täter gefunden, und letztlich hat man den Fall als Racheakt abgehakt. Der Typ hatte mehrere Männer vergewaltigt, sodass es eine große Zahl von Verdächtigen gab.«

»Jemand mit einem Van könnte leicht eine Tonne und Säcke voll Salz transportieren«, sinnierte Chayse. »War der Mann wegen der Vergewaltigung an Simon angeklagt worden?«

»Die Anklage wurde fallen gelassen. Es gab keine Zeugen, und da Simon selbst nicht mehr aussagen konnte, gab es auch keinen Fall.«

»Also hat niemand für Simons Tod bezahlt. Kannst du dich erinnern, ob es Verwandte gab, die als Rächer infrage kämen?«

»Ich bin seinem Vater nie begegnet, nur seiner Mutter. Simon wollte mir nicht sagen, wo seine Eltern leben – er sagte, er wolle nichts mit ihnen zu tun haben. Ich dachte, er wäre vielleicht missbraucht worden, aber als ich dann seine Mutter kennen lernte, war ich mir nicht mehr so sicher. Sie musste irgendwie von dem Prozess erfahren haben – sie tauchte ganz am Ende auf, rechtzeitig zur Urteilsverkündung. Sie hat ihn ganz offensichtlich geliebt, und er ist weinend zusammengebrochen, als sie ihn umarmte. Sie war eine zierliche kleine Person, nervös, fahrig. Sie hat sich bei mir bedankt, dass ich versucht habe, Simon zu helfen, und ist dann gleich wieder verschwunden.«

»Und wo war der Vater?«

»Das habe ich sie auch gefragt, aber sie hat mir nicht geantwortet.« Drew rieb sich nachdenklich das Kinn. »Sie sagte, Simon müsse für seine Fehler bezahlen oder so etwas in der Art – er müsse Buße tun für seine Sünden.«

Drew erhob sich abrupt. »Komm. Ich möchte mir den Polizeibericht von Simons Vergewaltiger ansehen. Ich finde, dass hier auffällig viele biblische Motive auftauchen. Jemand versucht mich zu kreuzigen, Dario wird mit einem Messer getötet, das an einen Opferdolch erinnert, der Richter ...« Er brach ab.

»Abgesehen vom Genickbruch könnte man von einer Steinigung sprechen«, meinte Chayse.

»Ja. Und nun haben wir noch einen Kriminellen, der in eine biblische Salzsäule verwandelt wurde.«

»Vergiss nicht den Brandanschlag auf dein Haus. Das Alte Testament ist voll von Feuer und Schwefel.«

Drew nahm seine Schlüssel aus der Schreibtischschublade. »Wo wir gerade von Feuer und Schwefel sprechen ... wie ist es denn so bei Mick zu Hause?«

Chayse grinste. »Sagen wir, was die Unterbringung anbelangt, hast du es besser getroffen als ich, großer Bruder.«

Mick hörte sehr aufmerksam zu, als Drew ihm seine Theorie bezüglich der biblischen Zusammenhänge darlegte.

Drew trank einen Schluck seines Kaffees und dachte daran zurück, wie er das letzte Mal in Micks Büro gesessen hatte, nach Rauch und Asche stinkend. Damals hatte ihn der Verlust des Hauses noch nicht so sehr getroffen – er war viel zu erleichtert gewesen, dass Emma den Anschlag unbeschadet überstanden hatte.

»Mit dem weißen Van hatten wir bisher kein Glück«, grummelte Mick. »Wir haben die Besitzer sämtlicher weißen Vans mit blauem Streifen in ganz Cairns überprüft, aber sie alle haben ein Alibi für die Zeit des Mordes an AA, oder aber es besteht keinerlei Verbindung zu ihm. Wir fangen jetzt an, die Suche auf ein größeres Areal auszudehnen.«

»Was ist mit dem Messer, mit dem Dario erstochen wurde? Gibt es diesbezüglich etwas Neues?«

Mick blätterte in einem Stoß Unterlagen auf seinem Schreibtisch. »Der forensische Bericht ist heute Morgen reingekommen. Scheint aus einem französischen Bajonett angefertigt worden zu sein. Einem alten Stück. Allerdings ist die Schrift auf der Klinge in Vietnamesisch. Könnte ein Kriegssouvenir sein.«

»Kann man das zurückverfolgen?«, fragte Chayse hoffnungsvoll.

Mick schüttelte den Kopf, eine Bewegung, die bis hinunter zu seinem Bauch zu vibrieren schien. »Ich werde Simons Akte durchgehen und seine sämtlichen Freunde und Verwandten überprüfen. Vielleicht ist ja jemand mit Rachegelüsten dabei. Am besten fange ich mit seinen Eltern an. Hast du eine Ahnung, wo sie wohnen?«

»Bedaure. Simon hat es mir nie gesagt. Aber ich kann mal im Centre rumfragen. Es ist schon ein Jahr her, aber vielleicht hat einer der älteren Jungs ihn gekannt.« Er stand auf. »Wie lange wird es dauern, bis du etwas Genaueres weißt?«

»Wie lang ist ein Strick?«, murmelte Mick und warf einen Blick auf Chayse. »Bleibst du noch? Ich könnte noch einen Mann brauchen.«

»Klar, bleibe ich. Ich denke, das ist die bisher viel versprechendste Spur.«

»Der Totenschein.« Jemand anders hätte vielleicht euphorisch reagiert, aber Mick gestattete sich nur selten den Luxus der Aufregung. »Das ist der Bericht des

Leichenbeschauers. Wenn Simon Hall im Gefängnis gestorben ist, müssten wir eine Kopie davon in der Akte haben. Zwar finden wir dort nicht die Adresse der Eltern, aber wenigstens Vor- und Zunamen.« Er griff nach dem Telefon und wählte die Nummer des Archivs. »Sally, ich brauche eine Kopie des Totenscheins aus der Akte eines gewissen Simon Edmund Hall. So schnell wie möglich. Danke.«

Drew zögerte. Wenigstens machten sie Fortschritte. Zumindest hoffte er das. Sein Blut kochte bei der Vorstellung, bald dem Mann gegenüberzustehen, der versucht hatte, ihn zu töten. »Soll ich warten? Ich könnte mitfahren, wenn ihr einen Verdächtigen ausfindig gemacht habt.«

»Wir können nicht wissen, wie lange das dauern wird, Drew. Wie du weißt, gibt es viele Bekanntschaften im Drogenmilieu. Und wir müssen die Adresse der Eltern über den Führerschein oder die Wahlliste herausbekommen. Und auch wenn wir sie haben, kann es sein, dass sie nicht zu Hause sind oder gar nichts wissen. Wir rufen dich an, sobald wir jemanden verhaftet haben.«

»Also gut. Ich werde Angie von unterwegs anrufen und fragen, ob sie Hilfe braucht bei den Vorbereitungen für Darios Beerdigung.«

Emma tat jeder einzelne Muskel im Körper weh. Aber es war ein süßer Schmerz. Sie fühlte sich immer noch ein wenig berauscht, so als hätte die Liebesnacht mit Drew sie von allen Sorgen und Entscheidungen der vergangenen Wochen befreit. Sie wusste, dass es nur ein vorübergehender Zustand war, dass die Realität sie bald wieder einholen würde, aber jetzt wollte sie den inneren Frieden erst einmal genießen.

Bei dem Gedanken an Drew beschleunigte sich ihr Puls. Noch nie hatte ein Mann ihr so viel bedeutet wie er. Noch nie hatte sie den Schmerz eines anderen so intensiv nachempfunden oder so spontan auf ein Lächeln reagiert. Mit jeder Minute, die sie in seiner Nähe verbrachte, bröckelte die Mauer, die sie um ihre Gefühle herum errichtet hatte, etwas mehr. Bei ihrer Arbeit war diese Schutzmauer unerlässlich gewesen; nur so hatte sie das Grauen dessen ertragen können, was Menschen einander anzutun fähig waren. Aber wenn es um Drew ging, war sie so voller Hoffnung und Zuversicht, dass sie zugreifen und ihn nie wieder loslassen wollte.

Wie konnte ihre Mutter sich in Liebesdingen nur so sicher sein? Sie fühlte sich jedenfalls vor allem verwirrt. Verwirrt, aber auch erfüllt von einer namenlosen Sehnsucht ...

Eine frische Brise strich über ihren nackten Körper hinweg, und sie lächelte. Es war Jahre her, seit sie das letzte Mal nackt geschlafen hatte. Bei ihrer Arbeit war es schlicht unmöglich gewesen, und ebenso im Haus ihres Vaters, der in seiner Verwirrtheit zu jeder Tages- und Nachtzeit umherwandern und sich in Gefahr bringen konnte. In den Ferien war es ihr dann unwichtig erschienen, da es niemanden gegeben hatte, den es interessiert hätte, ob sie nackt schlief oder nicht.

Welch ein Luxus – nackt sein, ausschlafen, Sex ...

Das schrille Läuten des Telefons störte sie in ihrer Tagträumerei. Sie sprang aus dem Bett, schnappte sich im Vorbeigehen ihren Morgenmantel und lief ins Wohnzimmer.

Fünf Minuten später stand sie unter der Dusche. Sie würde nicht, wie sie Drew versichert hatte, eine Viertelstunde allein im Haus sein. Bruno ging es zwar besser, aber der Tierarzt wollte ihn bis zum Nachmittag dabehalten, sodass ihre Mutter erst später heimkommen würde.

Eine Stunde später betrat Emma das Centre. Im vorderen Büro war niemand, aber als sie an Dianes offen stehender Bürotür vorbeikam, blickte diese von einem Buch auf, in dem sie gerade las, und nahm die Lesebrille ab.

»Hallo, Emma. Ich soll Ihnen von Drew ausrichten, dass er eine Weile unterwegs sein wird. Er und Chayse sind zu Mick gefahren.«

»Gibt es etwas Neues?«

»Das hat er nicht gesagt.«

Der Türsummer ertönte. Diane stand auf. »Das wird für mich sein. Sie können in Drews Büro warten, wenn Sie möchten.«

»Danke. Ich werde mich weiter durch die Akten arbeiten.«

Sie schloss die Tür zu Drews Büro hinter sich und setzte sich an seinen Schreibtisch. Der »Chefsessel« war nicht bequemer als die anderen beiden Stühle, aber sie liebte Drehstühle schon seit ihrer Kindheit.

Der Stapel mit den als »möglich« aussortierten Akten war durcheinander, und eine der Akten lag aufgeschlagen obenauf. Sie blätterte um und überflog einige Seiten. Plötzlich versteifte sie sich und fuhr mit dem Finger den Text eines Polizeiberichtes entlang.

Zufall, sagte sie sich, aber die Temperatur ihres Blutes schien schlagartig um mehrere Grad gesunken zu sein. Sie las die Seite noch einmal.

Name und Umstände passten, aber das Ganze lag Jahre zurück und konnte unmöglich etwas mit Drew, Dario und dem Richter zu tun haben. Oder doch?

Sie griff nach Drews Telefon und wählte eine Nummer. Sie wartete und wartete, aber es ging niemand ran. Schließlich gab sie auf und hängte ein. Sie starrte mehrere Minuten auf den Hörer und überlegte, was der Grund sein könnte, dass sich niemand gemeldet hatte, aber das war Zeitverschwendung. Alle halbwegs plausiblen Erklärungen wiesen Lücken auf.

Noch ein Versuch. Aber mit jeder Taste, die sie drückte, wuchsen ihre Zweifel.

Wieder meldete sich niemand.

Emmy spürte instinktiv, dass etwas nicht stimmte. Aber reichte das, um die Polizei zu verständigen? Sie konnte selbst nachsehen und anrufen, falls sich ihr Verdacht bestätigte. Sie wollte Diane Bescheid geben, aber dann fiel ihr ein, dass sie gerade ein Beratungsgespräch führte, und da wollte sie nicht stören. Also kritzelte sie hastig eine Nachricht für Drew und legte diese oben auf die Akte.

Dann verließ sie eilig das Büro und lief zu ihrem Land Cruiser.

Kapitel 14

Warten.

Immer warten.

Obwohl er ein geduldiger Mensch war, gab es Augenblicke, da er das Warten unerträglich fand. Alles, was er so sorgfältig geplant hatte, war aus dem Ruder gelaufen, seit er beschlossen hatte, den Verteidiger zu kreuzigen, und auch diesmal schien wieder alles schief zu gehen.

Nicht einmal die Hinrichtung des Richters war planmäßig verlaufen. Zum ersten Mal seit fast einem Jahr hatte der Richter sich ein völlig anderes Gelände für seine Edelsteinsuche ausgewählt. Er hatte den Richter stundenlang beobachtet, bis er sich schließlich für eine alternative Tötungsmethode entschieden hatte.

Er bekam einen Krampf im Fuß. Er trat fester auf und zwang so den Muskel wieder gerade. Er war in den frühen Morgenstunden eingetroffen, nachdem er den Van versteckt hatte, und fast sechs Stunden zu Fuß durch die Berge marschiert war. Er hatte nicht riskieren wollen, gesehen zu werden, nicht einmal in diesem abgelegenen Tal, weil er wusste, dass gerade die Menschen auf dem Land über ihre Nachbarn wachten.

Es war sehr heiß, und Schweiß lief zwischen seinen

Schulterblättern herab. Bei Tagesanbruch hatte er die Telefonleitung gekappt. Seitdem wartete er. Wartete, dass der Informant wie jeden Morgen das Haus verließ, um die anfallenden Rancharbeiten zu erledigen. Aber an diesem Morgen war alles anders. Noch hatte der Informant das Haus nicht verlassen.

Wolken schoben sich vor die Sonne und verschafften ihm für eine Weile Schutz vor der sengenden Hitze. Mit jeder Minute, die er wartete, wuchs die Gefahr, entdeckt zu werden. Bald würde er entscheiden müssen, ob er aufgeben, oder ins Haus gehen sollte. Er wusste, dass der Informant mit einer Frau zusammenlebte – er hatte sie gesehen, als er hier gewesen war, um die Lage auszukundschaften. Sie war hochschwanger gewesen. Aber vielleicht war die Frau ja inzwischen nicht mehr da. Vielleicht hatte sie ihn verlassen.

Er würde das Risiko eingehen.

Lautlos verließ er sein Versteck hinter dem Schuppen und lief geduckt zum Haus. Für einen so großen Mann bewegte er sich unglaublich leise. Trittsicher und geschmeidig wie die wilden Tiere, die er so bewunderte.

Er zog sein Messer, durchtrennte das Fliegengitter der Außentür und stieg hindurch ins Haus. Die Küche war sehr ordentlich. Sauberes Geschirr trocknete in einem Abtropfständer, und auf dem Tisch stand eine einzelne halb volle Kaffeetasse.

Ein Geräusch. Leise Schritte.

Er drückte sich an die Wand.

Die Schritte kamen näher.

Er packte das Messer mit der Klinge nach oben und schlug dem Mann den Griff auf den Kopf, als er hereinkam. Der Mann sackte zu Boden und blieb auf der Seite liegen.

Euphorie durchströmte Hadley, als er auf den jungen Mann hinabblickte. Der Informant. Er zwang sich zur Ruhe. Er hatte eine Aufgabe zu erfüllen. *Die Rache ist mein, sprach der Herr,* und er war das Werkzeug Gottes.

Er kniete sich hin und öffnete dem jungen Mann gewaltsam den Mund.

Er packte seine Zunge, aber sie war glitschig und entglitt seinen Fingern. Er packte erneut zu, wobei er diesmal die Nägel hineingrub und mehr Druck ausübte. Er zog die Zunge so weit heraus wie er konnte und setzte die Klinge an.

Drew parkte vor dem Centre, stellte den Motor ab und ließ den Kopf auf das Lenkrad sinken. Er fühlte sich nach der Stunde mit Angie emotional ausgebrannt. Ihre Trauer war so grenzenlos, so allumfassend, dass sie förmlich in sich zusammengeschrumpft war. Nur Steven vermochte ihr ein Lächeln zu entlocken und sie vorübergehend aus dem schwarzen Loch zu holen, in das sie gefallen war.

Als er das Centre betrat, kam es ihm vor, als beträte er eine Welt, in der die Zeit stehen geblieben war – alles schien unverändert: die Kids spielten Basketball oder Pool, unterhielten sich, lachten, als hätte es die schrecklichen Ereignisse der vergangenen neun Tage nie gegeben. Er blieb stehen und betrachtete das Treiben einige Minuten. Dann schüttelte er das Gefühl von Unwirklichkeit ab.

Dianes Bürotür war geschlossen, und leises Stimmengemurmel drang auf den Flur. Drew ging in die Küche und setzte Wasser auf. Kein Kaffee würde stark genug sein, um die Trauer zu vertreiben, aber die Überführung von Darios Mörder würde vielleicht seine Wut etwas mildern und Angie helfen, den Verlust zu verkraften.

Als er die Tasse auf dem Schreibtisch abstellte, schwappte etwas Kaffee über. Er griff nach einem Notizblatt, um die Flüssigkeit aufzusaugen. Die fremde Handschrift erregte seine Aufmerksamkeit. Er überflog den Text.

Alle Farbe wich aus seinem Gesicht.

Er nahm den Telefonhörer ab und wählte die Nummer, die auf dem Zettel angegeben war. Es läutete endlos, und mit jedem Klingeln zog sich sein Magen mehr zusammen, und Angst schnürte ihm die Kehle zu.

»Geh ran, geh ran, geh ran. Um Himmels willen geh endlich ran.« Drew brummte die Worte wie eine Litanei. Erst als das Besetztzeichen ertönte, legte er auf. Er wählte die Nummer der Störungsstelle und erfuhr, dass man nicht feststellen könne, ob der Anschluss gestört sei, weil, auch wenn dem so wäre, das ganz normale Freizeichen ertönen würde.

Er knallte den Hörer auf die Gabel.

Verdammt! Jetzt hatte er keine Möglichkeit, Emma zu erreichen. Warum zum Teufel hatte sie kein Handy!

Er nahm erneut den Hörer ab. Dreißig Sekunden später hatte er Mick in der Leitung. Er las dem Detective Emmas Nachricht vor.

»Keine Angst«, sagte Mick beruhigend. »Wir kümmern uns um sie, sobald wir können. Aber erst fahren wir zu Simons Vater oder besser Stiefvater. Der Totenschein war tatsächlich aufschlussreich. Sein Name ist Hadley Morgan. Und die Überprüfung des Führerscheins und Nachfragen beim Straßenverkehrsamt haben ergeben, dass er einen Van fährt.«

Sie hatten ihn!

Vielleicht.

Eine Mischung aus Euphorie und Sorge erfüllte ihn. Sie hatten endlich einen Verdächtigen, aber was, wenn er nicht zu Hause war? Er könnte umgezogen sein, oder ...

Spekulationen brachten ihn nicht weiter, aber Emma war möglicherweise in Gefahr.

Er stürzte hinaus.

Ein Schrei ließ Hadley herumfahren wie eine Marionette an einem Faden.

Stille.

Dann wieder das Schreien, leiser, weniger fordernd, fast fragend.

Ein Baby.

Er blickte wieder auf den jungen Mann und auf das Blut auf dem Linoleumboden.

In eben diesem Augenblick riss die Wolkendecke auf, Sonnenstrahlen fielen durch das Küchenfenster und tauchten das Gesicht des jungen Mannes in einen goldenen Lichtschein. Aber das war noch nicht alles. Die Sonne warf einen Schatten in Form eines Kreuzes auf das Gesicht. Hadley blickte auf die Fenstersprossen, die den Schatten erzeugten.

Das Baby schrie erneut.

Das war ein Zeichen.

Er wusste, dass es ein Zeichen war.

Der Informant sollte leben. Sein Leben für das seines Kindes. Hadley drehte den Mann auf den Bauch, damit er nicht an seinem eigenen Blut erstickte, und trat dann leise auf den Flur.

Mit dem Messer in der Hand erreichte er die Schlafzimmertür. Eine Frau lag auf dem Doppelbett. Ihre Brüste hob und senkten sich im Schlaf gleichmäßig. Er schlich herein und näherte sich langsam dem Kinderbettchen. Als der Säugling ihn sah, stieß er einen schrillen Schrei aus.

Die Frau bewegte sich.

Sie drehte den Kopf.

Die Klinge schoss wie von allein herab. Von der Spitze tropfte Blut auf die weiße Bluse der Frau, als es nur Zentimeter vor ihrem Brustkorb Halt machte. Sie schniefte, rieb sich verschlafen die Nase und drehte sich auf die Seite.

Das Messer verharrte über ihr, bis ihre Atemzüge wieder tief und gleichmäßig wurden.

Dann richtete es sich wieder auf das Kind, das ihn aus großen Augen ansah.

Tom konnte nicht mit Mary nach Cairns zu seinen Eltern gefahren sein, da diese im Urlaub waren. Und das Baby war erst sechs Tage alt, Mary war also bestimmt nicht zum Einkaufen in die Stadt gefahren. Außerdem hatte J. D. versprochen, in der nächsten Zeit alle Besorgungen für sie zu erledigen. Warum also gingen sie nicht ans Telefon?

Auf der Fahrt zurück zum Tal hatte Emma Gelegenheit genug, alle Möglichkeiten durchzugehen. In der Sekunde, da sie Marys Mädchennamen in der Polizeiakte in dem Polizeibericht über Simon Hall gelesen hatte, war ihr klar gewesen, dass das kein Zufall sein konnte.

Mary hatte zusammen mit noch vier anderen jungen Leuten in einer WG mit Simon Hall gewohnt. Vier Süchtige. Mary war nicht im Haus gewesen, als Simon verhaftet wurde, und in ihrem Zimmer war kein belastendes Material gefunden worden, sodass sie nicht verhaftet worden war.

Aber sie war ein weiteres Glied in der Kette. Drew, Dario, Richter Abercrombie. War einer von Simon Halls ehemaligen Komplizen der Mörder? Gab es vielleicht etwas Belastendes gegen ihn, von dem er glaubte, es könnte entdeckt werden?

Stand Mary als Nächste auf seiner Liste?

Emma musste sie warnen. Sie trat das Gaspedal durch.

Toms Schädel dröhnte von pulsierenden, pochenden Schmerzen. Er schlug die Augen auf. Der Holzboden war ganz klebrig von Blut, und er hatte einen metallischen Geschmack im Mund. Er schluckte und stieß gleich darauf einen erstickten Schrei aus.

Der Schnitt seitlich an seiner Zunge berührten seine Zähne, und ein scharfes Stechen kam zu den rasenden Kopfschmerzen hinzu.

Er rappelte sich auf und lehnte sich wankend an die Wand. Roter Nebel wirbelte durch seinen Kopf. Er schloss die Augen, atmete tief ein und dachte nach.

Der Schnitt in der Zunge war sehr tief; er reichte fast bis zur Zungenhälfte und blutete stark. Die Zunge lag wie ein geschwollener blutender Fleischklumpen in seinem Mund. Er tastete seinen Hinterkopf ab und fühlte auch dort eine empfindliche Schwellung.

Wer hatte das getan? Warum? Und wo ...

Er taumelte den Flur hinunter zum Schlafzimmer und atmete erleichtert auf, als er Mary schlafend auf dem Bett liegen sah.

Ein Motor heulte auf. Er kannte das Geräusch; es war der Motor seines Jeeps. Er nahm sein Gewehr vom Schrank und ein Patronenmagazin aus der Schublade und lud die Waffe, während er zur Haustür lief.

Der Jeep war nur zwanzig Meter von der Veranda entfernt, als er die Hinterreifen zerschoss. Das Fahrzeug geriet ins Schleudern und wirbelte eine große Schlammfontäne auf, blieb jedoch nicht stehen.

Tom biss die Zähne zusammen, verdrängte die Schmerzen und feuerte auf den Vorderreifen. Der Jeep brach nach rechts aus, bockte störrisch und setzte seine wilde Flucht dann fort.

Tom bebte vor Wut. Noch nie in seinem ganzen Leben war er so wütend gewesen. Er atmete tief ein, hielt die Luft an und feuerte mehrmals hintereinander.

Die Heckscheibe des Jeeps zerbarst. Der Geländewagen beschrieb mehrere Haken und überfuhr dann einen kleinen Baum. Zischender Dampf trat aus, als das Holz sich in den Kühler bohrte.

Das Fahrzeug kam ruckartig zum Stehen.

Tom lief die Treppe hinunter, warf sich ins Gras und legte erneut an. Die Schmerzen waren so schlimm, dass ihm Tränen in die Augen traten, und er blinzelte mehrmals, als der Mann die Fahrertür öffnete. Sein Finger krümmte sich am Abzug.

Er schmeckte bittere Galle, und das Gewehr drohte, seinen Händen zu entgleiten.

Er fing an zu schreien, verstummte jedoch abrupt, als eine Gewehrkugel dicht vor ihm einschlug.

Drew verlangte seinem Wagen alles ab. Sein Magen krampfte vor Furcht. Er warf einen Blick auf das Handy auf dem Beifahrersitz und fluchte. Er war noch nicht lange im Tal, empfing jedoch jetzt schon kein Signal mehr. Falls Chayse und Mick eine Nachricht für ihn hatten, konnten sie ihn nicht mehr erreichen. Er hoffte, dass sie genug Verstärkung mitbrachten. Falls Hadley Morgan tatsächlich der Mörder war, hatten sie es mit einem Wahnsinnigen zu tun, und das machte ihn doppelt gefährlich.

Ein Reiter galoppierte die Straße entlang. Drew wich auf die andere Fahrbahnseite aus und raste an ihm vorbei. Im Rückspiegel sah er, wie dem Reiter der Hut vom Kopf flog und ihm langes rotes Haar auf die Schultern fiel. Dann konzentrierte er sich wieder auf die Straße vor ihm.

An der Holzbrücke verlangsamte er das Tempo. Hinterher raste er wieder wie ein Rallyefahrer schleudernd und schlitternd die gewundene, unbefestigte Straße entlang, und seine Angst wuchs mit jeder Minute, die er Toms und Marys Ranch näher kam.

Als er Toms zerschossenen Jeep mit der zerschmetterten Heckscheibe sah, blieb ihm fast das Herz stehen. Aber Emmas intakter Land Cruiser machte ihm wieder Hoffnung. Er brachte seinen Wagen zum Stehen und sprang heraus.

Er sah Blutflecken im Gras; die Spur führte die Verandatreppe hinauf.

Drew wollte Emmas Namen rufen, sich aber das Überraschungsmoment nicht verderben, für den Fall, dass der Mörder sie gefangen hielt.

Leise betrat er das Wohnzimmer und entspannte sich ein wenig, als er es unverändert und verlassen vorfand. Dann sah er Blut auf dem altmodischen Läufer und schlich an die Wand gedrückt den Flur entlang.

Alles war still. Zu still. Als würde das Haus selbst die Luft anhalten.

Schweiß lief ihm über die Stirn, und er fluchte innerlich, weil er vergessen hatte, das Gewehr aus dem Land Cruiser zu holen.

Ein leises Geräusch, das klang wie ein unterdrücktes Schluchzen, erregte seine Aufmerksamkeit. Der Laut war schwer zu lokalisieren, aber er glaubte, dass es aus dem Schlafzimmer gekommen war.

Er schlich weiter. Die Tür stand einen Spalt weit offen. Ganz langsam öffnete er die Tür weiter, um einen Blick ins Zimmer zu werfen.

Kaltes Metall bohrte sich in seine Wange.

Er erstarrte.

»Sag den uniformierten Beamten, sie sollen hinter dem Haus auf Position gehen, aber in Deckung bleiben, für den Fall, dass Morgan unser Mann ist und versucht, die Biege zu machen«, wies Mick Chayse an, als sie sich dem kleinen weiß gestrichenen Holzhaus auf der abgeschiedenen Lichtung näherten. Der umliegende Urwald war ziemlich dicht, und die Straße war nicht mehr als eine schmale Piste und vermutlich nur bei Trockenheit befahrbar.

Als Chayse den Befehl an den folgenden Streifenwagen weitergab, fragte er sich, wie Hadley Morgan und seine Frau von einem so kleinen Hof leben konnten. Er sah ein paar Kühe und vor dem Haus einige Enten und Hühner. Ein großer, gepflegter Gemüsegarten neben dem Haus war eingezäunt, und hinter der Hütte standen zahlreiche Obstbäume. Vielleicht reicht es, um sie mit allem zu versorgen, was sie für den Eigenbedarf brauchen, sagte er sich.

Der Streifenwagen beschrieb einen weiten Bogen, fuhr am Garten vorbei und hielt in einiger Entfernung von der Rückseite des Hauses. Mick parkte seinen Wagen vorn. Er überprüfte seine Dienstwaffe und steckte sie dann zurück in das Holster.

»Bist du bewaffnet?«, fragte er Chayse.

»Ich habe Urlaub, schon vergessen? Du musst dich eben vor mich stellen, falls er auf uns schießt.«

Mick schmunzelte. »Das ist genau der Grund, weshalb ich so gerne mit dir zusammenarbeite, Chayse. Du nimmst alles mit Humor.«

»Wer sagt denn, dass ich Spaß mache?«

Sie gingen auf die Haustür zu, scheinbar entspannt und selbstsicher, aber ihre Augen hielten die ganze Zeit wachsam Ausschau nach allem, was Gefahr bedeuten konnte.

Die Tür stand offen, und der kühle, düstere Flur führte geradewegs quer durch das Haus bis zur ebenfalls offen stehenden Hintertür. Micks Klopfen hallte durch das Haus.

In einem der hinteren Zimmer war ein Geräusch zu hören. Mick versteifte sich. Eine Frau betrat den Flur, ihre Silhouette vom einfallenden Licht dunkel umrissen. Sie war mittleren Alters, und ihre sehr zierliche Gestalt steckte in einem grün karierten Hemd und langen Arbeitshosen. Sie schaute Mick und Chayse fragend an.

»Mrs Ivy Morgan?«

»Ja.«

»Ich bin Detective Mick Landers von der Kriminalpolizei in Cairns. Mrs Morgen, ich würde Ihnen gerne ein paar Fragen stellen.«

»Kommen Sie doch herein, Detective«, sagte sie, und in ihren hellen Augen standen traurige Resignation und Akzeptanz des Unabwendbaren. Sie führte sie in ein kleines gemütliches Wohnzimmer: ein Holzsofa mit dicken gemusterten Polsterkissen, ein Bücherregal und ein alter Schrank voll mit unterschiedlichem Geschirr.

»Ist Mr Morgan zu Hause?«

Sie schüttelte den Kopf. »Nein. Er ist gestern Abend spät noch einmal weggefahren. Er wollte heute Morgen zurück sein.«

»Wissen Sie, wohin er gefahren ist?«

»Ich habe mir abgewöhnt, ihn danach zu fragen. Seit Simons Tod ...« Sie sprach den Satz nicht zu Ende.

Mick deutete auf das Sofa. »Setzen Sie sich doch, Mrs Morgan.« Er gab Chayse mit einem Blick zu verstehen, er solle sich im Haus umsehen, und Chayse zog sich lautlos zurück.

Ivy Morgan nahm Platz, und Mick setzte sich ans andere Ende der Couch.

»Unser Besuch hängt mit Simons Tod zusammen, Mrs Morgan. Mehrere Personen, die mit Simons Prozess zu tun hatten, wurden ermordet, und wir ... Mrs Morgan, geht es Ihnen nicht gut?«

»O Grundgütiger, nein!«, keuchte Ivy und wurde kreidebleich. Sie barg das Gesicht in den Händen. »Ich dachte ... ich dachte, er hätte es aufgegeben.« Tränen rannen zwischen ihren zitternden Fingern hindurch, und sie wiegte sich leicht vor und zurück.

»Was dachten Sie, hätte er aufgegeben, Mrs Morgan?«, hakte Mick nach. Er holte ein sauberes Taschentuch aus der Tasche seines Jacketts, faltete es auseinander und reichte es der schluchzenden Frau. Sie hielt inne, nahm das Taschentuch und wischte sich die Tränen vom Gesicht.

»Hadley. Mein Mann. Er hat sie alle für Simons Tod verantwortlich gemacht. Er wollte einfach nicht einsehen, dass Simon für sein Schicksal selbst verantwortlich war – die Drogen, der Alkohol. Simon hat sich selbst ins Gefängnis gebracht. Er war selber schuld, nicht diese Leute. Aber Hadley hatte irgendwie das Gefühl, Simon im Stich gelassen zu haben, ihn nicht genügend beschützt zu haben. Ich war Witwe und Simon noch ganz klein, als Hadley und ich heirateten. Aber Hadley hat Simon immer als seinen Sohn betrachtet, obwohl er ihn nie formell adoptiert hat.«

Frische Tränen rannen über ihre bleichen Wangen. »Der Papierkrieg hat ihn abgeschreckt. Er sagte, Simon wäre sein Sohn und damit basta. Wir haben keine eigenen Kinder bekommen, aber er ist Simon ein guter Vater gewesen. Als Simon sechzehn wurde, gefiel es ihm hier draußen nicht mehr ohne Fernsehen und Videos, und Hadley und er stritten nur noch«.

Sie verstummte. Mick wartete geduldig, aber sie sprach nicht weiter. Er wollte eben die Befragung fortsetzen, als Chayse zurückkam.

»Er ist nicht hier, aber hinter dem Haus ist ein Schuppen, der Drews Beschreibung entspricht.«

Ehe Mick etwas sagen konnte, ergriff Ivy wieder das Wort. »Manchmal hatte ich Angst. Hadley konnte so furchtbar wütend werden. Manchmal dachte ich, er würde Simon umbringen. Darum war ich auch erleichtert, als Simon wegging. In den fünf Jahren, die er in Cairns lebte, dachten wir, es ginge ihm gut. Er erzählte mir, er hätte Arbeit, und wenn ich ihn besuchte, schien alles bestens zu sein. Er war ein wenig dürr und blass, aber ich dachte, er würde eben zu viel arbeiten. Von den Drogen wusste ich nichts. Ebenso wenig wie von seiner ersten Verhaftung.«

»Hat Ihr Mann ihn auch besucht, Mrs Morgan?«

»Nein. Erst als Simon ins Gefängnis kam. Und das war nur eine Woche, bevor Simon ... starb.«

»Wissen Sie irgendetwas über die Morde an Dario Frenetti und Aloysius Abercrombie?«

Ivy strich sich einige helle Haarsträhnen aus dem Gesicht. »Nein. Aber es könnte Hadley gewesen sein. Er glaubt, er müsse Simons Selbstmord Gott gegenüber wiedergutmachen. Er fürchtet, Simon hätte seine unsterbliche Seele zu ewiger Verdammnis verurteilt. Bitte, Detective ...« Sie legte Mick eine Hand auf den

Arm. »Halten Sie ihn auf, bevor er noch jemanden tötet.«

Chayse trat vor die weinende Frau. »Hat Hadley Drew Jarrett entführt und hergebracht, Mrs Morgan?«

»Ja. Er hat ihn im Schuppen angekettet. Ich habe Hadley angefleht, ihn gehen zu lassen.«

»Und dann haben Sie Drew befreit und zur Ranch der Ärztin gebracht?«

»Jeder in der Gegend von Gordonvale weiß über Emma Randall Bescheid. Ich habe gehofft, sie würde ihm helfen. Geht es ihm gut?«

Chayse lächelte, voller Mitleid mit der Frau, die seinem Bruder das Leben gerettet hatte. »Ja, danke. Aber jetzt brauchen wir wieder Ihre Hilfe. Wir müssen wissen, wo Hadley hingefahren ist. Es könnte wieder jemand in Gefahr sein.«

»Wie ich schon sagte, ich habe keine Ahnung, wo er hingefahren ist. Aber es gibt da etwas, das Ihnen weiterhelfen könnte.«

Sie stand auf und verließ den Raum. Chayse und Mick folgten ihr. In einem Schlafzimmer öffnete sie die oberste Schublade eines altmodischen Sekretärs und nahm ein billiges Tagebuch mit Plastikeinband heraus.

»Hadley glaubt, ich wüsste hiervon nichts. Es ist nicht meine Art, in seinen Sachen herumzuschnüffeln, aber seit er den Anwalt hergebracht hat, habe ich mir Sorgen gemacht. Als er heute Morgen nicht zurückgekommen ist, habe ich selbst nachgeschaut. Vorn steht eine Liste von Namen. Alle bis auf einen sind durchgestrichen.«

Chayse nahm ihr das Buch ab und schlug es auf. Er überflog die Seite. Die durchgestrichenen Namen gehörten zu dem Vergewaltiger, Drew, Dario und Richter Abercrombie.

Der letzte Name lautete Tom Johnson.

Er reichte das Buch Mick. »Ich glaube, Drew ist unterwegs in die Höhle des Löwen.«

Kapitel 15

»Drew!«

Emma hauchte seinen Namen und ließ im selben Moment den Gewehrlauf sinken.

Er zog sie in die Arme und drückte sie ganz fest an sich. Sie klammerte sich an ihn und grub die Finger in seinen Rücken. Blut sickerte durch einen großen Verband an Toms Schenkel, aber es war sein Gesicht, das Drews Aufmerksamkeit erregte.

Tom hatte die Augen geschlossen. Drew war nicht sicher, ob er schlief oder bewusstlos war, aber er hatte den Kopf zur Seite geneigt, und in seinem offenen Mund war die geschwollene Zunge zu sehen, über die sich eine gezackte Naht zog.

»Gott sei Dank, dass du da bist.« Emma hielt ihn noch einen Moment fest und zeigte dann auf das Bett. »Der Mann, der Tom das angetan hat, hat das Baby entführt.«

»Was?«

»Jemand ist ins Haus gekommen, hat Tom niedergeschlagen und angefangen, ihm die Zunge herauszuschneiden. Mary hat nichts gehört. Tom hatte darauf bestanden, dass sie eine Schlaftablette nimmt, damit sie sich ein wenig ausruht, nachdem das Baby sie die ganze Nacht wach gehalten hat. Sie wachte erst auf, als sie draußen Schüsse hörte. Sie fand Tom verletzt draußen vor der Tür, und das Baby war weg.«

»Seid ihr ganz sicher, dass Morgan das Baby hat?«

»Wer?«

»Hadley Morgan – Simon Halls Stiefvater. Chayse und Mick überprüfen ihn gerade.« Er hörte Marys erschöpftes Schluchzen. Sie sah noch dünner aus als das letzte Mal, als er sie gesehen hatte, und er fragte sich, ob sie den Verlust ihres Kindes überleben würde. »Eine Nachfrage beim Straßenverkehrsamt hat ergeben, dass Morgan einen Van besitzt. Ich habe aber draußen nirgendwo einen Van gesehen, und mir ist auch keiner entgegengekommen.«

»Nach allem, was Tom uns erzählt hat, bevor er bewusstlos wurde, hatte der Mann das Baby auf dem Arm, als er aus dem Jeep ausstieg.« Sie legte eine Pause ein und schluckte. »Aber die Decke, in die das Baby gewickelt war, war voller Blut.«

Rasende Wut stieg in Drew auf. Zur Hölle mit Hadley Morgan! Was musste er für ein Mensch sein, dass seine Blutlust nicht einmal vor einem wehrlosen Baby Halt machte.

Er ging zu Mary und legte ihr eine Hand auf die Schulter. Sie wandte ihm das Gesicht zu, und er sah, dass ihre Augen ganz stumpf waren vom Schock.

»Mary, erinnern Sie sich an mich? Ich bin Drew, Emmas Freund.«

Sie starrte ihn an, als hätte er in irgendeiner fremden Sprache gesprochen, aber dann flackerte doch so etwas wie Verstehen in ihren Augen auf, und sie nickte.

»Mary, ich brauche Ihre Hilfe, um Ihr Baby zurückzuholen. Ich muss wissen, warum Hadley Morgan Ihrer Meinung nach Tom angegriffen und Ihr Baby mitgenommen hat.«

»Wer ... wer ist Had ... Hadley Morgan?«

»Simon Halls Vater.«

Im ersten Moment schien sie nicht zu begreifen, dann verzerrte sich ihr Gesicht, und sie schrie gequält auf. »Es ist alles meine Schuld. Ich bin schuld. Tom wird sterben, und er wird auch mein Baby umbringen.«

Emma packte Mary bei den Schultern und schüttelte sie. Dann legte sie ihr eine Hand an die nasse Wange. »Hören Sie mir zu, Mary.«

Die Autorität in ihrer Stimme ließ Mary verstummen.

»Tom wird nicht sterben. Haben Sie mich verstanden?«

Es schien Mary ihre ganze Kraft abzuverlangen, sich zu beherrschen. Sie ließ sich gegen das Rückenpolster des Sessels fallen.

»Und wir werden auch Ihr Baby zurückholen. Aber erst müssen wir wissen, warum Hadley Morgan das getan hat.«

»Weil Tom Simon an die Bullen verpfiffen hat. Er hat dafür gesorgt, dass ich nicht daheim war, als sie das Haus stürmten. Das war Teil des Deals. Aber das hat er mir erst erzählt, als wir schon verheiratet waren.«

»Und warum hat Tom das getan?«

»Weil er mich liebte und Simon mein Dealer war.« Sie blickte auf Tom herab, streichelte seine schlaffe Hand und drückte sie dann an ihre Wange.

»Dann wusste Simon, dass Tom ihn verraten hatte?«

»Ich glaube, er hat es geahnt. Er muss es seinem Vater erzählt haben. Er hatte Angst vor seinem Vater und hätte alles gesagt, nur um in seinen Augen besser dazustehen.« Sie brach wieder in Tränen aus. »Bitte retten Sie mein Baby.«

Drew bedeutete Emma, ihm zu folgen. »Kann Tom gefahrlos transportiert werden?«, fragte er sie auf dem Flur leise.

»Ja. Die Kugel steckt noch im Bein, und er hat viel Blut verloren, aber wir müssen ihn schnellstmöglich ins Krankenhaus bringen. Ich habe seine Zunge versorgt, so gut es ging, aber mir wäre es lieber, wenn ein Chirurg sie sich ansehen würde. Möglicherweise braucht er einen Gefäßchirurgen.«

»Ich helfe dir, ihn in deinen Wagen zu schaffen. Danach werde ich mich auf die Suche nach Morgan machen.«

»Drew, du weißt doch gar nicht, wo er hin ist. Das ist ein großes Gebiet hier. Er könnte überall sein.«

»Ich kann ihn finden, Emma. Ich habe auf der Ranch, auf der ich damals war, von einem Stammesältesten Spurenlesen gelernt.«

»Das ist lange her, Drew.«

»Stimmt, aber ich fahre regelmäßig mit ein paar von den Kids aus dem Centre zu der Ranch und frische meine Kenntnisse auf, während die älteren Männer sie in der Kunst des Fährtenlesens unterweisen.«

Nun regte sich in Emma doch noch ein Funken Hoffnung. Sie hatte Mary zwar nichts gesagt, aber tatsächlich hatte sie es für äußerst unwahrscheinlich gehalten, dass sie Bethany lebend wiedersah. Und es war immer noch möglich, dass das Baby bereits tot war.

»Du brauchst ...«

Als sie Hufgetrappel hörten, stürzte sie zurück ins Schlafzimmer, um das Gewehr zu holen. Drew war schon an der Haustür, als sie auf den Flur zurückrannte.

»Tom! Mary! Emma!«

Drew sah den Rotschopf, den er vorhin überholt hatte, die Verandastufen heraufspringen. Dann rannte auch schon Emma an ihm vorbei.

»Kirri! Was machst du denn hier?«

Kirri klopfte sich mit dem Hut den Staub von der Hose. »Erst sehe ich dich wie einen geölten Blitz an mir vorbeischießen, und zwanzig Minuten später werde ich fast von so einem Idioten in einem Rodeo von der Straße gedrängt, der es offenbar noch eiliger hat als du. Emma, was um alles in der Welt ist hier los? Toms Jeep ist von Kugeln durchsiebt ...«

Ihr Blick fiel auf Drew. »Aha, der Anwalt. Trishs Beschreibung war wirklich akkurat. Sie haben wirklich die umwerfendsten blauen Augen seit Paul Newman.«

»Mum hat dir von Drew erzählt?«

»Nur, dass sie einen Hausgast hat. J. D. hatte mich bereits ins Bild gesetzt.« Das Blitzen in Kirris Augen ließ darauf schließen, dass Trish noch etwas mehr erzählt hatte. Dann wurde sie ernst. »Was ist passiert? Als ich gestern hier war, war noch alles bestens.«

»Tom wurde angeschossen.« Angesichts von Kirris Verblüffung erklärte Emma ihr in wenigen Worten, was sich zugetragen hatte. »Du musst Tom und Mary ins Krankenhaus bringen. Drew und ich heften uns diesem Morgan an die Fersen.«

Emma hatte fest damit gerechnet, dass Drew protestieren und ihr befehlen würde, sich von dem Mann fern zu halten, aber er sagte nichts. Überrascht, aber dankbar führte Emma Kirri ins Schlafzimmer.

Zehn Minuten später hatten sie Tom in Emmas Land Cruiser verfrachtet. Mary kam mit einer Babytasche auf den Armen aus dem Haus. Sie überreichte sie Emma. »Da drin findest du ein Fläschchen, Windeln und ... etwas zum Anziehen«, sagte sie mit brüchiger Stimme und schluckte tapfer. »Ich muss jetzt stark sein, für Tom. Er ist immer für mich da gewesen, und jetzt muss ich mich um ihn kümmern. Ich weiß, dass du alles Menschenmögliche tun wirst, um mir Bethany zurückzubringen. Bitte gib nicht auf.«

Emma umarmte sie. »Das werden wir nicht, Mary. Ich verspreche es.« Sie verstaute die Babytasche in dem Rucksack, der bereits ihre Arzttasche enthielt.

Als der Land Cruiser davonfuhr, kam Drew mit einem alten Segeltuch-Rucksack aus dem Haus. »Also gut. Ich habe etwas zu essen, Wasser, Socken zum Wechseln und ein paar weitere nützliche Kleinigkeiten.« Er schulterte den Rucksack und nahm dann das Gewehr an sich.

»Du kannst die Sachen noch bei mir dazupacken«, sagte Emma.

»Nein. Du hast schon genug zu tragen.«

»Sei nicht albern, Drew. Ich bin es gewöhnt, schwer zu tragen. Und du weißt, dass der Rucksack auf deinem Rücken scheuern wird.«

»Emma, wir wissen noch nicht, wie lange wir unterwegs sein werden. Ich trage ihn, solange ich es kann.«

Seine Miene verriet, dass er sich nicht umstimmen lassen würde. Seine Sturheit ärgerte und belustigte sie gleichermaßen. Vielleicht, sagte sie sich, weil wir uns hierin sehr ähnlich sind.

»Ich bin neugierig«, sagte sie. »Warum hast du nicht darauf bestanden, dass ich mit Kirri zurückfahre? Die meisten Männer hätten es abgelehnt, dass eine Frau sie begleitet.«

Drew hob eine Hand und streichelte sacht ihre Wange. »Wenn ein Mann eine Frau beschützen und vor Unheil bewahren will, heißt das noch lange nicht, dass er sie nicht als ebenbürtig betrachtet. In allem. Außerdem wissen wir nicht, in welchem Zustand sich das Baby befindet. Es könnte sein, dass die Kleine deine Hilfe braucht.«

Emmas Furcht flackerte wieder auf. Sie hoffte, dass das Blut an der Decke Morgans gewesen war und nicht das des Kindes, das sie erst eine Woche zuvor auf die Welt geholt hatte.

Drew ging rüber zum Jeep und hielt dabei den Blick auf den Boden gerichtet. Emma blieb ein paar Schritte zurück, um ihn nicht zu stören. Die Spuren waren im üppigen frischen Gras deutlich zu erkennen, und Drew legte ein forsches Tempo vor.

Emma dachte erst, Morgan würde sie geradewegs zum Versteck seines Vans führen, aber stattdessen hatte er geradewegs die Berge angesteuert.

»Das da oben ist ein Naturschutzgebiet«, sagte Emma. »Wenn er da raufgeht, haben wir kaum eine Chance, ihn zu finden.«

Eine Stunde später standen sie am Fuß der Berge, eine Stunde, in der Emmas Angst stetig zugenommen hatte. Drew legte eine kurze Pause ein, nahm eine Wasserflasche von seinem Gürtel und reichte sie ihr.

Der Marsch durch das flache Tal war leicht gewesen; nur kleine Baumgruppen hatten das freie Feld unterbrochen. Aber jetzt ragten die Berge vor ihnen auf, bedeckt mit dichtem Regenwald, uralten Bäumen und undurchdringlichem Dickicht.

Drew blickte den Berg hinauf. »Einmal vorausgesetzt, dass das Baby unverletzt ist ... wie lange kann es ohne Nahrung und Wasser auskommen?«

»Schwer zu sagen. Es ist vorgekommen, dass Babys nach einem Erdbeben tagelang in einem eingestürzten Gebäude überlebt haben. Andere wiederum sind nach verhältnismäßig kurzer Zeit gestorben.«

»Dann sollten wir keine Zeit verschwenden.«

Kühle hüllte sie ein, als sie in höhere Regionen kamen. Hin und wieder blieb Drew stehen und bedeutete Emma, sich nicht von der Stelle zu rühren. Dann untersuchte er den Waldboden um sie herum, bis er die Fährte wiedergefunden hatte. Er war geduldig, hartnäckig und konzentrierte sich voll und ganz auf das Spurenlesen. Emmas Beine schmerzten, aber sie biss die Zähne zusammen und folgte ihm weiter, ohne zu klagen.

Sie erreichten den Gipfel. Emma verließ beinahe der Mut, als sie den Blick über die Berge und Täler gleiten ließ, die noch vor ihnen lagen. Keine Lichtung unterbrach den dunklen Blätterteppich. Nichts rührte sich. Wenn Drew die Fährte verlor, würden sie Morgan niemals finden.

»Fünf Minuten Pause.« Drew setzte den Rucksack ab und ließ vorsichtig die Schultern kreisen.

Emma tat es ihm gleich. »Zieh dein Hemd aus, ich möchte mir deinen Rücken ansehen.«

»Es geht schon.« Seine eisblauen Augen warnten sie, ihm ja nicht zu widersprechen.

»Mag sein, aber es ist besser, einer Infektion vorzubeugen als sie zu heilen. Du willst doch nicht, dass wir deinetwegen später nicht mehr weiterkommen.« Das war zwar ein Schuss ins Blaue, aber sie wusste ja, wie dickköpfig er sein konnte. Sie verkniff sich ein Lächeln, als er ohne ein weiteres Wort sein Hemd aufknöpfte.

Sein Rücken sah schon recht gut aus. Die Striemen vernarbten bereits, und nur zwei der tieferen Schnitte an den Schulterblättern hatten wieder angefangen zu bluten.

Er zog das Hemd wieder an, nahm eine Tüte mit Broten aus dem Rucksack und warf sie ihr zu. »Gemüsepaste, Honig oder Erdnussbutter – such dir was aus.«

Es war zwei Uhr am Nachmittag, und sie hatten seit dem Frühstück nichts mehr gegessen. Da schmeckten auch einfache Butterbrote köstlich.

»Was glaubst du, warum er hierher in die Berge gekommen ist?« Emma verstand einfach nicht, was der Mörder damit bezweckte.

»Vielleicht macht er ja nur einen Riesenbogen und geht zurück zur Straße. Oder er ist völlig durchgedreht und weiß nicht mehr, was er tut.«

Emma schnitt eine Grimasse. Drew hatte ausgesprochen, was sie selbst bereits vermutet hatte. Sie faltete die Papiertüte zusammen und schob sie in ihren Rucksack. Die Natur diktierte ihr, sich hinter einen Busch zurückzuziehen. »Ich bin gleich wieder da«, sagte sie. Sie beneidete Männer, die einem nur den Rücken zu kehren brauchten, um sich unbeobachtet erleichtern zu können. Frau zu sein war manchmal furchtbar lästig.

Als sie von »ihrem« Busch zurückkam, streifte sie die Spitze eines großen herzförmigen Blattes und verspürte sofort einen so stechenden Schmerz im Unterarm, dass sie laut aufschrie.

Drew war sofort bei ihr. Er warf einen Blick auf den großen Baum mit den rötlich-lila Früchten und fluchte. »Verdammt! Ein Dendrocnide. Wo hat er dich erwischt?«

Sie hielt den Unterarm hoch und versuchte, die Tränen zurückzuhalten. Der Schmerz wollte einfach nicht nachlassen.

»Komm.« Drew nahm ihre Hand und zog sie eilig zurück zu ihrem Gepäck. Er nahm Pflaster aus ihrer Arzttasche, schnitt ein Stück ab und klebte es auf die schmerzende Stelle. Emma biss sich auf die Unterlippe, um nicht wieder aufzuschreien.

»Ich habe von den stechenden Bäumen gehört«, sagte sie mit zittriger Stimme, »aber ich hatte noch nie einen gesehen.«

Drew nickte grimmig. »Du kannst von Glück sagen, dass er dich nur an einer kleinen Stelle berührt hat. Trotzdem haben sich mehrere Härchen ins Fleisch gebohrt, und das wird lange Zeit ziemlich wehtun. Wochen. Vielleicht Monate.« Er hielt ihren Arm mit einer Hand fest und zog dann ruckartig das Pflaster ab.

Tränen liefen Emma über das Gesicht, und sie weinte schluchzend. Drew umarmte sie, drückte sie an sich und beruhigte sie, indem er ihr zärtlich den Rücken streichelte. Nach einer Weile rückte sie von ihm ab. »Es ist ... schon nicht mehr so schlimm. Danke.«

»Hast du in deiner Ausrüstung auch ein Vergrößerungsglas?«, fragte er.

»Ja, warum?«

»Die Härchen sind giftig, und wenn sie in der Haut zurückbleiben, geben sie weiter Gift ab. Ich hoffe, dass ich sie mit dem Pflaster alle herausgezogen habe, möchte aber sicher gehen.« Er fand die Lupe und untersuchte die betroffene Stelle an Emmas Unterarm genauer. »Die Härchen sind ganz fein und schwer zu sehen.« Er untersuchte ihren Arm sehr genau und atmete schließlich erleichtert auf. »Sieht aus, als hätte ich alle erwischt.«

Er holte ein Messer aus seinem Rucksack. »Nimm etwas gegen die Schmerzen. Ich bin gleich wieder da.«

Ehe sie fragen konnte, wohin er wollte, eilte er davon in Richtung Dendrocnide. Emma nahm zwei Schmerztabletten, die sie mit einem großen Schluck Wasser hinunterspülte. Drew kehrte mit zwei großen tiefgrünen Blättern mit langen fleischigen Stengeln zurück, die von der Cunjevoi-Lilie stammten. Er drückte den klaren klebrigen Saft aus dem abgeschnittenen Ende und verteilte ihn auf Emmas Wunde. Das Stechen wurde bald von einem Taubheitsgefühl abgelöst.

»Das ist großartig«, sagte sie verwundert.

»Erstaunlich, nicht wahr?«, lächelte er. »Essen kann man sie nicht, aber die Aborigines verwenden sie gegen Schmerzen aller Art. Der Saft wirkt wie ein Lokalanästhetikum. Mit der Buschbanane funktioniert das auch, ich habe aber in der Nähe keine gesehen.«

Er wickelte eine Papiertüte um die Blattstiele und steckte sie in seine Tasche. Dann kehrte er zurück zu Emma, umfasste ihr Gesicht mit beiden Händen und wischte ihr zärtlich mit den Daumen die Tränen vom Gesicht.

»Du hattest wirklich Glück, dass das Blatt dich nur leicht gestreift hat. Wenn wir nicht alle Härchen hätten entfernen können, hätte auch der Cunjevoi-Saft nicht viel geholfen. Bist du wieder okay?«

»Ja. Danke.«

»Wenn ich dir die Schmerzen abnehmen könnte, würde ich es tun«, sagte er. Er drückte ihr noch einen sanften Kuss auf die Stirn und holte seinen Rucksack.

Als sie zusah, wie er ihn schulterte, ging Emma auf, dass sie nun endlich wusste, was es hieß, sich wirklich geliebt zu fühlen.

Der Abstieg erwies sich als nicht weniger schwierig als der vorausgegangene Aufstieg. In mancher Hinsicht war er sogar noch unangenehmer. Hier unten wehte kein Lüftchen, und die Vegetation war dichter und die Luftfeuchtigkeit höher. Immer wieder kreuzten kleine Bäche ihren Weg, Insekten krabbelten über ihre Kleider, und irgendwelche Tiere flüchteten vor ihnen. Nur wenig Sonnenlicht fiel durch die hohen, geraden Palmen und gewaltigen Baumriesen. Moos bedeckte die Baumstämme, und die Luft war zum Schneiden dick.

An manchen Stellen war das Gelände so steil, dass sie sich an Baumstämmen festklammern mussten, während Mulch und Steine unter ihren Füßen wegrutschten. Der feuchte Boden und der instabile Untergrund machten es Drew leichter, Hadleys Spur zu folgen, aber er machte sich auch verstärkt Sorgen um die kleine Bethany. Er rechnete fast damit, jeden Moment Spuren zu entdecken, die darauf hindeuteten, dass Hadley ausgerutscht und den Hang hinabgestürzt war.

Als sie in tiefere Regionen gelangten, wurde das Blätterdach lichter, aber das Unterholz war nach wie vor sehr dicht. Obwohl Drew vorausging und Rankpflanzen und Äste für Emma beiseite hielt, waren ihre Arme bald völlig zerkratzt.

Unermüdlich stiegen sie immer tiefer, ihre Herzen schwer von Furcht und Sorge. Und über allem lag der durchdringende erdige, klamme Geruch faulender Vegetation.

Am Fuß des Berges gelangten sie zu einem seichten, breiten Wasserlauf, der sich durch ein felsiges Bachbett wand. Das Wasser glitzerte einladend in der Sonne. Es war wunderbar kalt, und sie nahmen sich die Zeit, ihren Durst zu stillen und ihre Wasserflaschen aufzufüllen.

Drew erkundete das Bachufer stromauf- und stromabwärts und kehrte dann zu Emma zurück. »Nirgendwo ein Zeichen dafür, dass er auf dieser Seite wieder an Land gegangen ist.« Er setzte sich und zog die Schuhe aus.

Emma starrte auf die Blutflecken auf seinen Socken. Dann sah sie die dunklen wurmartigen Tiere an seinen Füßen und Knöcheln hängen.

»Egel«, sagte er nüchtern. »Bei dir sieht es vermutlich nicht anders aus.«

Er nahm ein Feuerzeug aus seinem Rucksack und hielt die Flamme an einen Blutegel. Innerhalb von Sekunden ließ dieser los und fiel zusammengerollt zu Boden. Er wiederholte den Vorgang, während Emma ebenfalls die Schuhe auszog. Minuten später hatten sie ihre Füße von sämtlichen Egeln befreit.

Am anderen Bachufer wuschen sie ihre Strümpfe aus und zogen saubere, trockene Socken über. Emma betrachtete ihre Sportschuhe, die von dem Marsch stark mitgenommen aussahen, und hoffte, dass sie nicht vorzeitig auseinander fielen. Drews waren noch neu und trotzdem in ebenso desolatem Zustand. Sie dankte Gott, dass sie am Morgen Jeans gewählt hatte statt Shorts. In kurzen Hosen hätten die scharfkantigen Blätter und dornigen Sträucher ihre Beine übel zugerichtet.

Drew hielt den Blick auf den Boden gerichtet. »Er versucht gar nicht, seine Spuren zu verwischen. Ich schätze, er rechnet einfach nicht damit, dass ihm jemand folgen könnte.«

»Oder es ist ihm egal. Er hat nichts mehr zu verlieren. Er hat Simon verloren und glaubt, er hätte jeden getötet, der seiner Meinung nach eine Mitschuld an seinem Tod hatte.«

»Warum hat er dann das Baby mitgenommen?«

Emma erhob sich seufzend. »Vielleicht um Tom zu bestrafen für das, was er Simon angetan hat. Morgan hat seinen Sohn verloren, und jetzt soll Tom Bethany verlieren. In seinem wirren Geisteszustand betrachtet er das vermutlich als ausgleichende Gerechtigkeit.«

Aus Felsen wurden Felsbrocken, und die Spuren führten wieder bergan. Sie zerquetschten kleine Feigen unter den Schuhsohlen, und der Geruch faulender Früchte lag in der Luft.

Aufgeschreckte Vögel flogen vor ihnen davon, leuchtend bunte Farbkleckse im endlosen Grün, und ihr melodischer Gesang und ihre heiseren Schreie vermischten sich mit den anderen Geräuschen des Waldes. Der Ruf eines Whipbirs hallte unheimlich durch die Schlucht.

Drew blieb stehen und hob warnend eine Hand, als eine Schlange seinen Weg kreuzte. Sie musste an die Taipan denken, die er daheim auf der Ranch erschossen hatte, und schüttelte sich. Drew drehte sich um, sah den Abscheu auf ihrem Gesicht und zog sie in seine Arme.

Ihr war gar nicht bewusst gewesen, wie sehr sie seine Berührung schon nach so kurzer Zeit vermisst hatte, aber als sie sich entspannt an ihn lehnte und die Wärme seiner Haut fühlte, war es, als bekäme sie etwas zurück, das zu ihr gehörte.

Er hielt sie lange wortlos fest, und sie tauchte ein in die Zärtlichkeit, die er ausstrahlte. Dann küsste er sie, diesmal mit verhaltener Leidenschaft, und neue Kraft durchströmte sie.

In Tom und Mary Johnsons Haus war ein Kommandoposten eingerichtet worden, und auch die Telefonleitung war repariert. Tom lag im Krankenhaus, und Kirri war bei Mary geblieben.

Mick betrachtete eine Karte der Gegend, die im Wohnzimmer an die Wand gepinnt worden war.

»Weil das Terrain so steil ist, wurde hier nie Marihuana angepflanzt.« Ein älterer Beamter der Drogenfahndung zeigte auf den Nationalpark rund um das Tal.

»Das heißt, sie müssen nicht mit Fallen rechnen, wie sie in anderen Gegenden aufgestellt werden, um ungebetene Gäste fern zu halten«, bemerkte sein Partner grimmig, und Mick schauderte bei der Erinnerung an die ebenso findigen wie grausamen Fallen, die die Kollegen ihm beschrieben hatten: Stolperdrähte, Angelhaken in Augenhöhe, mit Nägeln gespickte Bretter, die unter einer Laubschicht verborgen waren. Sogar die Stängel der Hanfpflanzen waren manchmal mit Rasiermessern versehen, die den Beamten und Dieben üble Verletzungen an den Händen beibrachten.

Einer der Wildhüter des Parks wandte sich Mick zu. »Mit dem Geländewagen kommt man da nicht hin, aber ich bin zu Fuß dort gewesen und beneide sie nicht darum, Morgan in diesem Dickicht finden zu wollen.«

Mick taten die Füße weh, und er beneidete niemanden, der weiter gehen musste als ein paar Meter. Er warf einen Blick auf die Uhr. Er wartete ungeduldig auf den Anruf der Einsatzzentrale, die in Gordonvale eingerichtet worden war und ihm neueste Informationen über Hadley Morgan zukommen lassen sollte. Er wäre lieber bei Chayse und den anderen Beamten gewesen, die zusammen mit der Hundestaffel und zwei Parkrangern nach dem Mann suchten, der so vielen unschuldigen Menschen so großes Leid zugefügt hatte.

Durch das Fenster konnte er Polizisten die Felder absuchen sehen. Dann blickte er an ihnen vorbei auf die Berge, und seine Eingeweide zogen sich zusammen vor Furcht. Der Regenwald hatte schon ganze Flugzeuge verschluckt. Da konnte ein Mann mit einem Baby locker untertauchen. Für immer.

Die Air Wing hatte zwei Suchflugzeuge in der Luft, konnte aber nur auf gut Glück eine Gegend absuchen, die die Hundestaffel vorgab. Die Maschinen suchten systematisch ein Raster ab, in der Hoffnung, Morgan mithilfe ihrer modernsten Geräte zu orten. Nicht dass Mick allzu große Hoffnung darauf setzte, aber im undurchdringlichen Regenwald konnte dies ihre einzige Möglichkeit sein, ihn ausfindig zu machen. Nach allem, was Ivy Morgan ihnen erzählt hatte, wäre es für ihren Mann ein Leichtes, die Hunde auszutricksen. Morgen würden zwei Hubschrauber sie bei der Suche unterstützen, der eine von den State Emergency Services und der zweite von Energex. Sie würden gleich bei Morgengrauen starten, und sie hatten möglicherweise bessere Chancen, den Flüchtigen zu finden, weil sie viel tiefer fliegen konnten als die Flugzeuge. Aber Mick, der von Natur aus nicht sehr optimistisch war, bezweifelte, dass die Suche erfolgreich sein würde.

Als das schrille Läuten des Telefons ertönte, schoss Micks Hand vor und nahm noch vor dem zweiten Klingeln den Hörer ab.

»Ja«, knurrte er und hörte dann aufmerksam zu. Schweiß perlte auf seiner Stirn. Gleich nachdem das Gespräch beendet war, wählte er Chayses Satelliten-Telefon an.

Ivy Morgan hatte Chayse und Mick das wenige erzählt, das sie über Hadleys Soldatenzeit wusste, aber das hatte genügt, um weitere Erkundigungen einzuholen. Als Chayse nun von Mick erfuhr, was die Behörden in Canberra ihm mitgeteilt hatten, wuchs seine Furcht um seinen Bruder und Emma.

Hadley Morgan war mit sechzehn Jahren in die Army eingetreten und aufgrund seiner Kenntnisse des Urwaldes und seiner Bereitwilligkeit, auch die unangenehmsten Aufgaben auszuführen, zu einer Elitetruppe in Vietnam versetzt worden. Dieser Trupp führte verdeckte Missionen hinter den feindlichen Linien aus, und dazu brauchte man eine bestimmte Art von Soldaten. Soldaten, die ohne Zögern töteten, wochenlang im Urwald überleben konnten und die Fähigkeit besaßen, sich unsichtbar zu machen.

Aber vor allem die abschließende Bemerkung des kommandierenden Offiziers in Morgans Akte beunruhigte Chayse. »Ich fürchte, dieser Soldat hat zu großes Vergnügen an seiner Arbeit gefunden.«

»Interessierst du dich für Pflanzenheilkunde?«

Drew sah ihr an, dass sie überrascht war von seiner Frage. Sie hatten eine kurze Pause eingelegt, um auszuruhen und ein paar Kekse zu essen, die er eingepackt hatte. Der angespannte Ausdruck auf ihren Zügen beunruhigte ihn zunehmend. Er hatte Cunjevoi-Saft aufgetragen, jedes Mal, wenn der Arm wieder angefangen hatte zu stechen, aber er wusste, dass ihr nicht die Schmerzen zu schaffen machten, sondern vielmehr die Sorge um Marys Baby.

Er war ebenfalls besorgt um den Säugling, aber jetzt ging es ihm erst einmal vorrangig um Emma. Wenn er sie für ein paar Minuten ablenken konnte, würde das möglicherweise ihre Anspannung mildern und die emotionale Last vorübergehend von ihr nehmen.

»Ich habe mich in den Ländern, in denen ich gearbeitet habe, immer für die lokalen Heilmethoden interessiert«, entgegnete sie. »Manchmal, in sehr isolierten Gebieten, kann es sein, dass man nicht genügend Nachschub bekommt, und dann muss man improvisieren und sich anders behelfen.«

Sie biss sich auf die Unterlippe und machte ein beschämtes Gesicht. »Ich fürchte, meine Kenntnisse der Heilpflanzen meines eigenen Landes sind sehr dürftig.«

Drew zeigte auf die kleinen, leuchtend roten Feigen überall auf dem Waldboden. »Cluster Figs. Essbar.« Dann zeigte er auf den hoch aufragenden Baum, unter dem sie saßen. »Wenn du das weiße Holz der Feigenbaumäste in warmem Wasser auskochst, erhältst du einen Sud, der gegen Durchfall hilft.«

Er hob einige grüne Samenschoten auf, die unter einem anderen Baum lagen. Eine Schote bedeckte fast die ganze Handfläche. Er brach sie auf, und zum Vorschein kamen vier braune Bohnen. »Candle nuts. Der Kern schmeckt wie eine Macadamia-Nuss. Man muss ihn aber vorher rösten, sonst wirkt er abführend.«

»Dann kannst du ja mit Feigensud nachspülen«, konterte sie, und Drew war froh, dass ihre Züge etwas entspannter wirkten.

»Genau. Und wenn man den Kern nicht essen will,

kann man ihn abbrennen wie eine Kerze. Er ist extrem ölhaltig.«

Emma wurde wieder ernst. »Wenn das hier vorbei ist, könntest du mir vielleicht mehr über einheimische pflanzliche Heilmittel beibringen.«

Drew nickte und warf die Nüsse in seinen Rucksack. Wenn Morgan erst hinter Gittern saß, würde er Emma mehr zeigen als nur Überlebenstricks und Busch-Medizin.

Im schwindenden Tageslicht stiegen sie immer höher hinauf, und Drew wusste, dass sie bald nicht mehr genug sehen würden, um Morgans Stiefelabdrücke noch zu erkennen, und er wollte nicht riskieren, seine Spur zu verlieren.

Er blieb stehen und wartete, dass Emma zu ihm aufholte. In der letzten halben Stunde hatte sie Mühe gehabt, mit ihm Schritt zu halten, hatte sich aber geweigert aufzugeben und ihm versichert, dass mit ihr alles in Ordnung wäre.

»Wir werden über Nacht hier kampieren müssen, Emma. Es ist bereits so dunkel, dass ich nicht mehr genug sehe.«

Sie atmete schwer. Obwohl sie ebenfalls sehr fit war, verfügte er über größere Kraftreserven als sie, und in den vergangenen Stunden hatte er ein ordentliches Tempo vorgelegt.

Sie öffnete eine Seitentasche ihres Rucksacks und reichte ihm eine Lampe, die man mit einem Stirnband am Kopf befestigen konnte. »Manchmal muss ich ohne Strom operieren. Meinst du, das ist hell genug? Ansonsten habe ich noch eine Mag-Lite an meinem Schweizer Armeemesser. Sie ist klein, aber sehr hell.«

»Wir müssen ausruhen, Emma. Morgan wird im Dunkeln auch nicht weitergehen. Das Risiko, dass wir uns verletzen, ist einfach zu groß.« Er zeigte ein Stück nach vorn, wo der Hang weniger steil zu werden schien und auch der Wald lichter wurde. »Wir richten uns ein provisorisches Lager ein und machen ein Feuer. Komm.«

Die Schutzhütte war zwar primitiv, erfüllte aber ihren Zweck. Mit Hilfe von Ästen und Palmwedeln hatten sie ein Dach mit einem Winkel von etwa 45 Grad zum Boden gebaut. Über eine Unterlage aus hastig gepflücktem Farn breiteten sie die Rettungsdecke aus Emmas Rucksack. Ihre Taschen schoben sie ganz hinten unter das Dach, wo sie sicher waren vor neugierigen Opossums.

Drew grub ein Loch und entzündete mit Hilfe der Papiertüten, in denen ihre Brote gewesen waren, und einem Stück Rinde, das er unter umgestürzten Baumstämmen eingesammelt hatte, ein Feuer. Er benützte Palmwedel als Sichtschutz, damit der Lichtschein außerhalb ihrer Notunterkunft nicht zu sehen war. Er glaubte nicht, dass Morgan damit rechnete, verfolgt zu werden, und er wollte wenn möglich das Überraschungsmoment auf seiner Seite haben.

Der Inhalt von Emmas Rucksack versetzte ihn in Staunen. Sie war bestens ausgerüstet mit Mückenabwehrmittel, Streichhölzern, Tabletten zur Wasserdesinfektion – auch wenn sie letztere im ewig feuchten Regenwald nicht brauchten. Leider gehörte Kaffee nicht zu ihrer Ausrüstung. Besser gar nichts, als eine Woche lang lauwarmer Tee in Morgans Schuppen, dachte er grimmig.

Sie saßen unter dem Schutzdach und aßen die letzten Brote. Das Obst, das Drew eingepackt hatte, wollten sie sich für das Frühstück aufsparen. Er blickte nach oben durch das Blätterdach und war dankbar, einen hellen Mond an einem klaren Himmel leuchten zu sehen. Er hatte schon gefürchtet, Regen könnte Morgans Spuren fortspülen, aber jetzt sah es aus, als wäre das Glück auf ihrer Seite.

Emmas Hand auf seinem Schenkel lenkte seine Aufmerksamkeit wieder auf sie. Ihr Haar war zerzaust, sie hatte Schmutzflecken auf der Wange, und ihre am Morgen noch leicht gestärkte weiße Bluse klebte feucht an ihrem Körper. Aber als er in ihre sherryfarbenen Augen schaute, in denen sich der flackernde Feuerschein spiegelte, fand er sie beinahe unerträglich schön. Er wusste, dass er nicht zulassen durfte, dass sie jemals wieder aus seinem Leben verschwand. Irgendwie musste er sie davon überzeugen, dass sie beide füreinander bestimmt waren.

Es stimmte, dass er sie als gleichberechtigt betrachtete, aber wenn sie Morgan einholten – falls sie ihn einholten –, würde er verdammt noch mal dafür sorgen, dass sie ihm nicht zu nah kam. Nie wieder wollte er eine solche Angst empfinden wie in der Nacht des Brandanschlags, als er gedacht hatte, sie wäre den Flammen zum Opfer gefallen. Er war fest entschlossen, sie zu beschützen. Wenn nötig mit seinem Leben.

»Ich weiß, dass es hier keine Damentoilette gibt, Drew, aber ich müsste mal für kleine Mädchen.«

»Geh nicht zu weit weg«, warnte er sie.

Es war so stockdunkel, dass sie kaum die Hand vor Augen sehen konnte und somit gar nicht nötig, sich weit zu entfernen. Nichts hätte sie dazu verleiten können, ohne Lampe durch das Unterholz zu irren und eine weitere Begegnung mit einem »Stechbaum« zu riskieren, und so war sie dankbar für den kleinen Strahl der Mag-Lite-Taschenlampe.

Während der Regenwald ihr tagsüber recht still erschienen war, war die Geräuschkulisse nachts umso größer. Frösche quakten und Opossums raschelten oben in den Bäumen. Der Lärm war beinahe wie ein körperlicher Angriff, und als er für eine Sekunde schlagartig verstummte, war es wie die Umkehrung eines Gewehrschusses in nächtlicher Stille. Dann brandete der Lärm wieder auf, und sie unternahm einen bewussten, aber vergeblichen Versuch, ihn auszublenden.

Sie kehrte zu Drew zurück und erschauerte, als er sie ganz nah an seine Seite zog. Es sollte ein Gesetz geben, das es ihrem Herzen verbot, wie wild zu schlagen, nur weil er sie berührte. Sie war todmüde, ihre Beine schmerzten von dem stundenlangen Marsch über Stock und Stein, aber als er sich herüberbeugte und ihr das Haar aus dem Gesicht strich, begehrte sie ihn mit einer Intensität, die sie selbst überraschte. Sie drehte den Kopf, um seine Handfläche zu küssen, und er schloss sie in die Arme, eine Umarmung, die ebenso tröstlich war wie erregend.

Mit einem widerwilligen Seufzer rückte er wieder

von ihr ab. »Wir sollten besser etwas schlafen. Beim ersten Tageslicht gehen wir weiter.« Er grinste. »Außerdem muss ich auch mal aufs Örtchen.«

Plötzlich raschelte es fürchterlich im Geäst über ihnen. Dünne Zweige und dickere Äste regneten auf sie herab, dann ein scharfes Zischen, gefolgt von Schnalzen und Grunzlauten. Ein pelziger Körper neben ihrer »Hütte«. Sie sahen gerade noch den silbergrauen Pelz, den cremefarbenen Bauch, den schlanken Schwanz und das spitze Gesicht eines Baumkängurus, als dieses sich auch schon kräftig schüttelte und davonhüpfte.

Emma war aufgesprungen, als das Tier neben ihr gelandet war, aber jetzt lachte sie, und Erleichterung nahm etwas von der Spannung, die sie den ganzen Tag über empfunden hatte. Sie bot Drew die Taschenlampe an, aber er zog stattdessen das Stirnband mit der Lampe über. »Ich habe lieber eine Hand frei«, sagte er und griff nach dem Gewehr.

Sie hörte, wie er durch das Dickicht ging, dann verriet nur noch ein Plätschern, wo er sich erleichterte.

Die Bergluft war kühl und frisch, und sie war froh, dass Drews warmer Körper sie in der Nacht wärmen würde. Sie wollte sich eben wieder unter das Dach aus Palmwedeln zurückziehen, als eine raue Hand sich von hinten auf ihren Mund legte und sie gegen den stahlharten Körpers eines sehr großen Mannes zog.

Sie fühlte eine Messerklinge an ihrem Hals.

Kapitel 16

Als offensichtlich geworden war, dass Hadley Morgans Spur und somit auch jene Emmas und Drews in die Berge führte, hatte Mick die Beamten des Suchtrupps zurückbeordert und angewiesen, ein Basislager am Fuß des Berges einzurichten. Es wäre sinnlos gewesen, wenn sie in der Dunkelheit umhergeirrt wären, zumal Morgan als erfahrener Vietnam-Kämpfer leicht einen nach dem anderen lautlos hätte ausschalten können.

Er hatte darum gebeten, dass man Ivy Morgan zu Toms Haus brachte. Wenn sie Morgan stellten, konnten sie vielleicht Ivy mit dem Hubschrauber hinfliegen, damit sie ihren Mann überredete, das Kind herauszugeben.

Er fragte sie über Morgan aus, versuchte irgendetwas in Erfahrung zu bringen, das ihnen helfen konnte zu verstehen, warum er das Baby entführt hatte und was er als Nächstes tun würde.

Ivy saß ganz still da, mit gesenktem Blick und gefalteten Händen. Mick entging nicht, wie mitgenommen sie aussah. Es schien, als wäre sie, seit sie sie am Nachmittag aufgesucht hatten, geschrumpft und um zehn Jahre gealtert.

»Als wir geheiratet haben, war Hadley wunderbar«,

sagte sie leise. »Er hat hart gearbeitet und mir mit Simon geholfen. Aber im Laufe der Jahre ... er verschwand manchmal für mehrere Tage am Stück in die Berge. Er sagte mir immer vorher Bescheid, und es tat ihm auch Leid, dass er mir Sorgen bereitete, aber er konnte einfach nicht anders. Es war, als bräuchte er die Einsamkeit. Ich hatte immer Angst, er könnte sich verirren oder verletzt werden, aber er versicherte mir jedes Mal, dass er sich im Urwald heimischer fühle als in einem Haus.«

Sie hob den Blick. »Seit Simons Tod ist er dann bis zu zwei Wochen am Stück weg gewesen. Und jedes Mal war er hinterher unnahbarer als vorher. Hadley kennt sich im Naturschutzgebiet besser aus als jeder Ranger, Detective. Es würde an ein Wunder grenzen, wenn sie ihn fänden.«

»Haben Sie etwas zu essen für das Baby dabei?«, hauchte er ihr ins Ohr.

Emma war wie gelähmt vor panischem Entsetzen. Dann setzte ihr Überlebensinstinkt ein, und sie nickte, was nicht leicht war in Anbetracht der Kraft, mit der er die Hand auf ihren Mund presste. Er zeigte auf die Riemen ihres Rucksacks, der im Feuerschein gerade noch auszumachen war.

»Holen Sie Ihren Rucksack. Keine falsche Bewegung und keinen Mucks, oder Sie sind tot.«

Ungelenk, der Fremde über sie gebeugt und das Messer noch an der Kehle, bückte Emma sich und griff nach ihrem Rucksack. Morgan zerrte sie mit sich fort ins Dunkel. Der Geruch geronnenen Blutes stieg ihr in die Nase, und ihr drehte sich der Magen um. Bethany musste noch am Leben sein, sonst würde Morgan keine Babynahrung brauchen, aber war sie auch unverletzt?

Sie stolperte und fürchtete bereits, dass das Messer ihr die Kehle durchschneiden würde, aber die Hand auf ihrem Mund hielt sie aufrecht. Obwohl ihre Augen sich langsam an die Dunkelheit gewöhnten, konnte sie den Boden nicht sehen. Er zog sie mit sich fort durch das Unterholz.

»Morgan!«

Drews verzweifelter Ruf hallte durch den Urwald, und die Geräuschkulisse des Waldes verstummte so abrupt, als hätte jemand einen Schalter umgelegt. Ebenso schnell setzte der Lärm wieder ein.

Das Messer entfernte sich von Emmas Kehle, und Morgan nahm die Hand von ihrem Mund. Ehe sie durchschaut hatte, was er vorhatte, schlossen seine Finger sich um ihre Kehle, und ihr wurde vollends schwarz vor Augen.

Sobald er zum Lager zurückgekehrt war und festgestellt hatte, dass Emma nicht mehr dort war, hatte eine eisige Hand ihm die Luft abgeschnürt. Die Stiefelabdrücke über den kleineren Abdrücken ihrer Turnschuhe hatten ihm verraten, was passiert war. Rasende Wut erfüllte ihn.

Er brüllte Morgans Namen und hoffte, dass dieser die Herausforderung annahm, aber alles blieb still.

Eiskalter Zorn stieg in ihm auf, so intensiv, dass er daran erstickt wäre, hätte er ihn nicht in grimmige Entschlossenheit umgeleitet. Er würde Emma zurückholen – oder bei dem Versuch sterben.

Er faltete die Rettungsdecke, stopfte sie in seinen Rucksack und löschte das Feuer, indem er Erde auf die Glut häufte. Dann stellte er die Lampe so ein, dass sie den Boden unmittelbar vor ihm anstrahlte, und fing an, den Spuren zu folgen. In der Dunkelheit kam er nur langsam voran, aber die Spuren der beiden Fußpaare waren deutlich zu erkennen.

Als er an die Stelle gelangte, wo aus zwei Spuren eine wurde, schlug ihm das Herz bis zum Hals. Warum konnte Emma nicht mehr selbstständig laufen? Was hatte Morgan mit ihr gemacht? Wenn er ihr auch nur ein Haar gekrümmt hatte ...

Unter Aufbietung all seiner Willenskraft zügelte er seine Angst. Er musste Ruhe bewahren und sich konzentrieren.

Emma war schwindlig, und sie fühlte, wie ihre Wange gegen rauen Stoff rieb. Nach einigen Sekunden der Desorientierung realisierte sie, dass der Mann sie wie einen Kartoffelsack über der Schulter durch das Dickicht trug. Als sie sich versteifte, blieb Morgan augenblicklich stehen und ließ sie zu Boden sinken. Das Messer blitzte auf, und gleich darauf fühlte sie die Spitze an ihrem Hals.

»Nicht schreien. Keinen Ton«, flüsterte er. Seine Stimme war so tief und leise, dass sie auch für sie kaum zu verstehen war. »Er folgt uns immer noch. Wenn er näher kommt, werde ich ihn töten müssen.«

Er drehte das Messer herum. Fahles Mondlicht

schimmerte auf der Klinge, und Emma erlebte einen Moment blanken Entsetzens. Morgan hatte sich lautlos wie ein Geist an sie herangepirscht, und sie zweifelte keine Sekunde daran, dass er Drew ebenso leicht überrumpeln konnte, auch wenn dieser noch so wachsam war. Sie war zu allem bereit, um ihn zu schützen.

»Ich werde ganz leise sein«, flüsterte sie. »Ich verspreche es.«

Er packte ihr Handgelenk mit einer großen, schwieligen und unglaublich starken Hand. Dann zog er sie wieder hinter sich her durch den Urwald. Pflanzen schlugen gegen ihre nackten Arme und zerrten an ihren Kleidern. Sie hatte immer geglaubt, sie könnte nachts recht gut sehen, aber unter dem Blätterdach des dichten Regenwaldes war die Finsternis so undurchdringlich, dass sie völlig die Orientierung verlor. Es fiel ihr schwer abzuschätzen, wie nah Pflanzen und Bäume waren.

Morgan schien solcherlei Probleme nicht zu kennen. Er marschierte in stetem Tempo weiter, wich Bäumen aus und stieg mit traumwandlerischer Sicherheit über Steine hinweg, über die sie selbst stolperte. Es war fast so, als könnte er die Hindernisse erspüren. Emma hatte keine Ahnung, wo sie hingingen, sie spürte nur, dass das Gelände leicht anstieg.

Sie gelangten an einen kleinen Bach, der den Berg hinunterplätscherte. Ohne stehen zu bleiben hob Morgan Emma hoch und warf sie sich über die Schulter, bevor er ins Wasser watete. Er ging stromabwärts.

Emma fühlte ein Vibrieren in seinem Körper und erkannte verblüfft, dass er lachte, lautlos, aber unverkennbar.

»Damit dürften wir ihn abschütteln«, sagte er leise.

Und da wusste sie, dass Morgan fest entschlossen war, sich nicht von Drew finden zu lassen. Und dass er hierfür geschickt genug war, hatte er ja bereits bewiesen. Sie überlegte kurz, ob sie versuchen sollte zu fliehen, sobald er sie wieder herunterließ, entschied sich aber dann dagegen. Sie hatte keine Chance gegen ihn, schon gar nicht im Urwald, und sie hatte keine Ahnung, wohin sie sich wenden sollte, auch wenn die Flucht wie durch ein Wunder gelänge. In der Dunkelheit würde sie sich nur hoffnungslos verlaufen. Morgan schien wenigstens zu wissen, wohin er wollte, und sie hoffte, dass er sie zu Marys Baby führte.

Morgan blieb kurz stehen, stieg dann über ein paar Felsbrocken am anderen Bachufer und ging noch ein paar Meter weiter, bevor er Emma herunterließ. Dann zerrte er sie wieder hinter sich her durch das Dickicht.

Bergauf.

In all den Tagen, die er in Morgans Hütte angekettet gewesen war, war Drew nicht halb so verzweifelt gewesen wie jetzt. Er betete, dass seine Fährtenleserfähigkeiten ausreichten, um Morgan und Emma aufzuspüren. Aber im Augenblick sah es ganz so aus, als hätte er ihre Spur verloren.

Die Abdrücke hatten in den Bach geführt. Er hatte gebetet, dass sie sich auf der anderen Seite fortsetzten, aber diese Hoffnung hatte sich nicht erfüllt. Deutlichen

Stiefelabdrücken zu folgen war eine Sache, aber im schwachen Licht der Helmlampe festzustellen, ob unter Wasser Moos von einem Felsen geschabt worden war, etwas völlig anderes. Er kehrte zurück bis an die Stelle, an der die Spur aufhörte. Er markierte die Stelle sorgfältig, indem er einen großen Stock in die Erde steckte und eine weiße Papiertüte über das obere Ende stülpte. Dann ging er stromaufwärts und hielt Ausschau nach Hinweisen dafür, dass Morgan den Bach wieder verlassen hatte und sich noch auf derselben Uferseite befand.

Drew gelangte an einen Engpass. Hier strömte der Bach zwischen zwei Felsen hindurch, die zu dicht beieinander standen, als dass Morgan und Emma sich durch den Spalt hätten zwängen können. Er watete ans gegenüberliegende Ufer und fing an, weiter stromabwärts zu suchen.

Das Licht der Lampe wurde schwächer, aber er wagte es nicht, schneller zu gehen, weil er fürchtete, etwas zu übersehen, das verriet, wo Morgan das Wasser verlassen hatte. Die Uferböschung war felsig, sodass er immer wieder mehrere Meter weit ins Dickicht vordringen musste, und das kostete Zeit.

Drew hatte nicht gewusst, dass er so viel Willenskraft besaß, dass er nun die Bilder von Emma, die auf ihn einstürmten, ausblenden konnte. Er durfte nicht daran denken, dass die Frau, die er liebte, sich in der Gewalt eines Mannes befand, der schon mehrfach eiskalt gemordet hatte. Eines Mannes, der ein Baby entführt hatte, nachdem er dem Vater beinahe die Zunge herausgeschnitten hatte. Er musste sich voll und ganz auf die weiche Erde konzentrieren, auf die dicke

Mulchschicht aus verrottetem Laub, die üppigen Pflanzen, von denen ein Blatt abgebrochen sein konnte.

Als er die Stelle erreichte, die er am gegenüberliegenden Ufer markiert hatte, begann die Lampe zu flackern, und der Lichtstrahl wurde noch schwächer. Fünf Schritte weiter erlosch sie ganz.

Drew stand reglos da und fühlte, wie die Nacht ihn einhüllte. Ein Gefühl der Beklemmung stieg in ihm auf. Der Urwald mit seiner unheimlichen Geräuschkulisse und seiner undurchdringlichen Schwärze verursachte ihm Platzangst.

Er kämpfte entschlossen gegen die Verzweiflung an, die in ihm aufstieg wie bittere Galle.

»Bitte, ich kann nicht mehr, ich brauche eine Pause.« Emma war zum fünften Mal gestürzt, und die überanstrengten Muskeln an ihren Beinen pochten. Ein Blick auf die Uhr verriet ihr, dass sie seit Stunden unterwegs waren, und so langsam fragte sie sich, ob Morgan sie überhaupt zu dem Baby brachte.

Morgan wollte sie auf die Füße ziehen, zögerte jedoch dann mitten in der Bewegung, als hätte sie ihn um etwas gebeten, von dem er nicht sicher war, dass er es gewähren konnte. Dann sagte er »Aber nur eine Minute« und gestattete ihr, sich auf den weichen Boden fallen zu lassen, wobei er allerdings ihr Handgelenk festhielt. Sie dachte an Blutegel, war aber zu erschöpft, um sich darum zu scheren.

Es waren seine ersten Worte, seit sie den ersten Bach überquert hatten. Seitdem hatten sie noch drei weitere

Wasserläufe passiert, aber obwohl er sie jedes Mal hinübergetragen hatte, hatte er nicht mehr versucht, seine Spuren zu verwischen. Emma spürte, dass er von Natur aus schweigsam war – trotzdem hoffte sie, dass sie ihn dazu bringen konnte, ihr etwas über Bethanys Verbleib zu verraten.

»Geht es dem Baby gut?«

Die stählernen Finger schlossen sich enger um ihr Handgelenk, aber er antwortete nicht. Verdammt! Wenn sie doch nur sein Gesicht sehen und in seinen Zügen lesen könnte. Aber er war nur als dunkle Silhouette zwischen anderen dunklen Schatten zu erkennen. Wenn er sie losließ, würde er sofort mit der Nacht und dem Urwald verschmelzen, für Normalsterbliche unsichtbar. Einen Moment fürchtete sie, er könnte genau das tun. So gern sie ihn los gewesen wäre, war er doch ihre einzige Hoffnung, Marys Baby zu finden.

»Kommen Sie«, knurrte er und ruckte an ihrem Arm. Ihre Muskeln protestierten, als er sie auf die Füße zog. Sie stiegen immer noch bergauf, aber nach einigen Minuten lichtete sich der Regenwald, und bald kletterten sie über Felsen. Wenigstens leuchtete ihr jetzt der Mond, und das Gefühl der Orientierungslosigkeit, das sie im Urwald gehabt hatte, fiel ebenfalls von ihr ab. Die Nacht war still, die Luft sauber, und das offene Gelände war eine willkommene Abwechslung nach dem dichten stickigen Wald.

Morgan zerrte sie weiter hinter sich her, aber schließlich war er gezwungen, sie loszulassen, damit sie zum Klettern beide Hände gebrauchen konnte. Stellenweise schien der Fels fast senkrecht abzufallen, und Emma klammerte sich ängstlich fest, weil sie fürchtete, beim ersten Fehler in die unheimliche Dunkelheit weiter unten zu stürzen.

Ein dünner Klagelaut wehte durch die Nacht. Das Schreien eines Säuglings. Das ermattete Weinen eines Kindes, das zu lange vergeblich geweint hatte. Sie blickte sich um und versuchte auszumachen, woher das Weinen kam. Morgan schien sie nicht weiter zu beachten und stieg zügig zu einem dunklen Fleck an der Felswand auf. Als er dort angelangte, rief er ihr zu, sie solle sich beeilen. Dann tauchte er in die Schwärze ein.

Beunruhigt von Morgans plötzlichem Verschwinden zwang Emma sich zur Eile. Plötzlich fiel ihr die Taschenlampe wieder ein, und sie gab ein Lichtsignal in Richtung Regenwald. Dann steckte sie die Lampe hastig wieder ein und kletterte weiter.

Sie hatte fast die Stelle erreicht, an der sie Morgan das letzte Mal gesehen hatte, als sie erkannte, dass es sich bei dem dunklen Fleck um einen Höhleneingang handelte. Sie zögerte, diese zu betreten. Sie hatte panische Angst vor Feldermäusen, seit sich einmal eine in ihren Haaren verfangen hatte, als sie als Kind nachts unter einem Obstbaum hergegangen war. Auch wenn sie längst wusste, dass die Fledermaus wahrscheinlich noch größere Angst gehabt hatte als sie, schauderte sie allein bei der Erinnerung daran, wie das Tier mit den Flügeln geschlagen und ihr mit den Klauen den Kopf zerkratzt hatte.

Der Strahl einer Taschenlampe leuchtete ihr ins Gesicht. Instinktiv hob sie einen Arm, um ihre Augen vor dem grellen Licht zu schützen, aber eine raue Hand riss ihn fort. »Er hat Hunger. Geben Sie ihm etwas zu essen.«

Morgan zog sie in die Höhle. Der Lichtstrahl der Lampe schnitt durch die Schwärze, und sie sah das Baby auf dem felsigen Boden liegen und unter der Decke schwach mit den Beinen strampeln. Morgan drückte Emma den Rucksack in die Hand. »Sie haben gesagt, Sie hätten da drin etwas zu essen für ihn. Er hat Hunger. Füttern Sie ihn.«

Emma wollte ihn darüber aufklären, dass es sich bei dem Baby um ein Mädchen handelte, aber dann sagte sie sich, dass dies kaum der richtige Moment war für Haarspalterei. Also kniete sie sich hin, schlug die Decke zurück und untersuchte das Baby, so gut es im schwachen Lichtschein ging. Abgesehen von einer leichten Unterkühlung und offensichtlichem Hunger schien Bethany die Entführung bisher gut überstanden zu haben. Die Decke war zwar fleckig von Blut, aber es war nicht ihres.

Das Baby fing an zu wimmern, schob sich die kleine Faust in den Mund und saugte daran. Emma nahm eine Packung Milchpulver und das mit Wasser gefüllte Fläschchen aus dem Rucksack.

»Ich brauche ein Feuer«, sagte sie zu dem dunklen Schatten, der Morgan war.

»Wozu?«

»Ich muss das Fläschchen warm machen, sonst bekommt das Baby Bauchschmerzen. Außerdem müssen Babys warm gehalten werden. Hier in der Höhle ist es zu kalt.«

»Erst muss ich Sie fesseln.«

Emma war gereizt vor Erschöpfung, verkniff sich

aber eine bissige Erwiderung. Stattdessen sagte sie ruhig: »Das brauchen Sie nicht. Ich gebe Ihnen mein Wort, dass ich nicht weglaufen werde. Ich bin Ärztin und möchte das Baby gründlich untersuchen. Außerdem würde ich niemals riskieren, den Felshang im Dunkeln herunterzuklettern. Das wäre Selbstmord.«

Wortlos legte Morgan die Taschenlampe auf einen schmalen Felsvorsprung und verließ die Höhle. Emma lehnte sich an die Höhlenwand. Sie wollte sich einen Weg überlegen, wie sie Bethany aus Morgans Gewalt befreien könnte, war aber zu müde, als dass ihr etwas eingefallen wäre, das man auch nur im Entferntesten als einen Plan hätte bezeichnen können. Sie musste erst etwas schlafen, dann würde auch ihr Verstand wieder arbeiten. Sie hoffte, dass es Drew gelang, ihrer Spur zu folgen, und er in der Nähe war. War die Lampe stark genug? Würden die Batterien lange genug durchhalten? Sie glaubte kaum, dass das Feuer ihm den Weg weisen würde, da der Höhleneingang so hoch lag, dass der Lichtschein vom tiefer liegenden Regenwald aus nicht zu sehen sein dürfte.

Als Morgan zurückkam, hatte sie Bethany gründlich untersucht, ihren Windelausschlag mit einer Salbe behandelt, sie gewickelt und ihr etwas Sauberes angezogen.

Morgan kratzte trockenen Fledermausdung vom Höhlenboden und benutzte ihn als Zunder, und schon nach wenigen Sekunden brannte ein kleines Feuer in der Höhle. Der Feuerschein erhellte das Höhleninnere, und Emma hätte beinahe aufgeschrien, als sie ihren Entführer zum ersten Mal deutlich sah. Er trug Uniformhose und -jacke in Tarnfarben und hatte eine Pistole und ein Messer bei sich, die beide in Holstern steckten, die er sich an die Schenkel geschnallt hatte. Aber das war es nicht, was Emma schockierte.

Sein Haar war raspelkurz, als hätte er sich den Kopf kahl geschoren, und die Härte seiner Züge betonte noch sein totenkopfähnliches Aussehen. Er hatte tiefe Schnitte seitlich im Gesicht, und die obere Hälfte seines linken Ohrs war zerfetzt worden. Er hatte seine Wunden selbst notdürftig versorgt, aber verkrustetes Blut bedeckte sein Ohr, seinen Hals und seine Kleidung.

»Soll ich Ihre Wunden säubern?«, fragte sie. »Ich sagte ja bereits, dass ich Ärztin bin. Meine Arzttasche ist im Rucksack.«

»Füttern Sie das Baby. Er hat Vorrang. Gott hat mir eine zweite Chance gegeben. Diesmal darf ich keinen Fehler machen.«

Emma hätte gerne gefragt, was er damit meinte, aber das Fläschchen aufzuwärmen und das Baby zu füttern hatte erst einmal oberste Priorität. Sie teilte Morgan mit, dass sie irgendein Gefäß bräuchte, in dem sie das Wasser erhitzen konnte, woraufhin er eine Metallschale aus einer Gürteltasche schälte. Er füllte sie zur Hälfte mit Wasser und hielt sie über das Feuer.

Er konzentrierte sich ganz auf seine Aufgabe, aber Emma realisierte schon bald, dass er jedes noch so leise Geräusch innerhalb wie außerhalb der Höhle registrierte. Als draußen ein Ast knackte, zog er sofort die Pistole, ohne auch nur einen Tropfen des Wassers zu verschütten. Als die unverwechselbaren Geräusche eines hüpfenden Felsenkängurus erst lauter wurden und dann wieder abnahmen, steckte er die Waffe zurück ins Holster und bedeutete Emma, ihm das Babyfläschchen zu reichen.

Minuten später saß Emma auf dem Höhlenboden, Bethany in den Armen, die gierig am Sauger nuckelte. Morgan schaute zu. Er hatte sich mit dem Rücken an die Felswand gelehnt, und ein friedlicher Ausdruck stahl sich auf sein hartes Gesicht. Der Ausdruck verwirrte Emma. Hatte er Bethany entführt, weil er sie für sich haben wollte und nicht, wie sie angenommen hatte, um Tom zu bestrafen?

»Warum haben sie das Baby genommen?«

Er richtete die dunklen Augen auf sie und musterte sie abschätzig. Offenbar dachte er über ihre Frage nach. Dann entgegnete er in einem Tonfall, der klang, als enthülle er etwas Wunderbares: »Gott hat mir ein Zeichen gegeben. Der Informant sollte leben, und dafür würde Gott mir einen Sohn schenken, der Simons Platz einnehmen sollte. Er vertraut darauf, dass ich diesmal alles richtig mache.«

Er starrte auf die kleine Hand, die nach der Flasche griff, und Emma war verblüfft von der Zärtlichkeit in seinem Blick. *Er glaubt das wirklich,* dachte sie. *Er glaubt, Bethany wäre Gottes Geschenk an ihn.*

»Simon war erst drei, als ich Ivy geheiratet habe. Ich wusste, dass Gott ihn vertrauensvoll in meine Obhut gab. Ich versuchte, ihm ein guter Vater zu sein. Aber ich habe versagt. Er hat sich das Leben genommen.«

»Manchmal kann man nicht verhindern, dass jemand sich das Leben nimmt«, sagte Emma beschwichtigend und zuckte zurück, als sie sah, wie seine Züge sich vor Wut verzerrten.

»Er hat geweint, als er es mir erzählt hat. Im Gefängnis. Was dieser Mann ihm angetan hat. Das war ... unaussprechlich! Ich konnte ihm nicht helfen, und darum hat er sich umgebracht. Selbstmord ist eine Sünde gegen Gott. Sie musste gesühnt werden.«

Er war halb aufgestanden; der irre Glanz in seinen Augen versetzte Emma in Todesangst. Sein Blick bestätigte, was sie längst vermutet hatte: Morgan hatte jeden Bezug zur Realität verloren. Plötzlich erkannte sie, wie wichtig es war, vor ihm zu verbergen, dass das Kind ein Mädchen war. Wenn Morgan davon erfuhr, glaubte er vielleicht, er hätte Gottes Zeichen falsch interpretiert, und wer konnte sagen, wie er darauf reagierte.

»Was wird Ihre Frau dazu sagen, wenn Sie ein Baby mitbringen?«, fragte sie, um ihn abzulenken.

»Sie ist eine gute Mutter, und sie hat den Willen Gottes immer respektiert.« Morgans Züge wurden weicher, und er entspannte sich.

Emma nahm Bethany den Sauger aus dem Mund und sah, wie das Baby weiter saugte. Sanft streichelte sie Bethanys samtweiche Wange und strich ihr über das kleine Köpfchen. Ihr Beschützerinstinkt flammte auf; nichts würde sie davon abhalten, dieses Kind zu Mary und Tom zurückzubringen. Sie legte sich den kleinen Körper an die Schulter und klopfte dem Säugling leicht auf den Rücken. Kurz darauf machte Bethany brav ihr Bäuerchen. Nach dieser kurzen Pause ließ Emma sie den Rest des Fläschchens austrinken.

Emma war klar, dass wenn sie von ihm wegkommen wollte, sie Morgan in Sicherheit wiegen musste. Als Gefangener tat man immer besser daran, gute Miene zum bösen Spiel zu machen, um zu erreichen, dass der

Entführer in seiner Wachsamkeit nachließ. Aber erst musste sie mehr über Morgan wissen. Sie versuchte fieberhaft, sich an seinen Vornamen zu erinnern, und tatsächlich fiel er ihr wieder ein.

»Hadley?«

Seine Augen verengten sich, als er seinen Namen aus ihrem Mund hörte.

»Sie haben zweimal versucht, Drew Jarrett zu töten, aber als Sie vorhin im Lager Gelegenheit hatten, Ihr Werk zu vollenden, haben Sie diese nicht genutzt. Warum?«

»Nachdem Gott mir Simon zurückgegeben hatte, war das nicht mehr nötig, darum habe ich den Verteidiger ungeschoren gelassen. Sie habe ich nur geholt, weil ich Sie brauchte, um meinen Sohn zu versorgen. Der Verteidiger ist uns gefolgt, weil er Sie zurückhaben will.« Er zuckte die Achseln. »Wenn Sie meine Frau wären, würde ich genauso handeln.«

»Warum wollten Sie Drew überhaupt töten? Er hat doch versucht, Simon vor dem Gefängnis zu bewahren.«

»Nein!« Der Zorn loderte wieder auf, allerdings nicht ganz so heftig wie vorhin. »Simon hat mir erzählt, sie alle hätten sich gegen ihn verschworen und sich abgesprochen, damit er ins Gefängnis kam. Der Verteidiger, der Ankläger, der Richter ... sie alle haben ihn gehasst. Sie mussten sterben. Sie waren schuld, dass Simon keine andere Möglichkeit mehr sah, als sich das Leben zu nehmen.«

»Aber Drew hatte Simon doch schon einmal vor einer Gefängnisstrafe bewahrt – nach seiner ersten Verhaftung. Warum hätte er eine Verurteilung wünschen sollen? Drew verteidigt nur junge Leute, die ihre Fehler ehrlich bereuen.«

Morgan runzelte die Stirn. Offenbar hatte er von der ersten Verhaftung nichts gewusst, und Emma sah ihm an, dass diese Neuigkeit ihm zu denken gab. Ruhig fuhr sie fort. »Dario Frenetti hatte auch einen Sohn. Gott hat ganz sicher nicht gewollt, dass er ohne Vater aufwächst.«

»Dar ... der Ankläger *musste* sterben.«

»Sie können ihre Namen nicht aussprechen, nicht wahr, Hadley?« Sie musterte ihn eindringlich. »Sie wollten diese Männer gar nicht töten, habe ich Recht? Darum nennen Sie sie bei ihrem Beruf und nicht beim Namen. Weil sie so für Sie weniger real sind.«

Ein gequälter Ausdruck trat in seine Augen. »Ivy sagte, es wäre nicht richtig gewesen, den Verteidiger zu uns nach Hause zu bringen. Als er während des Wirbelsturms verschwand, sagte sie, es wäre vorbei. Ich stimmte ihr zu. Aber das war gelogen. Ich hatte sie bis dahin noch nie belogen. Möge Gott mir verzeihen.«

Es erfüllte Emma mit tiefer Trauer, dass eine Lüge Morgan mehr belastete als der Mord an unschuldigen Menschen.

»Dann werden Sie nicht mehr töten, jetzt wo Sie das Baby haben?«

Morgan straffte die Schultern und schien um mehrere Zentimeter zu wachsen. Voller Überzeugung sagte er: »Wenn ich töten muss, um meinen Sohn zu beschützen, dann werde ich das tun.«

Kapitel 17

Mit dem Baby im linken Arm lehnte Emma sich mit dem Rücken an eine kleine Nische in der Höhlenwand. Die Höhle war nicht sehr tief und ging in einen schmalen Spalt über, dessen Boden mit einer dicken Schicht Fledermausdung bedeckt war. Die Decke war sehr hoch, und der Rauch des kleinen Feuers zog durch eine kleine Öffnung ab. Geruch und Kot verrieten ihr, dass Fledermäuse die Höhle bewohnt hatten, aber Hadley musste sie vertrieben haben, als er die Höhle entdeckte. Emma hoffte, dass sie nicht zurückkamen, solange das Feuer brannte. Sie schauderte bei dem Gedanken, dass sie zurückkommen könnten.

Sie sah, wie das Feuer herunterbrannte, und wenngleich sie den zerbrechlichen Frieden nicht gefährden wollte, der über Hadley gekommen war, wusste sie, dass sie die Finsternis nicht ertragen würde, falls das Feuer ausging.

»Könnten Sie vielleicht noch etwas Feuerholz holen, Hadley?«

Er musterte sie argwöhnisch. Emma nickte in Richtung des Feuers. »Wir müssen das Baby warm halten.« Seine dunklen Augen schienen sie förmlich zu durchbohren. Er rührte sich nicht.

»Ich bleibe hier. Ich gebe Ihnen mein Wort.« Sie hoffte, dass er ihr wieder Glauben schenken würde. Er betrachtete sie noch ein paar Sekunden, dann erhob er sich und verließ die Höhle.

Emma fiel in tiefen, aber unruhigen Schlaf. Träume, in denen sie mit Drew schlief, wechselten sich ab mit entsetzlichen Bildern seines blutüberströmten Körpers, aus dem das Heft des seltsamen Dolchs ragte, mit dem Dario getötet worden war. Dann war sie von Feuer eingeschlossen und schrie. Drew verbrannte vor ihren Augen bei dem Versuch, sie zu retten. Panisches Entsetzen erfüllte sie, und sie zitterte am ganzen Körper.

»Wachen Sie auf!«

Morgans Finger gruben sich in ihren Oberarm, und er schüttelte sie wach. Das Feuer glühte noch. Das Baby in ihren Armen schrie.

»Simon weint. Tun Sie etwas.«

»Sie ... er hat Hunger. Ich muss wieder ein Fläschchen zubereiten.« Aufgewühlt von ihren Träumen griff Emma zitternd nach ihrem Rucksack, froh, dass sie daran gedacht hatte, nach dem ersten Gebrauch Bethanys Flasche auszuspülen. Sie war zwar nicht steril, aber wenn sie den Nuckel mit kochendem Wasser übergoss, müsste es gehen.

Während sie Bethany fütterte, war Emma wieder fasziniert von den Gefühlen, die sich auf seinen harten Zügen spiegelten beim Anblick des Babys. Er runzelte die Stirn, als versuche er, sich an etwas zu erinnern, und dann spiegelte sich tiefe Trauer in ihnen.

Emma fürchtete sich davor, wie er reagieren würde,

wenn er entdeckte, dass das Baby nicht der »Sohn« war, für den er es hielt. Es widerstrebte ihr, ihm das Kind zu überlassen, aber wenn es ihr gelang, eine Beziehung zwischen ihm und Bethany herzustellen, würde er ihr vielleicht nichts tun, wenn er die Wahrheit erfuhr.

Vorsichtig, darauf achtend, dass der kleine Körper auch rundum in die Decke gewickelt war, hielt sie ihm Bethany hin.

Ein ungläubiger Ausdruck trat auf sein Gesicht, und er zuckte zurück. Emma hielt inne und wagte kaum zu atmen. Hatte sie einen Fehler gemacht? Wie würde er reagieren?

Er musste die Furcht in ihren Augen gesehen haben, denn seine Züge entspannten sich, und er lächelte zögernd. »Ich habe noch nie einem Baby die Flasche gegeben.«

Er streckte die riesigen Hände aus und legte sie ungelenk um das Baby. Er hielt das Kind so wie Emma zuvor, und seine Züge wurden ganz weich vor Staunen. Ein knorriger Finger berührte ehrfürchtig die kleine Wange.

»So weich«, hauchte er. »Meine Mutter war weich.«

»Sie muss Sie sehr geliebt haben«, sagte Emma.

»Ja«, flüsterte Morgan. »Sie hat mich geliebt. Aber sie ist gestorben, und mein Vater hatte mich nicht lieb.« Er hielt den Blick auf den Säugling gerichtet.

Er ließ das Gesicht des Säuglings nicht aus den Augen, und Bethany blickte aufmerksam zu ihm auf. Bei jedem Atemzug bildeten sich milchige Blasen an ihren Mundwinkeln. Morgan betrachtete sie fasziniert, so als hätte er noch nie ein Baby gesehen. Plötzlich zog

Bethany die Beine an und schrie. Morgan blinzelte – der Bann war gebrochen.

»S... er muss ein Bäuerchen machen, sonst bekommt er Blähungen«, erklärte Emma und streckte die Arme nach dem Kind aus. Sie wusste, dass Bethany von ihm nichts zu befürchten hatte, aber nur, solange Morgan glaubte, sie wäre ein Junge.

Einige Minuten und drei Bäuerchen später schlief Bethany zufrieden ein. Morgan hatte die Höhle verlassen, kehrte aber bald zurück. Emma deutete auf die leere Flasche. »Ich brauche mehr Wasser, um das Fläschchen auszukochen, Hadley.«

Er blickte in Richtung Höhleneingang, und Emma sah, dass der Morgen graute. Er nahm ein Seil aus einer der zahlreichen Taschen seiner Uniformhose und kam auf sie zu. Er packte ihre Fußknöchel und fesselte sie zügig.

»Was machen Sie da?« Furcht stieg in ihr auf. Wollte er das Baby nehmen und sie hier zurücklassen?

»Strecken Sie die Hände aus.« Von dem zärtlichen Mann von vorhin war nichts geblieben. Der Ausdruck in Morgans Augen jagte Emma einen kalten Schauer den Rücken hinunter. Widerwillig tat Emma wie geheißen, wobei sie das Baby weiter im Arm hielt. Morgan band ihre Handgelenke zusammen und stand auf. Er sammelte die Wasserflaschen ein.

Er war fast am Höhleneingang, als Emma ihm nachrief: »Woher wissen Sie, wo Sie hinmüssen?«

Seine dunklen Augen glänzten, als er sich halb zu ihr umwandte. »Der Urwald sagt es mir. Ich kann es fühlen.« Dann war er fort.

Emma sagte sich, dass wenn Drew ihren Spuren im

Dunkeln nicht hatte folgen können, er die Verfolgung wiederaufnehmen konnte, sobald es hell genug war. Sie waren Stunden unterwegs gewesen bis zur Höhle, und sie fragte sich, wie lange Drew brauchen mochte, um sie einzuholen.

Vielleicht lief er Morgan geradewegs in die Arme!

Das Herz schlug ihr bis zum Hals. Sie musste ihn warnen.

Sie musste sich befreien.

Ihre Arzttasche. Skalpelle. Sie beugte sich vor und legte das Baby zwischen ihren Beinen auf den Boden. Dann rollte sie sich auf die Seite und nahm die Arzttasche aus ihrem Rucksack, der glücklicherweise in Reichweite stand. Sie klemmte ein Skalpell zwischen ihre Schuhe und bearbeitete die Handfesseln mit der Klinge.

Sie fluchte leise, als sie abrutschte und die Klinge ihr Handgelenk nur um Haaresbreite verfehlte. Schweiß lief ihr über das Gesicht. Zweimal fiel das Skalpell um, aber dann lockerte sich der Strick, und sie konnte ihn abstreifen. Hastig löste sie das Seil um ihre Fußknöchel.

Emma blickte auf das schlafende Baby. Es war besser, sie noch nicht zu stören; erst wollte sie nachschauen, ob Morgan in der Nähe war. Er war seit etwa fünf Minuten weg, aber reichte das? War er zum letzten Bach zurückgegangen, den sie durchquert hatten, oder gab es in geringerer Entfernung eine andere Wasserquelle?

Sie hob das Skalpell auf. Die Klinge schimmerte im Feuerschein. Könnte sie sie gegen Hadley einsetzen, falls es notwendig wurde? Sie glaubte fest daran, dass das Leben heilig war. Sie war eine Heilerin, deren Berufung es war, Leben zu retten. Würde sie Hadley gegebenenfalls töten können, um sich selbst und das Baby zu retten? Sie hoffte inständig, nicht gezwungen zu werden, diese Entscheidung zu treffen.

Leise ging sie zum Höhleneingang und lauschte. Nichts. Als würde die Erde den neuen Tag mit Andacht begehen. Sie lugte um die raue Felswand über das Tal, und die Schönheit der Natur verschlug ihr beinahe den Atem.

Nebel fein wie Wasserdampf hing wie Zuckerwatte über der Talsenke, war um Baumwipfel gewickelt und schwebte in mehreren Lagen über den Berghängen. Unwirkliches diffuses Licht schimmerte silbrig auf dem feuchten Regenwald. Dunkle, vor langer Zeit erstarrte Lavaströme liefen an dem Hang hinab, an dem sich auch die Höhle befand. Sie konnte Hadley nirgends sehen. Erfüllt von einem Gefühl großer Dringlichkeit, eilte sie zurück in die Höhle.

Eine Minute stand sie unschlüssig da und betrachtete den schlafenden Säugling. Wenn sie mit dem Kind in den Regenwald ging und dabei eine Richtung einschlug, die jener entgegengesetzt war, in der sie Hadley vermutete, würde es ihr dann gelingen, sich vor ihm zu verstecken? Oder Drew zu finden? Oder den Suchtrupp, den man ihnen zweifellos hinterhergeschickt hatte?

Wie sollte sie Drew warnen?

Angst schnürte ihr die Kehle zu, als sie erkennen musste, dass dies unmöglich war. Sie musste eben hoffen, dass er allein zurechtkam. Und sie würde ebenfalls versuchen müssen, sich alleine durchzuschlagen.

Bethany wimmerte und strampelte, und ein unverwechselbarer Geruch stieg Emma in die Nase. Verdammt! Sie hatte sich den denkbar ungünstigsten Augenblick ausgesucht, um in die Windeln zu machen. Emma wickelte das Baby eilig aus der Decke, knöpfte den Strampelanzug auf und entfernte die schmutzige Windel. Als sie noch dabei war, den kleinen Po zu säubern, hörte sie Schritte draußen vor der Höhle.

Sie griff nach dem Skalpell, wirbelte herum und lief hinüber, die Klinge drohend erhoben. Ihre Hand zitterte, und sie war immer noch nicht sicher, ob sie es wirklich über sich bringen würde, die Klinge zu benutzen. Ob sie fähig sein würde zu töten, sei es auch in Notwehr oder um ein unschuldiges Leben zu beschützen.

Eine Gestalt tauchte in der Öffnung auf.

»Emma?«

Das Skalpell fiel ihr aus der Hand, und mit einem erleichterten Aufschrei warf sie sich in Drews Arme und vergrub das Gesicht an seiner Brust. Er roch nach Erde, Schweiß und Nebel und dazu so unverwechselbar nach Drew – nie hatte sie etwas Wunderbareres gerochen. Er hielt sie so fest, dass sie kaum noch Luft bekam, aber das wilde Klopfen seines Herzens an ihrer Wange war himmlisch.

»Bist du unverletzt?«

»Ja«, schluchzte sie, und erst jetzt wurde ihr bewusst, dass sie weinte. Sie löste sich aus seiner Umarmung und wischte sich mit der Hand über die Augen. »Er wollte, dass ich mich um Bethany kümmere. Er glaubt, sie wäre ein Junge, den Gott ihm im Austausch gegen Simon geschenkt hat.«

»Grundgütiger! Der Kerl hat wirklich nicht mehr alle Tassen im Schrank.«

Sie nickte. »Aber wenigstens hat er das Morden drangegeben – es sei denn, er muss das Baby schützen.« Sie schwieg einen Moment nachdenklich. »Es ist wirklich traurig. Er sehnt sich so sehr danach, geliebt zu werden, dass er mir fast Leid tut.«

Drew zog die Brauen hoch, und sie sah die Fältchen der Erschöpfung und Anspannung in seinem Gesicht. Wahrscheinlich hatte er in der vergangenen Nacht kein Auge zugetan, und in der Nacht davor hatten sie auch nicht viel geschlafen. Die Erinnerung daran wärmte ihr das Herz. »Wie hast du mich gefunden?«

»Ich hätte fast die Hoffnung aufgegeben, als die Lampe gestern Nacht ausging. Ich dachte, ich müsste bis zum Morgen warten, um die Spur wieder aufzunehmen. Dann fielen mir die Candle nuts in meinem Rucksack wieder ein. Ihr Licht war hell genug, um eurer Spur zu folgen.«

»Hast du mein Lichtsignal gesehen?«

Er schüttelte den Kopf.

»Aber wie konntest du unserer Spur über die Felsen folgen?«, fragte Emma und kehrte zu Bethany zurück.

»Das brauchte ich gar nicht. Ich habe den Rauch zwischen den Felsen über der Höhle aufsteigen sehen. Wenn der Mond nicht so hell gewesen wäre, hätte ich ihn vermutlich nicht bemerkt. Ich hatte großes Glück. Ich wartete auf einem Felsvorsprung weiter oben, und als Morgan alleine wegging, bin ich heruntergeklettert.«

Emma zog Bethany eine neue Windel an und warf

dabei einen Blick auf Drew. »Ich hatte Angst, du würdest Hadley in die Arme laufen. Er sagte, er müsse nicht mehr töten, aber ich bin sicher, dass er nicht gezögert hätte, wenn er in dir eine Gefahr für das Baby gesehen hätte.«

Drew machte ein nachdenkliches Gesicht. »Vielleicht können wir das zu unserem Vorteil nutzen.«

»Wie das?«

Er lächelte, und zum ersten Mal, seit Hadley sie entführt hatte, glaubte Emma, dass sie vielleicht doch noch eine Chance hatten, das Ganze unbeschadet zu überstehen.

»Die Luft ist rein«, sagte Drew, nachdem er das Gelände draußen vor der Höhle mit den Blicken abgesucht hatte. Sie traten hinaus auf den Felshang und kletterten vorsichtig von der Höhle fort. Der Weg, über den sie gekommen waren, war leichter gewesen, aber vermutlich war Morgan dort entlang gegangen.

Die Babydecke hob sich hell von Drews schmutzigem, verschwitztem Hemd ab. Er hielt mit einer Hand das Baby und klammerte sich mit der anderen an Felsen und Wurzelwerk fest. Er blickte immer wieder zurück auf Emma. Die Erleichterung darüber, sie unverletzt gefunden zu haben, wurde überschattet von dem Wissen, dass die Chance, Morgan zu entkommen, verschwindend gering war.

Er wünschte, sie hätte zugestimmt, dass er auch ihren Rucksack trug, aber sie hatte kategorisch abgelehnt und gemeint, ein Rucksack und das Baby würden ihn schon genug behindern. Diese Sturheit, die er ebenso aufreizend wie anziehend fand, war auch der Grund, weshalb sie das Gewehr hatte. Ihr Argument, dass er eine Hand zum Klettern bräuchte, war nicht von der Hand zu weisen gewesen.

Als er hörte, wie Steine ins Rutschen kamen und Emma aufschrie, wirbelte er herum. Unter Emmas Füßen war loses Gestein weggerutscht. Sie hielt sich mit einer Hand an einem großen Felsen fest und versuchte, mit den Füßen Halt zu finden. Der zweite Arm hing schlaff an ihrem Körper herab.

Das Gewehr fiel klappernd den Hang hinab und blieb auf einem Felsvorsprung zehn Meter tiefer liegen.

»Ich bin ausgerutscht und habe mir den Ellbogen angeschlagen.« Emmas Stimme verriet, dass sie starke Schmerzen hatte. »Ich muss den Nerv getroffen haben. Der Arm ist sofort taub geworden.«

Sie war zu weit weg, als dass Drew sie mit dem Baby auf dem Arm hätte erreichen können. Er sah sich nach einer Stelle um, an der er Bethany gefahrlos ablegen konnte, konnte aber keine finden. »Schaffst du es alleine?«, fragte er Emma.

Mühsam zog sie sich ein Stück höher, bis ihre Schuhe in einem Spalt Halt fanden. Langsam kletterte sie zu ihm hinauf. Sobald sie in Reichweite war, packte Drew ihr Handgelenk und zog sie zu sich herauf.

Emma rieb sich sofort den Ellbogen und biss sich auf die Unterlippe, als das Gefühl in den Arm zurückkehrte. Drews Hand legte sich um ihre und massierte sie sanft.

»Das tut weh, nicht wahr?«, sagte Drew mitfühlend.

»Wie kannst du so nett zu mir sein«, brummte sie

wütend auf sich selbst. »Ich habe das Gewehr fallen lassen, ich blöde Kuh.«

»Wenn du das Baby hältst, klettere ich runter und hole es.« Drew blickte zu dem Gewehr hinunter. Er wollte Bethany eben an Emma weiterreichen, als eine Bewegung am Waldrand seine Aufmerksamkeit erregte.

»Mist.«

»Was ist?«

»Das muss Morgan sein. Hat er sich das Haar schneiden lassen?«

»Ja.«

»Verdammt. Er kommt gerade aus dem Wald. Und er hat uns gesehen.«

Drew erfasste blitzschnell, dass Morgan bei ihnen wäre, bevor er das Gewehr erreicht hätte. Und wenn sie den jetzigen Kurs beibehielten, konnte Morgan ihnen den Weg abschneiden. Es gab nur eine Möglichkeit, Emma das Leben zu retten. »Wir gehen zurück zur Höhle«, sagte Drew grimmig. »Schnell!«

Hadley starrte ungläubig auf die zwei Gestalten oben am Berghang. Der Verteidiger konnte ihn unmöglich aufgespürt haben. Das hier war sein Terrain. Hier hatte er das Kommando.

Dann erkannte er, was der Verteidiger auf dem Arm hielt, und rasende Wut ergriff ihn.

Das Kind gehörte ihm.

Es war ein Gottesgeschenk.

Wollte Gott ihn auf die Probe stellen, um zu sehen, ob er in der Lage war, dieses Kind vor Übel zu bewahren?

Durch den wirbelnden roten Nebel vor seinen Augen sah er, wie sie zur Höhle zurückkehrten. Dann lief er los, kletterte so schnell es eben ging stolpernd und rutschend, wahllos nach Felsen und Wurzelwerk greifend, bergauf.

Fünfzehn Meter von der Höhle entfernt blieb er stehen. Der Verteidiger war aus der Höhle getreten. Mit dem Kind. Das kleine, in die Decke gewickelte Bündel krallte sich an seine Brust. Er warf einen Blick auf Hadley, kletterte dann von ihm fort.

Hadleys Hirn registrierte nur eins – dieser Mann wollte ihm sein Kind wegnehmen! Erde und Steine spritzten unter seinen Stiefeln auf, als er zur Höhle hetzte. Er fiel einmal hin und rettete sich, indem er die Finger in die steinige Erde grub. Trotzdem holte er dank der Geschwindigkeit und Geschicklichkeit, die er über Jahre bei mehrwöchigen Aufenthalten in dieser Umgebung erlangt hatte, rasch auf.

Er kam an der Höhle vorbei und machte kurz Halt. Stille. Er lief weiter. Der Verteidiger bewegte sich vorsichtig weiter über das trügerische Geröll, das jeden Moment unter seinen Füßen nachgeben konnte.

Als Hadley auf das lose Gestein trat, kam dieses ins Rutschen, und er musste erst sein Gleichgewicht wiederfinden. Er verlangsamte das Tempo, war aber immer noch schneller als der Verteidiger. Wenn der Verteidiger es bis zum Wald schaffte, könnte es ihm gelingen, sich vor ihm zu verbergen, und das durfte er unter keinen Umständen zulassen.

Diesmal würde der Verteidiger sterben.

Emma wäre beinahe in Tränen ausgebrochen vor Erleichterung, als sie hörte, wie Morgan an der Höhle vorbeilief. Sie blickte auf das Baby in ihren Armen. Bethany hatte angefangen zu weinen, als sie zur Höhle zurückgekehrt waren. Während Drew ihr seinen Plan erläutert hatte, Morgan wegzulocken, hatte Emma Wasser aus seiner Feldflasche in das Fläschchen gefüllt und dieses dem Baby zu trinken gegeben. Drew leerte derweil seinen Rucksack, rollte ihn zusammen und wickelte die Decke darum.

»Sobald er weit genug weg ist, schnappst du dir Bethany und läufst in den Wald. Hol dir das Gewehr, wenn du kannst. Inzwischen müssten Suchtrupps unterwegs sein, und ich glaube, ich habe vorhin einen Hubschrauber gesehen, aber er war zu weit weg. Geh immer weiter in östliche Richtung und feuere in Abständen einen Schuss ab. Mach ein Feuer. Sie werden dich ganz sicher finden.«

Er machte einen Schritt auf den Höhleneingang zu und kam dann noch einmal zurück. Er küsste sie. Hastig, fast brutal. Dann schaute er ihr eine endlose Sekunde lang in die Augen. »Ich liebe dich«, sagte er leise. Dann war er fort.

Jetzt konnte sie Morgans Schritte auf dem Geröllhang hören. Sie legte das Baby auf ihren Rucksack, der neben ihr auf dem Boden stand. Bethany war ganz still, ihre Aufmerksamkeit gefesselt von einem Blatt, das sich in einem zerrissenen Spinnennetz verfangen hatte. Emma warf vorsichtig einen Blick nach draußen.

Drew kämpfte sich vorwärts, so schnell es ging, dicht gefolgt von Hadley. Furcht schnürte ihr die Kehle zu, als sie sah, wie schnell der Abstand zwischen den Männern sich verringerte.

Drei Meter.

Zwei Meter.

Plötzlich geriet der Hang unter Drews Füßen ins Rutschen. Er stürzte, und das Bündel fiel ihm aus dem Arm und rollte den Berg hinab. Zu Emmas Überraschung blieb die Decke, wo sie war.

Ein animalischer Schrei hallte durch das Tal. Morgan änderte die Richtung und jagte dem Bündel nach.

Drew sprang auf und warf sich auf den davonstürmenden Morgan. Die Wucht des Aufpralls brachte beide Männer zu Fall, und sie rollten kämpfend den Hang hinunter.

Und plötzlich verstand Emma, und ihr blieb fast das Herz stehen.

Es war nie Drews Absicht gewesen, Morgan nur von ihr abzulenken. Er war zu allem bereit, um ihn daran zu hindern, ihr und dem Baby etwas anzutun. Auch wenn das bedeutete, sich mit ihm einen Kampf auf Leben und Tod zu liefern.

Nein!

Sie durfte ihn nicht verlieren.

Die Erkenntnis traf sie wie ein Schlag ins Gesicht, als ihr Verstand endlich realisierte, was ihr Herz längst wusste.

Ich liebe ihn.

Und sie würde ihn nicht sterben lassen!

Sie jagte los, ohne sich darum zu scheren, dass sie sich die Hände aufschürfte und die Knie aufschlug. Das Gewehr! Sie musste das Gewehr holen!

Die Angst saß ihr im Nacken, aber sie konnte es nicht

riskieren, zurückzublicken, um zu sehen, ob der Kampf schon vorüber war. Eine Sekunde der Unachtsamkeit konnte Drew das Leben kosten.

Sie packte das Gewehr, entsicherte es und hastete zurück zum Geröllhang.

Drew lag auf dem Rücken, und es schien, als wäre er benommen oder gar bewusstlos. In der Sekunde, als sie sah, wie Morgan das Messer aus der Scheide zog, hörte sie in Gedanken die abfällige Bemerkung ihres Vaters: »Nicht gut genug!«

Sie schoss.

Kapitel 18

Es stimmte also. Zeitlupe. Je schrecklicher ein Ereignis war, desto langsamer schien es sich abzuspielen – und desto hilfloser fühlte man sich.

Während der Schuss noch durch das Tal hallte, fiel Morgan zurück. Das Geröll geriet unter ihm ins Rutschen und riss beide Männer mit sich in die Tiefe, immer schneller und schneller. Wie ein lebendiges Wesen wälzte sich die Lawine zu Tal, wobei sie riesige Staubwolken aufwirbelte und ein furchtbares Getöse verursachte, in das sich das seltsam metallische Klicken mischte, das Felsbrocken verursachten, die auf Vulkangestein prallten.

Verzweifelt blickte Emma Drew und Morgan nach, bis sie außer Sichtweite verschwanden. Als die Geröllmasse endlich zum Stillstand kam, senkte sich eine seltsame Stille auf den Berg herab. Emma schüttelte die Starre ab, die sie befallen hatte. Sie ließ das Gewehr fallen und begann, sehr langsam und vorsichtig am Rand des Geröllhanges entlang talwärts zu klettern.

Etwa zehn Meter oberhalb der Stelle, an der die Lawine vom Urwald gestoppt worden war, entdeckte sie Drew. Er drückte einen Arm an seine linke Seite und setzte sich mit Hilfe des anderen auf. Seine Kleider waren zerrissen, und sein Gesicht mit Schürfwunden und Schnitten übersät. Emma arbeitete sich bis zu ihm vor, ganz sachte, um keinen neuen Erdrutsch auszulösen.

Sie kniete sich neben ihn. Sie musste an sich halten, um ihm nicht um den Hals zu fallen. »Bist du in Ordnung?« Erleichterung durchströmte sie, als er nickte.

»Ich glaube allerdings, dass ich mir eine Rippe gebrochen habe. Oder besser, Morgans Stiefel hat sie mir gebrochen.« Er schaute sich hastig um und zuckte prompt vor Schmerz zusammen. »Wo ist er?«

Emma stand auf und ließ den Blick um sich schweifen. Morgan lag am Fuß des Geröllhanges, der Kopf unmittelbar neben einem Felsbrocken. Und plötzlich wurde ihr bewusst, was sie getan hatte.

Sie hatte ein Leben ausgelöscht.

Sie hatte den Eid geleistet zu heilen und Leben zu retten, und jetzt hatte sie diesen Eid gebrochen. Trotz allem, was Hadley getan hatte, und obgleich sie einen guten Grund gehabt hatte, ihn zu erschießen, wurde ihr ganz übel. Sie versuchte, die Schuldgefühle niederzukämpfen, aber die Erinnerung an Hadleys ehrfürchtiges Staunen und seine Zärtlichkeit, als er Bethany gefüttert hatte, trieb ihr Tränen in die Augen.

»Ich ... ich sehe mal nach ihm«, sagte sie. Vielleicht war Hadley ja gar nicht tot, sondern nur schwer verletzt. Auch wenn ihr klar war, dass es vermutlich für alle Beteiligten besser wäre, wenn er tot war, bereute sie, dass es ihr Finger gewesen war, der abgedrückt hatte. Vielleicht war es ja das, was ihr Vater gemeint hatte – ihr fehlte der Killerinstinkt.

Als sie bei ihm angelangte, sah sie, wo ihn die Kugel

getroffen hatte. Nicht in die Brust, auf die sie gezielt hatte, sondern in den linken Unterarm. *Verdammt, du hattest Recht, Dad,* dachte sie. Aber aus irgendeinem Grund schmerzte der Gedanke nicht mehr. Es war nicht mehr wichtig.

Dort, wo Morgan sich den Kopf an dem Felsen angeschlagen hatte, hatte sich eine große Schwellung gebildet. Emma überprüfte seine Vitalfunktionen und hoffte, dass ihre Diagnose korrekt war: eine schwere Gehirnerschütterung, mehr nicht – natürlich abgesehen von der Verletzung am Arm. Dann untersuchte sie seinen Arm. Die Kugel hatte den Knochen zerschmettert. Die Wunde hatte stark geblutet, aber inzwischen hatte die Blutung nachgelassen.

Ihre Arzttasche war oben in der Höhle, aber es würde mindestens zehn Minuten in Anspruch nehmen, nach oben zu klettern, um sie zu holen. Zehn Minuten, in denen Hadleys Arm weiter bluten würde. Sie knöpfte ihre Bluse auf, faltete sie und legte einen strammen Druckverband an.

Ein Schatten fiel über sie, und als sie aufblickte, sah sie Drew neben sich stehen. Sie stand auf. »Ich kann nicht anders«, sagte sie mit vor Anspannung und Erschöpfung rauer Stimme. »Ich kann ihn nicht so liegen lassen ...«

»Heh, ist schon gut«, sagte Drew besänftigend. »Ich verstehe das.«

Sie schaute in seine Augen, sah die Akzeptanz und die Liebe in ihnen und wusste, dass er tatsächlich verstand und sie bedingungslos liebte.

Heiße Tränen schossen ihr in die Augen und liefen über ihre Wangen.

Drew zog sie an sich und drückte sie an die heile Seite seines Brustkorbs.

Emma versuchte sich einzureden, dass ihre Tränen nur auf die Anspannung der letzten Tage zurückzuführen waren, aber dann gestand sie sich ein, dass das eine Lüge war. Sie hatte endlich einem anderen Menschen ihr Herz geöffnet. Sie teilte, teilte mit dem Mann, den sie liebte. Sie hob den Kopf, um ihm zu sagen, was sie fühlte, aber er trat zurück, zog sein Hemd aus und reichte es ihr. Es war so groß, dass es ihr fast bis zu den Knien reichte, aber sein Geruch, der sie einhüllte, als sie hineinschlüpfte, hatte etwas Tröstliches an sich. Sie blickte auf seine nackte Brust. Ein großer Bluterguss bildete sich dort, wo Morgan ihn in die Rippen getreten hatte.

Er bückte sich und durchsuchte Morgans Taschen. »Verdammt!« Langsam richtete er sich wieder auf. »Ich dachte, er hätte ein Stück Seil bei sich, mit dem ich ihn fesseln könnte.«

»Er hat es benutzt, um mich zu fesseln. Ich glaube allerdings nicht, dass er in nächster Zeit in der Lage sein wird, sich groß zu bewegen. Wenn er wieder zu sich kommt, wird er höllische Kopfschmerzen haben.«

»Hol deine Arzttasche, damit du ihn wieder zusammenflicken kannst. Und bring das Seil mit, mit dem er dich gefesselt hat. Ich hole das Gewehr.« Drew schnitt eine Grimasse. »Das reicht vielleicht, um ihn daran zu hindern, Unsinn zu machen.«

»Seine Pistole! Sie war an seinem Gürtel.« Sie schaute nach, schob die Hände unter Morgans schweren

Körper, aber sie war nicht mehr da. »Die finden wir nie.«

»Hauptsache, *er* hat sie nicht.«

Sie kamen beim Aufstieg nur schrecklich langsam voran. Sie mussten das Geröll überqueren, ehe sie den Hang hinaufsteigen konnten. Emma half Drew, so gut sie konnte, aber er war kreidebleich vor Schmerzen, als sie endlich dort angelangten, wo sie das Gewehr hatte fallen lassen.

»Ich gehe zurück zu Morgan, während du Bethany und deine Arzttasche holst. Mit dem Arm kann Morgan unmöglich klettern. Wir werden durch das Tal gehen müssen, so weit wir können, ihn dort anbinden und dann die Polizei zu ihm führen.« Er legte eine Hand an ihre Wange und lächelte zärtlich auf sie herab. »Fall nicht.«

Liebe zu ihm wallte in ihrem Herzen auf, aber die Worte blieben ihr im Hals stecken. Vielleicht, wenn sie in Sicherheit waren, wenn sie mehr Zeit hatten ...

Drew blickte an ihr vorbei. Er fluchte, leise aber leidenschaftlich. Sie drehte sich um, und eisige Furcht ergriff sie.

Morgan war verschwunden.

Er hatte einen widerlichen Geschmack im Mund. Der Geschmack von Erbrochenem. Er spuckte aus. Ihm war schwindlig vor Schmerzen und von der Anstrengung, in den Regenwald zu stolpern.

Er lehnte sich an einen Baum und hoffte, dass er weit

genug gegangen war, um außer Sichtweite zu sein. Seine rechte Hand tastete nach der Pistole. Weg. Aber die Wasserflasche war noch an seinem Gürtel. Er klemmte sie sich zwischen die Knie, schraubte den Verschluss ab, trank gierig und goss sich dann den Rest über den Kopf.

Sofort fühlte er sich etwas besser. Er blickte auf seinen zerschmetterten Arm, ignorierte jedoch das schmerzhafte Pochen. Erst nach einigen Sekunden begriff er, was er sah. Die Bluse der Ärztin – sie hatte sie benutzt, um seinen Arm zu verbinden. Er war verwirrt. Sie musste ihm nachgestiegen sein und seine Wunde versorgt haben.

Ein seltsames Gefühl regte sich in ihm. Seit dem Tod seiner Mutter war, einmal abgesehen von Ivy, keine Frau gut zu ihm gewesen. Er hatte vor Ivy andere Frauen gekannt, viele Frauen, die auch seine körperlichen Bedürfnisse befriedigt hatten. Aber keine von ihnen hatte je etwas für ihn empfunden. Keine war zärtlich zu ihm gewesen. Und jetzt hatte eine Frau, die er entführt und gefesselt hatte, eine Frau, die allen Grund hatte, ihn zu fürchten, ihm Mitgefühl entgegengebracht. Das konnte er nicht begreifen.

Er richtete sich auf und wartete, dass das Schwindelgefühl nachließ. Mit der rechten Hand schob er die Linke in den Gürtel, um den gebrochenen Arm so zu fixieren. Das musste als Ersatz für eine Schlinge genügen.

Durch die Bäume hindurch konnte er zwei Gestalten aus der Höhle kommen sehen. Seine Gedanken waren wirr, und er wusste nicht mehr genau, warum es so wichtig war, dass er ihnen folgte. Er wusste nur, dass er es tun musste. Gott hatte Pläne mit ihm, und er musste gehorchen.

Drew hatte beschlossen, nicht denselben Weg zurückzugehen, den Morgan gekommen war. Stattdessen beschloss er, weiter talwärts abzusteigen, in der Hoffnung, dort leichter voranzukommen. Emma hatte seine Rippe verbunden, so gut es ging, aber jeder Schritt schmerzte, und er wusste, dass er seine Kräfte sparen musste für den steilen Berg, den sie gestern Nachmittag überwunden hatten.

Er trug Emmas Rucksack und das Gewehr, aber sie hatte darauf bestanden, das Baby zu tragen. Bethany wimmerte jetzt ständig und weinte hin und wieder laut, sodass Drew fürchtete, Morgan könnte sie hören, falls er ihnen folgte. Aber das Kind lebte, und das war mehr als er zu hoffen gewagt hatte, als sie sich an Morgans Verfolgung gemacht hatten.

Seine Bewunderung für Emma wuchs mit jeder Stunde. Er hatte ein flottes Tempo vorgelegt, um einen möglichst großen Abstand zwischen ihnen und Morgan zu schaffen. Er wusste, dass Emma erschöpft war, wusste, dass ihre Arme vom Gewicht des Babys schmerzten, aber sie ging klaglos weiter, die Notwendigkeit ihrer Hast stoisch hinnehmend.

Der Urwald schloss sich um sie, kühl und feucht, versuchte immer wieder, sie mit Rankpflanzen und Wurzeln zu Fall zu bringen, während Äste und Dornen ihnen Gesicht und Arme zerkratzten. Sie waren viel zu müde, um die wunderbaren staghorns und elkhorns zu beachten, von denen es in den Baumwipfeln wimmelte, und sie nahmen auch den fauligen Geruch des verrottenden Bodens nicht wahr.

Sie hörten in der Ferne ein Flugzeug, und Drew sammelte eilig Feuerholz, aber die Maschine drehte ab, noch bevor er das Feuerzeug gezückt hatte. Als er die Enttäuschung auf Emmas Gesicht sah, hätte er sie am liebsten in den Arm genommen und getröstet, aber sie zuckte nur resigniert die Achseln, und sie setzten ihren Weg fort.

Als sie nicht auf die Bäche stießen, die sie auf dem Weg zur Höhle durchquert hatten, wurde Drew unruhig. Wenn die Wasserläufe zusammenliefen, bildeten sie vielleicht einen Fluss, der zu tief und breit war, um ihn zu durchwaten. Er betete, dass seine Befürchtungen sich nicht bewahrheiteten.

Trotz der Tabletten, die Emma ihm gegeben hatte, verursachte der Rippenbruch ihm solche Schmerzen, dass er eine Pause einlegen musste. Sie setzten sich auf einen umgestürzten Baumstamm, dessen aufgeweichte Rinde mit Flechten und Pilzen bedeckt war. Seine Sorge um Emma wuchs, als er sah, wie entmutigt sie war, als sie die Orangenscheiben entgegennahm, die er ihr reichte. Sie hatte das Baby wieder gefüttert, wobei sie eingesehen hatte, dass keine Zeit war, um ein Feuer zu machen und das Wasser zu erhitzen. Bethany schlief wie ein Koalabär in Emmas Armbeuge gekuschelt. In Drews Hemd sah Emma aus wie ein Kind, das sich mit den Kleidern seiner Eltern verkleidet hatte.

Drews Herz zog sich zusammen, und er verfluchte Morgan für die Angst, die seinetwegen ihr Leben überschattete.

Sie hörten das Wasser, lange bevor sie es sahen. Hörten das Rauschen und Tosen, das Gurgeln und Brodeln.

Und als sie den Fluss dann vor sich hatten, wäre Emma vor Verzweiflung beinahe auf die Knie gefallen. Sie war müde, am Ende ihrer Kräfte, psychisch und physisch. Es war in so kurzer Zeit so viel geschehen, dass sie sich beinahe in einem Schockzustand befand. Ihr Verstand sagte ihr, dass die Pflege ihres Vaters sie schon an die Grenzen ihrer emotionalen Belastbarkeit gebracht hatte, aber als sie nun das Hindernis betrachtete, das ihnen den Weg versperrte, setzte ihr Verstand aus.

Drew hätte sich ohrfeigen mögen, dass er diese Route gewählt hatte. Das Gelände hatte ihn getäuscht. Weiter oben hatte nichts auf einen so großen Spalt im Berg hingedeutet. Hundert Meter höher schien es einen Erdrutsch gegeben zu haben, und es hatten sich mehrere kleine bewaldete Plateaus gebildet, die steil ineinander übergingen.

Etwa zehn Meter über ihnen stürzte der Fluss über einen etwa einen Meter breiten Vorsprung zwischen gewaltigen Felsblöcken hindurch in die Tiefe. Weiter stromabwärts floss das Wildwasser schäumend in mehrere aufeinander folgende Becken. An eine Überquerung war nicht zu denken, und der Abstieg zum tiefer liegenden Plateau war viel zu steil, als dass sie hätten hinunterklettern können.

Drew ließ den Blick über den Hang vor ihnen schweifen. Er schien nicht allzu steil zu sein. Sie hatten keine andere Wahl. Sie konnten nicht nach unten, und sie konnten auch nicht zurück, weil sie dann möglicherweise Morgan in die Arme liefen.

Emma sah die Sorge in Drews Blick.

»Wir müssen da rauf, Emma. Wenn wir umkehren, könnten wir auf Morgan stoßen. Und wir müssen Bethany heimbringen.«

Er nahm Emma das Baby ab und strich ihm zärtlich über das Köpfchen. Emma fühlte die Wärme seiner Haut an ihrer Wange und gestattete sich, diese Wärme in sich aufzusaugen und neue Kraft aus ihr zu schöpfen. Er nahm den Rucksack von den Schultern. »Steck Bethany in den Rucksack, sodass sie genug Luft bekommt. Du wirst zum Klettern beide Hände brauchen.«

Er sollte Recht behalten. Sich am Unterholz festkrallend, zog sie sich den Hang hinauf, Zentimeter für quälenden Zentimeter. Als sie weniger steilen Grund etwa auf einer Höhe mit dem Felsvorsprung erreichte, über den der Fluss in die Tiefe stürzte, ließ Emma sich in den Farn fallen und blickte Drew entgegen, der sich langsam zu ihr hoch kämpfte.

Die Last des Rucksacks und des Gewehrs sowie die Schmerzen im Brustkorb zwangen ihn, immer wieder kurze Pausen einzulegen, um wieder zu Atem zu kommen. Jedes Mal lauschte er angespannt, um sich zu vergewissern, dass es dem Baby gut ging. Aber die Dunkelheit und die schützende Hülle des Rucksacks schienen Bethany Geborgenheit zu vermitteln, da er sie zufrieden gurgelnde Laute von sich geben hörte.

Als er das Plateau erreichte, zitterte er vor Erschöpfung. Er wusste, dass Morgan trotz seiner Verletzungen im Vorteil war auf diesem ihm vertrauten Terrain und jede Zwangspause ihm Gelegenheit gab aufzuholen. Das Gewehr wog schwer in seinen Händen, und

Drew wusste, dass er nicht zögern würde, in Tötungsabsicht auf Morgan zu feuern. Er würde nicht zulassen, dass Morgan ihm Emma noch einmal wegnahm. Er war selbst verblüfft von der Tiefe seiner Gefühle für sie. Jedes Mal, wenn sie in den letzten Tagen in Gefahr gewesen war, war es ihm vorgekommen, als würde man ihm das Herz aus der Brust reißen. Er würde nicht zögern, sein Leben für sie zu geben.

Emma half ihm, den Rucksack abzunehmen, und öffnete ihn. Bethany fing an zu weinen, als Emma sie ans Sonnenlicht holte, beruhigte sich aber wieder, nachdem Emma sie eine Weile in den Armen gewiegt hatte. Emmas von den Strapazen gezeichnete Züge entspannten sich, als sie sich mit dem Baby beschäftigte. Wie so oft in den letzten Tagen ertappte Drew sich dabei, dass er wünschte, sie wäre von ihm schwanger. Er sah diesen Wunsch ganz realistisch als das Bedürfnis, sie endgültig und unwiderruflich an sich zu binden, kam aber trotzdem nicht dagegen an. Er wollte sie ganz für sich haben – für immer.

Zwischen ihnen und dem nächsten Plateau ragte eine fast senkrechte Felswand auf. Entmutigt erkannte Drew den Ernst ihrer Lage: Wenn es ihnen nicht möglich war, den Fluss hier zu überqueren, mussten sie umkehren.

Er stand auf und ging ans Wasser. Er stieg auf einen kleinen Felsen und blickte hinab auf das tosende Wasser fünf Meter tiefer. Hier hatte sich ein großes Wasserbecken gebildet. Das Wasser war sauber und klar, aber so tief, dass er den Grund nicht erkennen konnte. Die Felsen rundum waren gewaltig, glatt und grau. Die stille Wasseroberfläche war trügerisch: Wirbel entlang der Felswände und die Strömung unmittelbar vor dem Wasserfall waren eine ernst zu nehmende Gefahr.

Als er stromaufwärts blickte, schöpfte er neue Hoffnung. Nur etwa zwei Meter oberhalb von diesem hier schien es ein weiteres natürliches Becken zu geben, beide Teiche von einer Reihe kleinerer Steine und Felsen getrennt. Obwohl das Wasser brodelnd über diese Felsen hinwegströmte, schien das obere Wasserbecken seicht genug zu sein, dass sie es durchwaten konnten.

Er blickte zurück auf Emma, die immer noch im Farn saß und mit halb geschlossenen Augen Bethany wiegte. Wenn er nicht so sicher gewesen wäre, dass Morgan sie verfolgte, hätte er ihr gerne den Luxus einiger Stunden Schlaf gegönnt. Aber die Fähigkeiten des Mannes waren erstaunlich, und Drew jagte ein unbehaglicher Schauer den Rücken hinunter bei dem Gedanken, dass Morgan sie möglicherweise in eben diesem Moment beobachtete und nur auf einen geeigneten Moment wartete, um zuzuschlagen. Dieser Gedanke verlieh ihm neue Kraft. Er wollte als Erster versuchen, ans andere Ufer zu waten, und wenn es gelang, würde er zurückgehen und Emma holen.

Emma sah zu, wie Drew vorsichtig von einem Felsen zum anderen stieg, dann stand er bis auf halbe Wadenhöhe im schnell fließenden Wasser und passierte eine natürliche Furt. Die Steine waren glatt geschliffen und leicht abschüssig. Eigentlich hätte sie Angst um ihn haben müssen, aber sie war sogar zu müde zum Denken oder Fühlen. Längst reagierte sie nur noch auf Drews Befehle. Sie sah, wie er mit den Füßen vortastete, bevor er den nächsten Stein mit seinem ganzen Gewicht belastete. Es kam ihr vor wie eine Ewigkeit, bis er endlich das andere Ufer erreichte.

Er drehte sich um und rief herüber. »Ich lege Gewehr und Rucksack ein Stück weiter auf den Boden, die Felsen hier sind zu rund – sie könnten ins Wasser fallen. Dann komme ich und hole Bethany.« Sie sah, wie er in den Schatten der ausladenden Bäume eintauchte.

Drew war größer und stärker als sie, aber Emma hatte sein Gesicht gesehen, als er zum Plateau heraufgestiegen war. Sie wusste, dass die gebrochene Rippe trotz des Verbandes furchtbar wehtun musste, jedes Mal, wenn die Knochenenden aneinander rieben. Er hatte das Gewehr und den Rucksack mit ihrer beider Schuhe getragen, aber ein zappelndes Baby war etwas anderes: Es wäre viel zu gefährlich, den Säugling in dem Rucksack hinüberzutragen. Sie würde nicht erlauben, dass er ein solches Risiko einging. Sie drückte das Baby an die Brust und trat auf den ersten Stein. Das Wasser überspülte ihre Füße. Es war kalt. Eiskalt. Als könnte sie fühlen, wie Emmas ganzer Körper sich versteifte, fing Bethany an zu weinen. Emma machte den nächsten Schritt, dann noch einen.

Einen Moment stand sie reglos da, damit ihr Körper sich an die Kälte gewöhnen konnte, die ihre Beine bis zu den Knien gefühllos machte. Dann ging sie weiter. Sie hatte fast die halbe Strecke zurückgelegt, als Bethany nieste. Ihr Köpfchen prallte gegen Emmas Brust, und diese hob ganz automatisch die Hand höher, um den Kopf des Säuglings zu schützen. Die Bewegung reichte aus, ihren Körper ganz leicht zu drehen. Ihr rechter Fuß geriet ins Rutschen, und als sie versuchte, wieder einen festen Stand zu finden, rutschte ihr linker Fuß in die andere Richtung.

Entsetzt fühlte sie, wie sie vollends das Gleichgewicht verlor und gleich darauf wie ein Kind auf einer Rutschbahn in das tiefer liegende Wasserbecken glitt.

Kapitel 19

Emma hielt Bethany so hoch wie möglich, als das Wasser über ihrem Kopf zusammenschlug. Die Kälte raubte ihr den Atem, und sie begann instinktiv zu strampeln, um an die Oberfläche zu gelangen. Prustend tauchte sie auf und kämpfte darum, sich über Wasser zu halten. Bethany war nass geworden, aber die Kälte hatte sie offenbar so sehr geschockt, dass sie nicht weinte.

Die Strömung zerrte an Emma und versuchte, sie in die Tiefe zu ziehen. Sie drehte sich auf den Rücken, hielt Bethany über Wasser und paddelte mit den Füßen, bis sie bemerkte, dass sie anstatt auf das Ufer, auf die Mitte des Wasserbeckens zuhielt. Panische Angst ergriff von ihr Besitz, als das Tosen des Wasserfalls immer lauter wurde. Sie änderte die Richtung und steuerte das gegenüberliegende Ufer an, wo sie Drew eilig über Felsen hinwegklettern sah. Das Gewicht seines mit Wasser voll gesogenen Hemdes behinderte sie, und sie kam nur langsam voran.

Drew schlug das Herz bis zum Hals. Im ersten Moment hatte er Emma hinterherspringen wollen, aber schon bald war ihm klar geworden, dass er sie doch nicht mehr rechtzeitig erreicht hätte. Er rechnete sich aus, dass es das Beste wäre, wenn er zum Wasserfall lief und sie packte, bevor sie in die Tiefe stürzte. Ob er sie gegen die Kraft der Strömung würde halten können, war eine andere Frage, aber er wollte lieber bei dem Versuch, sie zu retten sterben, als ohne sie weiterzuleben.

Als er sah, wie sie anfing, in Rückenlage auf das Ufer zuzuschwimmen, fasste er neuen Mut. Wenn es ihr gelang, aus der Strömung herauszuschwimmen, verschaffte ihm das die Zeit, etwas zu finden, das er zu ihr herablassen und woran sie sich festhalten konnte. Der Umfang der Felsen verhinderte, dass er ohne Hilfsmittel an sie herankam.

Auf dieser Seite war das Becken nicht richtig rund; ein riesiger Felsblock, der in das Becken hineinragte, bildete eine kleine sichelförmige Bucht. Zwischen diesem Felsen und jenem davor befand sich ein etwa mannsgroßer Spalt, von dem er hoffte, dass sie ihn erreichen würde. Trotz des heftigen Paddelns zitterte sie unkontrolliert vor Kälte und hatte schreckliche Angst, Bethany könnte ihren starren Fingern entgleiten. Sobald der Schock sich gelegt hatte, hatte Bethany angefangen zu weinen, und der klägliche Protest des Babys schürte Emmas Sorge.

Als sie gerade glaubte, endlich der schlimmsten Strömung entkommen zu sein, geriet sie in einen Sog, der sie an dem großen Felsen vorbeitrug.

Aus reiner Verzweiflung heraus mobilisierte sie ihre letzten Kraftreserven. Als sie an dem Felsen vorbeiglitt, packte sie Bethany mit einer Hand und streckte die andere nach dem Felsen aus. Ihre Finger fühlten glatten runden Stein, ohne die geringste Vertiefung oder Erhebung, an der sie sich hätte festkrallen können. Dann fand ein Finger doch eine winzige Mulde.

Es war nicht viel, aber genug, um ihren Körper herumschwingen zu lassen, aus der schlimmsten Strömung heraus. Ihre Füße suchten überall einen Halt, aber vergeblich. Dann bröckelte die Kante der kleinen Mulde ab.

Als die Strömung sie eben wieder vom Ufer fortziehen wollte, stieß ihr Fuß gegen etwas Hartes. Sofort stemmte sie sich mit beiden Füßen dagegen und klemmte sich so zwischen dem Gegenstand und dem großen Felsen fest. Das Wasser reichte ihr bis über die Schultern, und sie schnappte gierig nach Luft und versuchte, ihr unkontrolliertes Zittern zu unterdrücken.

Bethanys Geschrei war zu einem kläglichen Wimmern geworden. Ihr Gesicht und ihre Hände waren von der Kälte blau angelaufen, und Emma wusste, dass sie sie unbedingt wärmen musste. Da der große Felsen die anderen überragte, lag er nicht im Schatten, und Emma hielt Bethanys kleinen Körper gegen den von der Sonne gewärmten Stein.

»Emma!«

Drews Stimme war unmittelbar über ihr. Sie blickte hoch und sah ihn oben auf dem Felsen liegen. Sein Gesicht drückte eine Mischung aus Frustration und Furcht aus.

»Kannst du stehen?«

»Nein.« Sie bewegte die Füße und tastete die ungleichmäßige Form unter ihnen ab. »Ich scheine auf einem Baumstamm zu stehen. Wahrscheinlich wurde er während des Wirbelsturms ins Wasser geschleudert.«

»Beweg dich nicht. Ich versuche, dich da rauszuholen.«

Emma nickte müde. Bewegen kam sowieso nicht infrage. Wenn sie von dem Baumstamm abglitt, würde nur ein Wunder sie davor bewahren, mit dem Wasserfall in die Tiefe zu stürzen. Sie blickte über das aufgewühlte grüne Wasser und sah, wie das Laub des Baumes hinter dem Felsen sich im Wind bewegte. Die Sonne fiel auf die Baumwipfel und schuf eine Illusion von Wärme und Sicherheit. Emma kam es völlig unwirklich vor, dass sie in einer so friedlichen Umgebung um ihr Leben kämpfte. Dann schaute sie auf den Wasserfall nur wenige Meter entfernt und schauderte.

Drew gab nach kurzer ergebnisloser Suche nach einer Liane, die er zu Emma herablassen konnte, auf. Er kämpfte die Furcht nieder, die drohte, ihn zu überwältigen, und konzentrierte sich darauf, eine Lösung zu finden. Er schloss die Augen wie vor einem Triathlon und stellte sich das Wasserbecken und Emmas Position darin vor.

Baumstamm! Ast!

Es konnte funktionieren.

Er fand einen kleinen Baum in der Nähe der Stelle, an der er an Land gegangen war. Nicht ganz das, was er sich vorgestellt hatte, aber besser als nichts. Er versuchte, den Baumstamm anzuheben und schrie auf vor Schmerz. Die gebrochene Rippe hatte sich verschoben, und es tat unerträglich weh. Er wartete einige Sekunden, bis der Schmerz so weit nachgelassen hatte, dass er noch einmal neu zupacken konnte. Schweiß rann ihm in die Augen, und er wischte ihn ungeduldig fort.

Er grub die Finger in das Holz und zog den Stamm Schritt für Schritt unter unvorstellbaren Schmerzen zu dem Spalt zwischen den Felsen. Der Stamm gabelte sich; ein Ast bildete einen fast geraden Winkel, und hiernach folgten weitere kleinere Äste und Zweige. Wenn es ihm gelang, den Baumstamm in den Spalt zu klemmen, würde er nah genug an den Rand des Felsens gelangen können, um an Emma heranzukommen.

Hoffte er.

Es ging alles furchtbar langsam. Die Baumwurzeln verfingen sich immer wieder zwischen Gesteinsbrocken, sodass er den Stamm hinlegen und ans andere Ende gehen musste, um das Wurzelwerk zu befreien. Endlich hatte er den Stamm doch noch über den Spalt gelegt. Er schob ihn zur Seite, und die Wurzeln rutschten in den Spalt. Dann schob er den Stamm nach unten, so fest, dass einige Wurzeln sich verbogen und abbrachen.

Als das Ende des Stammes das Wasser berührte, hielt er inne und gestattete sich eine kurze Pause, bis der Schmerz in seiner Brust verebbte. Er knirschte mit den Zähnen, betete, dass sein Plan funktionierte, und schob dann den Stamm weiter ins Wasser. Der Stamm bewegte sich fast von allein, von seinem Gewicht abwärts gezogen. Als er einen 45-Grad-Winkel zur Wasseroberfläche bildete, blieb er stecken.

Wenn Drew noch genug Luft gehabt hätte, hätte er geflucht. Er überlegte kurz, presste dann einen Arm auf seine gebrochene Rippe und sprang auf den Stamm. Sein Gewicht reichte aus, und der Stamm rutschte klatschend tiefer ins Wasser hinein. Sofort ließ Drew sich ins Wasser gleiten. Er hielt sich an der Astgabel fest und ließ sich von der Strömung um den Felsen herumtragen. Als er ans Ende des Astes gelangte, ließ er eine Hand los, drückte sich flach an den Fels und tastete um sich herum.

»Emma!«, rief er. »Kannst du meine Hand erreichen?«

Perplex, Drews Stimme ganz in ihrer Nähe zu hören, blickte Emma sich suchend um, konnte ihn jedoch nirgends entdeckten. Dann sah sie seine Finger auf dem Felsen. Sie krallte die Finger in Bethanys Strampelanzug, hielt sie gegen den Felsen und streckte sich Drews Hand entgegen. Aber wie sehr sie sich auch abmühte, eine unüberbrückbare Handbreit trennte sie voneinander.

Es könnte ebenso gut ein Meter sein, dachte Emma bitter.

»Emma! Versuch es noch einmal. Bitte!«

Sie hörte die Verzweiflung in Drews Stimme und sah, wie seine Finger ein ganz klein wenig näher krochen. Es tat ihr in der Seele weh, sich vorzustellen, welche Anstrengung es ihn kosten und welche Schmerzen es ihm bereiten musste. Wieder streckte sie den ganzen Körper, bis es schmerzte.

Der Abstand hatte sich nur um wenige Zentimeter verringert.

»Es ist zwecklos«, rief sie, entmutigt von der Aussichtslosigkeit ihrer Lage. Auch ohne Bethany wäre es ihr nicht möglich gewesen, die glatten Felsen hinaufzuklettern, und sie wusste, dass sie bis zum letzten Atemzug darum kämpfen würde, das Baby zu retten. Wenn sie den Halt auf dem Baumstamm verlor, würde die Strömung sie zum Wasserfall tragen.

Plötzlich wusste sie mit absoluter Gewissheit, dass falls dies geschah, Drew ihnen hinterherschwimmen würde in einem hoffnungslosen Versuch, sie zu retten. Es würde ihn das Leben kosten. Sie liebte ihn zu sehr, um das zuzulassen.

Bethany! Noch konnte sie Bethany retten. Mit etwas Mühe müsste es gelingen, Drew den Säugling zu übergeben. Emma zitterte inzwischen noch stärker, und sie wusste, dass es nur eine Frage der Zeit war, bis ihre Füße sie nicht mehr tragen würden. Ohne Bethany konnte sie versuchen, aus der Strömung herauszuschwimmen. Ein humorloses Lächeln trat auf ihre Lippen angesichts ihrer Wortwahl. *Versuchen.*

Aber erst musste sie Drew sagen, dass sie ihn liebte. Sie hätte es ihm längst sagen sollen, gleich als es ihr bewusst geworden war, aber damals war ihr der Augenblick unpassend erschienen. Nicht, dass jetzt der passende Moment gewesen wäre, aber sie musste es ihm einfach sagen, musste ihn wissen lassen, dass sie seine Liebe erwiderte.

»Drew?«

»Ja?«

»Ich liebe dich«, rief sie mit brüchiger Stimme.

Drew fühlte sich, als würde man ihm die Eingeweide herausreißen. Tränen schossen ihm in die Augen, und seine Kehle war wie zugeschnürt. Er krallte die Finger in den Fels und betete.

»Wag es ja nicht aufzugeben, Emma«, knurrte er, zog sich zurück zum Baumstamm und suchte fieberhaft nach irgendetwas, womit er den Abstand zwischen ihnen überbrücken konnte. Da ging ihm auf, dass er das, was er brauchte, bei sich trug. Er legte einen Arm um den dicken Ast und öffnete mit der freien Hand seine Gürtelschnalle. Die Strömung zerrte an seinen Beinen und behinderte ihn. Er wollte gerade den Gürtel aus den Schlaufen seiner Jeans ziehen, als ein leises Geräusch ihn veranlasste, den Blick zu heben.

Morgan stand über ihm auf dem Felsen.

Ehe Drew reagieren konnte sprang Morgan, seine Stiefel geradewegs auf Drews Kopf zielend.

Drew schwang sich über den Ast. Morgan landete zwischen Baum und Felsen, und sein rechter Arm griff nach dem Ast, als er untertauchte. Er tauchte wieder auf und schüttelte den Kopf wie ein Hund.

»*Mein* Kind«, zischte er. Da sein linker Arm nutzlos war und er sich mit dem rechten festhalten musste, um nicht fortgerissen zu werden, setzte er die einzige Waffe ein, die ihm geblieben war – seine Stiefel. Er hob die Beine aus dem Wasser und trat nach Drew.

Drew versuchte auszuweichen, aber ein Absatz traf seine Schulter und erschütterte seine Rippe. Brennend heißer Schmerz durchzuckte ihn, und beinahe hätte er den rettenden Ast losgelassen. Dann tauchte er jedoch unter dem Baumstamm hindurch und brachte sich so außerhalb von Morgans Reichweite. Ein Holzsplitter bohrte sich in seine Hand, und Blut tropfte ins Wasser.

Beim Klang von Hadleys Stimme blieb Emma ein Schrei im Hals stecken. Sie hörte Kampfgeräusche, Drews Schmerzenslaut. Sie drehte sich vorsichtig auf dem Baumstamm, bis sie mit beiden Schultern am Felsen lehnte, hielt Bethany dicht an ihr Gesicht und redete beschwichtigend auf das Baby ein, obwohl sie damit im Grunde vor allem sich selbst beruhigen wollte.

Morgan versuchte, sich auf den Ast zu ziehen, und Drew wusste, dass dieser unter Morgans Gewicht durchbrechen würde. Er packte einen der kleineren Äste und bog ihn so weit zurück, bis er brach.

Er rammte Morgan das gesplitterte Ende in die Hand.

Morgan schrie vor Zorn, ließ aber los. Er fiel zurück ins Wasser, wurde von der Strömung erfasst und zum Ende des Astes getrieben.

Emma wandte den Kopf, als sie Hadley schreien hörte, und sah, wie er verzweifelt mit einem Arm rudernd an ihr vorbeigetragen wurde. Instinktiv streckte sie die Hand nach ihm aus, und er bekam ihr Handgelenk zu fassen. Durch den Ruck, als die Strömung an seinem Körper zog, verlor sie beinahe den Halt.

Wegen des zerschossenen Arms konnte Hadley nicht gegen die Kraft der Strömung anschwimmen, und die schweren Stiefel zogen ihn nach unten. Emma blickte in seine Augen und rechnete damit, in ihnen dieselbe Angst zu sehen, die sie selbst empfand, aber stattdessen starrte er mit solcher Sehnsucht auf Bethany, dass es Emma fast schmerzte.

»Emma? Ist Morgan bei dir?«, rief Drew.

»Ja!«

»Kannst du dich halten?«

»Ja ... o mein Gott!« Das Blut gefror ihr in den Adern, »Der Baumstamm hat sich bewegt!«

Bei ihren Worten drehte Hadley den Kopf und richtete den Blick auf sie. Der Baumstamm bewegte sich wieder, zwar nur ganz leicht, aber ihr Entsetzen musste sich auf ihren Zügen spiegeln. Er schenkte ihr ein warmes trauriges Lächeln.

Dann ließ er ihr Handgelenk los. Fassungslos sah sie, wie er vom Sog des Wassers fortgetrieben wurde. Der Baumstamm erzitterte, und sie rief nach Drew.

»Emma! Greif nach dem Gürtel!«

Sie hob die Hand, als der Gürtel sich um den Felsen schlängelte. Sie bekam das Leder zu fassen und streifte die Schlinge, die das durch die Schnalle gezogene Leder bildete, über ihr Handgelenk. Der Baumstamm rutschte unter ihren Füßen weg. Sie hielt Bethany so hoch wie möglich, stieß sich mit aller Kraft ab und fühlte den Ruck, als die Schlinge sich zuzog.

»Okay!«, rief sie.

Sie wollte nicht hinsehen, konnte jedoch Hadley nicht sich selbst überlassen, konnte ihn nicht einsam sterben lassen. Sie blickte in Richtung Wasserfall und sah sein blutiges, von Blutergüssen gezeichnetes Gesicht. Auf seinen Zügen lag immer noch dieses seltsame traurige Lächeln. Er versuchte gar nicht, gegen die Strömung anzuschwimmen.

Dann wurde er in die Tiefe gezogen.

Drew wusste selbst nicht, woher er die Kraft nahm, Emma gegen die Strömung zu sich zu ziehen. Jeder Atemzug schmerzte höllisch und kostete ihn große Kraft. Den Gürtel um die eine Hand gewickelt und sich mit der anderen am Ast festklammernd, spannte er seine Muskeln bis an die Grenze des Möglichen und zog sie Zentimeter für Zentimeter näher. Er legte einen

Arm um den Stamm, stemmte sich gegen den Felsen und versuchte so, besseren Halt zu bekommen. Dann zog er weiter, bis Emma so nah war, dass sie den Ast greifen konnte. Erst dann gestattete er sich, erleichtert aufzuatmen.

Mit zitternden Fingern berührte er ihr Gesicht und unterdrückte das Bedürfnis, sie in den Arm zu nehmen, um sich davon zu überzeugen, dass sie auch wirklich lebte. Ihre Augen waren riesengroß, und er fragte sich, ob sie so geschockt war, wie sie aussah.

Er nahm ihr Bethany ab, und sie zogen sich an dem dicken Ast entlang bis zur Felsspalte. Er stellte sich auf den Baumstamm, sodass Emma auf seine Schulter und von dort auf den Felsen klettern konnte. Sie versuchte, möglichst vorsichtig zu sein, aber er musste dennoch die Zähne zusammenbeißen gegen die Schmerzen. Als sie oben war, reichte er ihr Bethany, und ihre eiskalte Hand legte sich auf seine, als sie das Kind nahm. Sie ließ sie einen Moment dort liegen, als widerstrebe es ihr, den Kontakt abzubrechen.

»Ich muss Bethany sofort etwas Warmes anziehen«, sagte sie und ließ seine Hand los. Sie drückte Bethany an die Brust und hastete dorthin, wo Drew den Rucksack abgelegt hatte. Sie zog das nasse Hemd aus und entledigte dann das Baby seiner durchnässten Kleidung, um es genauer zu untersuchen.

Bethany fing an zu schreien, und Emma war erleichtert davon, wie kraftvoll die Stimme des Kindes klang. Alles, was Bethany brauchte, war Wärme. Hastig legte sie dem Säugling die letzte saubere Windel an und zog ihm einen Strampelanzug über. Dann kehrte sie, auf einem Arm das Kind und in der anderen Hand den

Rucksack, zurück zum Felsen. Emma legte Bethany auf den Rucksack, den sie auf dem Boden deponierte, und achtete darauf, dass ein kleiner Strauch das Gesicht des Babys vor der Sonne schützte.

In einem Zustand völliger Erschöpfung hörte Drew, wie Emma zurückkehrte. Sie legte sich flach auf den Felsen und streckte beide Arme nach ihm aus. Sich heraufzuziehen war schwieriger, als er erwartet hatte, aber er wusste, woran das lag. Nachdem die akuteste Gefahr vorüber war, hatte der Adrenalinausstoß nachgelassen, und sein Körper nahm jetzt erst die Überanstrengung und die Schmerzen in vollem Umfang wahr. Als er es schließlich geschafft hatte, ließ er sich neben Emma auf den warmen Felsen sinken und wartete, dass seine Kräfte zurückkehrten.

»Drew? Alles okay?«

Ohne zu antworten streckte er die Arme nach ihr aus. Sie kuschelte sich vorsichtig an seine unverletzte Seite, legte den Arm um ihn und vergrub das Gesicht an seiner Halsbeuge. Seine Haut war eiskalt, und er rieb ihr sanft Arm und Rücken. Sie fröstelte und war derart angespannt, dass er fürchtete, sie würde in Tausend Stücke zerspringen, wenn er sie zu fest drückte.

Plötzlich zuckte ihr Körper, und er hörte sie schluchzen. Er drehte sich mühsam auf die Seite, zog sie an sich und bedeckte ihr Gesicht mit zärtlichen leichten Küssen, wobei er leise und beruhigend auf sie einredete. Sie war in Sicherheit. Das war alles, was zählte. Er hielt sie in den Armen, und er würde sie nie wieder loslassen. Sie liebte ihn.

Zweifel stiegen in ihm auf. Er legte ihr eine Hand

unter das Kinn, hob ihren Kopf an und schaute ihr in die Augen.

»Emma, war das vorhin dein Ernst?« Er holte tief Luft. »Du liebst mich?«

Tränen hingen an ihren langen Wimpern, aber ihre Lippen lächelten. Sie streichelte seine Wange und legte ihm dann die Finger auf den Mund, als wolle sie ihm bedeuten, keine weiteren Fragen zu stellen.

»Ja. Mehr als ich je für möglich gehalten hätte.«

Er drückte sie so fest, wie es sein Brustkorb erlaubte. Er musste ihr einfach seine Liebe zeigen, seine Emotionen völlig in Aufruhr nach den Ängsten und Ereignissen der vergangenen 24 Stunden.

Das Blut rauschte in Emmas Ohren. Sie waren sicher; Hadley stellte keine Bedrohung mehr dar. Sie hatte schreckliche Gewissensbisse, als sie daran zurückdachte, wie er ihr Handgelenk losgelassen hatte und von der Strömung zum Wasserfall getrieben worden war. Mit Tränen in den Augen rückte sie von Drew ab.

»Er hat mich losgelassen, Drew. Er wusste, dass wenn er es nicht tat, wir beide weggerissen werden würden.«

»Das dachte ich mir«, sagte Drew leise und streichelte ihr Gesicht, als wollte er sich vergewissern, dass er nicht träumte, dass sie wahrhaftig bei ihm war.

Mit einem Finger wischte er eine Träne auf ihrer Wange fort, und ihr ging der fast hysterische Gedanke durch den Kopf, dass diese eine Träne nun wirklich nichts ausmachte, wo sie doch pitschnass war.

Zitternd stand sie auf. Sie durfte sich jetzt nicht gehen lassen; sie hatte Mary versprochen, ihr Bethany zurückzubringen, und sie wollte nicht, dass das Baby sich nach allem, was es durchgemacht hatte, eine Lungenentzündung holte.

»Ich habe Bethany in die Sonne gelegt, will aber sicher gehen, dass ihr auch warm genug ist. Kannst du aufstehen?«

»Sicher«, entgegnete er. Sie sah stirnrunzelnd zu, wie er sich schwerfällig auf die Knie aufrichtete, um aus dieser Position heraus aufzustehen. Es ging schrecklich langsam, und ihr wurde klar, dass er es keinesfalls zu Fuß über den Berg schaffen würde. Er stand auf und wandte ihr das aschfahle Gesicht zu. Es tat ihr in der Seele weh, seinen pfeifenden Atem zu hören.

Beim Kampf mit Hadley musste die gebrochene Rippe sich in einen Lungenflügel gebohrt haben.

Sie unterdrückte die aufsteigende Panik und versuchte, die professionelle Beherrschung aufzubringen, die ihr durch andere medizinische Notsituationen geholfen hatte, aber es kostete sie alle Willenskraft. Sie liebte diesen Mann; er bedeutete ihr mehr, als sie je für möglich gehalten hätte. Endlich hatte sie jemanden gefunden, der sie nahm, so wie sie war, der ihre Träume respektierte und sogar in ganz ähnlicher Weise teilte. Jemand, der ihre Seele berührt und ihre Liebe zum Blühen gebracht hatte.

Sie würde ihn nicht wieder verlieren!

»Glaubst du, in der Nähe wachsen ein paar von diesen Candlenut Bäumen?«

Drew runzelte die Stirn. »Möglich. Warum?«

»Weil ich, sobald ich dir einen neuen Verband angelegt habe, ein riesiges Leuchtfeuer entzünden werde, um das Flugzeug auf uns aufmerksam zu machen, das wir gehört haben.«

Trotz der Schmerzen blitzten seine Augen belustigt. Emma lächelte grimmig; wenn es nötig sein sollte, würde sie den ganzen verdammten Regenwald anzünden, um ihn zu retten.

Kapitel 20

Eine schlanke blonde Frau stand reglos auf einer felsigen Anhöhe mit Blick auf den dichten Regenwald. Lange Minuten lauschte sie den Gefühlen in ihrem Herzen, dann drehte sie langsam die Urne um, die sie in den Händen hielt.

Die Asche wurde vom Wind erfasst und in trägen Bögen zu den Baumwipfeln weiter unten getragen.

Die Frau schraubte die Urne wieder zu und blickte auf die nebelverhangenen Berge, die den Horizont verdeckten.

»Glaubst du, sie kommt ins Gefängnis?« Voller Mitgefühl blickte Emma auf Ivys einsame Gestalt. Sie empfand keinen Zorn auf Hadleys Witwe, sondern nur Mitleid.

Drew schüttelte den Kopf und lehnte sich gegen seinen Rodeo. »Man wird sie zwar verurteilen, aber die Strafe zur Bewährung aussetzen. Auch wenn sie nicht die Polizei verständigt hat, als Hadley mich entführt hat, hat sie mir immerhin das Leben gerettet und war außerdem bei den Ermittlungen behilflich. Außerdem würde eine Jury wohl zu dem Schluss kommen, dass sie aus Angst vor ihrem Mann geschwiegen hat.«

»Jetzt hat sie also alles verloren, ihren Sohn und ihren Mann.«

»Andere haben durch Morgan auch einen lieben Menschen verloren.« Drew dachte an Dario, an dessen Beerdigung er nicht hatte teilnehmen können, weil die Ärzte ihn nicht aus dem Krankenhaus lassen wollten. Es war ihm allerdings ein kleiner Trost gewesen, dass Emma für ihn hingegangen war.

Er lächelte bei der Erinnerung an ihre wilde Entschlossenheit, ein Feuer zu machen, um den Suchtrupp auf sie aufmerksam zu machen. Sie hatte solchen Rauch verursacht, dass es an ein Wunder grenzte, dass die Wolke nicht bis Cairns zu sehen gewesen war. Als der Hubschrauber sie ins Krankenhaus geflogen hatte, war sie ganz in ihrem Element gewesen und hatte die Sanitäter herumkommandiert, bis man ihr schließlich höflich, aber bestimmt mitgeteilt hatte, dass sie als Patientin an Bord wäre und auch ihre, wenn auch harmlosen Verletzungen versorgt werden müssten. Chayse hatte ihm später erzählt, Emma habe sich zu seiner Leibärztin erklärt und darauf bestanden, dass man sie über jede Einzelheit seiner Behandlung informierte.

In den folgenden Tagen hatten sie nur wenig Zeit für sich allein gehabt. Seine perforierte Lunge hatte sich entzündet, und er hatte viel geschlafen, während sein Körper mit Hilfe großer Dosen Antibiotika gegen den Infekt gekämpft hatte. Wenn er wach war, gaben sich Besucher die Klinke in die Hand. Und als er endlich in ihre Obhut entlassen worden war, waren sie auch nie lange genug für sich allein gewesen, um über die Zukunft zu sprechen.

Er hatte Emma geholfen, die Erlaubnis zu erwirken, ihren Vater auf einem kleinen Hügel mit Blick auf die Ställe zu beerdigen. Es war eine schlichte Zeremonie gewesen, an der nur Emmas Mutter und Stiefvater und eine Hand voll Talbewohner teilgenommen hatten, um einem Mann die letzte Ehre zu erweisen, der im Leben keine Liebe hatte annehmen können.

Tom Johnson war wieder zu Hause und erholte sich langsam, aber Drew war vor allem verblüfft davon, wie sehr Mary sich verändert hatte. Es war, als hätte das Bewusstsein, gebraucht zu werden, ihr die Kraft und Entschlossenheit verliehen, die ihr zuvor gefehlt hatten.

Hinterher hatte Drew Emma lange in den Armen gehalten, während sie ein letztes Mal um ihren Vater geweint hatte. Er hatte ihr wieder gesagt, wie sehr er sie liebte, und auch wenn sie bisher nicht ausgesprochen hatte, dass sie bei ihm bleiben würde, hatte sie ihm versichert, dass sie seine Gefühle erwiderte. Fürs Erste musste das genügen.

Als sie nun Ivy Morgan um den Mann trauern sah, der ihr Ehemann gewesen war, wusste Emma, dass es an der Zeit war, mit Drew zu sprechen. In den vergangenen Wochen hatten ihre Prioritäten eine 180-Grad-Wende vollzogen, aber noch blieb abzuwarten, was Drew von ihren Plänen hielt.

Sie wandte sich ihm zu, und ihr Herzschlag beschleunigte sich, als sie in seine Augen schaute und daran erinnert wurde, wie sie das erste Mal in das tiefe Blau geblickt hatte. Sie hatten seit der Nacht vor

Bethanys Entführung nicht mehr miteinander geschlafen, und die quälende Sehnsucht nach ihm war ihr ständiger Begleiter. Sie legte ihm eine Hand auf den Arm und registrierte seine Reaktion auf die Berührung. Das Blau seiner Augen vertiefte sich, und die Muskeln unter ihren Fingern spannten sich. Dann nahm er ihre Hände, und seine Daumen streichelten in einer überraschend intimen Geste ihre weichen Handflächen.

»Emma, ich muss dich etwas fragen.« Drew hatte das Gefühl, dass Emma ihm etwas mitteilen wollte, und er war nicht sicher, ob ihm gefallen würde, was sie zu sagen hatte. Sicher, sie hatte ihm versichert, dass sie ihn liebte, aber er wusste auch, wie viel ihr Traum ihr bedeutete, und er wusste nicht, ob er die Größe haben würde, sie an ihre Arbeit zurückkehren zu lassen, ohne zu versuchen, sie zum Bleiben zu überreden.

»Allan Bakers Eltern waren gestern bei mir. Allan macht eine Therapie. Er ist in einer Suchtklinik. Sie sind zuversichtlich, dass er es schaffen wird, ganz von den Drogen loszukommen. Sie haben eine großzügige Spende an das Centre geleistet und es mir freigestellt, wie ich das Geld verwende.«

»Drew, das ist ja wunderbar. Hast du schon etwas Konkretes im Sinn?«

Er zögerte. Zuerst war ihm die Idee selbst verrückt vorgekommen, und er fragte sich, ob sie nicht einfach dem Wunsch entsprungen war, Emma emotional an sich zu binden. Aber je länger er darüber nachgedacht hatte, desto vernünftiger und viel versprechender war sie ihm erschienen.

»Erinnerst du dich an die Ranch, auf der ich Fährtenlesen und den Umgang mit Pferden gelernt habe? Also, ich habe mir überlegt, eine Ranch zu kaufen und den Kids vom Centre die Chance zu geben, mehr zu lernen, als mit einem Queue umzugehen oder einen Ball durch einen Eisenring zu werfen.«

»Das ist ein großartiger Einfall. Es gibt nichts Besseres als Arbeit, um jemanden seine Selbstachtung wiederzugeben.«

»Ich dachte mir, die Ranch deines Vaters wäre ideal.«

Emma sah ihm an, dass er nicht sicher war, wie sie darauf reagieren würde. Im ersten Moment zögerte sie. Obwohl sie wusste, dass sie die Ranch verkaufen musste, hatte ein kleiner Teil von ihr gehofft, es würde nicht so bald geschehen. Es gab noch viele Erinnerungen, von denen sie Abschied nehmen musste.

Aber tief im Inneren wusste sie, dass Drews Pläne ihrem Vater gefallen hätten. Und es erschien ihr nur richtig, dass das Land jungen Menschen, die jede Hoffnung verloren hatten, neuen Lebenswillen schenken sollte. Eine zweite Chance. Sie hoffte, dass sie bereitwilliger als ihr Vater annehmen würden, was man ihnen anbot.

»Ja. Das wäre sie. Und ich bin sicher, dass auch die Nachbarn keine Einwände hätten.«

Drews Lächeln wirkte sich sofort auf ihre Libido aus, und sie legte beide Hände auf seine Brust, als er sie küssen wollte. Sie wollte einen klaren Kopf haben, wenn sie ihm ihre Bedingungen für eine gemeinsame Zukunft darlegte. »Vorausgesetzt, dir ist klar, dass es die Ranch nur im Doppelpack mit einer gewissen Ärztin gibt.«

»Was ... was meinst du damit?«

»Dass ich Ärzte ohne Grenzen mitgeteilt habe, dass ich nicht mehr für sie arbeiten werde.«

Nun war es an ihr zu lächeln, als sie das hoffnungsvolle Leuchten in seinen Augen sah. »Und was ist mit deinem Traum?«, fragte er mit belegter Stimme.

»Menschen ändern sich. Träume ändern sich. Ich habe festgestellt, dass ich hier gebraucht werde. Wenn man nur früh genug handelt, kann man den Kids im Centre, die Drogen nehmen, vielleicht klar machen, dass sie sehr wohl andere Möglichkeiten haben. Und ich denke, Diane kann etwas Hilfe brauchen.« Sie packte mit Daumen und Zeigefinger einige Brusthaare, die im Ausschnitt seines Pullovers zu sehen waren, und zog leicht daran. »Und du auch.«

Vorhin hatte sie ihn bremsen können, aber nichts vermochte den nun folgenden leidenschaftlichen Kuss zu verhindern. Es war die süßeste Niederlage ihres Lebens.

Unglaublich, dachte sie, als sie sich schließlich wieder voneinander lösten. Wenn sie mit Drew zusammen war, fühlte sie, dass sie an dem ihr bestimmten Platz war. Fühlte sich erfüllt. Tiefe Zufriedenheit stieg in ihr auf. Aber sie hatte ihm noch etwas mitzuteilen.

»Drew ... ich weiß seit heute Morgen, dass ich nicht schwanger bin.«

Die tiefe Enttäuschung, die sie empfunden hatte, als ihr klar geworden war, dass sie kein Kind von ihm bekam, hatte sie schockiert. Aber sie hatte noch einmal die Tiefe ihrer Liebe für ihn bestätigt. Nun spiegelte sich die gleiche Enttäuschung in seinen Augen.

Er zog sie an sich, und sie fühlte, wie sehr ihr Kuss ihn erregt hatte. Seine Stimme klang wie ein verführerisches Brummen, als er sich herabbeugte, um sie erneut zu küssen.

»Dann müssen wir eben noch ein wenig üben, Süße.«

**»Hochspannung aus Norwegen!
Zyniker mit Goldfisch ermittelt«**

In einer Sommernacht geschieht am Oslofjord ein grausamer Mord. Eine Frauenleiche wird nackt im Straßengraben gefunden. Der kautzige Kommissar Gunnarstranda und sein gutmütiger Kollege Frølich stehen vor mehr als einem Rätsel. Die Verdächtigen sind zahlreich und die Beweislage schwach ...

ISBN 3-404-15187-9

BASTEI LÜBBE

Der erste Fall des Brisbaner Detectives Shane O'Connor

In einem verschlafenen Nest im Westen Queenslands, Australien, entdecken Bauarbeiter eine halbverweste Leiche ohne Kopf. Handelt es sich um ein weiteres Opfer des Serienkillers, dem schon mehrere Frauen zum Opfer gefallen sind? Der Brisbaner Detective Sergeant Shane O'Connor soll ermitteln. Keine leichte Aufgabe, wenn Aborigine-Mythen die Untersuchungen erschweren – und ein Spitzenpolitiker, ein angesehener Farmer und der alte Dorfpolizist alles tun, um ein Verbrechen zu decken ...

ISBN 3-404-14821-5

BASTEI LÜBBE